HEDWIG COURTHS-MAHLER

Das Drama von Glossow

HEDWIG COURTHS MAHLER

Das Drama von Glossow

WELTBILD VERLAG

Das für den Einband verwendete Foto stammt aus dem Filmhistorischen Bildarchiv Peter W. Engelmeier und zeigt eine Szene aus dem Film „Eine demanzipierte Frau“.

Genehmigte Lizenzausgabe für
Weltbild Verlag GmbH, Augsburg 1997

Einbandgestaltung: Peter Engel, München
Gesamtherstellung: Presse-Druck Augsburg
Printed in Germany
ISBN 3-89350-468-0

I

Rudolf von Gerlach auf Gerlachsheim ritt mit seinem Freund und ehemaligen Regimentskameraden Hans von Seltiz quer über die bewaldeten Dünen, nach der Trollschlucht hinüber. Sie hatten sich von der übrigen Jagdgesellschaft getrennt, um den Weg abzuschneiden und schneller nach Gerlachsheim zurückzukehren, wo Rudolf seine Gäste empfangen wollte, wenn sie von der Jagd heimkehrten. Heute abend war das große Schlußsouper auf Gerlachsheim, und morgen reisten die Jagdgäste wieder ab.

»Komm, Hans, hier biegen wir ab und reiten über Glossow nach Gerlachsheim. Wir müssen freilich über den Steilweg an der Trollschlucht und haben einige schwierige Hindernisse zu nehmen, aber wir gewinnen eine gute Viertelstunde. Und vor einem kühnen Reiterstückchen fürchten wir uns ja beide nicht.«

Hans von Seltiz lachte.

»Im Gegenteil, Rolf, je toller, desto lieber! Ich gehe mit durch dick und dünn. Aber erst warte noch eine Minute. Hier von dieser hohen Düne aus hat man einen herrlichen Blick auf die See, den laß mich noch einmal genießen. Übermorgen ist mein weitester Blick wieder über mein Arbeitsgebiet.«

»Komm! Drüben vom Steilweg aus hast du über die Trollschlucht einen viel schöneren Blick. Du brauchst hier nicht zu rasten«, erwiderte Rudolf von Gerlach, und der Freund folgte ihm willig.

Sie ritten die Düne hinab in die Schlucht, die mit wildem Gestrüpp bewachsen war. Dann ging es wieder empor über einen langsam aufsteigenden Weg, der so schmal war, daß nur ein Pferd hinter dem anderen gehen konnte. Zu beiden Seiten fiel dieser Weg steil ab, auf der einen Seite in die Trollschlucht, auf der anderen in die bewaldete Ebene. Und je höher sie kamen, desto schöner wurde der Ausblick über Schlucht und Dünen nach der See.

An der höchsten Stelle war der Steilweg plötzlich zu Ende. Rudolf, der voranritt, hielt sein Pferd an und wandte sich nach dem Freund um. So schmal war der Weg, daß es unmöglich war, die Pferde umzuwenden.

»So, Hans – nun verschnaufe dich und deinen Gaul ein Weilchen und genieße dabei die schöne Aussicht auf das Meer. Nachher müssen wir hier hinunter.«

Er zeigte auf den jäh abfallenden Pfad.

Hans lachte. »Donnerwetter – das wird eine wilde Sache! Aber erst die Aussicht! Wunderbar! Es ist ein herrliches Gefühl, wenn der Blick so ungehindert schweifen kann. Da packt mich immer wieder die Sehnsucht meiner Knabenjahre. Nur meiner Mutter zuliebe bin ich nicht Seemann geworden.«

Die beiden jungen Männer hielten eine Weile reglos auf dem schmalen Pfad. Ihre Pferde schienen zu fühlen, daß hier ein einziger unvorsichtiger Schritt für Roß und Reiter Verderben im Gefolge haben müsse.

Das Rauschen der See drang über Schlucht und Dünen herüber. Scharf hob sich die Silhouette der beiden Reiter auf der Höhe des Steilpfades von der klaren, hellen Luft ab. Sie schienen mit ihren Gäulen verwachsen zu sein. Wie Bronzestatuen standen sie dort oben, und die kleidsamen Jagdanzüge umschlossen knapp und fest die schlanken, sehnigen Gestalten. Endlich riß Hans von Seltiz seine Augen los von dem herrlichen Bild . . .

»So, Rolf«, sage er aufatmend, »nun kann es da hinuntergehen. Weißt du eigentlich, was für ein beneidenswerter Mensch du bist und wie schön deine Heimat ist?«

»Ob ich das weiß! Mit jedem Atemzug danke ich dem Schicksal dafür. Aber ich habe noch nicht gewußt, daß du eine so große Vorliebe für die See hast. Davon hast du mir nie etwas erzählt.«

»Mein lieber Rolf – eine unglückliche Liebe verbirgt man gern vor aller Augen.«

»Auch vor denen seines besten Freundes?«

»Nun, dir habe ich ja eben gebeichtet.«

»Ganz recht – eben erst –, aber unsere Freundschaft datiert schon seit Jahren. Nun weiß ich wenigstens, daß ich dir mit meiner Einladung nach Gerlachsheim eine echte Freude gemacht habe.«

»Eine große, Rolf.«

»Also mußt du mir versprechen, daß du deinen Sommerurlaub in Gerlachsheim verbringen wirst.«

»Mit Vergnügen. Ich wüßte nicht, was ich lieber tun würde.«

»Warum hast du nicht schon vorigen Sommer meine Einladung angenommen?«

Hans von Seltiz sah mit ernsten Augen vor sich hin.

»Da war mein Vater gerade gestorben und meine Mutter sehr einsam. Du weißt, sie hatte kurz vor meinem Vater meinen ältesten Bruder verloren. Ich mochte sie da nicht allein lassen, so gern ich auch zu dir gekommen wäre.«

»Dein Bruder stürzte bei einem Rennen, nicht wahr?«

»Ja, aber lassen wir das ruhen.«

Rudolf von Gerlach schwieg sofort. Er beschäftigte sich mit dem Pferd, dann fuhr er mit fröhlichem Ausdruck fort:

»Im Sommer kommst du also zu mir. Ich freue mich darauf. Manchmal wird es mir zu einsam in Gerlachsheim. Der Winter ist lang. Da hat man kaum Verkehr mit den Nachbargütern. Und drüben im Seebad Gosserow ist im Winter kein Mensch. Meist verreise ich auf einige Wochen, damit ich die Fühlung mit der Welt nicht ganz verliere. Weißt du, im Regiment war es manchmal recht lustig und vergnügt. Wenn man nun immer allein haust, wird es auch mal öde, obwohl ich im allgemeinen mit meiner eigenen Gesellschaft zufrieden bin. Also – ich freue mich, wenn ich dich ein paar Wochen bei mir haben werde. Und nun vorwärts, Hans, sonst nützt mir das Abbiegen nichts, und meine Gäste erreichen vor uns Gerlachsheim.«

Sie ritten hintereinander den steilen Pfad hinab. Es war für Roß und Reiter keine leichte Aufgabe. Die Pferde rutschten zuweilen auf dem Geröll und mußten aufmerksam geführt werden. Beide Reiter bewältigten die Aufgabe spielend. Sie hatten die Gäule in der Gewalt.

Unten angelangt, ging es zunächst auf glattem Waldboden geradeaus ins Land hinein. Sie ließen ihre Pferde galoppieren und kamen schnell vorwärts. Dann kam ein breiter Graben.

»En avant, Hans! Das ist das erste Hindernis!« rief Rolf und gab seinem Pferd leichte Hilfe.

Seite an Seite sausten sie über den Graben hinweg und jagten unaufhaltsam weiter. Bald tauchte ein Zaun auf, der einen Weideplatz umschloß. Friedlich weidete hier eine Herde Kühe.

»Hallo! Quer über die Weide!« rief Rolf antreibend.

In Windeseile ritten sie, nachdem sie den niedrigen Zaun übersprungen hatten, über die Weide. Die Kühe glotzten verwundert hinüber, einige stoben erschreckt davon. Lachend setzte Rolf über einen der Wiederkäuer hinweg, der stumpfsinnig im Gras lag, und dann ging es im eleganten Satz über den Zaun hinweg wieder ins Freie. Gleich darauf begegnete ihnen ein einzelner Reiter.

»Tag, Herr Verwalter! Wir haben Ihren Weideplatz unsicher gemacht. Bitte um Entschuldigung!« rief ihm Rudolf im Vorrüberreiten zu.

Der Glossower Verwalter Heerfurt nickte lachend.

»Tut nichts, Herr von Gerlach!« rief er den Reitern nach.

Die setzten ihren Weg fort, bis ein Stück Waldland kam, in dem die Wege mit dicken Baumwurzeln bedeckt waren. Da mäßigten sie das Tempo für kurze Zeit.

Gleich darauf sahen sie auf einer saftig grünen Waldlichtung ein großes, schloßähnliches Gebäude liegen.

»Was ist das, Rolf?«

Hans von Seltiz zeigte mit der Reitpeitsche hinüber.

»Das Herrenhaus von Glossow«, antwortete Rudolf auf die Frage.

»Das muß nahe bei Gerlachsheim liegen?«
»Ja, etwa eine halbe Stunde entfernt.«
»Es ist wohl nicht bewohnt? Die Fensterläden sind geschlossen.«
»Das Haus steht seit sechzehn Jahren unbewohnt.«
»Warum?«
Rudolf von Gerlach zuckte unbehaglich mit den Schultern.
»Eine schlimme Geschichte hat dies Haus, das so ruhig und friedlich im Waldwinkel liegt. Unsere Bauern ringsum behaupten, daß es in Glossow spukt. Vor sechzehn Jahren hat sich da drüben ein furchtbares Drama abgespielt, und da sehen die Leute nun überall Gespenster.«
»Erklärlich! Was ist das für ein Spuk, mein Lieber?« fragte Hans lachend.
»Natürlich weiß niemand etwas Genaues. Ist ja auch Blödsinn. Der Geist des letzten Freiherrn von Glossow und der seiner Gattin sollen umgehen. Man sieht allerlei Schatten durch das Haus huschen. Und in stürmischen Nächten will man klagende Stimmen hören. Na, du weißt ja, was die Phantasie ängstlicher Gemüter zu sehen und zu hören imstande ist. Schließlich ist in Glossow genug geschehen, was zu solchen Hirngespinsten Veranlassung gibt.«
»Du sprachst von einem Drama? Darf man es wissen?«
»Vor sechzehn Jahren wohnte da drüben froh und friedlich Justus von Glossow mit seiner schönen Frau und einem fünfjährigen Töchterchen. Sie waren innig befreundet mit meinen Eltern. Ich ging als sechzehnjähriger Bursche damals dort aus und ein. Niemand ahnte etwas von einer bevorstehenden Katastrophe. An einem Sommerabend kehrte Justus von Glossow unerwartet von dem Seebad Gosserow heim – und fand seine Frau in den Armen seines Freundes, eines Herrn von Brockhoff. Von Zorn und Eifersucht übermannt, schoß er erst den Freund und die Frau nieder und dann sich selbst. Er und seine Frau waren sofort tot. Der falsche Freund schwer verwundet, er hat sich wieder erholt. Ob er noch am Leben ist, weiß ich

nicht. Glossow steht seitdem verödet. Der Verwalter Heerfurt, den wir eben trafen, wohnt mit seiner Frau drüben im Verwalterhaus.«

»Schade – ein so schöner Besitz und kein Mensch, der ihn bewohnt. Wem gehört Glossow jetzt?«

»Der einzigen Tochter des ermordeten Paares, Susanna von Glossow. Sie war damals ein fünfjähriges Kind. Von den Schüssen erschreckt, ist sie an jenem Abend mit der Dienerschaft in das Zimmer ihrer Mutter gelaufen, wo ihre Eltern tot am Boden lagen. Sie soll jammervoll geweint haben, wenn sie wohl auch nicht verstanden hat, was ihr genommen worden war – die Eltern und ihr guter Name. Schauderhaft – es gab damals großes Aufsehen. Alle Zeitungen brachten Artikel über ›Das Drama von Glossow‹.«

»Armes Kind! Was ist aus ihr geworden?«

»Genau weiß ich es nicht. Ein Bruder ihrer Mutter hat sie nach der Katastrophe zu sich genommen. Er ist ihr Vormund geworden. Dieser Onkel soll ein Sonderling sein. Ich hörte von dem Verwalter Heerfurt, daß er als Junggeselle ein zurückgezogenes Leben in einer süddeutschen Universitätsstadt führt. Er ist Professor und lebt von seinen Büchern und Sammlungen. Ich kann mir nicht denken, daß sich eine junge Dame bei ihm sonderlich wohl fühlt. Heerfurt deutete mir auch ähnliches an, wenn er sich auch nicht weiter darüber ausließ.«

»Dieser Verwalter ist wohl schon lange in Glossow?«

»Ja, er war schon vor der Katastrophe hier. Übrigens ein tüchtiger Mann, ehrlich und vertrauenswürdig. Ein Glück für die Erbin, daß ihr Besitz in so zuverlässigen Händen liegt. Sonst könnte sie böse Erfahrungen machen. Es kümmert sich niemand darum, wie er wirtschaftet. Wie er es macht, ist es recht.«

»Und all die Jahre hat das schöne große Herrenhaus leergestanden?«

»So ist es. Das Haus ist abgeschlossen und wird zuweilen gereinigt und gelüftet. Das ist alles. Die Frau Verwalterin sorgt redlich dafür, daß Ordnung bleibt und daß Mäuse und Motten nicht ihr Unwesen treiben. Heerfurt reist in regelmäßigen Abständen nach H . . ., um dem Vormund der jungen Dame Rechnung zu legen, und er ist ehrlich entrüstet, daß man ihm so gleichgültig alles überläßt. Er sagte mir erst neulich: ›Der Herr Professor ist voller Schrullen und weiß vom hellen Tag nichts! Es ist ihm ganz gleich, was hier geschieht, wenn er nur nicht gestört wird. Und wenn bei meiner Abrechnung die Endsumme stimmt, ist er befriedigt.‹ Wie gesagt, wenn Heerfurt nicht ein so ehrlicher Mensch wäre, stände es schlimm um Glossow.«

Die beiden Herren kamen wieder auf glatten Boden und beschleunigten das Tempo. Dabei verstummte die Unterhaltung von selbst.

Der Ritt ging durch dichten Buchenwald, dann über Hecken und Gräben querfeldein. Die letzte Strecke des Weges führte durch einen schönen, alten Park. Wenige Minuten später hielten sie vor dem Gerlachsheimer Herrenhaus.

Das war ein grauer, massiver Bau, mit einem viereckigen Mittelturm und weit ausgedehnten Seitenflügeln, die nur aus dem Erdgeschoß und einem Stockwerk bestanden.

Eine breite, aus flachen Sandsteinstufen bestehende Treppe führte zum Portal empor.

Durch dieses gelangte man in eine große hallenartige Diele, deren Fußboden gleichfalls mit Sandsteinplatten gedeckt war.

Als die beiden Herren vor der Treppe hielten, kam ein Reitknecht herbei und nahm die Pferde in Empfang. Schon auf der Schwelle des Hauses trat den Herren eine etwa fünfzigjährige Frau entgegen. Sie trug eine breite weiße Schürze über einem schwarzen Kleid und auf graumeliertem Haar eine weiße, gesteifte Haube. Das war Rudolf von Gerlachs Haushälterin, Frau Sieveking.

»Na, Gott sei Dank, Herr von Gerlach!« rief sie ihm entgegen.

Dieser lachte. »Was ist los, Sievekingschen? Sie haben mich wohl schon wieder einmal mit Sehnsucht erwartet?«

»Tue ich immer! Aber heute gilt meine Sehnsucht eigentlich mehr der Jagdgesellschaft. In der Küche schmort und kocht alles zuschanden, wenn nicht bald aufgetragen werden kann. Wenn die Herren doch bloß einmal pünktlich sein könnten! Aber das ist nicht reinzukriegen.«

»Na, na, Sievekingschen, nur nicht die Gäste beschimpfen. Mir können Sie ungeniert den Kopf waschen.«

Die alte Dame lachte. »Ach, da würden sie wohl nicht stillhalten, gnädiger Herr. Aber sagen Sie bitte, kommen die Herren nun bald?«

»Sie müssen jede Minute hier sein. Ich denke, in einer halben Stunde sitzen wir spätestens alle bei Tisch.«

»Na, Gott sei Dank. Da kriegt man wieder Mut. Wer hat denn die Schuld, wenn das Essen nicht schmeckt? Natürlich ich!«

Dabei lachte sie aber über das ganze runde Gesicht.

»Ja, ja, es ist ein Graus, was Sie in Gerlachsheim auszustehen haben, Sievekingschen«, neckte Rolf.

»Rolf – sie kommen!« rief Hans von Seltiz vom Tor her.

Draußen hörte man lautes Lachen und Rufen, den Hufschlag einer Anzahl Pferde und den Ton eines Jagdhorns.

Schnell war Rolf an der Seite des Freundes und trat hinaus, um seine Gäste zu empfangen. Diese kamen gerade, geführt von dem Gerlachsheimer Förster, vor das Haus geritten.

Mit einem fröhlichen Jagdruf begrüßte Rolf sie. Eine lebhafte Szene spielte sich nun auf dem freien Platz vor dem Haus ab. Die Herren saßen ab, übergaben den Knechten ihre Pferde und stampften ein wenig steif und schwerfällig die Sandsteintreppe empor. Dabei scherzten und lachten sie ungeniert, wie es Herren tun, die unter sich sind und keine Rücksicht auf Damen zu nehmen brauchen. Die Halle füllte sich. Lautes Lachen und Rufen scholl von den Wänden zurück. Die Herren eilten, von Rolf gedrängt, in ihre Zimmer, um in Eile etwas Toilette zu machen, nicht mehr als es für eine Herrengesellschaft unbedingt nötig war. Bei einem Jagdessen will man ungeniert sein. Es währte nur kurze Zeit, dann saßen die Herren bei Tisch und sprachen dem leckeren, kräftigen Mahl und den vorzüglichen Weinen zu.

Hans von Seltiz saß neben seinem Freund Rudolf von Gerlach, aber sie kamen nicht mehr zu einer ungestörten Unterhaltung. Sie wurden von allen Seiten in Anspruch genommen. Natürlich wurden zumeist Jagderlebnisse zum besten gegeben. Trinksprüche wurden ausgebracht. Auch ein älterer, stattlicher Herr mit frischem, rotem Gesicht und vergnügten Augen, einer der näheren Nachbarn von Gerlachsheim, erhob sich und klopfte an sein Glas.

Man lärmte erst noch ein Weilchen, ehe man ihn zu Worte kommen ließ. Er begann:

»Meine Damen und Herren!«

»Hört, hört! Famoser Witz!«

»Wo sind die Damen, Schierstädt?«

»Siehst du schon doppelt und machst uns zu Pärchen?«

So schwirrte es lachend durcheinander.

»Rrrruhe! Ich bitte mir Ruhe aus!« ertönte Herrn von Schierstädts gewaltige Stimme.

Es wurde still.

»Also: meine Damen und Herren!« begann Schierstädt wieder. »Ich sehe nicht doppelt. Mit den Damen meine ich nämlich des Hauses Hüterin, Frau Sieveking, die eben ihre weiße Schürze und ihre Haube neben der Tür aufgepflanzt hat. Ihr habt sie bloß nicht gesehen. Ihr soll vornehmlich mein Toast gelten, weil sie uns so einen famosen Jagdschmaus bereitet hat, und weil sie überhaupt unsern jungen Freund so treulich hegt und pflegt. Hiergeblieben, Frau Sieveking! Die Perle aller Haushälterinnen, sie lebe hoch – hoch – hoch.«

Die alte Dame, die nur hatte nachsehen wollen, ob alles in Ordnung ist, strich sich verlegen die Schürze glatt. Hans von Seltiz sprang auf und reichte ihr lachend ein gefülltes Glas.

»Nun müssen Sie mit uns anstoßen, Frau Sieveking.«

Frau Sieveking sah nach ihrem jungen Herrn hinüber mit einem verlegenen und doch fröhlichen Lächeln. Der nickte ihr zu.

»Dann helpt dat nich, Sievekingschen, man immer los. Prosit.«

Und er stieß sein Glas an das ihre. So mußte sie mit allen tun und errötete dabei wie ein junges Mädchen.

Als Herr von Schierstädt mit ihr anstieß, sagte er scherzend: »Sie sollten es aber Ihrem jungen Herrn nicht gar so behaglich machen in Gerlachsheim, Frau Sieveking. Der Junge wird dadurch für die Ehe verdorben und bleibt eingefleischter Junggeselle. Und ich sähe es gern, wenn er sich eine junge Frau heimholte.«

»Richtig, Schierstädt, ich sehe auch nicht ein, warum er es besser haben soll als wir«, stimmte ein Nachbar lachend ein.

Frau Sieveking zog sich so schnell wie möglich wieder zurück und war froh, als sie die Tür hinter sich zumachen konnte.

Ein anderer Herr erhob sich. »Da wir nun mal bei den Damentoasten sind – ich trinke auf das Wohl der künftigen Herrin dieses schönen Hauses! Heben Sie ihre Gläser, meine Herren, und tun Sie das gleiche.« Fröhlich wurde Bescheid getan.

»Hast du es gehört, Rudolf, Rölfchen, mein Sohn?« fragte Schierstädt mit seiner dröhnenden Stimme. »Du mußt dich ein bißchen beeilen. Die Gerlachs stehen nur noch auf zwei Augen. Dein Vater, mein lieber alter Freund, dreht sich im Grabe herum, wenn du nicht für Nachkommen sorgst. Also rin in den Ehestand. Beim nächsten Jagdschmaus wollen wir der Herrin von Gerlachsheim unsere Huldigung zu Füßen legen.«

Rudolf von Gerlach erhob sich. »Ich danke im Namen meiner zukünftigen Frau. Sollte sie beim nächsten Jagdschmaus noch nicht vorhanden sein, dann bitte ich im voraus um Verzeihung. Ich werde mich tunlichst beeilen, um den Wünschen meiner lieben Gäste auch in diesem Sinn gerecht zu werden.«

»Soll ein Wort sein, Rolf. Ohne Spaß, du bist im heiratsfähigen Alter. Also sieh zu, daß du eine Frau kriegst, die dir einen Erben schenkt. Daß dieser ein solcher Prachtmensch wird wie du selbst und daß er dir allezeit so viel Freude machen möge, wie du deinem Vater gemacht hast, darauf leere ich jetzt mein Glas. Und wer es ehrlich mit dir meint, der trinke Rest. Prosit.«

Wieder wurden die Gläser geleert und unter allgemeinem Jubel frisch gefüllt. Hans von Seltiz stieß sein Glas gegen das des Freundes.

»Nun bleibt nichts mehr übrig, als daß wir auf deine Enkel anstoßen, Rolf«, scherzte er.

»Nein, Hans. Dies frische Glas leeren wir zwei ganz speziell auf unsere Freundschaft. Sie soll uns erhalten bleiben, bis an das Ende unserer Tage.«

Als die Tafel vorüber war, zog man sich in die Nebenräume zurück, wo der Mokka serviert wurde. Rauchend, spielend und schwatzend, jeder nach seinem Geschmack, saßen die Herren beisammen bis zur frühen Morgenstunde. Die Stimmung blieb heiter und ungetrübt, bis zuletzt.

Dann zog man sich zur kurzen Nachtruhe in die Schlafzimmer zurück. Mancher ging nicht mehr so ganz sicher die Treppe hinauf.

Rudolf von Gerlach und Hans von Seltiz waren schließlich allein übriggeblieben. Sie saßen noch ein Stündchen länger zusammen, weil sie sich mancherlei zu sagen hatten, denn morgen mußten sie sich trennen.

II

Professor Michael Sachau war bekannt als Sammler wissenschaftlicher Dinge. Er bewohnte seit langen Jahren das düstere graue, von einer hohen Ziegelmauer umgebene Haus, das inmitten eines großen Gartens lag.

Es lastete bleierne Stille über dem winterlich verschneiten Garten, in dem nur ein Teil der Wege vom Schnee gesäubert war. Im Sommer sorgten hier wenigstens die Vogelstimmen für einiges Leben, aber jetzt war kein Laut vernehmbar.

Auch im Haus selbst regte sich nichts. Da glitten selbst die Dienstboten auf weichen Sohlen dahin, ohne ein Geräusch zu verursachen, und man konnte glauben, es seien nur wesenlose Schatten, die sich hier bewegten. Diese fast unheimliche Stille war Professor Sachau Lebensbedingung, wie auch größte Pünktlichkeit, mit der sich alles in seinem Haus abspielte, wie ein Uhrwerk.

Durch den winterlichen Garten wandelte auf den gebahnten Wegen eine junge Dame dahin. Sie hielt das feine Köpfchen gesenkt, als wolle sie die hohen Mauern nicht sehen, die sie von der Welt trennten.

In einem Kloster kann es nicht stiller und einsamer sein als hier, dachte sie, wie schon so oft und seufzte tief auf. Das reizende junge Antlitz der jungen Dame hatte einen traurigen Ausdruck.

Sie trug über einem eleganten Wollkleid einen Pelz. Er stand offen, und sie hatte die Hände in den Taschen vergraben. Der feine Kopf, mit einer reichen Fülle kastanienbrauner Locken geschmückt, war unbedeckt.

Ohne Rast ging die junge Dame über die gebahnten Wege dahin, es war, als wolle sie fliehen und fände doch keinen Ausweg aus diesem eingeschlossenen Garten.

Vom Haus her kam jetzt eine ältere Dame im grauen Seidenkleid, über das ein warmer Umhang geworfen war. Die stattliche Gestalt hielt sich seltsam steif und aufrecht. Dabei glitten ihre Füße lautlos dahin. Man mußte sich wundern über dies lautlose Schreiten. Es sah aus, als wenn sich die alte Dame auf Rädern fortbewegte, oder vielmehr, als würde eine leblose Gestalt auf Rädern vorwärtsgeschoben.

Sie steuerte auf die junge Dame zu.

Diese bemerkte ihr Kommen nicht, weil sie den Kopf gesenkt hielt. Erst als sie dicht vor ihr stand, sah sie auf und hob die schönen braunen Augen zu dem Gesicht der alten Dame empor.

Dies Gesicht war groß und voll, nicht unschön, aber ganz gewiß nicht sympathisch. In den kalten blaßblauen Augen lag ein lauernder, unangenehmer Ausdruck, der nur schlecht durch ein süßliches Lächeln verborgen wurde.

»Du bleibst viel zu lange hier draußen in der winterlichen Kälte, liebe Sanna. Komm ins Haus zurück«, sagte sie mit einer sanften, öligen Stimme, während sie einen forschenden Blick über das leicht gerötete Gesicht der jungen Dame gleiten ließ.

Über dieses junge traurige Antlitz flog ein Schatten. Die Züge, nicht von klassischer Schönheit, waren fein und lieblich, trotzdem sie nicht streng regelmäßig waren.

In den braunen Augen, in denen goldene Lichter funkelten, lag ein sehnsüchtiger Glanz, der jetzt erlosch, als sie angeredet wurde. Und der feine rote Mund bekam einen herben Ausdruck, der nicht in dies liebe junge Gesicht hineinpaßte. In schroffer Abwehr preßten sich die jungen Lippen aufeinander.

»Mir ist nicht kalt. Ich möchte draußen bleiben, Tante Anna«, sagte sie hastig und wollte weiterschreiten.

Die alte Dame legte süßlich lächelnd ihre Hand auf den Arm Susanna von Glossows.

»Nun, nun, lauf nicht fort! So werde ich dir noch ein Viertelstündchen Gesellschaft leisten. Länger darfst du nicht draußen bleiben, es beginnt schon zu dunkeln. Und dann wird es auch Zeit zur Teestunde. Du weißt, Onkel Michael liebt die Pünktlichkeit.«

Die junge Dame war leise zusammengezuckt, als sich die weiche, fleischige Hand der alten Dame auf ihren Arm legte. Der Wunsch, diese Hand abzuschütteln, brannte ihr eine Sekunde unbeherrscht aus den Augen. Aber dann senkten sich die Lider mit den langen, dunklen Wimpern und ergebungsvoll schritt sie neben der Tante her.

»Ich weiß, ich weiß, Tante Anna – es geht bei uns streng nach der Uhr. Es ist alles so unsagbar regelmäßig in Onkel Michaels Haus, alle Gefühle werden nach einem Schema nebeneinander eingeschachtelt wie Onkels Kuriositäten. Außer der Zeit darf nichts aus den Schachteln genommen werden. Man würde, glaube ich, nicht einmal wagen, außer der Zeit zu sterben, wenn Onkel Michael dafür eine besondere Zeit angesetzt hätte. Das hat er aber wohl zu tun vergessen.«

Es klang ein bitterer, schmerzlicher Spott aus ihren Worten.

»Ei, ei, meine liebe Sanna, da entdecke ich ja wieder einmal recht aufrührerische Gedanken, die in deinem Köpfchen spuken. Nur gut, daß das Onkel Michael nicht gehört hat«, erwiderte die alte Dame.

Susanna preßte die Lippen aufeinander, als wolle sie kein Wort mehr herauslassen. Sie wußte genau, daß die Tante Onkel Michael in entstellter Weise ihre Aussprüche wiederholte, aber Sanna sprach das nicht aus.

Es hätte nichts genützt. Tante Anna war nie zu fassen, die entwand sich dem sichersten Griff wie ein Aal.

Eine Weile schritten die beiden ungleichen Gestalten nebeneinander hin. Es war, als wollten die kleinen Füße Sannas fliehen, aber die alte Dame hing sich wie ein Bleigewicht an ihren Arm. Gefesselt, mit unsichtbaren Banden geknebelt, kam sich Sanna vor.

Nach einer Weile fragte die alte Dame schmeichlerisch: »Hat das Kindchen wieder einmal arge Langeweile?«

Das arme Opfer schüttelte nur abwehrend den Kopf.

»Doch, doch«, beharrte Tante Anna, »ich weiß es. Deine Gedanken fliegen hinaus in die Welt, dir ist es in dem stillen Frieden dieses Hauses zu einsam. Aber du weißt auch, daß Onkel Michael diese Stille und Einsamkeit für dich am ersprießlichsten hält. Er ist mit Recht besorgt, daß man dich draußen zu sehr unter den Sünden deiner Eltern leiden lassen wird. Und vor allem fürchtet er, daß sich in dir das leichte Blut deiner Mutter regt, und daß du den Versuchungen, die in der Welt an dich herantreten würden, nicht gewachsen bist. Deshalb will er dich in der Stille und Zurückgezogenheit seines Hauses halten, bis du an der Seite eines Mannes, der dein natürlicher Schutz und Hort sein wird, sein Haus verläßt.«

Als die alte Dame von ihren Eltern sprach, zuckte Sanna zusammen, und aus den Augen, die plötzlich erloschen blickten, brach ein gequälter Blick hervor. Ihre Lippen bebten vor Erregung, als sie heiser hervorstieß: »Das wird nie geschehen!« Und wieder in den bitter spöttischen Ton verfallend, fuhr sie fort: »Ich möchte auch wissen, von allem andern abgesehen, wie es einem Mann möglich sein sollte, sich mir zu nähern in der Absicht, mich zu heiraten. Ich komme ja mit keinem Menschen zusammen.«

»Oh, liebe Sanna – ich wüßte schon einen«, sagte Anna von Rehling mit einem neckischen Lächeln, das ihrem Gesicht einen widerwärtig falschen Ausdruck gab. Und als sie merkte, daß Sanna den Kopf stolz und abweisend zurückwarf, fügte sie, in den salbungsvollen Ton von vorhin verfallend, hinzu: »Es gehen doch viele gelehrte Freunde Onkel Michaels im Hause aus und ein.«

Sanna machte eine hastig abwehrende Bewegung.

»Das sind doch alles alte Herren!«

Wieder traf sie ein lauernder Seitenblick.

»Nun ja, liebes Kind, für dich käme wahrscheinlich auch nur ein Mann gesetzten Alters in Frage, der mit verzeihenden, abgeklärten Augen über manches hinwegsieht. Du weißt, dein Gatte müßte sehr nachsichtig sein in bezug auf vergangene Dinge. Deine Eltern . . .«

Sanna zog hastig ihren Arm aus dem der alten Dame. Ihr Gesicht war sehr bleich.

»Schweig – schweig! Ich ertrage es nicht, dich von meinen Eltern sprechen zu hören. Niemand soll es tun. Meinst du, ich brauche eine Erinnerung daran? O nein – du hast dafür gesorgt, daß mir das alles nie aus dem Gedächtnis schwinden kann. Und die Wunden, die mir dadurch geschlagen worden sind, vertragen keine Berührung mehr.«

Die alte Dame hob wie beschwörend ihre fleischigen Hände.

»Ach, mein armes Kind, wie sehr sorge ich mich um dich! Es liegt viel von dem Jähzorn deines Vaters in deinem Blut. Was hilft dagegen mein treues Ermahnen. Kind, Kind, lerne endlich Sanftmut und Geduld, die du so nötig hast. Das Vergangene schafft keine Macht der Welt aus dem Weg, und man kann dich nicht oft genug daran ermahnen, wenn man es gut mit dir meint. Und daß ich das tue, solltest du endlich dankbar einsehen. Du tust mir ja schrecklich leid, meine arme Sanna. Wenn ich dir nur helfen könnte, diesen Jähzorn abzulegen.«

In Sannas Gesicht zuckte es rebellisch, aber sie preßte die Lippen fest aufeinander und schwieg. Gegen ihren Willen hatte sie sich hinreißen lassen. Sie wußte aus Erfahrung, daß das nicht half, wußte, daß all ihr Zorn an der öligen Sanftmut Tante Annas abprallte. Sie wußte auch, daß nur diese Frau schuld war, wenn Onkel Michael so streng mit ihr verfuhr und sie von allen Jugendfreunden ängstlich zurückhielt. So, wie ihr selbst, hielt sie auch Onkel Michael immer wieder vor Augen, daß Sannas Mutter eine leichtfertige Frau und ihr Vater ein Mörder und Selbstmörder gewesen waren, und daß in Sanna ein böses Erbteil bekämpft werden müsse, da ihre Erziehung in seine Hand gegeben war.

Warum Anna von Rehling das tat?

Sanna ahnte es, wenn auch erst seit kurzer Zeit.

Anna von Rehling war eine Kusine von Sannas verstorbener Mutter und Professor Sachau. Sie war seit zwanzig Jahren Witwe, und seit dieser Zeit lebte sie im Haus des Professors. Da sie ihr Gatte in sehr bedrängter Lage zurückgelassen hatte, wandte sie sich damals mit der Bitte an Michael Sachau, ihr und ihrem zehnjährigen Sohn Gregor Aufnahme und Hilfe zu gewähren. Sie erbot sich, ihm den Haushalt zu führen.

Michael Sachau war schon damals ein etwas wunderlicher Herr, der nur für seine Wissenschaft lebte und für nichts anderes Sinn hatte als für sie. Da er die Absicht hatte, sich niemals zu verheiraten, nahm er Frau von Rehling samt ihrem Sohn in seinem Haus auf. Er stellte jedoch die Bedingung, daß ihm keinerlei Störung daraus erwachse, und daß seine Lebensgewohnheiten nicht die geringste Änderung zu erfahren brauchten.

Anna von Rehling versprach es und hielt ihr Versprechen.

Sie war klug und berechnend und fügte sich scheinbar seinen Launen, um ihn so besser beherrschen zu können. Als sie damals in das graue, stille Haus zog, geschah es mit der festen Absicht, den reichen Vetter in ihre Netze zu ziehen. Sie war eine ahnsehnliche, stattliche Frau, und es erschien ihr ein leichtes, sich bald zur Herrin dieses Hauses aufzuschwingen. Und sie scheute keinerlei List und zeigte Sanftmut und Milde in berechnendster Weise.

An Michael Sachaus Ehescheu, die etwas Krankhaftes hatte, wie alle seine Schrullen, scheiterte ihr fein ausgeklügelter Plan. Sie mußte bald einsehen, daß er nicht zu einer Ehe zu bewegen war.

Nun setzte sie ihre Hoffnung darauf, daß ihr Sohn Gregor eines Tages Michaels Erbe sein würde.

Sie beeinflußte ihren Sohn, der den berechnenden Charakter seiner Mutter hatte, daß er sich dem Onkel in jeder Weise angenehm machte.

Er mußte sich bei ihm einschmeicheln. Gregor war ein gelehriger Schüler. Durch sein anscheinend bescheidenes und anschmiegsames Wesen gelang es ihm, sich das Vertrauen des Onkels zu erringen. Dieser erlaubte ihm sogar, ihm allerlei kleine Dienste bei seiner Arbeit zu leisten, hauptsächlich bei der Ordnung seiner Sammlung und bei der Anlage von Katalogen über diese.

Anna von Rehling sah befriedigt, daß mit Gregor alles nach Wunsch verlief. Der Professor hatte schon bald den Ausspruch getan, daß Gregor eines Tages seine Sammlung erben würde, weil er ein so glühendes Interesse dafür zeigte. Gregor heuchelte aber dies nur, weil er wußte, daß das Herz des Onkels an dieser Sammlung hing. Als er mit seiner Mutter nach diesem Ausspruch des Onkels allein war, sagte er: »Sobald ich die Sammlungen geerbt habe, mache ich sie natürlich zu Geld. Das sollte mir einfallen, so ein totes Kapital brachliegen zu lassen. Schade nur, daß mir kein Mensch so viel dafür zahlen wird, wie der Alte dafür dummerweise ausgegeben hat.«

Er sprach, wenn er mit der Mutter allein war, immer in verächtlicher Weise von dem Onkel.

Wenn dieser geahnt hätte, was Gregor mit seinen heißgeliebten Sammlungen vorhatte, nie hätte er sie ihm vermacht, denn sie waren ihm Lebensinhalt geworden.

Vier Jahre wohnte Anna von Rehling mit ihrem Sohn schon im Professorenhaus, als die Nachricht von der furchtbaren Katastrophe von Glossow eintraf. Frau von Glossow war die einzige, fünfzehn Jahre jüngere Schwester des Professors.

Man hatte nun an den einzigen näheren Verwandten der kleinen Susanna depeschiert und ihn nach Glossow gerufen.

Der stille Gelehrte stand wie vor den Kopf geschlagen, als die schlimme Kunde eintraf. Schweren Herzens machte er sich auf die Reise. Er hatte in wenig lebhaftem Verkehr mit Schwester und Schwager gestanden und wußte kaum etwas von Susannas Dasein.

Als er nach Glossow kam, fand er alles in Aufruhr über das furchtbare Drama. Natürlich war er nicht der Mann, ordnend und bestimmend einzugreifen. Er stand den Verhältnissen hilflos gegenüber und war froh, in dem Verwalter Heerfurt eine Hilfe zu finden.

Aus dem Mund des schwerverwundeten Herrn von Brockhoff hörte er, nachdem dieser nach einiger Zeit das Bewußtsein wiedererlangt hatte, daß Justus von Glossow ihn und Bettina niedergeschossen hatte, als er die Gattin in den Armen des Freundes fand, und daß er sich dann selbst erschossen habe. Danach mußte Michael Sachau seine Schwester als leichtfertige Person verurteilen, trotzdem er sie stets hochgehalten hatte. Niemand konnte sich überhaupt erklären, wie Bettina auf solche Abwege geraten war. Ihre Ehe war scheinbar die glücklichste gewesen, und keiner hätte ihr einen Fehltritt zugetraut.

Die Mamsell in Glossow behauptete sogar jetzt noch, dem belastenden Beweismaterial gegenüber, ihre junge Herrin sei unschuldig gestorben, und nur Herr von Brockhoff sei an dem ganzen Unglück schuld. Wenn auch Herr von Glossow in seinem Jähzorn blindlings geschossen habe, so habe er sicher nicht gewußt, was er tue.

Diese Ansicht vertrat auch der Verwalter Heerfurt, der damals mit der Mamsell verlobt war, die später seine Frau wurde.

Aber was half die Überzeugung dieser zwei Menschen. Es lag alles anscheinend so klar auf der Hand, und an dem Drama war nichts mehr zu ändern.

Michael Sachau blieb nichts übrig, als die kleine Susanna mit sich zu nehmen. Er wurde gerichtlich zu ihrem Vormund ernannt, und nun hatte ihm das Schicksal eine Pflicht aufgeladen, der er in keiner Weise gewachsen war.

So gut er es verstand, ordnete er die Verhältnisse unter der tatkräftigen Hilfe Heerfurts und überließ diesem die Verwaltung von Glossow, womit er einen sehr guten Griff tat. Der Verwalter verheiratete sich bald darauf mit der Mamsell, und diese beiden verlässigen Menschen betreuten nach besten Kräften den großen Besitz der elternlosen kleinen Susanna.

Der Professor war froh, als er endlich die Heimreise antreten konnte. Er sehnte sich damals nach einer Aussprache mit Anna von Rehling, die ihm immer alles Störende so klug aus dem Weg zu räumen wußte. Sie mußte auch jetzt Rat schaffen.

Anna von Rehling war durchaus nicht entzückt von der neuen kleinen Hausgenossin, die ihr nur Mühe und Arbeit verursachen würde. Noch unangenehmer war es ihr, als sie merkte, daß der Professor etwas wie eine unbeholfene Zärtlichkeit für die kleine Waise an den Tag legte. Das hilflose Wesen jammerte ihn, und nachdem Anna, wenn auch mit innerlichem Widerstreben, ihm die Sorge für das äußere Wohl und Wehe des Kindes abgenommen hatte und ihn dieses nicht mehr störte, fand er es nicht mehr so schrecklich, daß Susanna im Hause war. Die Kleine konnte sich in der Verlassenheit ihres Herzens so weich und liebebedürftig in seine Arme schmiegen, wenn er mal ein Stündchen Zeit für sie hatte.

Das behagte jedoch Anna von Rehling durchaus nicht. Sie war nicht die Person, ruhig zuzusehen, wenn ihre Pläne durchkreuzt wurden. Von Stund' an tat sie alles, was in ihrer Macht stand, um Onkel und Nichte einander zu entfremden und war in der Wahl ihrer Mittel durchaus nicht kleinlich. Sie war es auch, die des Professors engherzige Einstellung zu dem Drama auf Glossow eifrig unterstützte. Ohne Herz, kalt und berechnend, trommelte sie dem Professor und dem armen Kind immer wieder die Meinung fremder Leute über die Glossower Opfer ein. Sie reizte Sanna zu kleinen Unarten, die dem Onkel beschwerlich fielen, und dem Professor sagte sie immer wieder, wie in ernster Besorgnis, daß er Sanna so streng wie möglich halten müsse, um ihre Erbanlagen zu bekämpfen.

Sanna gegenüber spielte sie sich dagegen auf, als stünde sie unter dem Zwang, den der Professor auf sie ausübte. Sie zeigte sich dem Kind süßlich-sanft und liebevoll und brachte es gegen Onkel Michael auf. Auf keinen Fall wollte sie es mit Sanna verderben. Diese war immerhin die Erbin von Glossow und eines sehr großen Vermögens, das ihre Eltern ihr hinterlassen hatten. Und man konnte nie wissen, was die Zukunft brachte. Die weitsichtige, berechnende Frau faßte Pläne ins Auge, die Gregor und Sanna gemeinsam betrafen. Und auch für diese Pläne arbeitete sie klug vor, indem sie Sanna zu einer klösterlichen Erziehung verdammte und ihr immer ins Gedächtnis rief, daß sie mit ihrem von ihren Eltern mit Schmach bedeckten Namen nicht anspruchsvoll in der Wahl eines Gatten sein durfte.

Sie setzte es durch, daß Sanna im Hause unterrichtet wurde, daß sie außer Gregor weder Freundinnen noch Freunde fand. Sogar einen kurzen Tanzkursus bekam sie nach ihrer Konfirmation nur allein im Haus unter Beihilfe Gregors, der inzwischen schon Student geworden war.

So verlebte die arme Waise eine freudlose Kindheit, eine traurige Jugend im Haus ihres Onkels, und ihr liebevolles junges Herz litt tausend Qualen, weil sie keinen einzigen Menschen hatte, der sie verstand und liebte, und weil man ihr mit immerwährenden Schmähungen das Andenken ihrer toten Eltern verunglimpfte.

In den ersten Jahren war Gregor noch ständig im Hause gewesen. Er war ihr widerwärtig mit seiner kriechenden, schmeichlerischen Art wie seine Mutter. Dann ging er fort, nachdem er sein Abitur gemacht hatte, um an auswärtigen Universitäten Jura zu studieren. Von da an sah sie ihn nur in den Ferien.

Gregor war ganz von Onkel Michael abhängig. Dieser bezahlte das Studium für ihn und gab ihm auch jetzt noch, da er Assessor war, einen reichlichen Zuschuß, damit er in Berlin anständig leben konnte.

Onkel Michael war inzwischen sechzig Jahre alt geworden und fühlte sich schon seit Jahren leidend. Anna von Rehling wußte, daß er ein Testament gemacht hatte, aber trotz ihrer Klugheit und trotz allen Spionierens war sie nicht dahintergekommen, wen er als Erben eingesetzt hatte. Und das ließ ihr keine Ruhe. Wohl stand Gregor bei ihm noch immer hoch in Gunst, und sie hoffte, daß ihn der Onkel zu seinem Haupterben eingesetzt hatte, trotzdem ihm Sanna verwandtschaftlich näher stand. So hatte die kluge Dame dem Professor zu verstehen gegeben, daß Sanna reich genug sei und sein Erbe nicht brauche. Aber sicher war sie sich nicht, wie das Testament aussah.

Hauptsächlich in der letzten Zeit waren ihr Bedenken gekommen, ob Michael Sachau zugunsten ihres Sohnes testiert habe. Der alte Herr war zu leidend, um viel arbeiten zu können. So hatte er viel unfreiwillige Mußestunden, und das gefiel Anna durchaus nicht. Er bekümmerte sich plötzlich um allerlei Sachen, die ihm früher gleichgültig gewesen waren, und hatte zuweilen einen so sonderbar forschenden Blick, der sie beunruhigte und zur Vorsicht mahnte.

Um für alle Fälle sicherzugehen, begann sie ihren Plan zu forcieren, aus Gregor und Sanna ein Paar zu machen. Dann war Gregor gesichert und erhielt nicht nur das Vermögen des Onkels, sondern auch das Sannas. Und außerdem wurde er Herr auf Glossow.

Mit ihrem Sohn hatte sie schon längst über diesen Plan gesprochen, und es fand sich, daß Gregor ebenfalls die Möglichkeit erwogen hatte, »die Kleine« einzufangen.

Mutter und Sohn arbeiteten sich in diesem Punkt in die Hände. Gregor begann, sobald er in den Ferien im Professorenhaus weilte, Sanna mit Eifer den Hof zu machen. An große Schwierigkeiten glaubte er nicht. Dank der Vorsicht seiner Mutter war Sanna von jedem Verkehr mit jungen Menschen zurückgehalten worden. Sie kannte nur ältere, gelehrte Herren, die bei dem Onkel ein und aus gingen, und diese kamen als Freier nicht in Betracht. Außerdem wußte Sanna, daß sie nicht wählerisch sein durfte, sie mußte froh sein, wenn ein Mann mit seinem ehrlichen Namen die Schmach, die dem ihren anhaftete, zudeckte. So glaubte er leichtes Spiel zu haben, zumal er ein stattlicher, ansehnlicher junger Mann war, dem sich die Frauen durchaus nicht abhold zeigten.

Zu seinem peinlichen Erstaunen merkte er jedoch, daß sich Sanna seinen Bewerbungen gegenüber völlig ablehnend verhielt.

Sie kam ihm nicht nur nicht entgegen, wie er geglaubt und gehofft hatte, sondern wich ihm direkt aus.

Da mußte also nun seine Mutter eingreifen, indem sie Sanna noch mehr als sonst an ihren befleckten Namen erinnerte. Sie ließ es nicht an diplomatischen Kniffen fehlen, um Sanna fügsam zu machen, und sparte nicht mit Andeutungen, wie sehr Gregor Sanna liebe und wie glücklich diese sein müsse, wenn ein so hübscher, ansehnlicher und ehrenwerter Mann sich um sie bemühe. Sie malte ihr verlockend aus, daß Gregor sie aus der engen Haft im Haus des Onkels entführen und ihr ein heiteres, sonniges Leben bereiten würde.

An Sanna glitt das wirkungslos ab. Sie hegte tiefinnerlichen Abscheu vor Mutter und Sohn, die sie instinktiv als schlechte, falsche Menschen erkannte. Lieber wäre sie gestorben, als Gregors Frau zu werden. Sie wußte auch genau, warum sich Gregor so eifrig um sie bewarb.

Dabei verlangte sie mehr denn je, sich von den drückenden Fesseln zu befreien, wenn sie sich auch zugleich vor der Welt fürchtete. Tante Anna hatte dafür gesorgt, daß sie sich wie mit einem Brandmal gezeichnet vorkam. Das junge Mädchen glaubte ohne weiteres, daß kein Ehrenmann die Hand nach ihr ausstrecken würde. So hatte sie sich fest vorgenommen, unvermählt zu bleiben. Nie würde sie ihre Hand in die Gregors legen, niemals!

Mehr und mehr lernte sie, mit ihren klugen Augen Tante Annas falsches, berechnendes Wesen zu durchschauen, aber sie war zu stolz , ihr zu zeigen, wie sehr sie darunter litt. Nur selten ging der Unmut einmal mit ihr durch, wie heute. Meist war sie still und in sich gekehrt und setzte nur den Bemühungen von Mutter und Sohn einen stillen Widerstand entgegen. Niemand wußte, wie es in ihrer Seele aussah und wie oft Fluchtgedanken hinter ihrer Stirn kreuzten. Das Elend ihres Lebens übermannte sie oft in der Stille ihres Zimmers. Dann betete sie weinend um Befreiung. Aber das graue Haus und die hohe Gartenmauer hielten sie fest. Wann endlich würde ihr Erlösung werden aus dieser niederdrückenden Gefangenschaft?

Sie seufzte tief auf.

»Laß uns hineingehen, Tante Anna, damit Onkel Michael nicht warten muß«, sagte sie hastig, denn sie konnte es kaum mehr ertragen, neben der alten Dame herzugehen.

Diese hielt sie aber noch eine Weile fest. Leise strich sie mit ihren fleischigen Händen über das kastanienbraune Haar der jungen Dame. Diese hatte dabei ein Gefühl, als sträube sich ihr Haar vor Abneigung und Widerwillen.

»Mein armes Kind«, flötete Anna von Rehling, »wie du mir leid tust und wie gern ich dir helfen möchte! Aber es liegt nicht in meiner Macht. Nur einen Ausweg wüßte ich für dich. Da ist ein Mensch, der dich sehr lieb hat, der alles andere vergessen und dich erlösen würde aus aller Pein, wenn du ihm nur ein Recht dazu geben würdest. Du weißt, wen ich meine. Gregor hat keinen größeren Wunsch, als dir das Leben licht und schön zu gestalten. Er würde alles tun, um dich glücklich zu machen. Du ahnst ja nicht, wie groß seine Liebe ist. Mir hat er sich anvertraut. Verschließe dein Herz nicht länger seiner Werbung und reiche ihm deine Hand zum Bund für das Leben. Er wird dich hinausführen in die Freiheit und wird dich vor allem Rauhen und Schlimmen schützen. Keinen innigeren Wunsch hat er, als dir zu dienen und dir zu schaffen, wonach du dich sehnst.«

Sanna trat hastig einen Schritt zurück, so daß Tante Annas Hand von ihrem Scheitel glitt. Sie sah mit großen Augen in ihr Gesicht. »Bitte, laß dies Thema fallen, Tante Anna. Gregor hat mich über seine Wünsche nicht im unklaren gelassen, und ich habe ihm deutlich genug zu verstehen gegeben, daß ich unverheiratet bleiben werde. Meinst du, ich hätte den Mut, die Bewerbung eines Mannes anzunehmen, wer er auch sei, nach allem, was du mir über meine Eltern eingetrommelt hast, und über den Makel, der meinem Namen anhaftet? Deiner Ansicht nach bin ich doch ein Geschöpf, dem jeder Mann weit aus dem Wege gehen muß. Wie kommt es, daß du den Wunsch hast, daß ich Gregors Bewerbung annehme? Fürchtest du nicht, daß dieser Makel auch ihn trifft? Könnte ich ihn mit meinen schlimmen ererbten Anlagen nicht unglücklich machen?«

Anna ließ sich nicht verblüffen durch diese Frage.

»Aber, mein liebes Kind, ich habe dir nur gesagt, wie alle Welt urteilen würde, und was Onkel Michael fürchtet. Ich selbst denke viel milder über das alles, weil ich dich liebe und erkannte, daß du trotz deiner etwas ungebärdigen Art ein gutes Kind bist. Und ich weiß, daß dich mein Sohn mit allen Fasern seines Herzens liebt, und daß er ohne dich kein wahres Glück finden wird. Wie könnte ich mich da kleinlich und engherzig gegen eine Verbindung zwischen euch auflehnen.«

Es zuckte in Sannas Gesicht. Sie wußte sehr gut, daß Tante Anna es gewesen war, die Onkel Michael so lange von ihren schlimmen Anlagen erzählte, bis er daran glaubte. Und ebensogut wußte sie, daß Gregor sie nicht liebte, daß er einer großen

Liebe überhaupt nicht fähig war, und daß er nur nach ihrem Reichtum trachtete. Ach – sie kannte Mutter und Sohn bedauerlich gut und durchschaute sie mit geschärften Augen. Sie wußte sogar genau, daß Gregor darauf spekulierte, Onkel Michael zu beerben, und ihm nur Zuneigung heuchelte. Das war alles so häßlich, so gemein. Ihr ekelte vor so viel Niedrigkeit und Heuchelei . . .

»Ich bitte dich, laß uns nicht mehr davon reden – ich bleibe unvermählt, es ist mein fester Entschluß«, sagte sie hastig, und ehe Frau von Rehling etwas erwidern konnte, eilte sie dem Haus zu.

III

Michael Sachau saß untätig am Fenster seines Arbeitszimmers. Er war wieder einmal, wie so oft in letzter Zeit, unfähig zu arbeiten. Sein nervöses Herzleiden machte ihn schlaff und elend.

Kraftlos und gebückt hielt sich seine hagere Gestalt in dem hochlehnigen Sessel. Das graue Haupt mit der hohen, kahlen Stirn war geneigt, und die matten, ziemlich farblosen Augen blickten unter den buschigen Brauen hervor in den winterlichen Garten hinaus.

Er sah Sanna auf das Haus zukommen und schob die Brille, die er auf die Stirn geschoben hatte, vor die Augen, um besser sehen zu können. Es fiel ihm auf, wie oft in letzter Zeit, daß seine Nichte blaß und traurig aussah.

Wie sie ihrer Mutter gleicht, dachte er. Nur die Augen sind nicht von ihr, die hat sie wohl von ihrem Vater. Bettina hatte graue Augen – so gute, klare, helle Augen –, wie war es nur möglich, daß sie sich so vergaß?

Er konnte es noch immer nicht fassen und begreifen, daß seine Schwester Bettina eine Ehebrecherin geworden war. Er dachte: Man hatte Bettina zu sehr verwöhnt, da ist sie auf Abwege geraten. Anna hat doch wohl recht gehabt, wenn sie es mir zur Pflicht machte, streng mit Sanna zu verfahren. Aber leicht ist es mir manchmal nicht geworden. Ich habe kein Talent zum Erzieher. Wie sie nun wieder blaß und traurig aussieht – man möchte sie streicheln und trösten. Nein, nein – ich habe keine Anlage zum Erzieher. Und gerade mir mußte das Schicksal eine solche Verantwortung aufbürden. Sannas flehende Augen gegenüber fest zu bleiben war nicht leicht. Aber was half es. Man muß ererbte Anlagen zu unterdrücken suchen.

Trotzdem er sich das sagte, wußte er manchmal nicht, ob er recht getan habe, Sanna so klösterlich erzogen zu haben. Auch jetzt kam ihm wieder dieser Zweifel, als Sanna auf das Haus zukam mit diesem trostlosen Ausdruck im Gesicht.

Nun sah er Sanna ins Haus verschwinden, und hinter ihr her glitt mit ihrem lautlosen Gang Anna von Rehling. Ihr Gesicht war wie im Unmut gerötet. Sicher hatte sie sich wieder über Sanna geärgert.

Der alte Herr seufzte und schob die Brille wieder auf die Stirn.

Gleich darauf trat ein Diener ein.

»Herr Professor, es ist in einer Minute fünf Uhr. Die Damen warten am Teetisch«, meldete er.

»Es ist gut«, antwortete der Professor und erhob sich sofort.

Der Diener entfernte sich. Er war gewissermaßen die Hand, die das Uhrwerk drehte, nach dem sich Michael Sachaus Leben abspielte. Friedrich hatte darauf zu achten, daß der Herr Professor über seinen Arbeiten nicht Essen und Trinken, das Schlafen und Ausgehen vergaß. Mit präziser Pünktlichkeit und Unerschütterlichkeit sorgte er dafür, daß nichts vergessen wurde. Er blieb stets wie das mahnende Gewissen neben seinem Herrn stehen, bis dieser sich erhob, um den Pflichten des täglichen Lebens nachzukommen. Herr und Diener nahmen das gleichermaßen wichtig. Und so drehte sich fast alles im Haus nach der Uhr des Dieners Friedrich, denn der Professor verlangte auch von allen Hausgenossen die gleiche Pünktlichkeit, und es konnte ihn in eine nervöse Gereiztheit versetzen, wenn nicht alles auf die Sekunde klappte.

Der Professor begab sich unverzüglich in das Zimmer hinüber, wo der Tee eingenommen wurde. Dieses war, wie alle Räume im Haus, mit einer etwas altfränkischen Gediegenheit ausgestattet. Das graue Haus und die Möbel gehörten zusammen schon seit vielen Jahren. Sachau hatte es von einem Onkel geerbt, der auch als Junggeselle gestorben war.

Anna von Rehling und Sanna standen bereits hinter ihren Stühlen an dem runden, hübsch gedeckten Teetisch, als er eintrat. Mit kurzem Gruß nahm er am Tisch Platz und mit ihm zugleich die beiden Damen.

Sanna füllte die feinen Porzellantassen, legte in die des Onkels zwei Stück Zucker und stellte sie vor ihn hin. Tante Anna reichte das Körbchen mit Keksen und eine Platte mit Sandwiches herum.

Es wurde fast nicht dabei gesprochen. Meist wurden die Mahlzeiten schweigend eingenommen, wenn nicht etwas von Wichtigkeit zu erörtern war. Sanna genoß nichts als eine Tasse Tee. Sie hatte einen Keks genommen, ließ ihn aber auf dem Teller liegen und sah mit starren Augen vor sich hin, als weilten ihre Gedanken in weiter Ferne.

Verstohlen betrachtete Onkel Michael ihr blasses, trauriges Gesicht. Es traf ihn heute wie ein stummer und doch so beredter Vorwurf.

»Bist du nicht wohl, Sanna? Du siehst so bedrückt aus«, sagte er plötzlich.

Sanna erschrak. Selten genug richtete Onkel Michael das Wort an sie. Und nun fragte er gar nach ihrem Ergehen. Das war außergewöhnlich.

»Ich bin ganz wohl«, antwortete sie kurz.

Er wollte noch etwas sagen, aber da trafen seine Augen in die Tante Annas, die ihn wie mahnend anblickten. Da schwieg er.

Statt seiner nahm Tante Anna nun das Wort:

»Ich wollte dir sagen, lieber Michael, daß Gregor Anfang nächster Woche für einige Tage Urlaub hat und den mit deiner

Erlaubnis hier verbringen will.«

Der alte Herr nickte. »Ich weiß es. Gregor hat auch heute an mich geschrieben. Seine Zimmer sind bereit.«

»Gewiß, lieber Michael.«

Eine kleine Pause entstand. Endlich sagte der alte Herr zögernd und unsicher, immer wieder in Sannas Antlitz schauend: »Das wird dir lieb sein, Sanna.«

»Was meinst du, Onkel Michael?«

»Ich meine, daß Gregor kommt. Dann hast du doch auf einige Tage junge Gesellschaft. Nicht wahr, Sanna, du freust dich, daß Gregor kommt?« fuhr der alte Herr fort in einem etwas milderen Ton, als er sonst für seine Nichte hatte.

Sanna war diesen Ton nicht gewöhnt. Sie hob langsam, wie verwundert, die Augen und sah den Onkel stolz und offen an.

»Nein, Onkel Michael, ich freue mich überhaupt nicht!« sagte sie ehrlich.

»Aber, liebe Sanna, wie kannst du Onkel Michaels gütige Frage so ungezogen beantworten?« fragte Tante Anna mit öliger Sanftmut in der Stimme, während es in ihren kalten, falschen Augen seltsam flimmerte.

Sanna sah sie nicht an.

»Ich beantworte nur wahrheitsgemäß eine an mich gerichtete Frage. Wenn das ungezogen ist, kann ich nichts dafür.«

Der alte Herr rutschte unbehaglich auf seinem Stuhl. »Und warum freust du dich nicht auf Gregor?«

»Ich bitte, mir die Beantwortung dieser Frage zu erlassen, Onkel Michael. Sie würde vielleicht wieder ungezogen klingen. Und ich mag nicht lügen.«

Frau von Rehling stieg das Blut ins Gesicht.

»Laß sie, lieber Michael. Du weißt ja, wie Sanna ist. Sie zeigt sich immer gleich so ungebärdig. Je liebevoller man zu ihr ist, desto abstoßender wird sie.«

Sanna erwiderte nichts. Sie war zu stolz, um sich zu verteidigen. Sonst hatte der alte Herr bei ähnlichen Anlässen das Gespräch abgebrochen und hatte sich hastig, wie auf der Flucht, zurückgezogen. Heute tat er das nicht.

»Ich kann in Sannas Worten nichts Ungehöriges finden. Wenn sie die Wahrheit liebt, ist das nur zu loben«, sagte er rasch.

Tante Anna wandte ihm jäh das Gesicht zu und sah ihn befremdet und vorwurfsvoll an. Sanna aber hob betroffen lauschend den Kopf. Es erschien ihr erstaunlich, daß Onkel Michael einmal ihre Partei nahm und ihr gerecht zu werden versuchte.

Frau von Rehling war fassungslos.

»Aber, lieber Michael, ich bitte dich –«

Abwehrend hob er die Hand.

»Laß, Anna. Die Sache ist erledigt. Bitte, gib mir noch eine Tasse Tee, Sanna.«

Die junge Dame wußte nicht, was sie von Onkel Michaels plötzlicher Milde denken sollte. Sie nahm ihm die Tasse ab und füllte sie. Alles, was sie tat, geschah mit einer eigenartig müden Grazie.

Stumm saßen die drei Personen nun zusammen, bis sie den Tee eingenommen hatten. Als sich dann der alte Herr erhob, sagte er, zu Sanna gewendet:

»Bitte, komm mit mir hinüber in mein Arbeitszimmer. Ich habe mit dir zu reden.«

Das war etwas ganz Ungewöhnliches. Frau von Rehling erblaßte jäh.

Auch für Sanna war des Onkels Aufforderung etwas Unerhörtes. Sie erhob sich aber sofort, um ihm zu folgen. Kaum waren sie hinausgegangen, da sprang auch Frau von Rehling auf und schlich ihnen nach. Daß sie nun wenigstens als Lauscherin an dieser Unterredung teilnahm, war bei ihrem Charakter selbstverständlich. Sie schickte den im Vorzimmer postierten Diener Friedrich mit einem Auftrag fort und beugte sich an der Tür des Arbeitszimmers vor, um zu lauschen.

Michael Sachau strich sich, als er in seinem Arbeitszimmer

angelangt war, über die hohe, gelichtete Stirn. Er rückte an seiner Brille und rieb sich wie in Verlegenheit die hageren, blutleeren Hände.

»Bitte, nimm Platz«, sagte er zu Sanna, auf einen Sessel deutend.

Sie ließ sich nieder und sah ihn fragend an. Er ging einige Schritte im Zimmer auf und ab und setzte sich dann an seinen Schreibtisch. Nachdem er sich geräuspert hatte, begann er:

»Es liegt nämlich eine besondere Veranlassung vor, Sanna. Ich habe eine Frage an dich zu richten. Du stehst jetzt im einundzwanzigsten Lebensjahr, bist also im heiratsfähigen Alter. Nach bestem Wissen und Gewissen habe ich dir in meinem Haus eine Erziehung zuteil werden lassen, wie ich sie für dich ersprießlich hielt. Du wirst nicht damit einverstanden gewesen sein, vielleicht erschien ich dir oft zu hart und zu streng. Aber ich mußte es sein. Deine Mutter war mir einst sehr lieb. Sie ist in ihrer Jugend verwöhnt worden. Vielleicht war dies schuld, daß es ihrem Charakter später an dem nötigen sittlichen Ernst fehlte. Davor wollte ich dich nach Kräften behüten. Darum war ich sehr streng mit dir, wie ich hoffe, zu deinem eigenen Guten. Du wirst es mir, wie ich glaube, einst danken, wenn du älter und verständiger geworden bist. Jetzt bist du unzufrieden mit mir, nicht wahr?«

Sanna sah ihn unverwandt an mit ihren großen, ernsten Augen.

»Das ist nicht das rechte Wort für das, was ich empfinde, lieber Onkel Michael. Wenn man einen Menschen jahrelang wie einen Verbrecher gefesselt und geknebelt hat – ich meine natürlich in seelischer Beziehung –, trotzdem er unschuldig war, meinst du, daß er dann bloß ›unzufrieden‹ ist? Ich glaube es nicht, und ich weiß, daß, wollte ich meinen ganzen Jammer hinausschreien über die Art, wie in diesem Haus alles in mir totgeschlagen wurde, was warm und lebendig in meiner Seele lebt, daß dann dies Haus in seinen Grundfesten erzittern müßte vor der Größe meines Jammers.«

Es lag ein erschütternder Ausdruck in diesen verhaltenen Worten, die sich wie eine Befreiung über ihre Lippen rangen.

Der Professor starrte seine Nichte ganz entgeistert an. »Sanna! Welch eine Sprache führst du?« stieß er hervor.

Sie strich sich wie besinnend über die Stirn.

»Verzeih – aber ich beantwortete nur deine Frage.«

Der alte Herr erhob sich und ging einige Male auf und ab, um sich zu beruhigen. Dann blieb er vor der jungen Dame stehen, die apathisch in ihren Sessel zurückgesunken war. Ihre Worte hatten ihn tiefer getroffen, als sie ahnte.

»Warum hast du mir nie gesagt, daß du so sehr unter meiner Strenge gelitten hast?«

Ein bitteres Lächeln huschte um ihren Mund.

»Ungefragt durfte ich nie zu dir sprechen, und gefragt hast du mich nicht darum. Das hast du jetzt das erstemal getan, und ich habe dir darauf geantwortet.«

Er fiel schwer in seinen Sessel nieder.

»Das habe ich nicht gewollt, daß du leiden solltest. Ich wollte dein Bestes.«

Sanna richtete sich auf.

»Das habe ich mir zu deiner Entschuldigung selbst oft gesagt, wenn ich glaubte, ich müßte dir meine Empörung ins Gesicht schreien. Und ich habe in vielen bitteren Stunden gelernt, mich selbst zu beherrschen. Wie ich gedarbt habe, wie ich mich bis zur Verzweiflung nach ein wenig Liebe sehnte, die jedes Kind zum Gedeihen so nötig braucht, davon hast du wohl keine Ahnung gehabt. Ich weiß, nicht dein böser Wille ließ mich leiden, sondern nur deine Unfähigkeit, ein Kind zu verstehen und zu erziehen. Du überliefertest mich Tante Anna, die wie ein Kerkermeister über mich gewacht hat. Sie hat dir aus irgendeinem Grund eingeredet, es sei deine Pflicht, mich zu behandeln, wie du es tatest. Wenn ich eine Verbrecherin gewesen wäre, ihr hättet nicht rigoroser gegen mich vorgehen können. Aber was habe ich getan, was euer Handeln gerechtfertigt hätte? Wessen könnt ihr mich anklagen? Daß ich die

Tochter meiner Eltern bin? Habe ich mir meine Eltern ausgesucht? Und wißt ihr überhaupt, ob meine Eltern so schuldig waren, wie es scheint? Wißt ihr, ob sie nicht vielmehr einem unglücklichen Verhängnis zum Opfer fielen? Wer weiß denn, ob unedle oder niedrige Motive sie zu der Katastrophe drängten, die über sie hereinbrach? Niemand kann beurteilen, was geschah, selbst der einzige Überlebende, jener Herr von Brockhoff, hat nur unklar ausgesagt, da er vor Schrecken fassungslos gewesen ist und nichts gehört und gesehen hat, als er verwundet zusammenbrach. Und selbst, wenn alles sich so verhalten hat, wie ihr annahmt, wenn meine Mutter wirklich eine ungetreue Frau war und mein Vater erst sie und den Freund und dann sich selbst richtete, wißt ihr denn, ob meine Mutter aus Leichtsinn fehlte? Und wenn es so war – muß ich dann ihre Leichtfertigkeit geerbt haben? Muß jede Regung meines Unwillens in der jähzornigen Veranlagung liegen, die ich von meinem Vater geerbt haben soll? Habt ihr euch je die Mühe genommen, meinen Charakter zu ergründen? Mußte ich deswegen wie eine Verbrecherin gehalten werden?«

Das alles sagte Sanna, ohne die Stimme sonderlich zu erheben, ohne zu zeigen, wie erregt sie war. Aber gerade durch diese Beherrschung wirkten ihre Worte um so tiefer auf den alten Herrn. Er konnte seine Augen nicht von ihrem Antlitz wenden, das im verhaltenen Schmerz zuckte und aus dem die braunen Augen anklagend blickten.

Bisher hatte er Sanna für ein oberflächliches, unbedeutendes Geschöpf gehalten, hatte sie nur so gesehen, wie sie ihm Tante Anna geschildert hatte, und sich nie Mühe gegeben, in ihr Seelenleben einen Blick zu werfen. Nun machte er die Entdekkung, daß hinter dem stillen, blassen Gesicht seiner Nichte eine ringende Seele verborgen war . . .

»Du siehst mich fassungslos deinen Worten gegenüber«, rang es sich endlich von seinen Lippen. »Ich sehe ein, daß ich mich zu wenig mit dir beschäftigt habe, daß ich vielleicht ein Unrecht an dir beging, als ich deine Erziehung ganz in Tante

Annas Hände legte. Aber wie ich dir schon sagte, wir hatten dein Bestes im Auge.«

»Du wohl, Onkel Michael. Aus deinem Benehmen mir gegenüber habe ich wenigstens immer die ehrliche Mühe gefühlt. Aber bei Tante Anna nicht.«

»Wie kannst du so etwas sagen, Sanna? Das darfst du nicht, das ist undankbar. Tante Anna ist stets viel besorgter um dein Wohl gewesen als ich.«

Sanna schwieg. Es stieg etwas wie Mitleid in ihr auf mit der Fassungslosigkeit und Hilflosigkeit des alten Herrn, der wohl über seine Bücher und Wissenschaften genau Bescheid wußte, aber nicht über die Menschen, die ihn umgaben.

Eine Weile war es still zwischen den beiden. Sie sahen sich an, als würden sie sich heute erst kennenlernen. Endlich sagte Sanna:

»Ich will deine Meinung über Tante Anna nicht korrigieren, zumal sie abwesend ist. Es widerstrebt mir überhaupt, sie anzuklagen. Also lassen wir das ruhen. Bitte, sage mir, was du mir zu sagen hast.«

Gegen seinen Willen imponierte dem alten Herrn Sannas Auftreten . Es lag etwas Bestimmtes, Energisches in ihrer Art, das von Selbstzucht und Willensstärke sprach. Das war gewiß kein leichtfertiges, ungebärdiges Geschöpf, von dessen vielen Untugenden ihm Frau von Rehling nie genug zu berichten wußte.

Es kam ihm plötzlich zum Bewußtsein, was Sanna gelitten haben mußte, um sich zu dieser seelischen Haltung und geistigen Klarheit und Bestimmtheit durchzuringen. Die unbewußte Zuneigung, die er stets, trotz aller Strenge, für Sanna empfunden hatte, wollte sich plötzlich nicht mehr unterdrücken lassen durch die Angst, er könnte ihr damit schaden, wie ihm Anna von Rehling stets glauben gemacht hatte. Es stieg warm in seinem verknöcherten Herzen auf für dieses Kind seiner einzigen Schwester, die er einst herzlich geliebt hatte. Und zum erstenmal zweifelte er daran, daß Sanna gegenüber die angewandte

Strenge und Härte richtig gewesen waren. Er fühlte bedrückt, daß er sie darunter hatte schwer leiden lassen.

Daß er ihr Bestes gewollt hatte, schien ihm jetzt nicht mehr als Entschuldigung zu gelten. Sannas Worte trafen ihn wie eine berechtigte Anklage.

»Ja, ja – ich wollte dir etwas sagen. Deine Worte haben mich ein wenig aus dem Konzept gebracht. Ich bin nicht selbstgerecht genug, um mir sagen zu können, daß deine Anklage mich nicht zu treffen vermag. Ich gestehe, es war von Anfang an ein Zagen in mir, wie ich dich behandeln müsse, um dich vor Schaden zu bewahren. Was wußte ich von Kindererziehung? Nichts! Deshalb verließ ich mich auf Tante Anna. Sie schien mir maßgebender als ich. Nun – niemand ist unfehlbar, und mir scheint mit einemmal, als hätten wir uns beide vergriffen. Das läßt sich leider nicht ungeschehen machen. Einen Trost habe ich bei alledem – du bist trotz unseres Mißgriffs ein ehrlicher, achtenswerter Mensch geworden, dem die Lüge verhaßt ist. Und so ist wohl hoffentlich nichts gefehlt worden, was nicht gutzumachen wäre. Ich will mich von jetzt ab mehr um dich kümmern, soweit es meine angegriffene Gesundheit gestattet, und will nur noch meinem eigenen Urteil trauen. Aber vielleicht habe ich nicht mehr nötig, bestimmend auf dein Leben einzuwirken, vielleicht ändert sich ohnedies alles. Und damit komme ich auf die Veranlassung zu dieser Unterredung. Gregor hat an mich geschrieben und mir gestanden, daß er dich liebt. Seine Liebe ist groß genug, um darüber hinwegzusehen, welcher Makel auf deinem Namen ruht. Er bittet mich, dir zu sagen, daß er dich zur Frau begehrt. Ich muß sagen, daß mich das sehr freut. Du hast nicht viel Aussichten auf eine Heirat, nach allem, was geschehen ist. Und doch wüßte ich dich gern geborgen in der treuen Hut eines Mannes. Gregor ist mir lieb geworden. Er ist ein Ehrenmann mit den edelsten Eigenschaften. Du kannst dich glücklich preisen, daß er dir sein Herz zugewendet hat. Da du sonst nicht mit jungen Männern zusammengekommen bist, hoffe ich, daß auch du ihm dein Herz geschenkt hast. Ich lege eure Hände gern ineinander. Ich darf ihm schreiben, daß du ihm dein Jawort gibst?«

Sannas Gesicht zeigte eine starre Ruhe. Sie mußte denken, wie wenig Menschenkenntnis dieser gelehrte Mann hatte, wie falsch er die Menschen einschätzte, nur danach urteilend, welches Gesicht sie ihm zeigten.

Sie erhob sich aus ihrem Sessel und blieb hochaufgerichtet stehen.

»Nein, Onkel Michael, das darfst du nicht tun. Ich liebe Gregor nicht, habe nicht einmal eine Spur von Achtung für ihn und habe ihn darüber nie im Zweifel gelassen. Er hätte dir und mir diese peinliche Werbung ersparen können.«

Der alte Herr strich sich nervös über die Stirn.

»Aber was hast du gegen ihn? Bedenke, Sanna, so leicht bietet dir ein anderer Mann nicht seine Hand und seinen ehrlichen Namen. Gregor ist gut und edel, und er will dir zuliebe alles vergessen, was in der Vergangenheit liegt.«

Sie warf stolz den Kopf zurück, und in ihren Augen flammten goldne Funken.

»Das wird er nicht nötig haben! Ich verzichte auf diese Großmut. Wenn mich ein Mann zur Frau begehrt, so soll er mich so lieben, daß er nichts anderes bedenkt, als wie er mich glücklich machen kann. Er muß mich um meines Unglücks willen doppelt lieben. Und ich muß ihn ebenfalls lieben und ihm vertrauen. Sonst bleibe ich unverheiratet. Gregor kann ich nicht lieben; ich halte ihn weder für einen guten noch für einen edlen Menschen.«

»Oh, da verkennst du ihn sehr. Gregor ist ein vorzüglicher Charakter.«

Ein Lächeln huschte schattengleich um ihren Mund.

»Vielleicht verkennst du ihn, Onkel Michael? Aber gleichviel, ob du oder ich – auf seine Werbung habe ich nur ein Nein. Bitte, schreibe ihm das und teile ihm mit, daß ich ihn ersuche, mich in Zukunft nicht mehr damit zu quälen.«

Der alte Herr seufzte. Er hatte es sich so schön gedacht, sein beschwerliches Amt in Gregors Hände zu legen. Dann wäre er alle Verantwortung losgewesen.

Unsicher sah er zu Sanna hinüber. Auf ihrem Antlitz lag ein Ausdruck fester Entschlossenheit. Und er fand diesem blassen Mädchen gegenüber plötzlich nicht mehr den Mut, ein Machtwort zu sprechen, wie er es wohl noch vor kurzer Zeit getan hätte. Ihm war, als habe er heute einen Blick getan in eine Menschenseele, von deren Größe und Tiefe er bisher keine Ahnung gehabt hatte. Das machte ihn unsicher und ratlos. Und er hatte nicht einmal den Trost, sich bei Tante Anna Rat holen zu können. Die Erkenntnis war ihm jedenfalls aufgegangen, daß diese sich gleichfalls Sanna gegenüber nicht richtig benommen haben könnte. Sie war ihm plötzlich nicht mehr die Autorität.

»Ich kann dir natürlich keinen Zwang antun in dieser Angelegenheit«, sagte er schweratmend, als würde ihm die Brust zu eng.

Ihre Augen leuchteten seltsam. »Nein – gottlob – darüber wenigstens darf ich selbst entscheiden.«

»Nun, nun! Es wird dich auch in anderen Dingen niemand mehr zu etwas zwingen, was dir widerstrebt. Wenn du es nur nicht einmal bereust, einen ehrlichen Mann von dir gewiesen zu haben. Deine Zukunft macht mir schwere Sorge. Aber wie du willst. Ich werde Gregor schreiben, daß er unter diesen Umständen jetzt besser seinen Besuch hier unterläßt, bis er sich über deine Absage beruhigt hat. Das dürfte auch dir angenehm sein, nicht wahr?«

Sanna sah ihn an mit einem Blick, in dem es wie Dankbarkeit leuchtete.

»Ja, Onkel Michael. Es wäre mir peinlich, Gregor zu begegnen.«

Der alte Herr nickte. »Ich verstehe das.«

»Hast du mir sonst noch etwas zu sagen?«

»Nein, Sanna, du kannst gehen. Ich muß das alles, was du mir gesagt hast, erst bedenken und überlegen. Vielleicht spreche ich dann noch weiter mit dir darüber.«

»Wie du willst, Onkel Michael.«

Damit schritt Sanna zur Tür. ALs sie dieselbe öffnete, sah sie eben Tante Anna lautlos, wie einen grauen Schatten, aus dem Vorzimmer verschwinden.

Sanna ahnte, was sie hier getan hatte. Sie hatte die Tante schon einmal ertappt, wie sie an Onkel Michaels Tür gelauscht hatte. Damals, als dieser dem Notar seinen Letzten Willen diktiert hatte. Ein verächtliches Lächeln huschte um Sannas Mund.

Was wohl Onkel Michael gesagt hätte, wenn er das wüßte? – Still begab sie sich in ihr Zimmer. Sie war durch diese Unterredung in eine erregte Stimmung gekommen und sehnte sich nach Ruhe und Einsamkeit.

Professor Sachau sah seiner Nichte in Gedanken versunken nach. Er schüttelte den Kopf.

Wer soll sich in solch einem jungen Mädchen auskennen? Was mag wohl in ihrer Seele vorgehen? Ich fürchte, wir haben Sanna falsch angefaßt. Und jedenfalls habe ich mein Amt nicht gewissenhaft genug verwaltet, das sehe ich beschämt ein. Was soll ich tun? Wie kann ich verhüten, daß ich weitere Mißgriffe begehe? So dachte er und ging grübelnd auf und ab.

Nach einer Weile nahm der alte Herr ein Schreiben auf, das unter einem Briefbeschwerer lag. Er ließ sich vor dem Schreibtisch nieder und entfaltete das Schriftstück. Es war Gregors Brief, der lautete:

»Mein lieber, hochverehrter Onkel Michael!

Einige Tage Urlaub liegen vor mir, die ich natürlich am liebsten in Deinem Haus, das mir eine teure Heimat geworden ist, verbringen möchte. Ehe ich aber komme, will ich Dir eine Bitte ans Herz legen. Ganz kurz will ich mich fassen, damit ich Dir nicht zuviel von Deiner kostbaren Zeit stehle. Ich liebe Sanna von ganzem Herzen und habe den innigen Wunsch, daß sie meine Frau werden möge. Eingehend und gründlich habe ich mich geprüft, ob ich ihr zuliebe alles vergessen kann, was einst in Glossow geschehen ist. Und nun bin ich zu der Einsicht gekommen, daß meine Liebe größer ist als alle Bedenken. Du bist

Sannas Vormund und hast als solcher ein Recht, mir ihre Hand zuzusprechen, und Du wirst es tun, da ich Dich so herzlich darum bitte. Sanna wird sich Deiner Einsicht fügen und mir, wenn ich komme, die Rechte eines Verlobten einräumen. Du kannst dann unverzüglich unsere Verlobung veröffentlichen. Es wird Dir lieb sein, wenn ich Dir dann alle Verantwortung für Sannas Wohl abnehme und Dich von den schweren Pflichten ihr gegenüber entbinde, denn ich weiß, daß sie auf Dir lasten und Dich von Deiner wichtigen wissenschaftlichen Arbeit ablenken. Wenn Dir auch meine Mutter soviel als möglich abgenommen hat, so war es noch immer zuviel für Dich. Sanna wird aus dem Umstand, daß ich den Makel, der auf ihrem Namen ruht, vergessen will, ersehen, wie lieb ich sie habe. Bitte, teurer Onkel, wende Deinen Einfluß auf, um sie meinen Wünschen gefügig zu machen. Ich werde Dir von Herzen dafür dankbar sein. Deiner Antwort sehe ich mit Ungeduld entgegen; aber ich weiß, Du hast mein und Sannas Wohl im Auge und wirst in diese Verbindung mit Freuden willigen.

Ich begrüße Dich, wie immer, in herzlicher Liebe und Verehrung.

Dein allezeit dankbarer Neffe Gregor.«

Ganz langsam, Wort für Wort, las Onkel Michael diesen Brief durch, und was ihm beim ersten Durchlesen entgangen war, das fiel ihm jetzt, nach der Unterredung mit seiner Nichte, unangenehm auf. Er merkte, daß der Ton dieses Briefes entschieden etwas überheblich war. Nur von sich und seinen Wünschen sprach der junge Mann. Auf Sannas Meinung war wenig Gewicht gelegt. Der Onkel sollte gewissermaßen die Entscheidung herbeiführen. Ob Sanna ihn wiederliebte, ob sie ihm freudig ihre Hand reichen würde, danach fragte er nicht. Und mehr als nötig betonte er, daß er etwas zu vergessen hatte, wenn er um Sanna warb.

Gewiß – Michael Sachau sah ein, daß ein Mann Anstoß nehmen konnte an dem, was dem Leben von Sannas Eltern ein vorschnelles Ende gesetzt hatte. Aber da Gregor über diese Bedenken hinweg seine Hand nach Sanna ausstreckte, durfte er, wenn er Feingefühl besaß, diesen Punkt eigentlich nicht mehr berühren. Wollte er mit seinem Namen den ihren vor der Welt decken, dann durfte er das nicht gewissermaßen als ein Opfer hinstellen, sondern mußte schweigend darüber hinweggehen.

Jedenfalls mißfiel dem alten Herrn plötzlich mancherlei in Gregors Schreiben. Es machte ihn nachdenklich.

Und er blieb auch in den nächsten Tagen sehr nachdenklich gestimmt. Dabei beobachtete er seine Umgebung mit geschärften Blicken. Sanna begann ihn als fertiger Mensch zu interessieren, und es wollte ihm nicht mehr gefallen, daß Tante Anna jeden noch so kleinen Anlaß benutzte, um Sanna in seinen Augen herabzusetzen.

Frau von Rehling hatte fast jedes Wort der Unterredung zwischen dem Professor und seiner Nichte gehört. Ihre Abneigung gegen Sanna hatte sich nun zum Haß gesteigert. Sie zeigte sich, trotzdem sie auch jetzt noch die heuchlerische Maske nicht ablegte, doch einigermaßen gereizt und quälte Sanna mehr wie sonst. Es herrschte zwischen den beiden Damen ein noch gezwungenerer Ton als bisher.

Trotzdem gab Frau von Rehling die Hoffnung noch nicht auf, daß Sanna Gregors Frau würde. Und es blitzte in ihren kalten, falschen Augen etwas wie Grausamkeit auf, wenn sie daran dachte, daß Sanna eines Tages ihre Schwiegertochter sein würde.

Sie hatte sofort an ihren Sohn geschrieben, was sie erlauscht hatte, und redete ihm zu, trotzdem zu kommen und selbst sein Heil zu versuchen.

Anna war eine sehr eitle Mutter und glaubte nicht, daß ein junges Mädchen ihrem Sohn widerstehen könne, wenn er seine ganze Persönlichkeit einsetzte, um sie zu erringen.

Sie versprach auch, Onkel Michael inzwischen noch tunlichst zu bearbeiten, daß er schließlich doch ein Machtwort spräche, wenn sich Sanna wider Erwarten ablehnend zeigen sollte.

Aber sie merkte bald mit heimlicher Erbitterung, daß Onkel Michael plötzlich nicht mehr so unbedingt ihr lenkbares Werkzeug war. Er lehnte es glattweg ab, Sanna in dieser Angelegenheit zu beeinflussen und riet ihr sogar ziemlich energisch, auch ihre Hand aus dem Spiel zu lassen.

»In dieser Frage hat nur Sanna allein zu entscheiden, und niemand soll ihr einen Zwang auferlegen. Sie ist kein Kind mehr.«

Das besserte natürlich Frau von Rehlings Stimmung nicht.

Gregor hatte auf den absagenden Brief des Professors geantwortet, daß er sich mit dieser kurzen Ablehnung nicht zufrieden geben könne. Er wolle trotzdem kommen und seine Sache bei Sanna selbst vertreten.

Das berührte den alten Herrn keineswegs angenehm, aber er konnte Gregor natürlich nicht hindern, sein Heil selbst zu versuchen.

Sehr wohl fühlte sich der Professor jetzt nicht in seiner Haut. Er war Sanna gegenüber unsicher und bedrückt, und je mehr er sie forschend beobachtete, desto mehr überzeugte er sich, daß sie falsch behandelt und daß er ihr viel schuldig geblieben war.

Es stieg jetzt zuweilen ein sonderbar weiches und warmes Gefühl in seinem Herzen auf, wenn er Sanna in das blasse, stille Antlitz sah.

Er suchte sich ihr zu nähern und beschäftigte sich mehr als sonst mit ihr. Aber dabei mußte er zu der Erkenntnis kommen, daß sie kein Vertrauen zu ihm hatte und ihm im Herzen fremd und kalt gegenüberstand.

Zu gerecht, um das nicht nach allem verstehen zu können, hoffte er, daß Sanna langsam zu ihm zurückfinden würde, wenn er sie erst von seiner veränderten Denkungsart überzeugt hatte, und wenn sie erst fühlte, daß er seine bisherige Strenge bereute.

Er war jedoch zu unbeholfen, ihr das zu zeigen, und Sanna

verhielt sich ihm gegenüber nun zunächst doppelt fremd und verschlossen, weil sie nicht wußte, was den Onkel dazu trieb, sie jetzt so scharf zu beobachten und sich so viel mit ihr zu beschäftigen.

So vergingen die Tage, und Gregors Ankunft stand nun unmittelbar bevor.

Es war am Vormittag des Tages, an dessen Abend er erwartet wurde. Seine Mutter traf noch allerlei Vorbereitungen zu seiner Ankunft und wollte dann mit der Köchin zusammen verschiedene Einkäufe machen. Diese Absicht hatte sie am Frühstückstisch kundgetan.

Der Professor dachte an diesen Ausgang seiner Kusine, als er merkte, daß ihm ein Nachschlagewerk bei seiner Arbeit fehlte. Dies Werk hatte er einem Kollegen geliehen, und Frau von Rehling ging an dessen Haus vorüber und konnte es ihm wohl mitbringen.

Er erhob sich, um ihr das selbst zu sagen, und suchte sie in ihrem Zimmer auf, das er sonst nie betrat. Als er die Tür öffnete, sah er, daß sie nicht anwesend war. Sie befand sich wohl in der Küche.

Da in ihrem Zimmer das Fenster offenstand, um einem vorzeitigen frühlingshaften Sonnenschein Einlaß zu gewähren, entstand heftige Zugluft, die der Professor fürchtete. Schnell entschlossen trat er deshalb ein und zog die Tür hastig hinter sich zu. Er wollte Anna, die sicher gleich zurückkam, hier erwarten.

Die heftige Zugluft hatte aber nicht nur sozusagen den Professor in das Zimmer geweht, sondern auch aus dem am Fenster stehenden Arbeitskörbchen ein Briefblatt hinab auf den Fußboden. Dieses Blatt war wohl hastig aus der Hand gelegt worden, als man Frau von Rehling in die Küche rief. Nun wirbelte es der Wind vor die Füße des Professors.

Als ordnungsliebender Mann bückte er sich danach, um es aufzuheben und an seinen Platz zurückzulegen. Da es offen vor ihm lag, sah er, daß es ein Brief von Gregor war. Ohne es zu wollen, las er die erste Zeile, als er den Brief aufhob. Und plötzlich ging es wie ein jäher Ruck durch seine Gestalt. Er öffnete die Augen weit und las diese Zeile noch einmal.

»Onkel Michael ist ein ausgemachter Idiot.«

Da stand es wirklich, schwarz auf weiß, von Gregors Hand geschrieben. Der »liebe, hochverehrte Onkel Michael« sah sich durch diese Worte plötzlich merkwürdig beurteilt.

Er konnte sich, nach diesem vielversprechenden Anfang, nicht versagen, den Brief weiterzulesen. Und dabei stieß er auf seltsame Entdeckungen. Der Inhalt dieses Briefes lautete:

»Liebe Mutter! Onkel Michael ist ein ausgemachter Idiot. Seine ganze Gelehrsamkeit klammert sich nur an unnütze, läppische Dinge. Wenn man ihn mal zu einer vernünftigen Sache braucht, versagt er vollständig. Ich hatte ihm wegen Sanna nur geschrieben, damit er ein Machtwort sprechen sollte. Statt dessen quatscht er ihr allerlei Unsinn vor und überläßt ihr selbst die Entscheidung. So eine Idiotie! Nun muß ich natürlich mein Heil allein versuchen und Sannas Starrsinn besiegen. Du bist in Deinem Verhalten ihr gegenüber wohl auch ein bißchen übers Ziel hinausgeschossen. Natürlich mache ich Dir keinen Vorwurf. Du bezweckst damit, daß sie froh sein sollte, wenn ein Mann wie ich um sie anhält. Statt dessen hat sie sich, wie es scheint, in eine gewisse Ehescheu verrannt. Nun, ich werde jetzt selbst energisch in Aktion treten. Auf irgendeine Weise muß ich Sanna herumkriegen. Wir werden gemeinsam schon eine Handhabe finden, um sie gefügig zu machen. Einen Plan habe ich mir schon zurechtgelegt. Ich habe keine Zeit mehr zu verlieren. In kurzer Zeit ist Sanna mündig, und wer weiß, was dann geschieht. Ich muß sie bei meinem Besuch unbedingt dazu bringen, daß sie sich mit mir verlobt. Schließlich bin ich ja ein ansehnlicher Mann, der bei den Frauen leichtes Spiel hat. Sorge nur dafür, daß ich möglichst viel mit ihr allein bin. Dann will ich sie schon gefügig machen. Sie wird in ihrer klösterlichen Abgeschiedenheit hoffentlich nicht unempfindlich geblieben sein für das, was die Mädchen den Männern in die Arme treibt. Und ich will sie schon, so oder so, dazu bringen, sich mir zu ergeben, denn ich habe nicht Lust, mir den Goldfisch durch die Netze gehen zu lassen, zumal er sehr hübsch geworden ist und mir alles zu geben vermag, was ich von einer Frau verlange. Wer weiß, wie des Onkels Testament lautet. Du hast es ja leider nicht erlauschen können. Gewiß ist nur, daß er mir seine hirnverdrehte Sammlung vermacht hat, für die er gut hunderttausend Mark verpulvert hat. Natürlich verkaufe ich die sofort, aber ich muß froh sein, wenn ich den dritten Teil dafür bekomme, den er hineingesteckt hat. Bei seiner Gebrechlichkeit wird er hoffentlich nicht mehr lange leben. Ich habe die Komödie mit dem alten Schwachkopf satt. Was tue ich mit der Sammlung, wenn er etwa sein übriges Vermögen Sanna vermacht! Sie ist ihm näher verwandt, und der Alte hat zuweilen unangenehme Anfälle einer strengen Rechtlichkeit. Trotzdem er Sanna, dank deiner Bemühungen, nicht leiden mag, beweist doch seine von Dir belauschte Unterredung mit ihr, daß er sich mehr mit ihr befaßt als gut ist. Ich werde also auf alle Fälle Sanna gefügig machen müssen. Sorge nur dafür, daß ich, sobald der Alte aus dem Haus geht, mit Sanna ganz allein und ungestört bin, dann wird mir ihr junges, warmes Blut schon helfen, mein Ziel zu erreichen. Ich muß und will als ihr Verlobter nach Berlin zurückkehren. Bearbeite den Alten für alle Fälle noch nach Kräften. Nun lebe wohl, ich komme Samstag mit dem Abendzug. Auf Wiedersehen.

Dein Gregor.«

Der Professor hatte sich, während er diesen Brief las, immer starrer emporgerichtet. Jetzt stand er wie ein Steinbild, und sein Antlitz war bleich wie das eines Sterbenden. So also sah Gregor von Rehling in Wirklichkeit aus? Das war der Mensch, der stets Liebe und Verehrung für ihn schmeichlerisch im Munde führte? Und das war seine Mutter – das war ihr Wirken in seinem Haus und als Sannas Erzieherin? So sahen Mutter und Sohn ohne Masken aus?

Wahrlich, auf diese Enthüllung war der alte Herr nicht gefaßt gewesen.

Ein heißer Zorn und bittere Scham stiegen in ihm auf, daß er sich so hatte bluffen lassen von diesen beiden niedrig denkenden Menschen, denen er stets nur Gutes erwiesen, denen er so völlig und rückhaltlos vertraut hatte. Zum Dank dafür betrogen sie ihn in der gemeinsten Weise.

Noch einmal las er den Brief durch und prägte sich jedes Wort ein. Wie grausam waren ihm plötzlich die Augen geöffnet worden . . .

Und neben dieser Erkenntnis kam ihm nun auch zugleich die, daß er Sanna hatte ungerechterweise leiden lassen, daß er falschen Einflüsterungen gegen sie Gehör geschenkt hatte. Was er Mutter und Sohn zu hoch eingeschätzt hatte, das hatte er Sanna zu niedrig gewertet, beeinflußt durch böswillige Einflüsterungen. Wahrlich, er hatte viel gutzumachen an dem Kind seiner Schwester.

Ob ihm das überhaupt noch gelang, ob Sanna sich im Herzen nicht längst völlig von ihm losgesagt hatte?

Es stieg neben allem Zorn Mitleid in ihm auf. Mitleid mit sich selbst und mit Sanna.

Und ein Gefühl erwachte in ihm, als müsse er Sanna beschützen gegen Mutter und Sohn, damit es ihnen nicht gelänge, sie in ihre Netze zu ziehen.

Diesen beiden Menschen war, nach diesem Brief, die gewissenloseste Handlungsweise zuzutrauen.

Hastig, von Ekel geschüttelt, legte er das Schreiben in den Arbeitskorb am Fenster und verließ schnell das Zimmer. Zorn und Verachtung brannten in seiner Seele, aber er war jetzt außerstande, diesen Gefühlen Luft zu machen.

Niemand hatte gesehen, wie er das Zimmer betrat. Niemand sah, wie er es verließ.

Frau von Rehling stand in der Küche und beriet mit der Köchin den Speisezettel für die nächste Woche. Sie ahnte nicht, welchen Strich ihr das Schicksal durch die Rechnung gemacht hatte in dieser Stunde.

Michael war in sein Zimmer zurückgekehrt. Mit einer starren, harten Miene setzte er sich vor seinen Schreibtisch und entnahm einem Fach desselben ein Schriftstück.

»Mein Letzter Wille« stand auf dem sorgsam versiegelten Schreiben.

Der Professor erbrach das Siegel und öffnete das Kuvert. Er zog einen großen Bogen Papier heraus und entfaltete ihn. Langsam las er das vor einiger Zeit verfaßte Testament durch. In demselben vermachte er Gregor seine Sammlung und Anna das Haus mit dem Gartengrundstück. Sein übriges beträchtliches Vermögen vermachte er zu gleichen Teilen Sanna und Gregor.

»Jetzt wird der Alte einen seiner unangenehmen Anfälle strenger Rechtlichkeit haben«, sagte er in zorniger Bitterkeit vor sich hin und zerriß das Dokument in mehrere Stücke. Dann warf er diese Fetzen in die rote Glut des Kamins und sah mit starren Augen darauf nieder, bis sie völlig verbrannt waren.

Als nur noch die Asche übrig war, atmete er tief auf und trat an das Fenster.

Da sah er eben Frau von Rehling mit der Köchin durch den Garten auf die Pforte in der Mauer zugehen.

Als sie jenseits der Pforte verschwunden waren, wandte er sich ins Zimmer zurück und klingelte seinem Diener.

»Bringen Sie mir bitte Hut und Mantel, Friedrich, ich will ausgehen.«

»Sehr wohl, Herr Professor.«

Friedrich brachte das Gewünschte und half seinem Herrn beim Anziehen.

»Ich gehe zur Universität und bleibe einige Stunden fort«, sagte der alte Herr.

Friedrich wunderte sich im stillen. Dieser Ausgang seines Herrn war ganz unvorhergesehen und paßte durchaus nicht in das übliche Programm. Aber er sagte natürlich nichts, denn er war ein wohlgeschulter Diener.

Michael Sachau verließ das Haus. Er ging aber nicht nach der Universität, sondern zu seinem Rechtsanwalt. Dort ließ er ein neues Testament aufsetzen, das sich wesentlich von dem vernichteten unterschied.

Diesen Schritt war er sich nach der bitteren Enttäuschung schuldig.

IV

Susanna hatte vom Fenster ihres Zimmers aus erst Tante Anna und dann Onkel Michael fortgehen sehen. Mit einem Gefühl, wie es Kinder haben, wenn der gestrenge Lehrer das Schulzimmer verläßt, streckte sie die Arme aus. Ach – daß sie doch auch so frei und ungehindert durch die Pforte in der Gartenmauer hinauswandern könnte, ohne jemand zu fragen oder um Erlaubnis bitten zu müssen! Da draußen lag die Welt. Das war ein Begriff für sie, der sich mit heißem Sehnen und unbestimmter Furcht mischte.

Wie, wenn sie jetzt hinausginge? Niemand war im Haus, der sie hindern konnte. Hinaus in die Welt – weit, weit fort von dem öden, grauen Haus, das sie bedrückte wie ein Gefängnis. Sie seufzte und lächelte, mitleidig und spöttisch über sich selbst.

Würdest nicht weit kommen, arme Sanna! Hast ja nicht einmal Geld zur Verfügung, trotzdem du so reich bist. Und stehst unter Onkel Michaels Vormundschaft. Wie schnell würde er dich wieder einfangen lassen und dann noch sicherer einsperren.

So dachte sie.

Aber in den Garten hinaus wollte sie wenigstens laufen. Da schien die Sonne und schmolz der Schnee, der auf den Wegen lag.

Hastig lief sie hinaus und eilte die Wege auf und ab, wie ein gefangenes Wild. Ihre kleinen Füße hinterließen in dem weichen Schnee zierliche Spuren. Es lag schon etwas von Frühlingsahnen in der Luft, und die Sonne schien so hell und warm, als wollte sie gleichfalls den nahenden Frühling verkünden.

Tief sog die junge Dame die reine klare Luft ein, und ihre blassen Wangen röteten sich. Ihre Augen begannen zu leuchten und grüßten den Sonnenschein.

Als sie auf ihrer Wanderung wieder an das Haus herankam, sah sie, daß Friedrich aus der Tür trat und hinüber zur Gartenpforte ging. Wahrscheinlich hatte jemand geläutet. Einer der Hausbewohner konnte es aber nicht sein, denn sie wußten, daß dicht neben der Pforte innen an der Mauer ein eisernes Kästchen angebracht war, in dem der Pfortenschlüssel aufbewahrt wurde. Aus diesem Kästchen nahm man den Schlüssel, schloß auf und zu und barg den Schlüssel wieder in dem Kästchen, das Eingeweihte auch von außen erreichen konnten.

Sanna sah nach der Gartenpforte hinüber und blieb stehen, um zu sehen, wer da kam.

Als Friedrich geöffnet hatte, trat eine hohe, stattliche Männergestalt ein.

Sanna erkannte ihn sofort. Es war der Verwalter Heerfurt von Glossow.

Heerfurt fragte den Diener, ob der Herr Professor zu Hause sei und erfuhr, daß dieser abwesend war. Auch Frau von Rehling sei nicht daheim, meldete Friedrich.

Da erblickte Heerfurt Susanna von Glossow, die langsam den Weg vom Haus herüberkam und ihn mit großen, erwartungsvollen Augen ansah.

»Da sehe ich aber Fräulein von Glossow. Bitte, führen Sie mich zu ihr«, sagte Heerfurt schnell, als käme ihm das sehr gelegen.

Friedrich schloß das Tor hinter dem Verwalter ab. Inzwischen kam Sanna näher heran.

»Sie wollen gewiß meinen Onkel sprechen, Herr Verwalter. Bitte, kommen Sie mit ins Haus, er wird wohl bald zurück sein.

Nicht wahr, Friedrich?«

»Der Herr Professor sagte allerdings, er werde einige Stunden fortbleiben«, erwiderte Friedrich.

Heerfurt hatte Sanna artig begrüßt und sah ihr mit seinen ehrlichen, offenen blauen Augen ins Gesicht.

»Wenn Sie gestatten, Fräulein von Glossow, werde ich dennoch auf den Herrn Professor warten.«

Sanna hegte unbewußte Zuneigung für den Verwalter, den sie jedes Jahr einige Male in Gegenwart Onkel Michaels und Tante Annas sah, wenn er kam, um Rechnung zu legen.

»Vielleicht begnügen Sie sich inzwischen mit meiner Gesellschaft, Herr Heerfurt?«

»Ich werde mich freuen, wenn Sie mir die Ehre Ihrer Gesellschaft zuteil werden lassen. Ich bin gekommen, um mit dem Herrn Professor abzurechnen, und möchte nicht erst wieder fortgehen.«

»So kommen Sie mit mir ins Haus«, sagte Sanna mit freundlichem Lächeln.

Nebeneinander schritten sie zur Haustür, von Friedrich gefolgt.

Sanna gab dem Diener ihren Mantel, und Heerfurt legte im Flur gleichfalls seine Garderobe ab. Dann betraten sie ein neben dem Flur gelegenes Empfangszimmer.

Sanna war ein wenig unruhig und erregt. Dies Alleinsein mit Heerfurt erschien ihr sehr wünschenswert. Sie hatte schon oft den Wunsch gehegt, ihm ohne Zeugen mancherlei Fragen vorzulegen. Bisher hatte sie aber nie allein mit ihm sprechen können. Nun bescherte ihr der Zufall ein solches Alleinsein, und das wollte sie ausnützen.

»Bitte, nehmen Sie Platz, Herr Heerfurt. Darf ich Ihnen eine Erfrischung anbieten?«

»Ich danke sehr, gnädiges Fräulein, aber ich habe bereits im Hotel gefrühstückt.«

»Sie sind wohl bereits gestern abend hier eingetroffen?«

»So ist es.«

»Onkel hat Sie gewiß nicht erwartet, da er ausgegangen ist.«

»Ich habe ihm allerdings vor einigen Tagen meine Ankunft gemeldet, doch konnte ich den Termin nicht genau bestimmen, da ich nicht wußte, wann ich abkommen konnte. Ich wollte die Reise hinter mir haben, ehe die Frühjahrsbestellungen beginnen.«

Sanna hatte sich ihm gegenübergesetzt, und nun entstand eine kleine Pause. Die beiden sahen einander prüfend ins Auge, als wüßten sie nicht, was sie einander sagen dürften. Endlich fragte Susanna hastig: »Wie lange sind Sie eigentlich schon in Glossow?«

Er überlegte ein Weilchen. »Ostern werden es einundzwanzig Jahre, gnädiges Fräulein.«

Sie atmete schnell und unruhig. »Dann waren Sie also schon in Glossow, als – als meine Eltern starben?«

»Ja, schon einige Jahre. Ich kam nach Glossow, als Sie geboren wurden, gnädiges Fräulein. Das war eine Freude, ganz Glossow stand kopf. Ja, ja, das war eine schöne, glückliche Zeit. Und meine ersten Jahre in Glossow werden mir immer unvergeßlich sein. Zuerst war mein Vorgänger noch da, der alte Verwalter Steinemann. Der war fünfzig Jahre im Dienst der Freiherrn von Glossow, und er hat mich eingearbeitet, ehe er in den Ruhestand trat. Dann folgte ein frohes, frisches Schaffen, mit Ihrem Herrn Vater gemeinsam. Das war schön! Da gab es nur frohe und glückliche Gesichter, und die Arbeit freute einen, weil sie anerkannt und geschätzt wurde. Und man hatte seine Freude, wenn man Sie, gnädiges Fräulein, mit Ihren kleinen Füßen zwischen den glücklichen Eltern einhertrippeln sah. Das war wie Sonnenschein. Lachen und Frohsinn lag auf allen Gesichtern und unser schönes altes Herrenhaus – na, ich spreche da wohl zu viel –, aber es liegt jetzt so still und öde da. Ein Jammer ist das, gnädiges Fräulein. Verzeihen Sie, daß ich das ausspreche. Aber mein Herz hängt an Glossow, und es tut mir leid, daß jahraus, jahrein die Herrschaft fehlt, der man mit seinem Schaffen eine Freude machen kann. Wenn ich hier dem Herrn die Abrechnung bringe und er sagt dann so gleichmütig: ›Es ist gut, Herr Verwalter, Sie werden schon alles recht gemacht haben, ich vertraue Ihnen‹, das ist doch kein Ersatz dafür.«

Sanna strich sich über die Augen. Sie lauschte mit Herzklopfen seinen Worten. »Es ist wohl sehr schön in Glossow?« fragte sie leise.

Er nickte stolz. »Will ich meinen, Fräulein von Glossow, das schönste und reichste Gut in der ganzen Umgegend, Gerlachsheim vielleicht ausgenommen. Es gedeiht alles wie unter besonderem Segen. Und der Wald – so schönen Wald gibt es nicht noch einmal auf der Welt, das ist meine Überzeugung. Und jenseits des Waldes liegen die Dünen und dahinter die See in ihrer ganzen Pracht und Größe! Da wird das Herz weit, wenn man von den Dünen über das Meer blickt. Und unser schönes Herrenhaus! Da sind alle Zimmer sorglich instandgehalten, das läßt sich meine Frau nicht nehmen. Sie hofft immer – und ich mit ihr –, daß unser gnädiges Fräulein eines Tages wieder für immer nach Glossow kommt. Dann soll alles bereit sein – jeden Tag. Wenn Sie nur erst ein einziges Mal wieder in Ihrer angestammten Heimat gewesen sind, gnädiges Fräulein, dann gehen Sie gewiß nie mehr fort. Sie wissen nur nicht, wie schön es in Glossow ist. Verzeihen Sie mir meine Offenheit, aber Sie sollten wirklich einmal nach Ihrem schönen Erbe sehen.«

Mit glänzenden Augen lauschte Sanna seinen Worten. Als er schwieg, seufzte sie tief auf.

»Ach, lieber Herr Verwalter, wenn ich nur dürfte! Zu Fuß wollte ich in meine Heimat laufen. Hier bin ich ein Fremdling, bin niemals heimisch geworden. Wie sehr sehne ich mich nach Glossow. Aber ich darf nicht weg aus diesem Haus – man hält mich fest.«

Der Verwalter sah ihr mit seinen treuherzigen Augen groß und fest ins Gesicht.

»Ja, ja – ich habe es schon immer gemerkt, gnädiges Fräulein, der Herr Professor sähe es am liebsten, wenn Glossow gar nicht mehr auf der Welt wäre. Und die gnädige Frau Tante – lieber Gott, die nun erst gar! Es hat mir schon manchmal das Herz abgedrückt, daß man Sie so gar nicht lehrt, Ihre schöne Heimat zu lieben, und ich hätte schon oft gern einmal mit Ihnen davon gesprochen.«

Sanna preßte die Hände aufs Herz und wurde vor Erregung ganz blaß. Dann stieß sie heiser hervor:

»Auch ich danke dem Schicksal, daß es mir Gelegenheit gibt, einmal mit Ihnen ohne Zeugen zu sprechen, Herr Verwalter. Ich habe Vertrauen zu Ihnen wie zu keinem anderen Menschen auf der Welt. Zu niemand kann ich ein Herz fassen und von dem reden, was mich bewegt. Ich werde hier im Haus gehalten wie – nun ja – als sei ich selbst schuld an allem, was damals in Glossow geschehen ist. Tante redet Onkel ein, ich müsse streng und einsam gehalten werden, weil meine Mutter – ach – ich kann es nicht aussprechen, was sie von meiner Mutter und von meinem Vater sagt. Und Onkel denkt, sie meint es gut mit mir und läßt ihr freie Hand über mich. Ich lebe hier im Haus wie ein Mensch, der keinen freien Willen haben darf, den man wie eine Maschine hin und her schiebt. Tante Anna ist mir feindlich gesinnt, und Onkel wird von ihr beeinflußt, ohne daß er es merkt. Außerdem hat er keine Zeit für mich. Mir wird genau vorgeschrieben, mit wem ich verkehren darf, und es kommen nur ältere Menschen ins Haus. Ich habe nicht eine einzige Freundin und bin von strengen, unfreundlichen Lehrern unter Tantes Aufsicht unterrichtet worden. Onkel billigt das alles. Er glaubt, ich könne nicht streng genug gehalten werden, um schlechte Eigenschaften zu unterdrücken, die ich von meinen Eltern geerbt haben könnte.«

Aufatmend schwieg Sanna still, nachdem sie das alles hastig hervorgestoßen hatte.

Der Verwalter Heerfurt hatte einen roten Kopf bekommen vor zorniger Erregung.

»Behüte Gott, Fräulein von Glossow. Von Ihren Eltern können Sie nur gute Eigenschaften geerbt haben, trotz allem, was geschehen ist. Das waren gute, edle Menschen, was auch dagegen sprechen mag. Der Schein trügt, glauben Sie mir das, und lassen Sie sich im Herzen nicht gegen Ihre Eltern einnehmen. Meine Frau, die ja auch damals schon als Mamsell in Glossow war, hat mancherlei gesehen und gehört in jener Zeit. Und sie schwört noch heute darauf, daß nur ein unglückseliger Irrtum und jener Herr von Brockhoff an der Katastrophe schuld gewesen sind. Das hat sie schon damals behauptet, aber niemand hat ihr Gehör geschenkt. Tatsache ist ja freilich, daß unser Herr in der furchtbaren Aufregung die Schüsse abgegeben hat, die so schweres Leid im Gefolge hatten. Er hat sicher nicht gewußt, was er tat in jener unglückseligen Stunde. Alles ist im jähen Zorn über ihn gekommen. Wer will da richten? Das kann den besten, edelsten Menschen passieren, und Gott bewahre jeden vor solch einer dunklen Stunde. Und Ihre Frau Mutter, gnädiges Fräulein, die war nun gar ein leibhaftiger Engel, und meine Frau schwört auf ihre völlige Unschuld. Wer kann wissen, wie das alles gekommen ist. Ganz sicher sind aber nicht schlimme Eigenschaften Ihrer Eltern an dem Unheil schuld gewesen, das ist auch meine heilige und feste Überzeugung. Und wenn Sie mal meine Frau über das alles sprechen hörten, dann würden Sie auch davon überzeugt sein.«

Sanna sprang auf und faßte nach seiner Hand wie eine Ertrinkende nach dem rettenden Tau. Ihre Augen hefteten sich mit einem flehenden Ausdruck auf sein Gesicht.

»Ach – wie mir Ihre Worte wohltun, lieber Herr Verwalter –, wie dankbar bin ich Ihnen für diesen festen Glauben. Ich möchte weinen vor Dankbarkeit über dieses erste gute Wort, das man mir über meine Eltern sagt. Aber ich muß mich beherrschen – muß äußerlich ganz ruhig bleiben, wie es auch in mir stürmt. Wenn Onkel und Tante heimkehren, dürfen sie nicht merken, worüber wir gesprochen haben. Wenn ich nur einmal von Ihrer Frau hören könnte, was sie über meine Eltern weiß.«

»Oh, dann würden Sie noch mancherlei hören, was ich Ihnen nicht so erzählen kann. Meine Frau hat mit Ihrer gnädigen Frau Mutter vor der Katastrophe vieles besprochen, was ein besonderes Licht auf alles wirft, was geschehen ist. Ich finde dafür nicht die rechten Worte. Kommen Sie nur nach Glossow, gnädiges Fräulein, in Ihre wahre Heimat. Dort finden Sie treue, ergebene Herzen, die Sie lieben und ehren werden. Das hätte ich Ihnen schon lange gern einmal gesagt. Ich habe gemerkt, wie schlimm Sie hier daran sind. Das Herz hat es mir manchmal umgedreht, wenn ich Ihr blasses, trauriges Gesicht gesehen habe. Und wenn ich meiner Frau davon erzählte, hat sie immer gefragt: ›Kann man denn dem armen gnädigen Fräulein gar nicht helfen?‹ Kommen Sie heim zu uns nach Glossow!

Ich bin es dem Andenken an Ihren Herrn Vater schuldig, so zu Ihnen zu sprechen. Wenn Ihre Eltern wüßten, wie es Ihnen hier ergeht!«

Sanna fiel in ihren Sessel zurück und bedeckte die Augen mit der Hand. Am liebsten hätte sie sich an Heerfurt geklammert und hätte ihn gebeten: »Nimm mich mit!«

Aufseufzend strich sie über Augen und Stirn. »Ich darf nicht. Onkel erlaubt es nicht«, sagte sie mit bebender Stimme.

Er sah sie prüfend an.

»Aber die Rechte des Herrn Professor über Sie gehen doch nur bis zu einer gewissen Grenze. Er weiß wohl nicht, was er Ihnen antut, daß er Sie von der Heimat so fernhält. Und seine Rechte haben auch einmal ein Ende. In sechs Wochen ist Ihr einundzwanzigster Geburtstag – dann sind Sie mündig.«

Sanna richtete sich rasch empor und sah ihn mit brennenden Augen an.

»Und wenn ich mündig bin – hat dann Onkel kein Recht mehr, mir meinen Aufenthalt vorzuschreiben?«

»Nein, ganz gewiß nicht.«

»Er darf mich dann auch nicht gegen meinen Willen festhalten, darf mich nicht zurückholen, wenn ich sein Haus verlassen würde?«

»Nein, das darf er nicht. Sobald Sie mündig sind, also an Ihrem einundzwanzigsten Geburtstag, sind Sie Herr über sich selbst und können tun und lassen, was Sie für gut finden. Niemand kann Sie mehr hindern an einer freien Willensbestimmung.«

Sanna drückte, wie von einem Gedanken überwältigt, die Hände an das stark klopfende Herz. Eine Weile sah sie vor sich hin, in Gedanken verloren, als überlege sie etwas. Dann hob sie plötzlich den Kopf. Ein Zug fester Entschlossenheit lag um ihren Mund, und die Augen blickten fast schwarz vor Erregung.

»Herr Heerfurt – ich besitze niemals Geld, wenn ich etwas brauche, muß ich es Tante sagen. Können Sie mir nicht etwas Geld geben? Es müßte aber so viel sein, als ich brauchen würde, um nach Glossow zu kommen.«

Heerfurt sah sie freudig überrascht an. Dann leuchteten seine Augen verständnisinnig auf. Schnell faßte er in seine Brusttasche und zog die Brieftasche hervor. Dieser entnahm er zwei Hundertmarkscheine und legte sie schnell in Sannas zitternde Hand.

»Mehr kann ich Ihnen leider im Moment nicht geben, gnädiges Fräulein, aber es wird reichlich genügen. Sie müßten natürlich, wenn Sie allein reisen, erster Klasse lösen. Und hier – da habe ich mir für den besten Zug Notizen gemacht, den ich benutzen werde. Er geht sehr früh hier ab, aber man kann dann auch Glossow in einem Tag erreichen. Es ist alles auf diesem Zettel notiert. Verwahren Sie denselben für alle Fälle. Sie müssen sehr vorsichtig sein, denn Sie sind des Reisens ungewohnt, und müssen mir sofort telegrafieren.«

Sanna barg mit zitternden Händen Geld und Zettel in ihrem Kleid. Dabei sah sie ängstlich nach der Tür, ob sie nicht überrascht würde. Und dann sagte sie erregt:

»Ich danke Ihnen! Ach, Sie wissen nicht, wie mir jetzt zumute ist. Ich sehe einen Weg, der mich ins Freie führt aus dem dumpfen Zwang dieses Hauses.«

Gequält fuhr Sanna fort: »Ich werde hier wie eine Gefangene gehalten. Aber nun – nun sehe ich einen Ausweg, ein Ende dieser Pein. Sorgen Sie sich nicht, ich will schon vorsichtig sein, wenn ich auch unerfahren bin. Und ich will es möglich machen, daß – doch still – Tante Anna!«

Die letzten Worte flüsterte sie und lehnte sich wie gleichmütig in ihren Sessel zurück, sich gewaltsam zur Ruhe zwingend.

»Unbedingt telegrafieren Sie mir Ihre Ankunft«, sagte Heerfurt noch schnell und leise. Dann wurde auch schon die Tür geöffnet. Man hatte draußen Tante Annas Stimme gehört. Diese trat mit ihren leisen Schritten ein, ein sanftes, gleißnerisches Lächeln auf dem vollen Gesicht, und in den Augen einen schnellen, forschenden Blick.

»Guten Tag, Herr Verwalter. Es freut mich, Sie zu sehen. Sie haben, wie ich hörte, schon eine Weile gewartet.«

Heerfurt hatte sich erhoben und begrüßte sie.

»Das macht nichts aus, gnädige Frau. Ich habe hier nichts zu tun, als mit dem Herrn Professor zu verhandeln.«

»Ja, ja. Und meine Nichte hat Ihnen inzwischen Gesellschaft geleistet. Der Herr Professor ist, wie mir Friedrich sagte, zur Universität. Da müssen Sie wohl noch ein Weilchen mit uns fürliebnehmen.«

Heerfurt verneigte sich dankend. Er konnte Frau von Rehling nicht leiden. Schon immer war sie ihm unsympathisch gewesen. Jetzt, nach Sannas Worten, hatte sich dies Gefühl noch gesteigert. Seinen klugen Augen war bei seinen kurzen Besuchen im Professorenhaus nicht entgangen, daß seine junge Herrin hier nicht auf Rosen gebettet war. Er hatte sie immer von Herzen bedauert. Aber jetzt erst war ihm eine Ahnung gekommen von der Größe des Leidensweges, den man diesem Geschöpf zugemutet hatte. Das empörte nun sein ehrliches Herz. Er fühlte, daß er recht getan hatte, seiner jungen Herrin helfend die Hand zu reichen, um sie zu befreien aus diesem drückenden Zwang. Ihr allein fühlte er sich ergeben. Für sie hatte er gesorgt und geschafft, daß ihr Besitz sich unter seinen Händen vermehrte und verbesserte. Das war sein Ehrgeiz gewesen, der Ehrgeiz eines rechtschaffenen Mannes.

Heute stand er hier, um ein letztes Mal vor ihrem Vormund Rechenschaft abzulegen über sein Tun und Handeln. In Zukunft hatte er es nur noch mit seiner jungen Herrin zu tun. Und er wollte mit Gut und Blut für sie einstehen. Das gebot ihm schon das Gefühl der Dankbarkeit gegen ihren Vater, der ihm in Glossow eine Lebensstellung geboten hatte und ihm allezeit ein gütiger Herr gewesen war, der ihn nach seinem vollen Wert einschätzte.

Heerfurt hatte seiner ehrlichen Überzeugung Ausdruck gegeben, als er Sanna vorhin sagte, daß sie nur gute Eigenschaften von ihren Eltern geerbt haben konnte. Er ahnte nicht einmal, wie groß die Wohltat war, die er ihr damit erwies. Wußte er doch nicht, wie unsagbar die arme Waise gelitten hatte unter den Schmähungen, die man über ihre Eltern immer wieder ausgesprochen hatte.

Heerfurt wechselte nun einige höfliche Redensarten mit Frau von Rehling, aber man konnte ihm wohl anmerken, daß er nicht viel Sympathie für sie hegte.

Die alte Dame sah dabei heimlich forschend und mißtrauisch in Sannas gerötetes Gesicht. Nun beugte sie sich mit süßlichem Lächeln über sie und klopfte ihr scheinbar zärtlich die Wangen.

»Was das Kind für heiße Wangen hat! Hast dich wohl sehr lebhaft mit dem Herrn Verwalter unterhalten?« fragte sie lauernd.

»Ich erzählte dem gnädigen Fräulein nur, wie schön es in Glossow ist«, kam Heerfurt Sanna zu Hilfe.

»Und außerdem war ich draußen im Garten und habe mich im Sonnenschein warmgelaufen, ehe Herr Heerfurt kam«, bemerkte Sanna.

»So, so! Und hast nicht daran gedacht, ihm einen Imbiß vorsetzen zu lassen. Verzeihen Sie, Herr Verwalter, aber das Kind hat keine Ahnung von Hausfrauenpflichten«, scherzte Frau von Rehling süßlich.

»Du irrst, Tante Anna. Ich habe gefragt, ob ich etwas bringen lassen soll. Aber er dankte, da er schon gefrühstückt hatte.«

»Ei, siehe da, dann warst du umsichtiger als ich annahm. Nun, dafür werden wir das Vergnügen haben, daß Sie an unserem Mittagsmahl teilnehmen? Sie haben doch sicher längere Zeit mit dem Herrn Professor zu tun?«

Heerfurt verneigte sich.

»Allerdings, gnädige Frau. Einige Stunden werden unsere Geschäfte wohl in Anspruch nehmen.«

»Das freut mich, da sind Sie also bei Tisch unser Gast«, sagte die alte Dame freundlich.

Im Grunde konnte sie den Verwalter nicht ausstehen. Er war ein so ehrlicher, rechtschaffener Mensch, daß sie vor ihm im Gefühl ihrer eigenen Erbärmlichkeit die Augen niederschlagen mußte, wenn er sie mit seinen ehrlichen, offenen Augen so ruhig und unbeirrt ansah. Und niedrige Charaktere können es schlecht vertragen, wenn ein anderer Mensch größer und besser ist.

Für ihr Mißtrauen, daß zwischen Heerfurt und Sanna etwas besprochen worden war, das ihr nicht paßte, hatte sie keinen Anhalt gefunden. Aber sie hatte in solchen Fällen immer ein Mittel bereit, sich zu überzeugen. Anscheinend liebenswürdig sagte sie scherzend: »Nun müssen Sie mich ein Weilchen entschuldigen, Herr Verwalter. Ich will in der Küche Weisung geben, daß wir einen Gast haben. Meine Nichte wird Ihnen gern noch so lange Gesellschaft leisten.«

Und lächelnd ging sie hinaus, Sanna nochmals scheinbar liebevoll die Wangen streichelnd.

Heerfurt sah ihr mit einem unbehaglichen Gesicht nach. Er fühlte, daß ihre Liebenswürdigkeit nicht echt war. Dann wandte er sich an Sanna und wollte ihr eben noch einige Weisungen geben für ihre etwaige Reise nach Glossow. Aber Sanna kam ihm zuvor und machte hastig eine bezeichnende

Gebärde nach der Tür, ihm zu verstehen gebend, daß die Tante dort lauschte. Er begriff sofort und hielt seine Worte zurück. Sie unterhielten sich nun laut über ganz nebensächliche Dinge, sprachen über das Wetter, über den nahenden Frühling und tauschten steife, förmliche Reden.

Natürlich hatte Sanna recht vermutet. Anna von Rehling lauschte draußen und gab dann, ehe sie beruhigt wieder eintrat, nur schnell in der Küche eine kurze Weisung, daß zum Essen ein Gast anwesend sein würde.

Strahlend und voller Liebenswürdigkeit trat sie wieder ins Zimmer und nahm an der Unterhaltung teil, ohne zu ahnen, daß vorher schwerwiegende Dinge zwischen Sanna und Heerfurt besprochen worden waren.

V

Michael Sachau kam kurz vor Tisch wieder heim. Die Angelegenheit bei seinem Rechtsanwalt hatte ihn ziemlich lange aufgehalten.

Er sah blaß und abgespannt aus, begrüßte Heerfurt aber sehr freundlich und bat um Entschuldigung, daß er ihn so lange hatte warten lassen.

Er hatte Heerfurt sehr gern. Seine kraftvolle, ehrliche Persönlichkeit flößte ihm Hochachtung und Sympathie ein. Schon als er damals, kurz nach der Katastrophe, in Glossow gewesen war und den Verhältnissen hilflos gegenübergestanden hatte, war ihm Heerfurt eine verläßliche Stütze gewesen. Seither hatte sich sein Vertrauen zu diesem blonden Hünen, der ihn um Haupteslänge überragte, noch bedeutend vergrößert.

Gleich nach des Professors Rückkehr ging man zu Tisch, und es war nur Heerfurts Anwesenheit zu danken, daß Michael Sachau diese erste Begegnung mit Frau von Rehling, nach der Enttäuschung von heute morgen, erträglich fand. Er unterhielt sich vorwiegend mit dem Verwalter und richtete ab und zu ein Wort an Sanna. Mit Frau von Rehling sprach er nur das Nötigste und vermied es, sie dabei anzusehen, damit ihn der Groll nicht übermannte.

Gleich nach beendeter Mahlzeit bat er den Verwalter hinüber in sein Arbeitszimmer. Das war gegen alle Gewohnheit. Sonst pflegte er mit Heerfurt in Gegenwart seiner Kusine zu verhandeln, oder er bat sie, zu bleiben, wenn sie sich entfernen wollte. Heute geschah das nicht. Als sie ihm ohne Aufforderung folgen wollte, wies er sie zurück.

»Ich möchte mit dem Herrn Verwalter allein sprechen.«

Das kam so schroff und kalt über seine Lippen, daß ihm Frau von Rehling betroffen nachblickte.

»Was ist denn mit Onkel Michael, fandest du ihn nicht sehr seltsam?« fragte sie Sanna in ihrer Bestürzung.

Die junge Dame schrak aus ihren Gedanken empor.

»Wie meinst du, Tante Anna?«

»Mein Gott, wo bist du nur mit deinen Gedanken? Ich meine, ob du Onkel Michael nicht recht seltsam fandest?«

Sanna schüttelte den Kopf.

»Nein – ich habe nichts bemerkt. Ich habe vielleicht auch nicht darauf geachtet.«

Die alte Dame biß sich ärgerlich auf ihre Lippen.

»Es ist ein Kreuz mit dir! Du bist leider immer so interessenlos gegen deine Umgebung, liebe Sanna. Ich bin in schwerer Sorge, daß Onkel Michael wieder leidend und nervös ist. Du aber merkst nichts von seiner Veränderung. Es interessiert dich leider überhaupt nicht, ob er krank oder gesund ist.«

Sanna sah sie ruhig an.

»Ich weiß nicht, was ich dir darauf erwidern soll.«

Die alte Dame konnte kaum ihre Gereiztheit meistern.

»Was du erwidern sollst? Nun, du hast oft eine merkwürdige Art, Sanna, das muß ich sagen. Wenn man nicht aus Liebe zu dir allezeit zu nachsichtig wäre, müßte man dir auf diese Worte eine scharfe Entgegnung geben.«

Sanna nahm schweigend am Fenster Platz und beschäftigte sich mit einer Handarbeit. Frau von Rehling ging unruhig mit ihren lautlosen Schritten auf und ab. Am liebsten hätte sie wieder ihren Lauscherposten an der Tür zu des Professors Arbeitszimmer bezogen.

Nach einer kurzen Weile ging sie auch, um diesen Vorsatz auszuführen, denn sie hatte es nicht gern, wenn etwas im Hause geschah oder besprochen wurde, wovon sie nicht unterrichtet war. Als sie leise das Vorzimmer betrat, sah sie zu ihrem Mißvergnügen, daß Friedrich anwesend war.

»Sie müssen gleich einmal auf den Speicher gehen, Friedrich, und die Sommersachen des Herrn Professors nachsehen«, gebot sie dem Diener, um ihn zu entfernen.

Friedrich rührte sich aber nicht von der Stelle.

»Später, gnädige Frau«, sagte er mit stoischer Ruhe.

»Was soll das heißen? Sie gehen sofort.«

»Nein, gnädige Frau. Der Herr Professor hat mir ausdrücklich befohlen, hierzubleiben und mich nicht von der Stelle zu rühren, bis er mich ruft.«

Frau von Rehling warf dem pflichtgetreuen Diener einen giftigen Blick zu, aber sie sah doch ein, daß sie das Feld räumen mußte. Sie hielt es freilich nur für einen Zufall, daß der Professor Friedrich diesen Befehl gegeben hatte. Wahrscheinlich brauchte er ihn zu irgend etwas. Keine Ahnung kam ihr, daß er Friedrich mit Absicht hier postiert hatte, um ihr das Lauschen unmöglich zu machen.

Der Professor und Heerfurt besprachen zunächst nur die üblichen geschäftlichen Dinge. Erst als sie damit fertig waren, sagte der alte Herr, der nicht mit voller Aufmerksamkeit der Abrechnung gefolgt war:

»Es ist gut, es ist alles gut, mein lieber Herr Verwalter. Das ist ja wohl nun das letztemal gewesen, daß ich an Stelle meines Mündels mit Ihnen abrechne. Das nächstemal wird Sanna selbst mit dabei sein, und dann wird nur noch ihre Unterschrift gelten.«

»Jawohl, Herr Professor, so ist es«, erwiderte Heerfurt, seine Papiere zusammenfaltend.

Der Professor räusperte sich und fuhr fort:

»Bis vor kurzer Zeit habe ich mich in dem guten Glauben gewiegt, daß ich mein Amt als Vormund, so gut es ging, verwaltet habe. Aber in den letzten Tagen sind mir Bedenken gekommen. Bedenken schwerster Art, daß ich manches hätte besser machen können. Abgesehen von dem geschäftlichen Teil, bei dem ich in Ihnen eine vertrauenswürdige Stütze hatte, habe ich auch sonst nicht das rechte Verständnis für das verantwortungsvolle Amt gehabt. Und – in dieser anderen Hinsicht war ich nicht so gut beraten wie bei Ihnen. Das weiß ich allerdings erst seit heute. Sie sehen mich heute in einer sehr schlimmen Gemütsverfassung, und ich bin leider noch nicht fähig, klar über eine sehr bittere Enttäuschung, über einen unerhörten Vertrauensbruch nachzudenken. Nur eins möchte ich Ihnen darüber sagen. Ich habe Sie allezeit für einen ehrlichen, zuverlässigen und energischen Mann erkannt, zu dem ich unbedingtes Vertrauen habe. Mein hohes Alter und meine schwächliche Konstitution lassen es leicht möglich erscheinen, daß meine Tage bald ein Ende nehmen. Sollte ich nun eines Tages schnell abgerufen werden, so hat mein Diener Friedrich die Weisung, Ihnen sofort telegrafisch von meinem Ableben Kenntnis zu geben. Ich bitte Sie heute inständig, eilen Sie dann sofort hierher, ohne jede Verzögerung, um meiner Nichte beizustehen. Sie wird eines Schutzes sicher bedürfen – am meisten gegen zwei Menschen, die ihr dann anscheinend am nächsten stehen. Sie sehen mich betroffen an, Herr Verwalter. Ja, ja – auch ich war betroffen, als ich heute plötzlich die schmerzliche Entdeckung machte, daß diese beiden Menschen mich unerhört betrogen haben. Doch nichts mehr davon. Ich habe heute mein früher aufgezeichnetes Testament vernichtet und von meinem Rechtsanwalt ein neues aufsetzen lassen. Deshalb mußten Sie so lange auf mich warten. Sie wissen, wie ich mein altes Testament abgefaßt hatte, nicht wahr?«

»Ja, Herr Professor, Sie machten mir davon Mitteilung«, erwiderte Heerfurt, in dessen Gesicht es wie Wetterleuchten zuckte.

»Nun, mein endgültiger Letzter Wille sieht anders aus. Er macht meine Nichte Susanne zu meiner Universalerbin, einige kleine Legate für treue Diener ausgenommen. Den Unwert der beiden anderen Menschen, die ich in meinem früheren Testament so reichlich bedacht hatte, habe ich erkennen müssen, und bin nun mit ihnen verfahren, wie sie es verdienen. Weiter kann ich Ihnen heute nichts sagen. Ich bin am Ende meiner Kraft und muß mich zur Ruhe begeben. Sie sollten nur wissen, daß meine Nichte eines Schutzes dringend bedarf, sobald ich die Augen schließe. Ich schreibe Ihnen vielleicht später noch ausführlich darüber. Nicht wahr, Sie versprechen mir, daß Sie zur Stelle sein werden?«

Heerfurt nickte energisch.

»Ganz gewiß, Herr Professor. Ich werde alles stehen und liegen lassen und hierher eilen. Meine junge Herrin kann in jeder Lage auf meine unbedingte Ergebenheit zählen.«

Gern hätte der Verwalter nun noch einiges mit dem Professor besprochen, aber dieser winkte hastig ab und sah so elend und verfallen aus, daß er es unterlassen mußte.

Michael Sachau klingelte seinen Diener herbei, und auf diesen gestützt, wankte er in sein Schlafzimmer, um sich zur Ruhe bringen zu lassen. Er winkte Heerfurt noch einen matten Gruß zu, ehe er verschwand.

Dieser begab sich nochmals zu den Damen hinüber, und Frau von Rehling nahm ihn sogleich in Anspruch und suchte durch diplomatische Fragen aus ihm herauszulocken, was zwischen ihm und dem Professor verhandelt worden war. Heerfurt gab ihr aber natürlich keinerlei Aufschluß und beobachtete sie mit noch viel kritischeren Augen als sonst.

Er hätte Sanna so gern noch einen Wink gegeben über die plötzliche Sinnesänderung ihres Onkels, aber Frau von Rehling ließ ihn keinen Augenblick mehr mit ihr allein.

Die Sorge um seine junge Herrin machte jedoch den sonst so geraden, ehrlichen Mann zum Diplomaten.

Er bat um die Erlaubnis, sich einige Notizen machen zu dürfen über Aufträge, die er vom Herrn Professor erhalten habe, damit er nichts vergesse. Sie gab ihm mit süßlichem Lächeln die Erlaubnis , und er zog sein Notizbuch hervor und ließ sich am Tisch nieder, um etwas aufzuschreiben.

Die beiden Damen beschäftigten sich inzwischen mit ihren Handarbeiten.

Heerfurt hatte sich so gesetzt, daß er den Damen den Rücken zuwandte. So bemerkten sie nicht, daß er das Blatt, das er beschrieben hatte, leise und vorsichtig aus seinem Notizbuch löste und zu einem schmalen Streifen zusammenfaltete.

Diesen Papierstreifen barg er in seiner Hand, als er das Notizbuch wieder einsteckte.

Gleich darauf verabschiedete er sich von den Damen. Da es noch zeitig genug war, wollte er den Nachtzug benutzen und konnte morgen mittag in Glossow sein.

Als er Sanna die rechte Hand reichte, schob er ihr unbemerkt den schmalen Papierstreifen zu, mit einem zur Vorsicht mahnenden Blick. Sie begriff sofort und verriet sich mit keinem Wimpernzucken. Während sich Heerfurt etwas umständlich von Frau von Rehling verabschiedete, hatte Sanna Zeit, den Papierstreifen in ihrem Kleid zu bergen.

Befriedigt entfernte sich Heerfurt nun.

Sobald sich Sanna unter einem Vorwand zurückziehen konnte, suchte sie ihr Zimmer auf und zog den Zettel hervor. Sie las:

»Es muß etwas geschehen sein, was dem Professor den Unwert Frau von Rehlings und ihres Sohnes enthüllt hat. Er sagte mir, daß ich, falls er sterben sollte, sofort herbeieilen soll, um Sie vor diesen beiden Menschen zu schützen. Der Professor war anders als sonst. Seien Sie vorsichtig und trauen Sie niemand. Sollte etwas geschehen, und Sie meiner bedürfen, so telegrafieren Sie mir sofort. Ihr treu ergebener Heerfurt.«

Sanna sah nachdenklich und erregt auf das Papier. Dann verbrannte sie es sorgfältig an einer Kerze und streute die Asche zum Fenster hinaus. Sie wußte, daß Tante Anna heimlich alle ihre Sachen durchstöberte. Deshalb beschloß sie auch, das erhaltene Geld und den Zettel mit den Notizen über die Abgangszeiten der Züge bei sich zu tragen.

Erregt und unruhig ging sie lange in ihrem Zimmer auf und ab. Der heutige Tag hatte ihr mancherlei gebracht, was sie aus dem stumpfen Gleichmaß ihres Lebens aufrüttelte.

VI

Michael Sachau hatte sich zur Ruhe begeben, aber schlafen konnte er nicht. Zu viel war heute auf ihn eingestürmt. So ruhebedürftig sein Körper war, so wenig Ruhe fand sein Geist.

Schließlich ließ er Anna zu sich rufen, weil er einsah, daß etwas geschehen müsse, um Sanna vor einer Begegnung mit Gregor zu bewahren.

Frau von Rehling folgte seinem Ruf sofort.

»O, mein armer lieber Michael, ich hörte mit Bestürzung, daß du dich hast niederlegen müssen. Fühlst du dich wieder nicht wohl?«

Mit diesen Worten trat sie, eine betrübte Miene zeigend, an sein Bett. Das Gesicht des alten Herrn blieb unbeweglich. Er sah mit einem seltsamen Ausdruck in ihr falsches Gesicht, das ihn bisher so sehr getäuscht hatte.

»Ich fühle mich krank und bedarf der Ruhe. Deshalb muß ich verlangen, daß Gregor sofort wieder abreist, wenn er ankommt. Ich kann ihn nicht sehen.«

Sie sah jetzt ehrlich bestürzt aus.

»Aber, lieber Michael! Gregor wird dir doch keinerlei Unruhe bereiten. Wenn es ihm auch schmerzlich sein wird, daß er dich nicht sehen darf, so wird er doch natürlich deinen Zustand respektieren und sich zurückhalten. Du weißt, wie rücksichtsvoll er ist und wie er dich liebt.«

Ein eigenartiges Lächeln spielte um des Professors Mund.

»O ja – das weiß ich – weiß es ganz genau. Aber trotzdem bestimme ihn, sofort wieder abzureisen.«

Frau von Rehling sah ihn vorwurfsvoll an.

»Das kann dein Ernst nicht sein, lieber Michael! Du ahnst wohl nicht, welche Marter du Gregor auferlegen würdest, wenn er in Sorge und Unruhe um deinen Zustand wieder abreisen müßte.«

Wieder spielte das rätselhafte Lächeln um den Mund des alten Herrn.

»Ich hoffe, er wird diese Marter zu ertragen wissen. Jedenfalls soll er das Haus sofort wieder verlassen.« Damit legte er sich zurück und bedeckte seine Augen mit der Hand.

In Frau von Rehlings Augen flimmerte es falsch.

»Aber ich bitte dich, lieber Michael, heute abend kann Gregor unmöglich wieder abreisen, es geht für ihn kein Zug mehr zurück.«

»Ach, richtig! Nun, so mag er sich auf meine Kosten für diese Nacht ein Hotelzimmer nehmen und kann morgen früh abreisen.«

Sie setzte eine gekränkte Miene auf.

»Wie ihn das betrüben wird, ahnst du wohl nicht, sonst könntest du das nicht wollen. Es wird ihm sein, als wenn man ihm die Heimat verschließt. Und wie mir dabei zumute ist, bedenkst du wohl auch nicht.«

Michael Sachau wandte sein Gesicht von ihr ab; er konnte ihren Anblick nicht mehr ertragen.

»Geh und tue, was ich dir sage. Ich will nicht, daß Gregor mit Sanna zusammentrifft.«

»Aber er kommt hauptsächlich aus dem Grunde hierher, um seine Sache bei Sanna selbst zu führen. Das kannst du ihm nicht verwehren.«

»Es hat keinen Zweck, Sanna wird niemals seine Frau. Geh,

laß mich allein und tue, was ich dir sagte. Du kannst Sanna sagen, daß ich mit ihr zu sprechen habe. Schicke sie mir sofort herüber.«

Es lag etwas in des Professors Benehmen, das sie verstummen machte und in großer Unruhe hinaustrieb.

Draußen blieb sie eine Weile reglos und mit gesenktem Kopf stehen.

»Was ist das?« fragte sie sich ganz fassungslos.

Aber sie kam seinem Willen nach und sandte Sanna zu ihm. Natürlich schlich sie dieser sofort nach, um zu lauschen. Das Schlafzimmer des Professors hatte zwei Türen. Eine davon konnte Friedrich nur bewachen.

Sie kam aber auf ihrem Lauscherposten nicht auf ihre Kosten. Aus dem, was sie hörte, wurde ihr keine Erklärung für das sonderbare Verhalten des alten Herrn.

»Du hast mich rufen lassen, Onkel Michael«, sagte Sanna, als sie an das Lager des Professors trat, und etwas wie Mitleid lag in ihren Augen, als sie in sein bleiches, verfallenes Gesicht sah.

»Ja, mein Kind«, antwortete der Professor mit ungewohnt weicher Stimme, »ich wollte dir etwas sagen. Du weißt, daß Gregor, trotzdem ich ihm abgeschrieben hatte, heute abend ankommt.«

»Ja, Onkel Michael, ich hörte es von Tante Anna.«

»Er will versuchen, dich anderen Sinnes zu machen.«

»Das kann er sich und mir sparen – ich werde immer nur ein Nein bereit haben. Ich werde mich überhaupt nie verheiraten«, sagte Sanna fest.

Der alte Herr blickte mit matten Augen zu ihr auf, und zum erstenmal empfand er mit Bewußtsein, welch ein reizendes, liebenswertes Geschöpf da vor ihm stand.

»Es soll dich niemand zwingen, Sanna, und weiter behelligen. Deshalb bitte ich dich, bleibe in meiner Nähe, bis Gregor das Haus wieder verlassen hat. Ich habe seiner Mutter soeben gesagt, daß ich nicht will, daß er mit dir unter einem Dach weilt. Er wird diese Nacht im Hotel bleiben und morgen wieder abreisen. Du kannst dich im Nebenzimmer aufhalten, bis Gregor fortgegangen ist. Friedrich soll dir dort dein Abendessen servieren. Ich wünsche dringend, daß du meine Zimmer nicht eher verläßt, als bis Gregor nicht mehr im Haus ist.«

In Sannas Augen war ein Schein von Wärme. Sie reichte dem Onkel impulsiv die Hand. »Ich werde tun, was du mir sagst, Onkel Michael. Und ich danke dir, daß du mir ein peinliches Zusammentreffen mit Gregor ersparen willst«, sagte sie, erleichtert aufatmend.

Er drückte ihr leise die Hand und winkte ihr dann matt zu, sich in das Nebenzimmer zu begeben.

Sanna ging hinüber in den Vorraum. Sie war müde und ließ sich am Fenster nieder. Mit großen, nachdenklichen Augen sah sie in den stillen, dunklen Garten hinaus. Nur an der Pforte war er durch eine Laterne matt erhellt. Und durch diese Pforte sah sie etwa eine Stunde später Gregor eintreten und auf das Haus zuschreiten.

Wie gut, daß ich ihm nicht begegnen muß, dachte sie aufatmend. Dann ließ sie sich von Friedrich einen Imbiß für den Abend aus der Küche holen.

Gregor und seine Mutter saßen sich allein beim Abendessen im Speisezimmer gegenüber und sahen sich betroffen in die blassen Gesichter.

Die Mutter hatte ihrem Sohn alles berichtet. Sie sprachen leise und erregt miteinander.

»Es muß irgend etwas geschehen sein, Gregor, was Onkel Michaels Wesen völlig verändert hat. Ich weiß nicht, was ich denken soll« sagte die alte Dame unruhig.

Gregor, ein stattlicher junger Mann, in dessen regelmäßig geschnittenem Gesicht nur die kalten, bösen Augen unangenehm störten, die er von seiner Mutter geerbt hatte, biß die Zähne zornig zusammen.

»Verdammt noch einmal! Der Alte wird, wie mir scheint, kindisch. Was soll das heißen? Ich lasse mich nicht so einfach von ihm kaltstellen. Daß er an das Bett gefesselt ist, könnte mir ja nur zustatten kommen, da hätte ich mit Sanna freie Hand. Und da soll ich unverrichteterdinge wieder abziehen? Nein – fällt mir nicht ein. Ich muß das Mädchen haben – und ich will. Nur eine Stunde mit ihr allein und ungestört, dann habe ich gewonnenes Spiel und dann hat der Alte nichts weiter nötig, als ja und amen zu sagen.«

»Dieses Alleinsein wird er aber eben verhindern, Gregor. Ich sagte dir schon, er hält Sanna in seinen Zimmern fest, bis du das Haus verläßt«, erwiderte seine Mutter.

Er lachte höhnisch auf. »Es soll mir trotzdem leicht sein, meinen Willen durchzusetzen. Hör zu, Mutter. Ich verlasse jetzt das Haus und gehe scheinbar ins Hotel. Du gibst mir aber den Schlüssel zu der kleinen Hinterpforte im Garten und zu der Haustür. Auf diesem Weg komme ich wieder zurück und verstecke mich im Haus. Du hast nichts zu tun, als die Dienstboten im Erdgeschoß festzuhalten und brauchst dich um weiter nichts zu kümmern. Sobald sich dann Sanna in ihre Zimmer zurückzieht, findet sich für mich Gelegenheit zu einem Alleinsein mit ihr. Ich will doch sehen, ob mir das törichte Ding widerstehen kann! Ich habe schon andere Schönheiten besiegt, und ihre Ehescheu werde ich ihr bald ausgetrieben haben.«

»Aber wenn es einen Skandal gibt, Gregor?« fragte die Mutter ein wenig ängstlich.

Er machte eine hastig abwehrende Bewegung. »Mit solchen Bedenken kommt man nicht weit. Gerade Sannas Sprödigkeit reizt mich nun doppelt, mein Ziel zu erreichen. Ich werde mein Vorgehen mit übergroßer Liebe entschuldigen. Das wirkt immer auf die Weiber. Sei ganz unbesorgt. Kümmere dich um nichts als um die Dienstboten. Die müssen in ihren Zimmern bleiben. Und wenn du mich dann in Sannas Zimmern verschwinden siehst, dann halte dich in der Nähe. Sobald ich die Tür ein wenig öffne, trittst du ein und segnest unsern Bund. Ist Sanna dann noch wider Erwarten widerspenstig, wird sie sich fügen, wenn du mich in ihrem Zimmer überraschst; es bleibt ihr nichts anderes übrig.«

Frau von Rehling war nicht so ganz überzeugt, daß alles nach Wunsch gehen würde, aber Gregor wies heftig und ärgerlich alle Einwendungen zurück. Und da sie in ihrer Muttereitelkeit auch überzeugt war, daß keine Frau ihrem Sohn widerstehen könne, wenn er seine herausragende Persönlichkeit ins Treffen führte, so gab sie schließlich nach und mahnte nur noch zur größten Vorsicht.

Sie flüsterten noch eine Weile zusammen, und dann händigte die Mutter dem Sohn die Schlüssel aus.

Darauf entfernte sich Gregor ziemlich geräuschvoll und sprach noch im Flur laut sein Bedauern aus, daß der liebe, hochverehrte Onkel Michael krank sei und daß er ihn nicht sehen könne.

Sanna sah ihn durch den Garten nach der Pforte zurückgehen und verschwinden. Anna von Rehling suchte nochmals den Professor auf und meldete ihm, daß Gregor »tiefbetrübt« ins Hotel gegangen sei. Er hoffe jedoch, morgen früh noch einmal vor sein Angesicht treten zu dürfen, ehe er abreise.

Der alte Herr winkte stumm ab. Dann ließ er Sanna aus dem Nebenzimmer rufen.

»Du kannst zu Bett gehen, Sanna. Gregor ist fortgegangen.«

»Das will ich tun, Onkel Michael. Gute Nacht! Ich wünsche dir gute Besserung.«

»Ich danke dir. Gib mir deine Hand, Sanna.« Sie tat es, zögernd und unsicher. Vollstes Vertrauen konnte sie noch immer nicht zu ihm fassen. Zu lange war er ihr fremd und feindselig erschienen. Nur Mitleid fühlte sie mit ihm, das Mitleid eines edlen Herzens, das an fremdem Leid nicht unberührt vorübergehen kann.

Er sah ihr mit einem stillen, nachdenklichen Blick in die Augen.

Sie muß es erst lernen, ein Herz zu mir zu fassen, dachte er.

Sanna ging aus dem Zimmer und sah nicht mehr zurück.

VII

Auf dem Flur war kein Mensch zu sehen, auch auf der Treppe nicht. Friedrich hielt im Nebenzimmer bei seinem Herrn Wache für die Nacht, und die übrigen Dienstboten hatte Frau von Rehling zu Bett geschickt.

Auch oben auf dem langen, schwachbeleuchteten Korridor war alles still und menschenleer. Die kleine Lampe, die hier ihr Licht so spärlich spendete, brannte die ganze Nacht durch, weil Michael Sachau manchmal des Nachts, von seinem nervösen Leiden getrieben, durch das Haus wandelte.

Ahnungslos, daß man ihre Sicherheit und Ruhe bedrohte, schritt Sanna langsam den Korridor entlang und betrat ihre Zimmer.

In demselben Moment, als sie das elektrische Licht in ihrem Zimmer einschaltete, wurde sie plötzlich von zwei starken Armen fest umfaßt und eine heisere Männerstimme flüsterte ihr leidenschaftliche Worte ins Ohr.

»Sanna, süße, heißgeliebte Sanna, verzeih mir, wenn ich dich erschrecke. Aber ich konnte nicht fort, ohne dich gesehen, mit dir gesprochen zu haben. Wie konntest du so grausam sein, dich mir zu entziehen? Weißt du nicht, wie unsagbar ich dich liebe? Ich bete dich an, mein süßes, geliebtes Mädchen. Du wirst mich nicht von dir stoßen. Laß mich dich lehren, wie süß die Liebe ist. Sei mein, Sanna, sei mein, ich will und kann nicht leben ohne dich. Meine Liebe ist so tief und heiß, daß sie auch die deine erwecken muß. Sei nicht grausam, meine Sanna, stoße mich nicht von dir. Fühlst du nicht, wie süß es sich in meinen Armen ruht? Hörst du nicht, wie mein Herz verlangend nach dir schlägt? Laß mich dich küssen, Geliebte. Nicht wahr, dein spröder Mädchenstolz ist besiegt? Du fügst dich willig meiner heißen Liebe und bist mein – mein! Du wehrst dich nicht mehr, meine Liebe ist so groß und mächtig, daß du ihr nicht widerstehen kannst. Laß mich dich küssen, süße Sanna.«

Gregors Erregung war stark genug, so daß seine Worte eine gewisse Leidenschaft verrieten.

Sanna war maßlos erschrocken durch diesen Überfall, daß sie zunächst halb ohnmächtig und wie gelähmt in seinen Armen lag. Das täuschte ihn und machte ihn sicher. Er glaubte schon gewonnenes Spiel zu haben. Aber in dem Moment, da er sich herabbeugte und sie küssen wollte, wurde sie wieder Herr über ihre Glieder. Sie bog sich mit einem so jähen, wilden Ruck nach rückwärts, daß sich seine Arme lösten und sie die ihren frei bekam, da er nicht darauf vorbereitet war. Und nun sie die Arme frei hatte, schlug sie ihn, übermannt von Scham, Zorn und Abscheu, mit der geballten Faust ins Gesicht, so daß er einen Moment zurücktaumelte. Ehe er, von dem Schlag geblendet, wieder nach ihr fassen konnte, war sie zur Tür hinaus und floh den langen Korridor und die Treppe hinab.

Sie sah nicht, daß hinter ihr am Ende des Korridors die Gestalt Anna von Rehlings auftauchte. Nur von dem einen Gedanken war sie beseelt: Lieber sterben, als Gregor noch einmal in die Hände fallen.

Ohne Besinnen, in der instinktiven Überzeugung, dort in Sicherheit zu sein, trat sie rasch in die Zimmer ihres Oheims, in dasselbe Gemach, wo sie heute schon einige Stunden verbracht hatte. Ohne zu wissen, was sie tat, schloß sie es hinter sich ab und lehnte bleich und zitternd am Türrahmen.

Sie sah, daß sie nicht allein war. Der alte Friedrich saß in einem Sessel, zur Nachtwache für seinen Herrn bereit. Als er Sanna so eilig eintreten sah, machte er ihr hastig ein Zeichen. »Still – der gnädige Herr ist eben eingeschlafen«, flüsterte er.

Ihr Verhalten befremdete ihn. Sie taumelte vorwärts auf einen Sessel zu und brach kraftlos in demselben zusammen. Mit einem trockenen Aufschluchzen schlug sie in bitterer Scham und qualvollem Zorn die Hände vor das Antlitz. Sie war außer sich, daß sie sich die Umarmung eines Mannes hatte gefallen lassen müssen, den sie in tiefster Seele verabscheute. Und diese Scham brannte sich so tief in ihr Herz, daß sie unfähig war, von dem zu sprechen, was ihr begegnet war.

Friedrich hatte sich bestürzt erhoben, als er sah, in welchem Zustand Sanna sich befand.

»Was ist Ihnen, gnädiges Fräulein?« fragte er besorgt im Flüsterton.

Sie stieß einen tiefen zitternden Atemzug aus.

»Ich will die Nacht über hierbleiben, Friedrich – ich will wachen! Sie können sich ruhig auf das Sofa legen und schlafen«, antwortete sie mit leiser, tonloser Stimme.

Der alte Diener sah forschend in ihr blasses, verstörtes Gesicht. Er wußte nicht, was es heißen sollte, daß Fräulein von Glossow plötzlich hier eindrang und nun gar die Nachtwache übernehmen wollte. Er merkte sehr wohl, daß ihr etwas Besonderes geschehen sein mußte. So fassungslos hatte er sie noch nie gesehen.

»Ich schlafe nicht, gnädiges Fräulein; wenn der Herr Professor einen Anfall bekommt, muß ich schnell zur Hand sein.«

Sanna strich sich das Haar aus dem blassen Gesicht.

»So lassen Sie mich wenigstens hierbleiben, Friedrich, und öffnen Sie die Tür nicht, sie kann verschlossen bleiben. Ich – ja – ich fürchte mich da draußen.«

Sie deutete mit der Hand nach der Tür und schauerte wie im Frost zusammen.

»Wollen Sie selbst sich nicht wieder legen, gnädiges Fräulein?« fragte der Diener.

Sie schüttelte nur stumm den Kopf und lehnte sich erschöpft in den Sessel zurück.

Da breitete Friedrich, ohne ein weiteres Wort, eine warme Decke über sie und schob ihr ein kleines Kissen unter den Kopf.

Diese schlichte, selbstverständliche Handlung des alten Dieners trieb Sanna die Tränen in die Augen. Sie flossen lautlos über ihre Wangen und lösten die krampfhafte Aufregung.

Friedrich wandte sich diskret ab und gab sich den Anschein, diese Tränen nicht zu bemerken. Er ließ sich wieder in seinen Sessel nieder und nahm ein Buch auf, um darin zu lesen.

So saßen die beiden stundenlang schweigend einander gegenüber.

Endlich neigte sich Sannas Köpfchen zur Seite. Sie war, von Müdigkeit überwältigt, eingeschlafen.

Der alte Friedrich betrachtete sie still eine Weile, dann schob er einen Schirm vor die Lampe, damit sie das Licht nicht stören sollte.

Sanna erwachte erst, als es heller Tag war. Der Professor schlief noch immer. Das geschah oft, wenn er leidend gewesen war. Wenn ihn dann der Schlaf überfiel, hielt er sehr lange an. Oft erwachte er dann erst am Mittag und fühlte sich danach gewöhnlich wieder ganz wohl.

Verwundert rieb sich Sanna den Schlaf aus den Augen und sah sich um. Friedrich nickte ihr lächelnd zu.

»Sie haben wenigstens ein paar Stunden geschlafen, gnädiges Fräulein. Im Hause ist schon alles wach. Ich glaube, nun können Sie ruhig wieder in ihre Zimmer gehen.«

Leise erhob sich Sanna und verließ die Räume des Onkels. Sie begab sich hinüber nach dem Eßzimmer, wo um diese Zeit der Frühstückstisch bereitstand. Sie fühlte sich so elend, daß sie nach einer Tasse starken Kaffee Verlangen trug.

Es war alles wie sonst. Sie hätte glauben können, ein böser Traum habe sie genarrt. Am Frühstückstisch saß Tante Anna, friedlich und süßlich lächelnd, wie immer.

»Ei, du Langschläferin, du läßt heute lange auf dich warten«, schalt sie neckend. Sie gab sich klugerweise den Anschein, als habe sie keine Ahnung, was gestern abend geschehen war und daß Sanna die ganze Nacht nicht in ihrem Zimmer gewesen war.

Sanna hatte eine sehr schlechte Meinung von Tante Anna, aber daß diese von dem Überfall ihres Sohnes wußte und diesen gar gebilligt und unterstützt hatte, das traute sie ihr doch nicht zu. Sie ahnte nicht, daß Tante Anna, nachdem sie in wilder Flucht in den Zimmern des Onkels verschwunden war, ihren Sohn eilig in ihr Zimmer gezogen und ihm kühle Umschläge auf das von Sannas Faust getroffene Auge gemacht hatte.

Mutter und Sohn hatten dort atemlos gelauscht. Aber da alles still blieb, atmeten sie auf. Leise war Anna von Rehling dann hinuntergeschlichen und hatte durch das Schlüsselloch in das Zimmer gespäht, in das Sanna geflohen war. Da sah sie die junge Dame im Lehnstuhl sitzen. Jedenfalls wußte Onkel Michael also noch nichts von dem Überfall.

Frau von Rehling hatte dann mitten in der Nacht ihren Sohn aus dem Haus gelassen, nachdem sie beraten hatten, wie sie sich leidlich aus der Affäre ziehen konnten.

Wie Gregor in ihr Zimmer gelangt war, ahnte Sanna nicht. Sie glaubte, er habe sich heimlich, ohne jede andere Hilfe bei ihr eingeschlichen und sich dann ebenso heimlich entfernt.

Die scheue, stolze Scham eines reinen Mädchenherzens schloß Sanna den Mund, auch Gregors Mutter gegenüber. Aber sie vermochte auf die neckende Anrede der alten Dame nichts zu erwidern. Hastig nahm sie eine Tasse Kaffee und ging dann erst in ihr Zimmer. Sie ließ die Tür offenstehen und sah sich überall um, als sei sie nicht sicher, daß Gregor doch noch hier auftauchen könne. Erst nach dieser Vorsichtsmaßnahme zog sie die Tür hinter sich ins Schloß und drehte den Schlüssel um.

Mit schmerzenden Schläfen setzte sie sich an das Fenster und sah mit trostlosem traurigem Blick in den Garten hinaus. Und sie war nur von dem einen Wunsch beseelt, daß sie Gregor nie wieder begegnen möchte.

Keinen Augenblick glaubte sie, daß dieser Überfall aus Liebe zu ihr in Szene gesetzt worden war. Sie durchschaute ihn und wußte, daß es Annas Sohn nur nach ihrem Reichtum gelüstete. Seine und seiner Mutter Manöver hatten nur den Zweck, die reiche Erbin einzufangen. Sanna biß die Zähne zusammen. »Lieber sterben«, sagte sie vor sich hin.

Und sie beschloß, von jetzt an ihre Zimmer unter strengem Verschluß zu halten.

Anna von Rehling hatte Sanna mit einem bösen, haßerfüllten Blick nachgesehen, als sie das Eßzimmer verließ. Dann erhob sie sich und ging hinüber in die Zimmer des Professors.

Friedrich teilte ihr mit, der Herr Professor schlafe noch und habe die ganze Nacht ununterbrochen geschlafen. Aber mit keinem Wort verriet er, daß Sanna die ganze Nacht hier im Lehnstuhl verbracht habe. Erstens sprach er nie von Sachen, nach denen er nicht gefragt wurde, und zweitens hegte er für Frau von Rehling durchaus keine freundlichen Gefühle. Er war ein einfacher, guter Mensch, und solche Menschen haben oft, wie Kinder, ein sicheres Gefühl, ob sie es mit bösen oder guten Menschen zu tun haben.

Frau von Rehling hütete sich gleichfalls, dieses Thema zu berühren. Sie wußte ja, daß Sanna die Nacht hier verbracht hatte und mußte den Anschein erwecken, als habe sie davon keine Ahnung.

Befriedigt hörte sie nur, daß der Professor seit gestern abend schlief. Sanna konnte ihm also noch nichts gesagt haben. Frau von Rehling hoffte, daß sie überhaupt darüber schweigen würde, denn sie wußte, daß Sanna zu stolz war, sich bei ihrem Oheim irgendwie zu beklagen.

Sollte sie aber doch plaudern, so leugnete Frau von Rehling jede Mitwisserschft. Das hatte sie mit Gregor verabredet, der durch die Vereitelung seines Plans merklich niedergeschlagen und verstimmt war.

Mutter und Sohn hatten vereinbart, daß Gregor am nächsten Morgen vorläufig abreisen sollte, ohne noch einen Versuch zu machen, den Professor zu sehen und zu sprechen.

»Es ist besser, Gregor, du kommst erst Ostern wieder. Wir müssen sehen, wie sich Sanna nach diesem Vorfall benimmt. Du schreibst mir vom Hotel aus einige Zeilen, die ich Sanna und Onkel Michael vor Augen bringen kann. Dann will ich erst sondieren, was geschehen muß. Möglicherweise hat Sanna deine leidenschaftliche Werbung doch beeindruckt? Mädchenherzen sind unberechenbar. Sie muß nach deinem Benehmen an himmelstürmende Leidenschaft glauben. Wer weiß, ob sie sich nicht anders besinnt? Vorläufig ist es aber geboten, daß du wegfährst. Schreibe mir einen wirkungsvollen Abschiedsbrief. Kannst ruhig dem Onkel gegenüber ein wenig den Gekränkten spielen. Ich muß herausbringen, weshalb er so verändert ist und was er eigentlich gegen uns hat.«

So hatte Frau von Rehling zu ihrem Sohn gesagt. Um die zehnte Stunde kam ein Page aus dem Hotel und brachte von Gregor einen Brief folgenden Inhalts:

»Liebe Mutter! Verzeihe, daß ich nicht selbst komme, um mich von dir zu verabschieden. Ich bin in einer so furchtbar deprimierten Stimmung, daß ich mit mir allein sein muß. Es betrübt und schmerzt mich tief, daß Onkel Michael mir die Aufnahme in seinem Haus verweigerte.

Mein heißer Wunsch, Sanna als die meinige betrachten zu dürfen, raubt mir alle Klarheit und Besinnung. Ich weiß nicht, was ich tun soll, wenn sie nicht einwilligt, mir anzugehören. Das Leben hat keinen Wert für mich, wenn es mir nicht gelingt, ihre Zuneigung zu erringen. Bitte, sage ihr, daß ich sehr unglücklich bin, weil ich ihr Mißfallen erregt habe. Ich bitte sie um Verzeihung, daß ich ihr mit meiner übergroßen Liebe lästig fiel. Bete für mich, liebe Mutter, daß sich mir Sannas Herz zuwendet, sonst ist mein Leben zerstört. Onkel Michael überbringe meine innige Grüße. Ich flehe zu Gott, daß er bald wieder gesund wird und mir dann auch wieder gestattet, ihn zu sehen. Und bitte, sage Sanna, daß ich nicht aufhören werde, sie zu lieben und daß es für mich nur ein erstrebenswertes Glück gibt: sie zu erringen. Lebe wohl, liebe Mutter, hoffentlich ist uns bald ein froheres Wiedersehen bestimmt. Dein unglücklicher Sohn Gregor.«

Diesen herrlich ausgeklügelten Brief las Frau von Rehling in Sannas Gegenwart und drückte ihr Taschentuch an die Augen. »Mein armer Sohn!« schluchzte sie. Damit reichte sie Sanna Gregors Brief. Diese wollte ihn stumm zurückweisen, aber Tante Anna drängte:

»Du mußt diesen Brief lesen – du mußt, Sanna.«

Zögernd und unbehaglich nahm Sanna das Schreiben. Sie tat es auch, um zu erfahren, ob Gregor seiner Mutter etwas von seinem Überfall gebeichtet hatte.

Anna von Rehling beobachtete Sanna scharf, während diese den Brief las. Und sie sah, daß es seltsam in Sannas Gesicht zuckte, wie in heimlicher Erregung. Diese gab den Brief zurück, ohne ein Wort darüber zu verlieren, und hielt die Wimpern gesenkt. Da wußte Frau von Rehling nicht, ob sie das günstig oder ungünstig deuten sollte. Da aber die meisten Menschen das am liebsten glauben, was sie sich wünschen, so nahm sie an, daß Sanna vielleicht schon bereute, Gregor von sich gestoßen zu haben. Wahrscheinlich hatte sie es nur in ihrem ersten Schreck getan. Die eitle Mutter konnte sich nicht vorstellen, daß ein Mädchen, um das sich ihr Sohn bewarb, sich diesem auf die Dauer entziehen konnte. Und nun gar Sanna, der sie begreiflich genug gemacht hatte, wie wenig Aussichten sie auf die Hand eines Ehrenmannes hatte.

Und dafür hielt sie ihren Sohn, trotz allem. Gegen zwölf Uhr erwachte der Professor und fühlte sich leidlich wohl. Er erhob sich von seinem Lager und nahm später sogar am Mittagessen mit den beiden Damen teil. Aber er war wortkarg und in sich gekehrt. Frau von Rehling gab auch ihm Gregors Brief zu lesen. Der alte Herr las ihn nur flüchtig und gab ihn schweigend zurück. Sorgsamer als je bewachte Frau von Rehling den Verkehr zwischen Sanna und dem Professor. Sie spionierte unablässig hinter ihnen her.

Zweierlei war ihr dabei bemerkenswert – daß der Professor gegen Sanna viel freundlicher war als je zuvor und daß Sanna still und zurückhaltend blieb. Sie hatte dem Onkel ganz bestimmt nichts von Gregors Überfall erzählt. Und das deutete die alte Dame günstig. Vielleicht war Gregors stürmisches Vorgehen doch nicht wirkungslos geblieben . . .?

VIII

Die Wochen bis zu Sannas einundzwanzigstem Geburtstag vergingen schneller, als sie zu hoffen gewagt hatte. Das Leben hatte wohl seinen alten, eintönigen Fortgang genommen, aber in Sannas Kopf regten sich ungewöhnliche Gedanken und reiften zu einem festen Entschluß heran.

Frau von Rehling hatte noch immer nicht ergründen können, was das Wesen des Professors so sehr verändert hatte. Seine kühl abweisende Reserve ihr gegenüber hielt an, und ebenso deutlich war zu erkennen, daß er dauernd versuchte, Sanna näherzukommen. Das scheiterte jedoch an Sannas heimlichem Widerstand. Sie konnte jetzt nicht so leicht ein Herz fassen zu Onkel Michael. Zu lange hatte er ihr fremd und streng gegenübergestanden. Das mochte sie nicht so leicht zu vergessen, trotzdem sie merkte, daß er ihr jetzt anders begegnete.

Nun war der Tag vor ihrem Geburtstag herangekommen.

Gregor hatte an den Professor geschrieben und angefragt, ob er die Ostertage im Haus des Onkels verleben dürfe. Darauf hatte der alte Herr erwidert, er erwarte ihn zu Ostern, da er mit ihm mancherlei zu verhandeln habe. Nach langem Grübeln und Erwägen war er zu dem Entschluß gekommen, offen mit Gregor und seiner Mutter zu reden. Er hoffte, bis Ostern vollends klar mit sich selbst zu sein, um seine Maßnahmen treffen zu können. Daß reiner Tisch zwischen ihm und Mutter und Sohn gemacht werden müsse, stand bei ihm fest. Eine Klärung der Verhältnisse war nötig. So wie jetzt konnte das Leben nicht weitergehen.

Schnell von Entschlüssen war der alte Herr selten. Er mußte sich immer erst alles von allen Seiten beleuchten und betrachten. Ostern fiel dieses Jahr in die Mitte des Aprils. Sannas Geburtstag war eine Woche vorher, am 8. April.

Am Vorabend dieses für sie so bedeutungsvollen Tages hielt sich Sanna sehr lange in ihren Zimmern auf, hinter verschlossenen Türen. Sie hatte mancherlei zu tun, wobei sie keine Zeugen gebrauchen konnte. Gegen Abend packte sie einige notwendige Sachen in einen Pappkarton, den sie sich zu besorgen gewußt hatte. Eine Reisetasche besaß sie nicht und konnte sich auch eine solche nicht unbemerkt verschaffen.

Als sie alles, was sie nötig brauchte, in den Karton verpackt hatte, verschnürte sie denselben mit starkem Bindfaden und verbarg ihn in ihrem Kleiderschrank, den sie sorgfältig verschloß.

Dann mußte sie zum Abendessen hinuntergehen.

Mit einem seltsam unruhigen Gefühl saß sie Onkel Michael und Tante Anna gegenüber. Ihr Blick schien heute besonders geschärft für ihre Umgebung. Über alles glitten ihre Augen gleichsam wie abschiednehmend hinweg.

Zum letzten Mal, mußte sie immerfort denken.

Es entging ihr nicht, daß Onkel Michael recht krank und elend aussah. Das war schon seit Wochen der Fall, aber heute prägte es sich ihr besonders ein. Und wie schon oft in letzter Zeit, beschlich sie ein Gefühl des Mitleids mit ihm. Wie einsam und freudlos war das Leben dieses Mannes, der sein Herz immer nur an tote Dinge gehängt hatte!

Aber das Mitleid mit ihm vermochte sie nicht wankend zu machen in ihrem Entschluß. Sie konnte ihm ja doch nichts sein, wozu sich dann selbst opfern?

Auch Tante Anna betrachtete das junge Mädchen mit geschärften Augen. Sie war in all den letzten Wochen besonders süßlich und schmeichlerisch zu ihr gewesen, hatte ihr keinerlei Dinge gesagt, die sie hätten kränken können und nur immer wieder im wehleidigen, Erbarmen heischenden Ton von ihrem »armen Sohn« gesprochen.

Fast schweigend wurde das Mahl eingenommen. Gleich nach Tisch erhob sich der Professor, um sich, wie immer, in sein Arbeitszimmer zurückzuziehen. Vor Sanna blieb er jedoch eine Weile zögernd stehen.

»Morgen ist also dein Geburtstag, Sanna, der einundzwanzigste. Es ist ein großer Tag für dich, das weißt du wohl!«

Sie hob den Kopf und sah ihm groß und ernst in die müden Augen.

»Ja, Onkel Michael, ich bin mir voll und ganz bewußt, was dieser Tag für mich bedeutet. Und ich werde diesen Tag so verbringen, wie ich es tun muß, einer inneren Notwendigkeit genügend, selbst wenn ich weiß, daß du nicht mit meinem Tun einverstanden sein wirst.«

Ein müdes Lächeln spielte um seinen Mund, und seine hagere Hand glitt leise, wie segnend, über ihren Scheitel. Es war vielleicht das erstemal, daß er ihr eine solche Liebkosung zuteil werden ließ. Sanna konnte sich wenigstens einer solchen nicht erinnern. Das berührte sie in ihrer erregten Simmung ganz sonderbar. Sie hätte weinen mögen.

»Ich weiß, Sanna, daß du dich sehr nach diesem Tag gesehnt hast. Mehr als sonst habe ich in letzter Zeit versucht, mich in dein Seelenleben hineinzudenken. Nun – wir werden über das alles noch ausführlich sprechen. Ich erwarte dich morgen früh um zehn Uhr in meinem Arbeitszimmer.«

Sanna senkte das Haupt. Lügen wollte sie nicht, und die Wahrheit konnte sie nicht sagen. Er wartete auch keine Antwort ab, sondern ging langsam, mit gebeugtem Kopf, aus dem Zimmer.

Sanna sah ihm nach, bis er verschwunden war, und sie wußte – zum letzten Mal hatte sie dieses gebeugte graue Haupt gesehen. Diese Gewißheit rüttelte einen Augenblick an ihrem Entschluß. Aber dann dachte sie daran, daß in wenigen Tagen Gregor wieder hier sein würde.

Nun drängte sich Tante Anna an ihre Seite und legte mit großer, zur Schau getragener Zärtlichkeit den Arm um ihre Schulter.

»Nun will ich dem lieben Kind noch den Geburtstagstisch rüsten, damit meine liebe Sanna gleich morgen früh alles bereit findet. Ach, mein liebes, teures Kind, wo sind die Jahre hingeschwunden, seit du an Onkel Michaels Hand als hilfloses kleines Wesen über die Schwelle dieses Hauses schrittest? Ich hatte dich lieb, vom ersten Augenblick an, und Gregor war so glücklich über die neue kleine Hausgenossin. Er hat dich schon immer geliebt, trotzdem er es manchmal im jungenhaften Trotz vor dir verbarg. Und nun ist diese Liebe zum Schicksal für ihn geworden, und von dir wird es abhängen, ob er glücklich oder unglücklich wird. Bist du dir bewußt, mein teures Kind, welche Macht du über ihn hast? Solche Macht birgt Verantwortung! Du hast sein Geschick in deiner Hand. Es hat mir oft so bitter leid getan, wenn ich nach Onkel Michaels Willen so hart und streng mit dir verfahren mußte. Aber wenn du meines Sohnes Gattin, mein liebes Töchterchen würdest, wie wollten wir dich in Liebe einhüllen und dich verwöhnen! Es ist nicht nur Gregors heißester Wunsch, sondern auch der meine, daß du seine Hand annimmst.«

Sanna war unfähig, auf diese ölige, süßliche Rede etwas zu erwidern. Ihr war zumute, als sei ihr der Hals zugeschnürt. Sie löste sich hastig aus den Armen der Tante.

»Wenn du gestattest, ziehe ich mich jetzt zurück, Tante Anna, ich – ich möchte mich noch auf den morgigen Tag vorbereiten.«

»Ja, ja, gehe, mein liebes Kind, und gute Nacht! Ich werde heute abend mit besonderer Inbrunst für dich und meinen Sohn beten . . .«

Sanna verließ schnell das Zimmer, sie konnte den falschen Ton nicht länger ertragen.

Anna von Rehling sah ihr mit einem bösen Funkeln in ihren falschen Augen nach.

Wenn sie nur nicht so reich wäre, dachte sie grollend. Sie fühlte sich jetzt nicht wohl in ihrer Haut. Seit Michael Sachau sich so abweisend zeigte, war sie unsicher.

Sanna eilte auf ihr Zimmer und schloß es hinter sich ab. Leise legte sie sich alles für morgen früh zurecht und setzte sich an ihren Schreibtisch, um an Onkel Michael zu schreiben. Sie adressierte den Brief und legte ihn mitten auf ihren Schreibtisch.

Dann ging sie zu Bett, damit sie am nächsten Morgen nicht zu spät erwachte. Gleich nach sechs Uhr mußte sie schon auf dem Bahnhof sein, um den Zug zu erreichen, den ihr Heerfurt bezeichnet hatte. Sie vermochte nicht viel zu schlafen und lag wie im Fieber. Bange war ihr vor diesem Ausflug in die Welt, die sie nicht kannte.

Wie ein steuerloses Schiff kam sie sich vor, das sich kühn in die Brandung wagt. Des Reisens war sie völlig unkundig und nur auf die kurzen Anweisungen Heerfurts angewiesen.

Aber trotzdem wurde sie in ihrem Entschluß nicht wankend. Sie konnte und wollte keinen Augenblick länger als sie mußte in diesem Haus bleiben, wo ihr schon in den nächsten Tagen eine abermalige Begegnung mit Gregor bevorstehen würde. Und es war eine quälende Angst und Furcht in ihr vor dieser Begegnung. Ihr war, als drohe ihr unerhörtes Unheil von Gregors Seite. Sie traute ihm das Schlimmste zu. Und Onkel Michael erschien ihr kein ausreichender Schutz, war er doch selbst nur ein kranker, hinfälliger Mann.

So verging die Nacht in Unruhe. Daß sie an Heerfurt telegrafieren wollte, stand fest bei ihr. Aber wo und wie sie das Telegramm aufgeben konnte, wußte sie noch nicht. Das war auch erst in zweiter Linie wichtig. Die Hauptsache war, daß sie unbehelligt aus dem Haus und in den richtigen Zug kam. Sie fürchtete, irgend etwas könne ihre Flucht vereiteln, oder man könne sie wieder zurückholen. Wenn sie nur erst in Glossow war, unter Heerfurts Schutz, dann war alles gut.

Viel zu früh erhob sie sich und machte sich fertig. Völlig angekleidet saß sie dann noch fast eine Stunde am Fenster, um zu warten, bis es Zeit war, das Haus zu verlassen. Endlich war es soweit.

Sie ergriff den ziemlich schweren Pappkarton und schlich leise hinaus.

Lautlos glitt sie auf dem dicken Teppichläufer über den langen Gang und die Treppe hinab.

Leise drehte sie den im Schloß steckenden Schlüssel im

Haustor. Er knirschte ein wenig. Erschrocken und angstvoll lauschte sie zurück, aber nichts regte sich.

Die Tür öffnete sich, und der anbrechende Tag leuchtete ihr entgegen. Hinter dem Garten stieg die Sonne als glutroter Riesenball aus dem grauen Dunst empor.

Leise zog sie die Tür wieder hinter sich zu und eilte dann flüchtigen Fußes durch den Garten, hinüber nach der Pforte in der Gartenmauer.

Schnell nahm sie den Schlüssel zu dieser Pforte aus dem eisernen Kästchen, schloß auf und trat hinaus mit einem tiefen Atemzug.

Als sie dann die Pforte hinter sich zuschloß, warf sie einen letzten Blick auf das stille, graue Haus. Es lag finster und düster in dem erwachenden Sonnenschein, und alles Leben darin schien wie gestorben.

Hastig barg Sanna, durch das Gitter der Pforte greifend, den Schlüssel wieder in dem Kästchen und eilte davon, so schnell sie ihre Füße trugen. Der schwere Karton hinderte sie. Eine heiße, wilde Angst war in ihr, daß ihre Flucht vereitelt werden könnte.

Wenn zufällig heute jemand früher aufstand und bemerkte, daß das Haustor unverschlossen war? Wenn man ihr Zimmer leer fand? Dort lag der Brief an Onkel Michael, der ihre Flucht verriet. Wie töricht und unbesonnen von ihr, diesen Brief so offen liegen zu lassen!

Aber sie hatte gewollt, daß man ihn gleich fand, damit sich Onkel Michael nicht unnötig aufregte und sorgte. Daß er es tun würde, wenn er von ihrem Verschwinden erfuhr, schien ihr zweifellos. Er war eigentlich in letzter Zeit immer gut zu ihr gewesen . . .

Der Weg erschien ihr lang, trotzdem sie ihn in kaum einer Viertelstunde zurücklegte. Endlich stand sie vor dem Bahnhofsgebäude. Sie atmete auf, als ihr ein Gepäckträger ihren Karton abnahm und sie auf ihren Wunsch zum Fahrkartenschalter führte.

Der Mann wurde besonders diensteifrig, als er merkte, daß Sanna eine Fahrkarte erster Klasse löste. Er hoffte nun, trotz des uneleganten Kartons, auf ein gutes Trinkgeld.

Sanna freute sich im stillen, daß die Fahrkarte kaum die Hälfte des ersten Hundertmarkscheins kostete. Sie ließ sich an den Zug geleiten. Der Mann brachte sie in das Abteil und verstaute den Karton im Gepäcknetz.

Sie gab ihm ein reichliches Trinkgeld, und er fragte diensteifrig, ob sie noch Befehle habe.

Sie sah ihn zaghaft an.

»Ich möchte eine Kleinigkeit zu essen haben – können Sie mir noch etwas besorgen?« fragte sie.

Der Mann lachte sie an. »Es ist ein Speisewagen im Zug, Fräulein, da können Sie alles haben, was Sie brauchen.«

Und er deutete in der Richtung, wo sich der Speisewagen befand. Schnell mußte er abspringen, denn der Zug setzte sich schon in Bewegung.

Als Sanna merkte, daß der Zug rollte, sank sie tief aufatmend in die Polster zurück. Gottlob – nun konnte man sie nicht mehr einholen, sie war frei – frei –, und der Weg in die Heimat lag offen vor ihr.

Bald darauf erschien ein Speisewagenkellner mit Kaffee. Sie ließ sich eine Tasse servieren und bestellte auch etwas zu essen. In den Speisewagen mochte sie nicht gehen. Der Kellner bediente sie auch bereitwillig im Laufe des Tages mit allem, was sie brauchte, so daß sie nicht weiter mit fremden Menschen in Berührung kommen mußte. Die Stunden vergingen ihr wie im Flug, es gab viel Neues und Interessantes für sie zu sehen. Plötzlich fiel ihr wieder ein, daß sie an Heerfurt telegrafieren mußte.

Sie bat den Speisewagenkellner um Auskunft, wie sie am besten das Telegramm erledigen könne. Er erbot sich, das Telegramm aufzugeben, sobald der Zug in einer größeren Station hielt. Das nahm Sanna dankend an. Sie setzte das Telegramm auf und reichte es dem Kellner mit einem Geldschein.

Als sie wieder in ihrem Abteil saß, überfiel sie die Sorge, ob der Kellner das Telegramm auch richtig besorgen und ob es auch zur rechten Zeit in Glossow eintreffen würde. Sie wußte nur, daß sie mit dem Zug bis zur Station Gosserow fahren mußte. Wie weit aber Glossow von dieser Station entfernt lag, davon hatte sie keine Ahnung.

Ach – wenn ich doch erst in Glossow wäre! dachte sie seufzend.

Und sie kam sich nun wieder so verlassen vor, daß ihr die Tränen kamen.

IX

Rudolf von Gerlach hatte einige Tage in der Stadt zu tun gehabt und fuhr mit dem gleichen Zug nach Hause zurück, den auch Sanna von Glossow benutzte. Er hatte jedoch unterwegs die junge Dame, die allein in dem Abteil erster Klasse fuhr, nicht beachtet, trotzdem er einige Male an ihrem Abteil vorbeigegangen war. Nun hielt der Zug auf der Station Gosserow. Der junge Herr stieg aus und sah zu seinem Erstaunen, daß die junge, elegant gekleidete Dame mit dem so auffallend einfachen Reisegepäck ebenfalls hier ausstieg.

Sonst verließ niemand hier den Zug. Badegäste gab es um diese Zeit in Gosserow noch nicht, sonst wäre ihm die einsame Reisende kaum so aufgefallen, wie sie es jetzt tat.

Unwillkürlich blieb er stehen, ehe er auf seinen Wagen zuschritt und sah der schlanken Gestalt nach, die mit unsicheren Blicken um sich sah und dann zaghaft auf den Stationsvorsteher zutrat.

»Ist vielleicht ein Wagen aus Glossow hier?« hörte er sie fragen. Er stutzte und trat interessiert näher heran. Sein Blick ruhte forschend auf dem blassen, müden, aber sehr reizenden Gesicht der jungen Dame.

Eine junge Dame, die erster Klasse gefahren war und trotz

des Pappkartons einen vornehmen Eindruck machte – was wollte die in Glossow? Dort wohnte nur der Verwalter mit Familie und Landarbeitern.

Der Stationsvorsteher gab Bescheid. Nein, es sei kein Wagen aus Glossow da, nur der Wagen von Herrn Gerlach aus Gerlachsheim.

Damit zeigte der Beamte auf den herantretenden jungen Herrn.

Sanna sah mit hilflosem, ängstlichem Blick zu dem gutaussehenden jungen Herrn empor. Der Name Gerlachsheim erschien ihr bekannt.

Rolf von Gerlach zog artig den Hut, verneigte sich und nannte seinen Namen.

»Kann ich Ihnen irgendwie dienlich oder behilflich sein, mein gnädiges Fräulein?« fragte er artig.

Sie sah ihn unschlüssig an, und ein helles Rot schoß in ihr Gesicht, wodurch sie noch reizender erschien.

»Vielleicht können Sie mir Auskunft geben, mein Herr, wie ich nach Glossow gelangen kann. Ich hatte telegrafiert und um einen Wagen gebeten. Vielleicht wurde mein Telegramm nicht pünktlich besorgt, oder es war zu spät. Ist hier keine andere Fahrgelegenheit zu haben? Oder kann man zu Fuß nach Glossow gelangen?« fragte sie zaghaft.

»Wenn ich Ihnen einen Platz in meinem Wagen zur Verfügung stellen darf, gnädiges Fräulein? Ich wohne in nächster Nachbarschaft von Glossow, und mein Weg führt daran vorüber.«

Ihre Augen blickten so hilflos und verzagt, daß es ihn rührte.

»Ich weiß nicht, ob ich das annehmen darf. Indes – es ist schon so spät – und ich weiß nicht, ob mein Telegramm überhaupt besorgt wurde. Ich gab es einem Speisewagenkellner.«

»Darf ich fragen, wann?«

Sie nannte ihm die Zeit.

Er lächelte.

»Dann kann es frühestens jetzt in Glossow eingetroffen sein

– so schnell ist hier bei uns die Beförderung nicht. Jedenfalls müßten Sie noch sehr lange auf einen Wagen warten. Ein annehmbarer Wartesaal ist hier nicht vorhanden. Also, bitte, bedienen Sie sich lieber meines Wagens, ich fahre Sie gern nach Glossow. Sie wollen gewiß zu Herrn Heerfurt, der mir bekannt ist.«

Sanna atmete auf. Ein Gefühl, als könne sie diesem jungen Mann mit den offenen, ehrlichen Augen vertrauen, erfüllte ihr Herz. Sie blickte etwas mutiger und sicherer.

»Wenn Sie es mir gestatten wollen und es Ihnen keine zu große Mühe macht, will ich Ihr freundliches Anerbieten gern annehmen. Ich bin Susanna von Glossow.«

Er zuckte leise zusammen, als sie so schlicht und ruhig ihren Namen nannte. Sie sah dieses Zusammenzucken, und plötzlich war ihr zumute, als müsse sie ihr Gesicht schamhaft verbergen, weil sie diesen Namen führte. Ein schneidendes Weh durchzuckte ihr Herz und sie dachte bedrückt: Jetzt reut es ihn vielleicht, dir seinen Wagen angeboten zu haben . . .

Er hatte sich schnell gefaßt und verbeugte sich.

»Ich bitte sehr, mein Fräulein, mir zu dem Wagen zu folgen.«

Sie schritt an seiner Seite dahin.

Es war ein eleganter offener Sportwagen, der bereit stand.

»Wenn ich geahnt hätte, daß ich eine Dame als Mitpassagier erhielt, dann hätte ich einen geschlossenen Wagen bestellt, gnädiges Fräulein. Hoffentlich wird Ihnen die Fahrt nicht zu kalt«, sagte er, als er ihr beim Einsteigen half.

Sanna schüttelte den Kopf.

»Ich werde nicht frieren. Und wenn auch – die Hauptsache ist, daß ich nach Glossow komme«, antwortete sie leise.

Er breitete sorglich eine warme Decke über sie aus. Da mußte sie an jene Nacht denken, die sie in Gemeinschaft mit dem alten Friedrich verbracht hatte. Der hatte auch so sorglich und selbstverständlich eine warme Decke über sie gebreitet. Und wie in jener Nacht überkam sie unter der warmen Decke ein Gefühl des Geborgenseins.

Sie dankte ihm und drückte sich in die Ecke, damit Gerlach bequem Platz hatte.

Auf seinen stummen Wink nahm der Chauffeur den Karton auf und verstaute ihn neben sich.

»Ich beraube Sie Ihrer Decke«, sagte Sanna mit ihrem schüchternen weichen Stimmchen, das ihm seltsam zu Herzen drang.

»Bitte sehr, ich bedarf ihrer nicht. Sie können die Decke ohne Gewissensbisse benutzen«, erwiderte er, um ihre Scheu zu besiegen. Und nun fuhr der Wagen davon, in eine Sanna unbekannte Gegend, die von hellem Vollmondschein erleuchtet war.

Schweigend saßen die beiden jungen Menschen eine Weile nebeneinander.

Rudolf von Gerlach blickte verstohlen auf das blasse, liebliche Gesicht seiner Begleiterin, über das der Mond einen verklärenden Schimmer warf. Das feine Profil war ihm zugekehrt, und er sah, daß sich die langen, dunklen Wimpern gehoben hatten und daß die Augen der jungen Dame noch immer hilflos und verzagt blickten.

Die Fahrt ging an Feldern und Wiesen vorüber und dann in den Wald hinein. Herber, würziger Duft stieg aus der feuchten, gelockerten Erde empor, der Duft der frühlingshaften, lebendig werdenden Scholle, die den Winterschlaf hinter sich hat. Sanna war zumute, als träume sie. Unwirklich erschien ihr alles, was sie jetzt erlebte.

Endlich fragte sie leise: »Wie lange brauchen wir, um nach Glossow zu kommen?«

»Die Hälfte des Weges liegt bereits hinter uns. In einer halben Stunde sind Sie am Ziel. Sicher werden Sie froh sein, wenn Sie daheim angelangt sind.«

Daheim! Dies Wort berührte Sanna wie das linde Streicheln von Mutterhänden.

»Ja, ich werde froh sein – ich bin schon seit dem frühesten Morgen unterwegs«, erwiderte sie.

»Kommen Sie heute direkt aus H . . .?« fragte er, um die Unterhaltung nicht wieder einschlafen zu lassen und der weichen, lieben Stimme weiter lauschen zu können, die ihn wie vertrauter Klang berührte.

Sannas Gesicht wandte sich plötzlich nach ihm herum. Ihre Augen blickten ihn groß und erstaunt an.

»Sie wissen, daß ich aus H . . . komme?« fragte sie hastig.

Er nickte lächelnd.

»Gewiß, Fräulein von Glossow. Ich sagte Ihnen ja, daß ich mit Ihrem Verwalter Heerfurt gut bekannt bin, wir treffen uns oft und haben auch zuweilen nachbarliche Geschäfte zu erledigen. Und bei solchen Gelegenheiten haben wir auch dann und wann von Ihnen gesprochen.«

Das erschien Sanna sonderbar.

Dieser junge Herr schien mancherlei von ihr zu wissen, und sie hatte bisher keine Ahnung von seiner Existenz.

»Das ist seltsam«, sagte sie gedankenverloren.

Er lachte. »O nein, es ist ganz natürlich. Glossow und Gerlachsheim grenzen aneinander, und auf dem Land, wo das Leben meist ein wenig einsam ist, wird man neugierig. Ich habe mich oft nach Ihrem Ergehen erkundigt. Eigentlich sind wir sehr alte Bekannte.«

Sie schüttelte den Kopf.

»Das muß ein Irrtum sein.«

»Doch nicht. Ich kannte Sie bereits, als Sie noch als winziges Baby in der Wiege lagen. Unsere Bekanntschaft datiert genau von dem Tage an, da Sie bei der Taufe die Namen Marie Susanna erhielten. Ich glaube, Sie waren mit diesen beiden Namen nicht sonderlich einverstanden, denn Sie protestierten mit dem ganzen Aufwand Ihrer Stimme dagegen, und ich wunderte mich damals sehr, daß ein so kleines Wesen eine so kräftige Stimme haben konnte. Sie sehen, ich habe ein besseres Gedächtnis für alte Bekannte als Sie«, scherzte er.

Ein Lächeln flog über das blasse, ernste Gesichtchen, und dies Lächeln erschien ihm so reizvoll, wie er noch nie ein Frauenlächeln gesehen hatte.

»Das kann ich nun freilich nicht bestreiten, ich kann mich unserer Bekanntschaft jedenfalls nicht erinnern.«

Er nickte.

»Natürlich meinen Sie nun, daß so kleine Babys das Recht haben, ihre Umgebung zu vergessen und finden sich dadurch reichlich entschuldigt. Dem habe ich aber entgegenzuhalten, daß wir jahrelang – vier bis fünf Jahre mindestens – sehr viel miteinander verkehrt haben. Das letztemal sah ich Sie, als ich einmal in den Ferien zu Hause war und einen Besuch in Glossow machte. Da kamen Sie mir mit einer schönen großen Puppe entgegengelaufen, und diese Puppe forderten Sie auf: ›Gib Onkel Rolf ein Händchen.‹ Sie sehen, ich wurde von Ihnen sogar mit der Würde eines Onkels bedacht. Und das alles haben Sie vergessen, während ich alles im Gedächtnis behielt.«

Ihre Augen strahlten ihn an. »Ja, wirklich – Sie haben ein gutes Gedächtnis.«

»Ein sehr gutes! Ich weiß sogar noch ganz genau, daß Ihre Puppe ein blaues Kleid hatte. Sie selbst trugen ein weißes Kleid, auf das ihre Locken niederfielen. Diese Locken hatten eine wundervolle Schattierung! Wie junge, reife Kastanien, die eben aus der Schale kommen. Ich weiß nicht, ob Ihr Haar noch heute diese seltene Tönung hat, bei Abend kann man das, zumal in so mangelhafter Beleuchtung, nicht feststellen.«

Sanna lauschte seinen Worten mit brennendem Herzen. Es war das erstemal in ihrem Leben, daß sie sich mit einem fremden jungen Herrn unterhielt, und was er ihr sagte, klang so lieb und vertraut, daß sie ihm immerfort hätte zuhören mögen. Der warme, ein wenig neckende Ton in seiner Stimme verscheuchte all ihre Befangenheit. Diese Stimme klang ihr wie eine vertraute Melodie, die sie vergessen hatte, und die nun wieder zu tönen begann und Laut um Laut aneinanderfügte.

»Das alles ist so lange, lange her. Ich habe alles vergessen – habe kaum noch gewußt, daß es einst für mich so glückliche

Tage gab«, sagte sie versonnen.

Wie eine ergreifende Klage klangen diese Worte aus dem jungen Mund. Rolf fühlte heißes Mitleid in sich aufsteigen. Heerfurt hatte ihm hier und da eine Andeutung gemacht über das freudlose Leben, das Sanna von Glossow in dem öden, stillen Professorenhaus führte. Bisher hatte ihn das nicht weiter berührt. Aber jetzt, da er die junge Dame mit so blassem, traurigem Gesicht neben sich sitzen sah, gewannen diese gelegentlichen Berichte eine andere Bedeutung.

»Vielleicht beginnen jetzt in der Heimat wieder glücklichere Tage für Sie, mein gnädiges Fräulein. Wenn ich nicht irre, sprach Heerfurt darüber, daß Sie in dieser Zeit mündig werden, und er hoffte, daß Sie dann bald für immer nach Glossow zurückkehren würden. Es würde mich freuen, wenn das Glossower Herrenhaus seine Fensterläden endlich wieder öffnete und nicht mehr so still und leer daliegen würde. Hoffentlich kehren Sie heute für immer zurück«, sagte er, sie forschend betrachtend.

Sie atmete tief auf.

»Wenn es nach mir geht, bleibe ich von jetzt an in Glossow. Ich bin heute mündig geworden – und keinen Tag länger wollte ich meiner Heimat fernbleiben.«

»Haben Sie die weite Reise allein zurückgelegt?« fragte er ernst.

»Ja.«

»O, das hätte man Ihnen nicht gestatten sollen. War denn niemand da, der Sie begleiten konnte?«

Sie strich sich über die Augen.

»Man hat es mir auch nicht gestattet – ich – ja – ich bin heimlich fort. Man hätte mich sonst sicher zurückgehalten. Aber ich konnte mich nicht länger halten lassen – wie im Fieber habe ich diesen Tag herbeigesehnt, an dem ich frei wurde. Freiwillig kehre ich nicht in das Haus meines Vormunds zurück. Und, nicht wahr – zwingen kann man mich jetzt nicht mehr dazu?«

Es lagen heimliche Angst und Erregung in ihrer Stimme und

zugleich großes Vertrauen zu dem ihr fremden jungen Mann. Das fühlte er, und ihre ganze Art berührte ihn tief.

Armes Kind, dachte er mitleidig, denn er wußte von Heerfurt genug von ihrem freudlosen Leben.

Und laut fuhr er fort in beruhigendem Ton:

»Nein, nein, mein gnädiges Fräulein, niemand kann Sie zwingen. Und wie ich diese Angelegenheit übersehe, werden Sie in Ihrem Verwalter Heerfurt eine zuverlässige Stütze und einen vertrauenswürdigen Berater haben. Sollten Sie aber außerdem eines ergebenen Freundes bedürfen, so lassen Sie mich alte Rechte als ›Onkel Rolf‹ geltend machen. Ich wohne in Ihrer nächsten Nähe und bin immer bereit, Ihnen zu dienen. Sie werden das selbstverständlich finden, wenn ich Ihnen sage, daß mein Vater und der Ihre die treuesten Freunde waren.«

Sanna erzitterte leise, als er ihren Vater erwähnte. Und so leise, daß er es kaum verstehen konnte, sagte sie:

»Wenn Sie wüßten, wie dankbar ich Ihnen bin – dafür – daß Sie diese Freundschaft Ihres und meines Vaters nicht einfach verleugnen und aus dem Gedächtnis streichen.«

Er wußte, was sie mit diesen Worten meinte, und sie tat ihm von Herzen leid.

»Warum sollte ich das tun?« fragte er möglichst harmlos.

Sie seufzte tief auf.

»O – Sie wissen sicher, was damals in Glossow geschehen ist. Man hat mich gelehrt, daß ich mich meiner Eltern schämen müsse.«

Das klang wie ein Stöhnen an sein Ohr. Erschüttert schwieg er. Für dies tiefe Herzeleid fand er kein Trostwort. Sie aber glaubte, er schweige nur, um ihr nicht sagen zu müssen: »Ja, du mußt dich deiner Eltern schämen, die einen unauslöschlichen Makel auf deinen Namen geworfen haben.«

Er ahnte nicht, was für einen bedrückenden Eindruck sein Schweigen auf sie machte. Seine Aufmerksamkeit wurde jetzt auch von ihr abgelenkt. Das Fahrgeräusch eines zweiten Autos klang durch den stillen Abend. Rolf von Gerlach spähte den

Weg entlang.

»Ich glaube, da kommt uns ein Glossower Wagen entgegen, gnädiges Fräulein. Wahrscheinlich ist Ihr Telegramm inzwischen eingetroffen, und man will Sie abholen.«

Das lenkte auch Sanna von ihren trüben Gedanken ab.

Der andere Wagen kam rasch näher, und in dem hellen Mondschein erkannte Rolf von Gerlach das Gesicht des Verwalters Heerfurt, der den Wagen selbst lenkte.

»Hallo, Herr Verwalter!« rief ihm Rolf entgegen und ließ seinen Wagen anhalten.«

Auch Heerfurt hielt an für einen Augenblick.

»Guten Abend, Herr von Gerlach!«

»Guten Abend, Sie wollen gewiß die junge Herrin von Glossow abholen, lieber Heerfurt.«

»Sie wissen es, Herr von Gerlach? Wahrscheinlich sahen Sie Fräulein von Glossow auf der Station. Ich muß mich eilen. Das Telegramm kam zu spät.«

»Warten Sie nur. Sehen Sie sich erst einmal meine Begleiterin an. Ich bringe Ihnen Fräulein von Glossow schon mit. Wir haben unterwegs bereits unsere Bekanntschaft aus der Kinderzeit erneuert.«

Heerfurt stieg nun aus und trat heran. Erst jetzt erkannte er unter der unförmigen Decke seine junge Herrin und reichte ihr erfreut die Hand.

»Gott sei Dank, Fräulein von Glossow. Ich war schon in großer Sorge um Sie. Wie ich ging und stand bin ich losgefahren. Ihr Telegramm kam eben erst an. Wie gut, daß unser Nachbar seinen Wagen am Bahnhof hatte. Nun kommen Sie schnell.«

Sanna stieg, auf seine Hand gestützt, aus, nachdem ihr Rolf die Decke abgenommen hatte.

»Ich friere nicht, Herr von Gerlach hat mir seine Decke überlassen. Guten Abend, Herr Verwalter. Nun komme ich Ihnen doch wohl ein wenig ungelegen?«

»Gar nicht! Wir freuen uns so sehr. Meine Frau ist gleich mit allen verfügbaren Kräften ins Herrenhaus gestürmt, um zu lüften und zu heizen. Ist noch ein bißchen kalt bei uns.«

So sagte Heerfurt in freudiger Erregung und bedankte sich dann bei Herrn von Gerlach, daß dieser seine junge Herrin mitgenommen hatte.

»Und zum Dank für diese rühmenswerte Tat bringen Sie mich nun um die angenehme Gesellschaft, Herr Verwalter«, scherzte Rolf. Ernster fuhr er fort:

»Ich hätte das Fräulein von Glossow sehr gern in Glossow abgeliefert. Aber nun muß ich sie Ihnen wohl übergeben. Fräulein von Glossow, ich hoffe, die kühle Fahrt hat Ihnen nichts geschadet. Wenn Sie gestatten, werde ich in den nächsten Tagen in Glossow vorsprechen und mich erkundigen, wie sie Ihnen bekommen ist.«

Sanna reichte ihm die Hand. Er führte sie zu seinen Lippen und merkte, daß ihre kleine Hand kalt war und zitterte. Der Handkuß war ihr etwas so Ungewohntes, daß sie ihre Hand verschüchtert zurückzog.

»Ich danke Ihnen, Herr von Gerlach, für Ihre freundliche Hilfe.«

Weiter vermochte sie nichts zu sagen.

Er war ebenfalls ausgestiegen und half ihr nun in den geschlossenen Wagen.

»Auf baldiges Wiedersehen!« sagte er.

»Auf Wiedersehen!« erwiderte sie leise und zögernd.

Dann trat er zurück und schloß den Schlag. Heerfurt saß bereits am Steuer.

»Gute Nacht, Herr von Gerlach, und nochmals vielen Dank.«

»Keine Ursache. Gute Nacht, Heerfurt!«

Der Glossower Wagen fuhr als erster davon. Rudolf von Gerlach sah ihm eine Weile nach. Dann stieg er auch wieder ein und fuhr weiter.

Als er Glossow passierte, sah er die Fenster des Herrenhauses hell erleuchtet. Bewegliche Schatten glitten hin und her und vor dem Haus stand der Wagen. Ihm war zumute, als müsse er sich mitfreuen über die Heimkehr der jungen Herrin von Glossow.

Sanna wurde auf der Schwelle ihres Elternhauses von der freundlichen Frau des Verwalters und einigen Leuten empfangen.

In großer Eile hatte Frau Heerfurt die notwendigsten Vorbereitungen getroffen für den Empfang der jungen Herrin. Die hübsche, stattliche Frau lachte über das ganze Gesicht.

»Gottes Segen zu Ihrem Einzug, gnädiges Fräulein! Wir freuen uns von ganzem Herzen über Ihre Heimkehr.«

Sanna griff die warme Hand der freundlichen Frau.

»Ich danke Ihnen sehr, liebe Frau Heerfurt, und bitte Sie, mir zu verzeihen, daß ich Sie so unerwartet überfalle.«

Frau Heerfurt schüttelte den Kopf. »Wir haben seit langen Jahren auf diesen Tag gewartet, gnädiges Fräulein. Lange Vorbereitungen brauchte es nicht, es ist alles bereit. Gott sei Dank, daß Sie wohlbehalten eingetroffen sind. Nur einen festlichen Empfang haben wir in der Eile nicht veranstalten können. Aber ein frohes Willkommen aus warmen, ehrlichen Herzen können wir Ihnen doch bieten, und damit müssen Sie nun fürliebnehmen.«

»Das ist mir mehr als ein festlicher Empfang, liebe Frau Heerfurt.«

Diese führte Sanna ins Haus. Freundlich, mit ihrem lieben Lächeln, das aller Herzen gewann, grüßte Susanne von Glossow die Versammelten.

Diese sahen sich freilich ein wenig scheu im Haus um, als könne aus irgendeiner Ecke ein Gespenst erscheinen. Aber Sanna ahnte nichts von diesen Spukgeschichten. Sie wußte nur, daß sich in diesem Haus vor sechzehn Jahren ein furchtbares Drama abgespielt hatte, und daß es seitdem unbewohnt geblieben war. Ein wenig bange war ihr ums Herz, als sie durch die hohe Halle und die Treppe hinaufschritt. Sie mußte daran denken, daß Herr von Gerlach verstummt war, als sie von ihren Eltern gesprochen hatte. Ob man auch hier in der Heimat sie entgelten lassen würde, daß ihre Eltern ihren Namen mit Schmach bedeckt hatten? Ach – sicher würde es der Fall sein.

Mit großen, bangen Augen sah sie um sich. Wartete hier neues, tiefes Leid auf sie? Ob es nicht besser gewesen wäre, wenn sie bei Onkel Michael geblieben wäre, der wohl am Ende gewußt hatte, daß sie in der Einsamkeit seines Hauses besser aufgehoben war als draußen in der Freiheit?

Aber dann überfiel sie wieder der Gedanke an Gregor, und sie sagte sich aufatmend, daß sie recht getan hatte, hierher zu fliehen – und den Versuch zu machen, ein neues Leben zu beginnen. In Freiheit!

In Freiheit?

Das Herz war ihr schwer. »Ich will heimsuchen die Sünden der Väter an den Kindern bis ins dritte und vierte Glied.«

Sie erschrak, als ihr diese Worte plötzlich ins Gedächtnis kamen.

Würde sie Frieden finden in diesem Haus, das Heimat sein sollte? Mechanisch antwortete sie auf die freundlichen Worte Frau Heerfurts.

Und dann sah sie sich im Geist als glückliches Kind durch diese Räume tollen, mit einer Puppe im Arm, die ein blaues Kleidchen trug. Sie selbst trug ein weißes Kleid, auf das ihre Locken herabfielen.

»Diese Locken hatten eine wundervolle Schattierung«, hörte sie Rolf von Gerlach wieder sagen.

Unwillkürlich sah sie in einen Spiegel. Sie hatte Hut und Jacke abgelegt, und das helle Licht zitterte über ihr kastanienbraunes Haar und warf rötliche Reflexe darauf. »Wie junge, reife Kastanien.« Ja, so sah ihr Haar noch aus, es hatte also noch »die wundervolle Schattierung«, vielleicht einen Schein dunkler als damals.

Darüber war ein leises Freuen in ihr. Zum erstenmal in ihrem Leben hatte Sanna ein besonderes Interesse an ihrer eigenen Person.

Frau Heerfurt hatte Sanna vorläufig für die Nacht ein Gastzimmer eingerichtet.

»Morgen können Sie selbst auswählen und bestimmen, welche Zimmer Sie bewohnen wollen, gnädiges Fräulein«, sagte die Verwalterin mit warmer Herzlichkeit, in Sannas etwas müdes Gesicht sehend. »Heute sind sie müde und abgespannt. Ich werde Ihnen gleich einen Imbiß und frischen Tee bringen lassen. Damit müssen Sie für heute fürliebnehmen.«

Sanna nickte freundlich. »Oh, wie gut! Ich danke Ihnen. Wie froh bin ich, daß ich nun endlich am Ziel bin. Ich bin wirklich sehr müde.«

Wenig später brachte ihr ein freundliches Hausmädchen einen Imbiß.

Nur wenige Bissen nahm Sanna davon und trank eine Tasse Tee.

Das Mädchen bot ihr freundlich Zofendienste an, als Sanna erklärte, daß sie sich niederlegen wollte.

Sanna dankte ihr lächelnd.

»Ich helfe mir allein und will Sie nicht länger bemühen. Bitte, sagen Sie dem Herrn Verwalter, daß ich ihn bitten lasse, morgen früh gleich nach H . . . zu telegrafieren, daß ich wohlbehalten angekommen bin. Onkel soll sich nicht unnötig sorgen. Einen Brief habe ich zurückgelassen, der ihn beruhigen soll, aber er wird doch in Sorge sein, bis er von meiner Ankunft hier erfährt.«

»Das soll alles besorgt werden. Und nun gute Nacht. Der liebe Gott schenke Ihnen Glück und Frieden in der Heimat.«

Dann war Sanna allein in dem großen, freundlichen Gastzimmer. Ihr Pappkarton war schon ausgepackt. Sie kleidete sich sofort aus und ging zu Bett, denn sie war wirklich rechtschaffen müde.

Kaum daß sie ihre Glieder ausgestreckt hatte, schlief sie auch schon ein.

Und sie träumte, daß ihre Eltern Hand in Hand über eine blumige Wiese wanderten. Sie selbst lief als glückliches Kind neben ihnen und sammelte herrliche, fremdartige Blumen zu einem großen Strauß. Dann kam ihnen ein hochgewachsener, schlanker Mann entgegen mit frohen, guten Augen, die ihr freundlich entgegenlachten. Jauchzend lief sie diesem Mann entgegen und reichte ihm all ihre Blumen. »Für dich, Onkel Rolf – sie sind alle für dich!« rief sie ihm zu.

Da beugte er sich hinunter und wollte die Blumen fassen. »Eine wundervolle Schattierung«, sagte er dabei.

Aber als er nach den Blumen griff, fielen sie auseinander und zerstreuten sich in alle Winde. Sie schwebten durch die Luft, weiter und weiter. Da weinte sie herzbrechend und rief jammernd: »Meine schönen Blumen!« »Onkel Rolf« aber beugte sich über sie und strich ihr liebevoll über die Locken.

»Nicht weinen, kleine Sanna, du hast noch all deine schönen Locken«, tröstete er sie und lachte dabei.

Aber ihr war weh ums Herz, und sie sah sich nach ihren Eltern um. Die waren jedoch verschwunden und schwebten in weiter Ferne mit den Blumen davon. Jammervoll schluchzte sie auf und fühlte ganz deutlich die Angst, daß Onkel Rolf nun auch verschwinden würde und sie allein bleiben müsse. Und auf der Wiese war nun keine Blume mehr zu sehen. Um sie her wurde es so dunkel, daß sie sich fürchtete. Sie streckte angstvoll die Hände aus. »Onkel Rolf!« rief sie in ihrer Herzensangst ganz laut – und erwachte.

Und da merkte sie, daß ihre Augen naß waren von Tränen. Sie richtete sich im Bett empor und sah sich in der blassen Morgendämmerung um. Und da merkte sie, daß sie Tapete des Zimmers aus fremdartigen Blumen gewirkt zu sein schien, dieselben Blumen, die sie im Traum gesehen hatte. Da mußte sie unter Tränen lächeln und legte sich wieder nieder.

Ich bin ja daheim – und frei, dachte sie aufatmend und schlief beruhigt wieder ein.

X

Anna von Rehling hatte, als sie sich am Morgen erhob, etwas eiliger als sonst Toilette gemacht. Sie wollte noch einen Strauß frischer Blumen, die sie in der Gärtnerei bestellt hatte, auf Sannas Geburtstagstisch stellen.

Das tat sie auch, und in den Strauß steckte sie eine Visitenkarte ihres Sohnes. Das sollte bei Sanna den Anschein erwekken, als habe Gregor die Blumen bestellt.

Der alte Friedrich, dessen Amt es war, frühmorgens das Haustor aufzuschließen, so wie er es auch am Abend zuschloß, hatte sich gewundert, als er merkte, daß das Tor schon aufgeschlossen war.

Er glaubte jedoch, es sei einer von den Angestellten draußen gewesen. So wußte noch niemand etwas von Sannas Flucht.

Frau von Rehling begab sich an den Frühstückstisch, den sie besonders festlich hatte decken lassen, und sah nach der Uhr. Gewöhnlich nahmen die beiden Damen um acht Uhr das erste Frühstück, da aber der Professor nie daran teilnahm, gestatteten sie sich dabei zuweilen eine kleine Unpünktlichkeit. Wer zuerst am Frühstückstisch war, begann also zuzugreifen, ohne auf die andere zu warten.

Heute wollte aber Frau von Rehling nicht ohne Sanna beginnen, weil der Tag besonders feierlich verlaufen sollte.

Ihre Geduld wurde auf eine harte Probe gestellt. Es war schon halb neun Uhr geworden, und Sanna war noch immer nicht erschienen.

Da schickte sie endlich ein Mädchen hinauf.

»Fragen Sie, ob Fräulein von Glossow nicht zum Frühstück kommt.«

Nach einer Weile kam das Mädchen zurück.

»Das gnädige Fräulein ist nicht mehr in ihren Zimmern, gnädige Frau, ich finde es auch im ganzen Haus nicht.«

Die alte Dame erhob sich und sah in den Garten hinaus. Sollte Sanna schon einen Morgenspaziergang unternommen haben? Aber nichts war von ihr zu sehen.

Da ging Frau von Rehling selbst in den Garten hinaus und suchte alle Wege ab. Aber sie fand keine Spur von Sanna. Auch im Haus nicht, das sie nun selbst durchsuchte.

Zuletzt ging sie nochmals in Sannas Zimmer und da sah sie den Brief, der mitten auf dem Schreibtisch lag.

Betroffen nahm sie ihn auf.

»Herrn Professor Michael Sachau. – Sofort aushändigen!«

So stand darauf in Sannas schöner, klarer Handschrift.

Ein unheimlich beklemmendes Gefühl stieg plötzlich in ihr empor. Was sollte das bedeuten? Am liebsten hätte sie den Brief geöffnet, trotzdem er nicht an sie adressiert war. Aber das Hausmädchen stand mit neugierigen Augen neben ihr.

Da nahm die alte Dame den Brief und begab sich damit eilig in das Zimmer des Professors. In dessen Vorzimmer war Friedrich beschäftigt, Staub zu wischen.

»Ist der Herr Professor schon wach, Friedrich?« fragte sie hastig und erregt.

»Jawohl, Frau von Rehling. Ich habe ihm sein Frühstück gebracht. Der Herr Professor sitzt in seinem Arbeitszimmer.«

Schnell, ohne wie sonst anzuklopfen, öffnete sie die Tür.

Als Frau von Rehling so hastig bei ihm eintrat, wandte sich der Professor ungehalten um. »Was willst du, Anna? Du weißt, daß ich mich nicht gern stören lasse.«

»Verzeihe, Michael, aber es erscheint mir notwendig. Sanna ist verschwunden. Wir haben sie vergeblich in Haus und Garten gesucht. Und eben entdeckte ich auf ihrem Schreibtisch diesen an dich gerichteten Brief. Der wird uns hoffentlich Aufschluß geben über ihr Verschwinden.«

Der alte Herr erhob sich mit einem Ruck und griff mit bebender Hand nach dem Brief. Er riß das Kuvert auf und überflog das Schreiben. Dann sank er in seinen Sessel zurück und sah seine Hausdame mit einem sonderbaren Blick an.

»Sanna ist nach Glossow gereist. Bitte, laß mich allein.«

Die alte Dame erschrak. »Nach Glossow? Aber wie ist das

möglich? Sie kann doch nicht einfach auf und davon gegangen sein. Das ist unerhört – trotzdem mich bei diesem Mädchen eigentlich nichts wundern sollte.«

Der Professor winkte erregt ab. »Bitte, schweig – und laß mich allein«, sagte er laut und heftig.

Es lag etwas in seinem Wesen, was sie einschüchterte und zum Schweigen brachte. Ohne ein weiteres Wort ging sie hinaus.

Was ist das nun wieder? Man kommt in diesem Hause nicht mehr zur Ruhe, dachte sie.

Michael Sachau las, als er allein war, Sannas Brief nochmals aufmerksam durch.

»Lieber Onkel Michael! Verzeihe mir, daß ich, ohne Dich um Erlaubnis zu bitten und ohne Dich vorher benachrichtigt zu haben, Dein Haus verlassen habe. Ich mußte gehen, und Du hättest mir vielleicht die Erlaubnis versagt, trotzdem ich jetzt mündig bin. Du bist in letzter Zeit zuweilen so gut zu mir gewesen – auch heute abend wieder –, daß es mir nicht leicht wird, mein Vorhaben auszuführen. Ich hätte Dir gern gebeichtet. Aber ich hatte Angst, Du würdest mich dann zurückhalten, und das darf nicht sein.

Schon lange stand es bei mir fest, daß ich nach Glossow gehen würde, sobald ich mündig bin, und ich hatte mir meinen Geburtstag festgesetzt, um mein Vorhaben auszuführen. Nicht einen Tag länger, als ich mußte, wollte ich in Deinem Hause bleiben, in dem ich nur gelitten und eine trübe, freudlose Jugend durchlebt habe. Ich weiß jetzt, daß Dir Strenge und Schroffheit gegen mich nicht aus dem Herzen kamen, und diese Gewißheit hätte mich vielleicht bestimmt, mich Dir anzuvertrauen und Dir zu beweisen, wie nötig es ist, daß ich nach Glossow gehe. Aber es ist schwer, da Vertrauen zu fassen, wo man es nicht immer gehabt hat. Ich hatte es zu Dir völlig verloren, weil Du es zuließest, daß man mich maßlos leiden ließ und daß man mir mit jedem Atemzug daraus ein Verbrechen machte, daß ich die Tochter meiner armen Eltern bin und einen Makel mit mir herumschleppen muß, an dem ich völlig schuldlos bin.

Vielleicht hätte ich aber meine Abreise hinausgeschoben, bis ich einmal Gelegenheit gefunden hätte, Dich zu überzeugen, daß es besser ist, wenn ich in meine Heimat zurückkehre. Aber da ist noch etwas geschehen, was mir jeden Aufschub unmöglich macht.

Gregor kommt in wenigen Tagen wieder in Dein Haus, und ich will und kann ihm nicht wieder begegnen. Was ich Dir, von Scham und Zorn fast erstickt, bisher nicht sagen konnte, will ich Dir heute in diesem Brief anvertrauen. An jenem Abend seiner letzten Anwesenheit war Gregor nicht, wie Du es verlangt hattest, ins Hotel gegangen, sondern er war heimlich ins Haus zurückgekehrt. In meinem eigenen Zimmer überfiel er mich, hielt mich mit Gewalt in seinen Armen und wollte mich küssen, gegen meinen Willen. Gottlob konnte ich mich für einen Moment aus seinen umklammernden Armen befreien und schlug ihm, außer mir vor Angst und Scham, mit der Faust ins Gesicht. So zahlte ich ihm den Schimpf heim, den er mir angetan hatte, und ehe er sich von dem Schrecken erholt hatte, floh ich in Deine Zimmer. Ich habe die ganze Nacht, weil du schon schliefst, bei Friedrich gesessen, denn ich wagte mich nicht mehr in meine Zimmer.

Und nun kommt Gregor wieder, und ich weiß nicht, was mir von ihm droht. Du bist schwach und leidend und kannst mich nicht vor ihm schützen, und Tante Anna wird es auch nicht tun, denn sie will, daß ich Gregors Frau werde. Beide wollen das nur, weil ich reich bin. Ich aber sterbe lieber, als daß ich mich mit Gregor vermähle.

Sagen konnte ich Dir das nicht, weil ich mich schämte. Mit dem Schreiben geht das besser, und Du weißt nun, was mich forttreibt.

Glaube nicht, daß ich aus Leichtfertigkeit aus Deinem Haus floh. Ich bin alles andere als leichtfertig. Es liegt ein tiefer tragischer Ernst über meinem Leben, der mich niederdrückt. Auch in Glossow werde ich still und zurückgezogen leben, aber ich werde frei sein und brauche nicht Tante Annas und Gregors Gesellschaft zu ertragen.

Bitte, verzeih mir, daß ich Dich durch mein heimliches Fortgehen kränken mußte – ich konnte nicht anders. Verzeih mir auch, daß ich so viel Unbequemlichkeit in Dein Leben brachte. Ich konnte nichts dafür und hätte Dich schon lange von meiner Gegenwart befreit, wenn ich gekonnt hätte. Bitte, laß mir umgehend meine Sachen nachsenden, ich nehme nur das Allernötigste mit.

Und nun leb wohl. Ich wünsche Dir von Herzen einen gesunden, friedlichen Lebensabend!

Deine Nichte Sanna.«

Langsam faltete der Professor das Schreiben zusammen und starrte eine Weile nachdenklich vor sich hin. Und aus diesem Nachdenken heraus sagte er:

»Sie hat recht getan. Und sie ist immer ehrlich und ohne Falsch gewesen. Ich habe ihr nichts sein können – nichts, als ein verständnisloser Kerkermeister, der sie nicht einmal vor gemeinen Angriffen schützen konnte.«

Wehmut wollte ihn beschleichen. Es war etwas in seinem Herzen, das unter der Trennung von Sanna erzitterte. Aber neben diesem heimlichen Schmerz wuchs der Zorn und Groll gegen Gregor und seine Mutter gewaltig an. Er dachte:

Ein Bubenstück ist dieser Überfall gewesen, ein gemeines, niedriges Bubenstück. Das also war der Plan, von dem er in seinem Brief an seine Mutter sprach. Ich ahnte es fast und ließ deshalb Sanna erst von mir, als ich ihn im Hotel glaubte. Er hat sich heimlich wieder eingeschlichen – in Sannas Zimmer. Und seine Mutter hat dieser Niederträchtigkeit Vorschub geleistet. Pfui über sie und über ihn! Mit diesen beiden niedrigen Charakteren werde ich Abrechnung halten – ich will keine Gemeinschaft mehr mit ihnen.

Dann rief er nach Friedrich. Diesen fragte er, was in jener

Nacht geschehen war, als Sanna sich hierher geflüchtet hatte. Friedrich berichtete ausführlich, was er wußte und wie verstört und bleich das gnädige Fräulein, wie eine Kranke, hereingetaumelt war und die Tür ängstlich hinter sich abgeschlossen hatte.

Der Professor entließ ihn, ohne etwas dazu zu bemerken.

Michael Sachau setzte sich sofort an seinen Schreibtisch und schrieb an seine Nichte:

»Meine liebe Sanna! Schmerzlicher, als Du denkst, hat mich Dein Fortgehen berührt. Aber ich habe kein Recht, Dir zu zürnen und tue es auch nicht. Du hast richtig gehandelt. Ich war Dir ein schlechter Schutz und Schirm, ein verständnisloser Erzieher und habe nicht vermocht, mir Deine Liebe und Dein Vertrauen zu erringen. Nun geschieht mir, was ich verdiene. Du hast Dich von mir abgewendet. Glaube mir, ich habe nach bestem Wissen und Gewissen gehandelt und glaubte, Tante Anna sei Dir eine treue Erzieherin, die das alles besser verstehe als ich, und die es gut mit Dir meinte. Ich weiß es nun anders. Ein Lufthauch, ein wesenloser Zufall warf mir an dem Tag, da Heerfort zuletzt hier war, einen Brief vor die Füße, den Gregor an seine Mutter geschrieben hatte. Und dieser Brief öffnete mir die Augen über diese beiden Menschen, die mich so maßlos betrogen haben. Ich sah auch daraus, daß sie Schlimmes mit Dir vorhatten. Deshalb verweigerte ich Gregor die Aufnahme und ließ dich, solange er da war, nicht von mir. Ich danke Gott, daß Du Dich vor ihm in Sicherheit bringen konntest. Hätte ich eine Ahnung gehabt, daß er Dich belästigt hat, so hätte ich schon eher Abrechnung mit ihm gehalten. Es soll nun Ostern geschehen. Ich bin zu Ende mit Mutter und Sohn für alle Zeit. So, meine liebe Sanna, nun ist wenigstens zwischen uns beiden alles klar. Ich habe Dir nichts zu verzeihen. Dafür wirst du mir viel verzeihen müssen, und ich bitte Dich darum. Ich billige vollständig Deine Abreise nach Glossow und Deinen Vorsatz, dort zu bleiben. Du bist dort sicherer aufgehoben unter Heerfurts starkem Schutz. Aber laß Dir raten: Nimm niemals Tante

Anna oder Gregor in Glossow auf. Sie trachten nach Deinem Reichtum, wie sie auch nach meinem Vermögen getrachtet haben. Verschließe ihnen Deine Tür, denn ich muß sie, nach meinen letzten Erfahrungen, jeder Schlechtigkeit für fähig halten.

Wenn du mir verzeihen und es über Dich gewinnen kannst, so schreibe mir zuweilen, wie es Dir geht. In Zukunft werde ich wohl mit meinem treuen, alten Friedrich allein hier hausen.

Deine Sachen lasse ich sofort packen und Dir auf kürzestem Weg zusenden. Alles Geschäftliche mache ich noch brieflich mit Heerfurt ab.

Nun lebe wohl, meine liebe Sanna, Gott möge Dich beschützen und behüten und Dein ferneres Leben glücklicher gestalten. Vielleicht denkst du ohne Groll an Deinen törichten und einsamen alten Onkel, in dessen Leben es wenige glückliche Tage gegeben hat und der mit seinen Schrullen ein unpraktischer und freudloser Gesell gewesen ist, sein Leben lang. Ganz fern, in meinen ersten Jugendjahren, da hat es auch für mich manchmal Sonnenschein gegeben. Aber ich habe es nicht verstanden, ihn festzuhalten. Und ich habe bisher nicht einmal Zeit gehabt, darüber nachzudenken. Nun liegt das Leben hinter mir mit allen Irren und Wirren und vor mir nur noch ein kurzer, stiller Weg.

Mögest Du Glück finden. Ich grüße Dich herzlich als dein alter Onkel Michael.«

Diesen Brief machte der alte Herr fertig und ließ ihn durch Friedrich sofort zur Post bringen.

»Ich will nicht, daß jemand im Haus diesen Brief sieht oder davon etwas erfährt, Friedrich, also Vorsicht – es braucht niemand von diesem Weg nach der Post etwas zu wissen. Verstanden?«

»Sehr wohl, Herr Professor, wird pünktlich besorgt.«

Und Friedrich führte den Auftrag seines Herrn mit großer Sorgsamkeit aus. Mit dem feinen Instinkt, der alten, vertrauten Dienern eigen ist in den Angelegenheiten ihrer Herrschaft, ahnte er, daß es im Professorenhause »kriselte«; und daß diese Krisis für Frau von Rehling und »Herrn Gregor« gefährlich werden konnte, ahnte er ebenfalls. Aber diese Ahnungen behielt er für sich und sprach sich keinem Menschen gegenüber darüber aus.

Anna von Rehling ging bedrückt und unruhig im Hause umher. Sie hatte nochmals versucht, zu dem Professor vorzudringen, aber Friedrich hielt vor dessen Tür Wache und erklärte, der Herr Professor wünsche ungestört zu sein.

Erst bei Tisch sah sie dann den Professor. Er sprach aber kein Wort mit ihr. Nur als er sich erhob, sagte er kurz und bestimmt.

»Laß sofort Sannas sämtliche Sachen packen und heute noch per Eilgut nach Glossow abgehen.«

Die alte Dame wußte nicht, wie sie das deuten sollte, aber sie glaubte, daß der alte Herr sehr zornig sei auf Sanna, weil sie entflohen war.

»Mein Gott, Michael, willst du mir nicht sagen, was eigentlich geschehen ist? Wird Sanna nicht wiederkommen?« fragte sie unsicher.

»Nein – sie ist fort für immer«, antwortete er kurz und verließ das Zimmer.

Sie wischte sich ganz benommen über die Stirn.

»Wenn man nur wüßte, was das alles heißen soll. Das ist ein unerträglicher Zustand«, grübelte sie. Ohne Gefühl und Verständnis für die Wandlung, die sich hier abgespielt hatte, nahm sie an, daß der Professor sich nun völlig von Sanna lossagen würde.

Auf alle Fälle wird er sie nun enterben. Das kann uns nur zustatten kommen. Wenn sie doch nicht für Gregor zu haben ist, bleibt ihm dann wenigstens die Aussicht, Michaels Erbe zu werden. Auf alle Fälle liegt aber Glossow nicht aus der Welt, Man darf es auch mit Sanna nicht verderben. Erst muß man einmal abwarten, was der Alte anstellt, wenn Gregor Ostern kommt.

So überlegte sie.

Und sie machte sich gleich selbst daran, Sannas Sachen zu packen. Sie packte auch die aufgebauten Geburtstagsgeschenke mit dazu und schrieb einen rührseligen Brief an Sanna, den sie obenauf legte.

Die angeblich von Gregor gestifteten Blumen mit seiner Visitenkarte stellte sie in ihr Zimmer.

Schade um das Geld dafür, das hätte ich sparen können, dachte sie verdrießlich.

Als Sannas Sachen fort waren, setzte sie sich müde und abgespannt an ihren Schreibtisch und berichtete ihrem Sohn die Ereignisse des heutigen Tages.

XI

Sanna erwachte am ersten Morgen in ihrem Elternhaus, als bereits die Sonne ins Fenster schien. Sie freute sich des hellen Lichtes; es war ihr wie ein gutes Omen. Schnell sprang sie aus ihrem Bett, und auf dem weichen Teppich glitten ihre Füße zum Fenster hinüber.

Durch einen schmalen Spalt in den Vorhängen sah sie eben den Verwalter über den Platz schreiten. Er führte sein Pferd am Zügel und schien schon von einem Ritt heimgekehrt zu sein.

Seine ehrlichen blauen Augen streiften mit einem frohen Lächeln über ihre Fenster hin.

Er freut sich wirklich, daß ich in Glossow bin, und ich glaube, seine Frau tut das auch, dachte sie mit wohligem Gefühl im Herzen.

Und dann flogen ihre Blicke über die große Wiese nach dem Wald hinüber. Die Bäume hatten schon dicke Blattknospen angesetzt und schienen zu strotzen vor Lebenskraft. Wie schön mußte es hier sein, wenn die Bäume erst alle ein dichtes, grünes Kleid trugen. Weit hinaus konnte ihr Blick ungehindert streifen. Da gab es keine häßliche rote Gartenmauer mehr, die ihr neues Reich – ihre Heimat – einengte!

Sie öffnete das Fenster ein wenig und atmete tief die herbwürzige Frühlingsluft ein.

Heimatluft!

Fest drückte sie die Hände ans Herz, und ihre Augen wurden feucht vor Erregung. Dann kleidete sie sich rasch an mit einem freudigen, erwartungsvollen Gefühl. Ihr war, als müsse der neue Tag von tausend Wundern erfüllt sein. So ein starkes und frohes Empfinden beherrschte sie, als lebe sie hier im Elternhaus ein neues Leben, als sei sie nicht mehr eine arme verirrte Seele, die nicht wußte, wo sie hingehörte. Hier in diesem Haus war sie geboren worden, hier hatten ihre Eltern gelebt, der Vater seit seinem ersten Atemzug, die Mutter, seit sie als junge Frau hier einzog. Und glückliche Jahre hatten die Eltern hier verlebt, bevor die Katastrophe über sie hereinbrach, das fühlte sie instinktiv.

Sobald sie sich angekleidet hatte, verließ sie ihr Zimmer und ging die Treppe hinab in den großen, weiten Flur, der sich hallenartig wölbte.

Dort kam ihr frisch, lachend und blitzsauber die hübsche Frau Verwalterin entgegen.

»Guten Morgen, Fräulein von Glossow. Hoffentlich haben Sie gut geschlafen in dieser ersten Nacht daheim und was Schönes geträumt.«

Sanna reichte ihr lächelnd die Hand.

»Sehr gut habe ich geschlafen. Auch geträumt habe ich – einen seltsamen Trau. Und nun bin ich so spät aufgewacht.«

»Das schadet nichts, gnädiges Fräulein. Und nun kommen Sie zum Frühstück. Aber die Mädchen machen einen Lärm . . .«

Die Verwalterin beugte sich über das Geländer der Treppe und rief hinab:

»Trine, Dörte, si sid woll ut Rand un Band! Wat soll unser Frölen denken?«

Das Schwatzen und Lachen unten verstummte und wurde von einem unterdrückten Kichern abgelöst.

»Lassen Sie die Mädchen schwatzen, Frau Heerfurt, mich

stört es gewiß nicht«, sagte Sanna lächelnd.

Die Verwalterin öffnete die Tür, und Sanna trat in ein hohes, helles Zimmer.

Es war mit weißen Holzmöbeln und hellgrün gestreiften Stoffen ausgestattet in einer Art, wie man sie in altenglischen Landhäusern findet. Die Formen der Möbel waren schlicht und doch vornehm.

In der Mitte stand ein runder Tisch, der einladend gedeckt war. Auch ein Blumenstrauß fehlte nicht in einem hohen Kristallglas. Das Geschirr war von feinstem, altem Porzellan und aus getriebenem Silber.

»Ich habe schnell das Nötigste ausgepackt, Silber und Porzellan. Wie freue ich mich, daß das nun alles wieder zu Ehren kommt«, sagte die Verwalterin und rückte Sanna einen Sessel zurecht.

»Wenn Sie Zeit haben, liebe Frau Heerfurt, dann setzen Sie sich zu mir und leisten mir ein wenig Gesellschaft«, bat Sanna lächelnd.

»Das will ich gern tun. Mein Mann wird auch herüberkommen. Er hat schon einen Inspizierungsritt hinter sich und macht sich nur ein bißchen frisch. So staubig kann er Ihnen nicht vor die Augen kommen am ersten Tag. Er ist froh, daß Sie in Glossow sind. Na – und ich nicht minder.«

Sanna langte mit gutem Appetit zu. Die Verwalterin wollte sie bedienen, aber das litt sie nicht.

»Es ist sehr lieb von Ihnen, daß Sie sich über meine Heimkehr freuen, trotzdem ich Ihnen doch nur Mühe und Arbeit machen werde.«

»Ach, die Tage sind am schönsten, die bis zum Rand mit Arbeit gefüllt sind.«

Sanna seufzte. »Da muß ich mich vor Ihnen schämen. Ich habe bisher meine Tage mit wenig nützlichen Dingen ausgefüllt.«

»Das wird jetzt anders werden! Mein Alter meint, ein solcher Besitz wie Glossow verpflichtet seine Herrin geradezu zu tätigem Einsatz.«

Sanna lachte. »Ja, ich habe große Lust, mich hier in Zukunft ernsthaft zu betätigen.«

Mit ehrlichem Wohlgefallen beobachtete die Verwalterin ihre junge, reizende Herrin.

»Wenn Sie das wollen, so wird es Ihnen nicht an Gelegenheit fehlen. Vielleicht haben Sie Lust, sich als echte, rechte Gutsherrin hier einzuleben. Da braucht Ihnen die Zeit ganz sicher nicht lang zu werden. Der liebe Gott läßt alle Tage Arbeit wachsen für fleißige Menschen.«

»Nun, das wird sich alles finden«, erwiderte Sanna. Und sich mit einem langen Blick in dem schönen Zimmer umsehend, fuhr sie fort: »Ich will mich recht mit dem Frühstück beeilen. Nachher bitte ich Sie, mich im Haus herumzuführen, damit ich mich bald heimisch fühle und zurechtfinde.«

»Das soll geschehen, und mehr wie gern. Sie werden alles in schönster Ordnung finden und können sich dabei gleich die Zimmer aussuchen, die Sie bewohnen wollen. Wegen einer Zofe, die Sie doch wohl brauchen werden, wollte mein Mann erst mit Ihnen sprechen, ehe er an die Stellenvermittlung schreibt. Da haben Sie sicher besondere Wünsche.«

Sanna lachte. »Bisher habe ich mich ohne Zofe beholfen, eines der Hausmädchen hat mir hie und da Dienste getan. Ich war immer froh, wenn ich etwas zu tun hatte. Besondere Wünsche habe ich nicht. Irgendein anstelliges, geschicktes Mädchen genügt mir vollkommen.«

»Gut, gut, das wird alles schnell in die Reihe kommen. Aber noch eines – Sie müssen sich doch sicherlich auch eine gebildete ältere Dame ins Haus nehmen, wie das in Ihren Kreisen üblich ist.«

Sanna sah unbehaglich aus.

»Muß das sein?«

»Ich denke wohl. Das gehört sich so. Als ich vor vielen Jahren als junges Ding bei dem Grafen Gleiwitz als Mamsell in Stellung war, da wurde auch wegen der Komtesse eine Hausdame engagiert, als die Frau Gräfin starb.«

Sanna nickte. »Ja, ja – es wird wohl sein müssen. Hoffentlich finde ich eine Dame, die mir sympathisch ist. Gleich muß es ja nicht sein.«

Jetzt ließ sich Heerfurt melden.

Sanna begrüßte ihn sehr freundlich, und er lachte sie mit seinen treuherzigen Augen an.

Er besprach allerlei mit Sanna und wies sie klug und vorsichtig auf die ihrer wartenden Aufgaben hin.

Auch die Bedienerin- und Hausdamenfrage wurde berührt.

»Vielleicht wenden Sie sich wegen einer solchen Dame einmal an Herrn von Gerlach, gnädiges Fräulein. Das ist Vertrauenssache. Die Tante des Herrn von Gerlach, Gräfin Landa, die jeden Sommer längere Zeit in Gerlachsheim lebt, hat einen sehr großen Bekanntenkreis. Vielleicht schreibt Herr von Gerlach wegen einer Hausdame für Sie einmal an seine Tante«, meinte Heerfurt.

Ein leises Rot stieg in Sannas Gesicht.

»Meinen Sie, daß ich Herrn von Gerlach damit belästigen darf?«

»Aber gewiß, gnädiges Fräulein, unser Nachbar wird Ihnen gern den Gefallen tun. Er ist ein liebenswürdiger und hilfsbereiter Herr. Da er in den nächsten Tage in Glossow vorsprechen will, können Sie ihn gleich persönlich darum bitten.«

»Das will ich tun«, erwiderte Sanna leise.

Dann kamen sie auf Sannas Flucht zu sprechen. Sie erzählte ausführlich davon. Auch darüber sprach sie sich zu den beiden ehrlichen Menschen aus, wie trübe und freudlos ihre Jugend gewesen war. Daß der Grund, der sie jetzt, trotzdem Onkel Michael in letzter Zeit sehr zum Guten verändert war, so schnell fortgetrieben hatte, darin lag, daß sich Gregor von Rehling so aufdringlich um ihre Hand bemüht hatte, verschwieg sie auch nicht. Nur über den schurkischen Überfall Gregors konnte sie nicht sprechen.

»Ich werde überhaupt niemals heiraten«, sagte sie zum Schluß, als sei das selbstverständlich. »Ich weiß, daß sich kein

Ehrenmann um meine Hand bewerben dürfte, weil mein Name nicht makellos ist.«

»O, gnädiges Fräulein, an so etwas müssen Sie nicht denken«, sagte die Verwalterin teilnahmsvoll.

Sanna seufzte auf.

»Ich muß aber immer daran denken. Es ist doch ganz natürlich. Man hat sich ja bisher so viel Mühe gegeben, mich das nicht vergessen zu lassen. Tante Anna hat es mir täglich vorgehalten.«

»Sicher, aus selbstsüchtigen Gründen und ohne selbst daran zu glauben«, sagte der Verwalter bestimmt. »Nach allem, was ich von Frau von Rehling und Sohn weiß, steht mir außer Zweifel, daß sie Ihnen solche Vorhaltungen nur machte, um Sie zu der Überzeugung zu bringen, daß kein anderer Mann als ihr Sohn sich um sie bemühen dürfte.«

»Das glaube ich jetzt auch«, erwiderte Sanna, »aber gleichwohl weiß ich genau, daß ich einem Mann eine schlechte Mitgift mit meinem befleckten Namen ins Haus brächte. Und deshalb bin ich fest entschlossen, niemals zu heiraten.«

Dieser Entschluß war Sanna bisher selbstverständlich erschienen. Aber in diesem Augenblick, da sie sich darüber zu den beiden, ihr treu ergebenen Menschen aussprach, erwachte in ihrem tiefsten Herzen ein wehes, schmerzliches Gefühl, als müsse sie sich auflehnen und zur Wehr setzen gegen ein ungerechtes Schicksal, das sie unter der Schuld ihrer Eltern leiden ließ.

Konnte das der Wille eines gütigen Gottes sein, daß unschuldige Kinder leiden sollten unter der Schuld der Eltern? Gott ist gütig und gerecht. Ist es aber gerecht und gütig, Unschuldige unter den Schuldigen leiden zu lassen?

Dieser Zweifel war ihr schon oft gekommen. Heute befiel er sie stärker denn je.

Mitleidig blickten der Verwalter und seine Frau in Sannas Gesicht, aus dem plötzlich der frohe Ausdruck verschwunden war. Sie sah wieder blaß und traurig aus. Die Verwalterin richtete sich energisch auf.

»Das wird alles ganz anders kommen, als Sie jetzt denken, gnädiges Fräulein. Wenn einmal der Rechte kommt, werden Sie alle kleinmütigen Bedenken vergessen, und wenn ein Mann Sie so recht von Herzen liebgewinnt, dann fragt er nicht nach alledem. Wahre Liebe erkennt solche Hindernisse nicht an. Was unseren verstorbenen Herrn und unsere gnädige Frau zum Tod brachte, das war Unglück und keine Schuld. Dafür lege ich meine Hand ins Feuer. Kein Mensch weiß, wie sich das alles abspielte.«

Sanna faßte die Hand der Verwalterin und drückte sie warm und dankbar.

»Ihr Mann hat mir schon gesagt, daß Sie beide nicht glauben, daß meine Eltern schlechte Menschen waren.«

»Behüte Gott, Fräulein von Glossow. Wie könnten wir so etwas glauben? Haben wir doch den Herrn und die gnädige Frau geliebt und verehrt und nur Gutes von ihnen erfahren. Und was in jenen schlimmen Tagen über unsere arme Herrschaft gekommen ist, hat ein anderer Mensch auf dem Gewissen. Ich kann mir erklären, wie alles gekommen ist, viel besser, als die klugen Herren vom Gericht, die damals hier waren. Es hat mir nur keiner glauben wollen. Sie haben mir wohl gesagt, es sei nett von mir, daß ich nichts auf meine Herrschaft habe kommen lassen wollen. Doch überzeugen konnte ich niemand.«

Mit brennenden Augen sah Sanna in das Gesicht der Verwalterin.

»Sie müssen mir alles, was damals geschehen ist, ausführlich erzählen, ich bitte Sie inständig darum.«

»Das will ich tun, gnädiges Fräulein. Wenigstens von ihrer eigenen Tochter soll meiner armen Herrschaft im Tode noch Gerechtigkeit widerfahren.«

»Gleich jetzt müssen Sie mir alles erzählen«, bat Sanna erregt, »ich habe mich so sehr danach gesehnt, mit Ihnen darüber sprechen zu können.«

Die Verwalterin sah unschlüssig aus.

»Heute, am ersten Tag in der Heimat, sollten Sie sich nicht mit so traurigen Dingen befassen, gnädiges Fräulein. Es sind nur traurige Dinge, die ich berichten kann.«

»Und doch gibt es nichts auf der Welt, was ich lieber hören möchte. Ich bitte Sie inständig darum.«

Der Verwalter erhob sich. »Tu nur Fräulein von Glossow ihren Willen, Martha. Ich kann ihr gut nachfühlen, daß sie so klar wie möglich sehen möchte in dieser Angelegenheit. Sag alles, was du weißt, es wird dem gnädigen Fräulein eine Wohltat sein. Ich will inzwischen gleich wegen einer geeigneten Kraft schreiben und habe auch sonst noch zu tun. Guten Morgen, gnädiges Fräulein. Wenn es Ihnen recht ist, fahre ich Sie heute nachmittag einmal rundum, soweit Glossower Boden reicht.«

Sanna reichte ihm die Hand.

»O ja! Ich freue mich, Herr Verwalter.«

Heerfurt entfernte sich. Sanna zog die Verwalterin an ihre Seite nieder und hielt ihre Hand fest.

»So, nun sprechen Sie. Jedes Ihrer Worte wird mir wertvoll und von besonderer Bedeutung sein!«

Die Verwalterin nickte und dachte eine Weile nach. Dann begann sie:

»Ich muß Ihnen das alles so erzählen, wie ich es mit einfachen Worten tun kann, gnädiges Fräulein. Sie werden sich das dann schon alles klar zurechtlegen können. Also – ich kam etwa ein Vierteljahr früher nach Glossow, als der gnädige Herr Hochzeit machte. Er war ein schöner, stattlicher Herr, Ihr Herr Vater, und er hatte ein warmes und gerechtes Herz für all seine Leute und selbst für die Tiere. Nur jähzornig war er zuweilen, wenn er etwas sah, was unrecht war. Dann schoß ihm das Blut rot ins Gesicht, und er hatte dann eine rasche Hand. So habe ich einmal gesehen, daß er einen Knecht eigenhändig durchprügelte, weil er ihn bei einer schlimmen, rohen Tierquälerei ertappt hatte. Na, die Prügel waren dem rohen Kerl sehr gesund. Aber, wie gesagt, ein bißchen rasch war der Herr wohl immer, wenn er zornig war, aber niemals war er das ohne triftigen Grund.

Da kam die junge gnädige Frau ins Haus, und die brauchte nur seinen Namen zu rufen, wenn mal der Zorn mit ihm durchgehen wollte, da wurde er gleich wieder ruhig und besonnen.

Der gnädige Herr hat seine Frau angebetet. Alles ist gut gegangen, und die Herrschaft lebte sehr glücklich miteinander. Was jung war auf dem Hof, sah sehnsüchtig auf dieses reine Glück. Wenn sie so nebeneinander draußen über die Wiese schritten, Arm in Arm, oder Hand in Hand, dann guckten wir ihnen wohl verstohlen mit glänzenden Augen nach. So ein schönes glückliches Paar hatte der Himmel wohl extra füreinander geschaffen. Glückliche Tage waren das für Glossow, und die Arbeit ist uns nur so von den Händen geflogen.

Dann wurden Sie geboren, gnädiges Fräulein, just, als mein Mann als neuer Verwalter nach Glossow kam. Unser Herr hatte sich wohl auf einen Jungen gefreut, der seinen Namen fortpflanzen sollte. Aber er freute sich nun auch sehr über das gesunde kleine Mädchen und war oft ganz närrisch, wenn er es in den Armen hielt.

So vergingen weitere Jahre in ungetrübtem Glück für uns alle.

Aber dann sollte es plötzlich anders kommen.

Der gnädige Herr war eines Tages hinüber nach dem Seebad Gosserow gefahren. Das fing damals an, bekannt zu werden, und die Badegäste entstammten den vornehmsten Kreisen. Ein Strandhotel gab es damals freilich noch nicht, das ist erst vor fünf Jahren gebaut worden. Die Badegäste wohnten auch noch nicht in so hübschen, modernen Villen wie jetzt, sondern in den einfachen Häusern der Fischer, die ihre guten Stuben vermieteten. Und der einzige Gasthof war immer schon in den ersten Sommertagen bis unter das Dach mit Gästen gefüllt. Unser Herr fuhr zuweilen hinüber und spannte im Gasthof aus. Und da traf er dann zufällig seinen Freund und ehemaligen Regimentskameraden, Herrn von Brockhoff, der einige Wochen in Gosserow bleiben wollte.

Diesen Freund brachte der gnädige Herr mit zu Tisch. Ich weiß es noch wie heute, wie er, über das ganze Gesicht lachend, Arm in Arm mit ihm in die Halle trat und der gnädigen Frau entgegenging.

Herr von Brockhoff war auch ein schöner, stattlicher Herr, aber er hatte Augen wie Feuerräder im Kopf. Ich stand neben der gnädigen Frau, als die Herren kamen, und es fiel mir gleich auf, wie die Augen dieses neuen Gastes groß und weit wurden und wie Feuer aufflammten, als er unsere junge gnädige Frau erblickte. Sie sah ja auch wieder aus wie ein Engel, in ihrem feinen weißen Kleid und mit den dicken Zöpfen um den Kopf. Herr von Brockhoff verschlang sie förmlich mit seinen feurigen Augen.

Er kam seit diesem Tag oft, schließlich jeden Tag, und ich merkte sehr wohl, da ich viel in der Nähe der gnädigen Frau war, daß sie nicht sehr erfreut war über diese Besuche. Aber weil sich unser Herr so sehr freute über die Gesellschaft seines Freundes, deshalb schwieg sie und seufzte manchmal ungeduldig, wenn er wieder und wieder kam und sie mit seinen schwarzen Augen unverwandt anstarrte.

Dann fiel es mir auf, daß Herr von Brockhoff häufig kam, wenn unser Herr abwesend war. Die gnädige Frau konnte dann kaum ihren Unmut bezwingen.

Einmal hörte ich vom Nebenzimmer aus ganz deutlich, daß die gnädige Frau in sehr schroffem Ton zu dem Besucher sagte: ›Ich muß mir ernstlich diesen Ton verbitten, Herr von Brockhoff, sonst zwingen Sie mich, meinen Mann zu bitten, Ihnen die Besuche in Glossow zu untersagen. Auch werde ich Ihre Besuche nur noch in Gegenwart meines Mannes annehmen. Bitte, verlassen Sie mich jetzt!‹ Was der Herr erwiderte, konnte ich nicht mehr verstehen, denn ich lief erschrocken hinaus. Seitdem hatte ich Angst um die gnädige Frau, wenn ich sah, wie Herr von Brockhoff sie mit seinen schwarzen Augen anglühte, als wolle er sie verzehren mit seinen Blicken. Ich wunderte mich nur, daß unser Herr nichts merkte. Aber er war selbst ein so großer Ehrenmann, daß er auch dem Freund nur Gutes zutraute. Einige Tage später kam der saubere Freund doch wieder in Abwesenheit des Herrn, und da er wußte, daß er nicht vorgelassen wurde, wartete er einen Augenblick ab, wo die gnädige Frau aus dem Haus trat, um einen Spaziergang zu machen. Sie trat sofort wieder ins Haus zurück und rief Sie mit Ihrer Kinderfrau herbei. Sie ließ Sie beide nicht von ihrer Seite, bis unser Herr nach Hause kam.

In jenen Tagen verlobte ich mich mit meinem Mann. Die Herrschaft hatte uns beiden erlaubt, in Zukunft in Glossow unsere Posten zu behalten. Unser Herr hatte darein erst nicht willigen wollen, aber die gnädige Frau legte ein gutes Wort für uns ein. Ich ging zu ihr und wollte mich für ihre Fürsprache bedanken. Da sah ich, daß sie geweint hatte. In demselben Augenblick wurde ihr der zudringliche Herr von Brockhoff gemeldet. Sie ließ ihn abweisen, weil der Herr nicht zu Hause war. Zugleich kamen ihr aber wieder die Tränen und halb wider ihren Willen fuhren ihr die Worte heraus: ›Liebe Mamsell, kann man denn nichts tun, einen so aufdringlichen Menschen loszuwerden?‹ Sie sah mich dabei hilfeflehend an mit ihren klaren grauen Augen, durch die man meinte, bis auf den Grund der Seele schauen zu können.

›Gnädige Frau sollten es unserem Herrn sagen‹, antwortete ich.

Seufzend sah sie mich an.

›Wenn das so einfach wäre, Mamsell. Sie haben es wohl schon gemerkt, wie schrecklich mir diese unerwünschten Besuche Herrn von Brockhoffs sind?‹

›Ja, gnädige Frau, ich habe auch schon einmal im Nebenzimmer gehört, wie Sie ihn zurückgewiesen haben und sich seine Besuche in Abwesenheit unseres Herrn verbaten.‹

Wieder seufzte sie.

›Ich wollte, er käme nie mehr nach Glossow. Ich habe ihn

von Anfang an nicht leiden mögen, und jetzt fürchte ich mich geradezu vor ihm.‹

›So sagen Sie es doch um Himmels willen unserem Herrn‹, riet ich erneut.

Sie schüttelte den Kopf. ›Das geht nicht. Wenn ich meinem Mann etwas sage, muß ich Gründe angeben, muß ihm sagen, daß mich Herr von Brockhoff belästigt. Und dann – Sie kennen den Jähzorn meines Mannes – dann ist ein Duell nicht zu vermeiden. Sie können sich doch denken, Mamsell, daß ich davor zittere. Ach, ich wollte, Herr von Brockhoff wäre wieder über alle Berge.‹

Nun konnte ich die gnädige Frau nur zu gut verstehen. An ein Duell hatte ich nicht gedacht. Welche Frau soll denn ihren Mann, den sie liebt, in eine so gefährliche Lage bringen!

Die gnädige Frau bat mich dann noch, stets unverzüglich an ihre Seite zu eilen, sobald Herr von Brockhoff in Glossow auftauchte und bei ihr zu bleiben, bis unser guter Herr anwesend sei.

Das versprach ich auch und tröstete sie so gut ich konnte damit, daß Herr von Brockhoff nicht ewig in Gosserow bleiben könne und bald abreisen würde.

Wieder vergingen einige Tage, und Herrn von Brockhoff war es nicht mehr gelungen, Frau von Glossow allein zu sprechen.

Da kam eines Tages ein Briefchen von ihm an unseren Herrn. Ich war gerade im Zimmer. Er las es und sagte zur gnädigen Frau: ›Brockhoff bittet mich für den Abend nach Gosserow. Im Gasthof soll eine fidele Sitzung sein. Also werde ich dich heute abend allein lassen müssen, Bettina, denn Brockhoff reist in den nächsten Tagen ab.

Unsere junge Gnädige atmete auf und sah mich verstohlen an, als fiele ihr eine schwere Last vom Herzen.

Am Abend fuhr der Herr also nach Gosserow hinüber. Er hatte erst noch mit Ihnen gespielt, und als Sie dann zu Bett gebracht worden waren, verabschiedete er sich zärtlich von Ihnen. Auch die gnädige Frau herzte und küßte Sie noch einmal und ging mit dem Herrn bis zum Wagen. Er fuhr allein in dem neuen Wagen, den sich die Herrschaften gerade neu angeschafft hatten, und ich sah noch, wie er in seine Brusttasche fühlte, ob er seinen Revolver bei sich hatte. In jener Zeit trieb sich nämlich eine Zigeunerbande in der Gegend umher und machte sie unsicher. Deshalb trug der Herr stets eine Waffe bei sich, wenn er allein ausritt oder fuhr. Zärtlich hatte er von der gnädigen Frau Abschied genommen. Dann fuhr er los.

Unsere gnädige Frau zog sich nun ein bequemes Hauskleid an und ging in ihr Zimmer an ihren Schreibtisch. Ich hatte noch etwas mit ihr zu besprechen.

Später sah sie noch einmal nach Ihnen, weil Ihre Kinderfrau Zahnweh hatte und von ihr zu Bett geschickt worden war.

Die Dienstboten hatten sich alle schon auf ihre Zimmer zurückgezogen.

Es war ein heißer, schwüler Abend.

Ich hatte noch ein Stelldichein mit meinem Verlobten, und wir trafen uns draußen vor dem Haus.

Als ich über die Veranda ging, sah ich, daß die gnädige Frau in ihrem Boudoir auf dem Ruhebett lag und las. Die Tür nach der Veranda stand weit offen. Ich freute mich im Vorübergehen über das hübsche Bild. Ungefähr zehn Minuten oder eine Viertelstunde sprach ich mit meinem Verlobten, dann verabschiedeten wir uns. Er wohnte im Verwalterhaus, und ich ging ins Haus zurück. Wieder ging ich an der offenen Tür vorbei und sah lächelnd Ihre Frau Mutter an. Sie lag noch immer und las.

In der Halle saß noch ein Diener, der den Herrn erwarten sollte. Er schlief in einer Ecke und hörte mich nicht. Da schloß ich die Tür ab. Der Herr mochte lieber klingeln, wenn er heimkam.

Dann ging auch ich in mein Zimmer und nahm noch eine Näharbeit vor, denn meine Aussteuer mußte bald fertig werden.

Ganz still war es im Haus. Die Fenster meines Zimmers gingen nach dem Hof hinaus. Und wie ich nun so sitze und nähe, da schrecke ich plötzlich hoch. Ganz deutlich hatte ich einen Schuß vernommen. Ich sprang auf und lauschte. Und dann mußte ich plötzlich an die offene Verandatür zum Zimmer der gnädigen Frau denken. Ich wußte nicht, wie ich auf den Gedanken kam, aber eine unerklärliche Angst trieb mich zur Tür. Als ich dieselbe öffnete und hinauslauschte, hörte ich neben mir eine Tür gehen. Eine der Mägde steckte verschlafen den Kopf heraus. Als sie mich erblickte, fragte sie, ob ich auch gehört hätte, daß geschossen worden ist. Ehe ich antworten konnte, ertönte wieder ein Schuß und gleich darauf noch einer.

Nun wurde es lebendig im Haus. Türen gingen und Stimmen wurden laut. Ich rannte plötzlich sinnlos vor Angst in das Zimmer, wo ich die gnädige Frau zuletzt gesehen hatte. Mit mir zugleich drangen über die Veranda mein Mann und zwei Diener ein. Und da standen wir und starrten entsetzt auf ein furchtbares Bild. Auf dem Ruhebett lag, mit durchschossener Brust, tot und starr unsere gnädige Frau, und über sie hinweg, ebenfalls bereits tot, der gnädige Herr. Auf dem Fußboden aber lag Brockhoff, den wir erst auch für tot hielten, aber der lebte noch.

Was nun geschah, darüber kann ich nicht genau berichten. Ich war wie von Sinnen und weinte herzzerbrechend. Nur das weiß ich noch genau, daß Sie, wohl durch die Schüsse erschreckt, aus ihrem Bettchen geklettert waren und plötzlich in Ihrem weißen Nachtkleidchen mitten unter uns standen und sich weinend über die toten Eltern warfen.

Mein Mann nahm Sie auf den Arm und gab Sie der herbeigeeilten Kinderfrau. Er allein behielt den Kopf oben in dieser fürchterlichen Nacht. Alle trieb er aus dem Zimmer und schickte nach Gosserow zum Arzt und zur Polizei. Die böse Nacht wurde nicht eine Stunde Ruhe.

Arzt und Polizei kamen; auch Herr von Gerlach, der Vater des jetzigen jungen Herrn auf Gerlachsheim. Es ging drunter und drüber.

Unsere gnädige Herrschaft war tot. Herr von Brockhoff aber

lebte noch. Und er bestätigte dann, was die Herren vom Gericht schon herausgefunden hatten, daß unser Herr dazu gekommen war, als er Frau von Glossow umarmt hatte. Er habe dann erst zwei Schüsse auf ihn und Frau von Glossow abgegeben und habe sich dann selbst erschossen.

Ich denke mir nun, es ist so dazu gekommen: Herr von Brockhoff hat den Herrn unter einem Vorwand fortgelockt, und hat sich dann, als hier alles zur Ruhe gegangen war, über die Veranda in das Zimmer der gnädigen Frau geschlichen. Er wird sie wieder mit seinen Liebesanträgen belästigt haben und hat sie wohl in seine Arme gerissen. Gerade da ist unser Herr zurückgekommen. Er hat in seinem jähen Zorn sicher auf Brockhoff geschossen. Vielleicht hat sich nun die gnädige Frau entsetzt aufgerichtet und ist statt des Bösewichts getroffen worden. Als das der Herr gesehen hat, mag ihn wohl vollends die Verzweiflung gepackt haben. Er hat nun den falschen Freund und dann sich selbst erschossen. Daß unser Herr an die Schuld seiner Gemahlin glaubte, halte ich für unmöglich, trotzdem Brockhoff das ausgesagt hat, als er später wieder zu sich gekommen ist. Er hat wohl vor Schrecken selbst nicht mehr genau gewußt, wie sich alles abspielte, als er sah, was für Unheil seine Leidenschaft für eine ganze Familie angerichtet hatte.

Er ist dann, als er geheilt war, aus der Gegend verschwunden; ich hörte, er sei ins Ausland gegangen, denn die Sache hat viel Staub aufgewirbelt. Ihr Herr Onkel kam dann und nahm Sie mit fort, und hier wurde es still und einsam.

So, gnädiges Fräulein, das ist alles, was ich weiß. Meine Hand lege ich ins Feuer, daß meine gnädige Frau schuldlos war, und daß unser Herr nicht gewußt hat, was er tat in jener unglückseligen Stunde. Sein jähes, rasches Blut hat ihn fortgerissen, und unglücklicherweise hatte er einen Revolver bei sich. Sonst wäre es nicht so weit gekommen.«

Sanna hatte atemlos diesem Bericht gelauscht. Ihre Augen hingen an dem Gesicht der Verwalterin, als müsse sie ihr jedes

Wort vom Mund ablesen, noch ehe es ausgeprochen war.

Nun faßte sie ihre Hände und drückte sie fest im Übermaß des Empfindens.

»Liebe, gute Frau Heerfurt, wenn Sie ahnten, was Sie mir für eine Wohltat erwiesen haben. Nun sehe ich meine armen Eltern in anderem Licht als bisher. Ich hörte sie nur immer schmähen, und mir ist daher vor Scham und Herzeleid elend genug zumute gewesen.

Jetzt erkenne ich klar, daß, was auch geschehen sein mag, nur ein unseliges Verhängnis das furchtbare Drama heraufbeschwor, das meine Eltern vernichtet hat. Sie waren trotzdem gute und edle Menschen. Nun will ich nicht mehr murren über den Makel, der meinem Namen anhaftet, ich will ihn wie ein Unglück tragen, nicht wie eine Schuld meiner Eltern. Und wenn sich die Menschen in Verachtung von mir wenden, soll es mir ein Trost sein, daß nicht nur ich, sondern auch meine Eltern schuldlos leiden mußten.«

»Oh, mein liebes Fräulein von Glossow, wer soll sich mit Verachtung von Ihnen wenden? Für Sie kann jeder Mensch nur inniges Mitleid empfinden«, sagte die Verwalterin warm und herzlich.

Sanna lächelte bitter. »Das glauben Sie mit Ihrem guten, ehrlichen Herzen. Ich aber weiß es leider besser. Die Menschen urteilen nach dem Schein. Sie verdammen meine Eltern und schließen mich mit ein. Meine Mutter wurde für schuldig gehalten, trotzdem Sie mit Ihrer Überzeugung für ihre Unschuld eintraten. Und jener Herr von Brockhoff, der all das Leid über uns brachte, der ist auch noch schlecht genug gewesen, nicht für die Unschuld meiner Mutter einzutreten, trotzdem er am besten wissen mußte, wie unschuldig sie war.«

»Ja, gnädiges Fräulein, das habe ich dem bösen Menschen ins Gesicht gesagt, als ich ihn das letztemal sah. Wir hatten noch eine letzte Verhandlung vor Gericht. Und da hat er mich mit seinen schwarzen Augen angesehen – ich vergesse diesen Blick niemals. Es lag ein Ausdruck darin, als wenn alle Qualen der Hölle in ihm tobten. Vielleicht gab er nur darum nicht der Wahrheit die Ehre, weil er dann jedem anständigen Menschen noch verachtenswerter erschienen wäre. So ließ er lieber die Menschen an die Schuld Ihrer teuren Mutter glauben, die er mit seinen Intrigen gequält und gepeinigt hatte. Nun – der liebe Gott wird ihn hoffentlich dafür gestraft haben.«

Sanna hob seufzend die Hand.

»Ich mag keinem Menschen etwas Schlechtes wünschen – auch diesem Mann nicht. Wer weiß, wie es ihm zumute war in jener Zeit.«

»Gut jedenfalls nicht. Elend genug hat er ausgesehen.«

Sanna erschauerte. »Wie schwer machen die Menschen einander das Leben«, sagte sie mit gepreßter Stimme.

Sie mußte in diesem Augenblick an Gregor von Rehling denken. Wer hätte wohl an ihre Unschuld geglaubt, wenn zufällig ein Mensch in ihr Zimmer getreten wäre, an jenem Abend, da sie vor Schreck gelähmt in Gregors Armen gelegen hatte? Vielleicht war ihre Mutter in einer ähnlichen Lage gewesen in jener schrecklichen Nacht? Vielleicht war Brockhoff auch bei ihr eingedrungen und hatte die vor Schreck Fassungslose in seine Arme gerissen? Dazu war dann ihr Vater gekommen. Entweder hatte er nun an die Schuld der Gattin und des Freundes geglaubt, oder er sah die geliebte Frau von dem falschen Freund bedroht. In beiden Fällen war es verständlich, wenn er die Schußwaffe zog und gefeuert hatte, von jähem Zorn oder von Angst übermannt. Wer wollte ihn darob verdammen und richten?

Sanna empfand in dieser Stunde im tiefsten Herzen eine Erlösung bei dem Gedanken, daß sie ihre Eltern lieben durfte und sich ihrer nicht zu schämen brauchte.

Arme Mutter – armer Vater, dachte sie erschauernd vor namenlosem Mitleid.

Die Verwalterin sah voll herzlicher Teilnahme in das blasse, junge Gesicht. Es wollte ihr scheinen, als gliche Sanna ihrer Mutter. Nur die Augen hatte sie von dem Vater.

»Nun aber unverzagt, gnädiges Fräulein, und kümmern Sie sich nicht um das Urteil gedankenloser Menschen. Hier schlagen Ihnen nur treue Herzen entgegen. Die Leute, die aus jener Zeit noch in Glossow sind, haben alle der gnädigen Herrschaft ein gutes Andenken bewahrt. Und sonst brauchen Sie auch nicht in Sorge zu sein. Wer Sie kennenlernt, wird Sie liebgewinnen und Sie nichts entgelten lassen«, sagte sie tröstend.

Sanna strich sich über die Stirn.

»Sie sagten, Herrn von Gerlachs Vater sei auch in jener Nacht herbeigeeilt? Er war der Freund meines Vaters. – Glaubte auch er an die Schuld meiner Eltern?«

»Nein, gnädiges Fräulein. Der Vater und auch die Mutter des Herrn von Gerlach erklärten ganz energisch, daß sie meinen Worten glaubten.«

»Und der junge Herr von Gerlach selbst – wie steht der zu dieser Angelegenheit?«

»Sicher ist er der Ansicht seiner verstorbenen Eltern. Damals war er ja freilich noch ein sehr junger Herr und war nachdem jahrelang nur selten daheim, bis er nach dem Tod seines Vaters Gerlachsheim übernahm. Seither haben wir nur wenig mit ihm über alte Zeiten gesprochen. Mein Mann unterhält sich wohl mal länger mit ihm, aber meist von geschäftlichen Dingen. Nach Ihnen hat er freilich immer einmal gefragt. Und er wird Sie ganz sicher nichts entgelten lassen.«

Sanna sah sinnend vor sich hin. Warum war es ihr so wichtig, zu wissen, wie Rudolf von Gerlach über das traurige Ende ihrer Eltern dachte?

Sie erhob sich und strich sich das Haar aus der Stirn.

»Nun führen Sie mich im Haus umher, liebe Frau Heerfurt. Vor allem zeigen Sie mir die Zimmer meiner Mutter. Wahrscheinlich werde ich diese bewohnen.«

»Das wäre recht, gnädiges Fräulein. Es sind die schönsten im ganzen Haus. Sie sind neu ausgestattet worden, als unsere gnädige Frau in Glossow einzog. Der Herr konnte sie nicht schön genug bekommen.«

Die Verwalterin löste das große Schlüsselbund von ihrer Schürze und ging neben Sanna durch das ganze Haus. Manche dieser Räume weckten ein leises Erinnern in der Seele der jungen Herrin.

Das Herrenhaus war gediegen und reich ausgestattet in der soliden, vornehmen Art, wie man sie auf den deutschen Rittergütern findet, deren Besitzer stets über das nötige Vermögen verfügt haben, den Glanz ihres Hauses zu erhalten. Es gab viele schöne, stilvolle Räume in diesem Haus. Die schönsten waren wirklich, wie Frau Heerfurt gesagt hatte, die Zimmer der ehemaligen Herrin von Glossow.

Und Sanna bestimmte sie auch sogleich zu ihren Wohn- und Schlafräumen.

Ganz zuletzt führte Frau Heerfurt die junge Herrin in den Raum, in dem sich das furchtbare Drama abgespielt hatte.

Auch hier war nicht das geringste verändert worden. Nur den Teppich hatte die Verwalterin herausnehmen lassen, weil er Blutflecken aufwies, die sich nicht entfernen ließen. Der schöne alte Parkettfußboden war unbedeckt. Aber sonst stand noch alles an seinem Platz, auch das Ruhebett mit der kostbaren persischen Decke, auf dem Sannas Mutter an jenem Abend geruht und auf dem sie den letzten Seufzer getan hatte. Auf einem kleinen Tischchen daneben lag noch das Buch, in dem Sannas Mutter zuletzt gelesen hatte. Es war ein Gedichtband. Sanna nahm ihn mit heiliger Scheu empor und drückte ihn verstohlen an ihre Lippen. Sanft streichelnd glitten ihre Hände über die Stelle, wo das Haupt ihrer Mutter geruht haben mußte.

Wie in einer Kirche war ihr zumute. Kein Grauen war in ihrer Seele, nur heilige Schauer. Hier hatte sich das Schicksal ihrer Eltern erfüllt ...

Sanna ahnte nicht, daß die Leute behaupteten, in diesem Zimmer gehe ein Geist um. Aber selbst wenn sie es gewußt hätte, so hätte sie wohl nur darüber gelächelt. Wenn Geister in diesem Raum umgingen, konnten es nur solche sein, die Susanna von Glossow freundlich gesinnt waren – die Geister ihrer lieben Eltern.

XII

Am nächsten Tag erhielt Sanna den Brief ihres Oheims, und dieser machte ihr das Herz doch um vieles leichter. Sie war froh; daß er ihr nicht zürnte und liebe, gute Worte für sie hatte. Vergessen war nun schnell seine Härte und Strenge, und es tat ihr nun leid, daß sie ohne ein Wort des Abschieds von ihm gegangen war.

Zur Besuchsstunde desselben Tages erschien Rudolf von Gerlach. Sanna empfing ihn an der Seite der Verwalterin. Er unterhielt sich mit ihr gleich wieder in dem warmen, ein wenig onkelhaften und neckenden Ton, der ihr so unsagbar wohl tat. Er hörte voll Interesse zu, auch als ihm Frau Heerfurt berichtete, wie es gekommen, daß Sanna so plötzlich und ohne jede Begleitung eingetroffen war.

Sie kamen dann auf die Hausdame zu sprechen. Sanna fragte ihn mit ihrer lieblichen Schüchternheit, ob er wohl die Güte haben wolle, bei seiner Tante anzufragen, ob sie ihr eine Dame für diesen Posten empfehlen könne.

Herr von Gerlach hörte aufmerksam zu.

»Vielleicht kann ich Ihnen selbst eine Dame empfehlen, gnädiges Fräulein«, antwortete er. »Die Mutter meines Freundes Seltiz ist, wie ich weiß, nicht abgeneigt, eine ähnliche Position anzunehmen. Ich habe erst kürzlich mit meinem Freund darüber gesprochen, als er zur Jagd in Gerlachsheim war. Für Frau von Seltiz könnte ich jede Garantie übernehmen, und vielleicht gefallen die Damen einander. Wenn Sie wünschen, werde ich gleich heute noch an die Dame schreiben und sie bitten, mich in Gerlachsheim zu besuchen. Ich benachrichtige Sie dann gleich, und Sie können sich ohne gegenseitige Verbindlichkeit kennenlernen. Sind Sie einander sympathisch, lassen sich weitere

Verabredungen treffen. Ist Ihnen das recht, Fräulein von Glossow?

Sanna reichte ihm impulsiv die Hand und sah ihn mit ihren lieben, zaghaften Augen so dankbar an, daß ihm ganz warm ums Herz wurde. »Ich danke Ihnen sehr, Herr von Gerlach, daß Sie sich so viel Mühe machen wollen.«

Er küßte ihre Hand und lachte.

»Diese Mühe ist schrecklich groß! Aber viel größer ist das Vergnügen, Ihnen dienstbar sein zu dürfen. Wir müssen gute Nachbarschaft halten, und ich spekuliere darauf, daß Sie mir gelegentlich einen anderen nachbarlichen Gefallen tun. Leider kann ich meine früheren Onkelrechte einer erwachsenen jungen Dame gegenüber nicht mehr geltend machen, dazu erscheine ich mir selbst nicht würdevoll genug. Aber gute Freunde und getreue Nachbarn wollen wir sein. Gilt es?«

Die braunen Augen Sannas leuchteten, als wenn die Sonne darin funkelte.

»O ja – von Herzen gern lasse ich das gelten«, sagte sie mit leise bebender Stimme, und ihr war zumute, als würde ihr ein köstliches Geschenk geboten.

Sie plauderten noch lange wie gute, alte Bekannte.

Als Rudolf von Gerlach sich verabschiedet hatte und nach Hause fuhr, dachte er:

Ein liebes, reizendes Geschöpf ist Susanna von Glossow, und Augen hat sie – man möchte ihr nur immer etwas Gutes tun, um diese Augen froh leuchten zu sehen. Armes Ding! Sie wird noch viel zu leiden haben unter dem tragischen Ende ihrer Eltern. Das wird ihr immer anhängen.

Er sah das Drama von Glossow in der Beleuchtung, wie es auch seine Eltern gesehen hatten, und war überzeugt, daß es sich dabei mehr um ein tragisches Verhängnis als um eine Schuld handelte. Aber er wußte auch, daß er mit dieser Überzeugung ziemlich vereinzelt dastand, und daß die Welt den Stab gebrochen hatte über Justus von Glossow und seine Frau. In den Augen der Welt galt er als Mörder und Selbstmörder und sie als eine Ehebrecherin. Und naturgemäß mußte Susanna von Glossow unter diesem Fluch leiden – und mit ihr alle, die ihr näherstehen würden. Er wußte, daß ein Mann, der ihr seine Hand reichen würde, an diesem Makel teilhaben würde. Er konnte sich nicht denken, daß es einen Mann gab, der darüber hinwegsehen würde.

Trotzdem freute er sich, daß Glossow nun nicht mehr leer stand, und daß er eine so reizende Nachbarin bekommen hatte. Es war sein ehrlicher Wunsch, ihr ein wahrer Freund zu sein, der nach Kräften für sie eintreten würde, wo es nötig schien.

Er malte es sich hübsch aus, daß er zuweilen ein Stündchen mit Sanna plaudern konnte.

In Gerlachsheim angekommen, schrieb er sofort an Frau von Seltiz, legte ihr die Verhältnisse klar, schilderte Sannas Wesen und bat sie um ihren sofortigen Besuch, falls sie geneigt war, das Amt einer Hausdame bei Susanna von Glossow zu bekleiden.

Er wußte, daß Frau von Seltiz in recht bescheidenen Verhältnissen lebte und nur mit Mühe eine kleine Zulage für ihren Sohn erübrigen konnte. Sicher war ihr also gedient mit einer Position, wie sie sich ihr hier bieten würde. Und er kannte sie als eine sehr feinsinnige und taktvolle Dame mit den besten Eigenschaften.

XIII

Professor Michael Sachau hatte auch an den Verwalter Heerfurt einen sehr ausführlichen Brief gesandt, in dem er ihm offen anvertraute, welche Erfahrungen er mit Frau von Rehling und ihrem Sohn gemacht hatte. Er verhehlte ihm auch nicht, was Gregor getan hatte, um Sanna in seine Gewalt zu bekommen, und bat Heerfurt, ein wachsames Auge zu haben, damit sich weder Gregor noch seine Mutter wieder an Sanna heranschleichen könnten. Es sei nicht ausgeschlossen, daß sie das versuchen würden, zumal er selbst, in den nächsten Tagen schon, mit Mutter und Sohn für alle Zeiten abrechnen würde.

Gleichzeitig erledigte der Professor auch alles Geschäftliche mit Heerfurt und schloß seine Vormundschaft ab. Für Sanna legte er eine ausführliche Abrechnung bei und bat sie, ihn nicht ohne Nachricht über ihr Ergehen zu lassen. Heerfurt traf am Tage, nachdem er diesen Bericht von dem Professor erhalten hatte, mit Rudolf von Gerlach zusammen, auf einem Ritt über die Felder. Sie ritten ein Stück des Weges zusammen und kamen auf Sanna und ihre plötzliche Heimkehr zu sprechen. Da lief dem Verwalter das Herz über. Er erzählte Herrn von Gerlach, den er sehr ins Herz geschlossen hatte, von der Niedertracht jener Frau von Rehling und ihres Sohnes.

Schließlich zog er den Brief des Professors heraus.

»Bitte, lesen Sie selbst, Herr von Gerlach. Ich möchte nicht, daß die Flucht meiner jungen Herrin falsch gedeutet werden könnte. Auch Sie sollen nicht glauben, daß sie aus Leichtsinn davongelaufen ist. Sie hat einfach nicht anders gekonnt.«

Rolf wollte den Brief zurückweisen. »Aber lieber Herr Heerfurt, so viel Menschenkenntnis dürfen Sie mir schon zutrauen, daß ich Fräulein von Glossow richtig einschätze. Ich brauche den Brief wirklich nicht deshalb zu lesen.«

Heerfurt aber bestand darauf. »Trotzdem bitte ich Sie, es zu tun. Sie wissen selbst genau, Herr von Gerlach, daß Fräulein von Glossow von allen Seiten mit mißtrauischen Augen betrachtet werden wird, weil sie das Unglück hat, ihre Eltern auf so traurige Weise verloren zu haben. Es freut mich so sehr, daß Sie ihr freundlich begegnen, und deshalb sollen Sie auch ganz klar in dieser Angelegenheit sehen.«

Gerlach nahm nun ohne weiteres Sträuben den Brief und las ihn aufmerksam durch.

»Das arme Kind«, sagte er, als er den Brief zurückgab. »Da geben Sie nur acht, Herr Verwalter, daß diese heimtückischen Menschen sich nicht wieder an Fräulein von Glossow drängen.«

Heerfurts Augen blitzten zornig. »Sie sollen es nicht wagen! Diesen Herrn Gregor setze ich kaltblütig an die Luft. Und seine Mutter sollte sich auch wundern, wenn sie mir über den Weg liefe. Sie ist mir schon immer wie eine boshafte Katze erschienen, wenn sie mit süßlichem Lächeln um Fräulein von Glossow herumschlich.«

Er steckte den Brief wieder ein.

»Wie gewöhnt sich die junge Dame denn in der Heimat ein?« fragte Rudolf von Gerlach, sichtlich interessiert.

»Sehr gut. Ganz rührend wird uns zumute, meiner Frau und mir, wenn wir sie im Haus umhergehen sehen. So dankbar ist sie für jedes gute Wort. Heute morgen hat sie mir gesagt, daß sie gern reiten lernen möchte. Ich habe ihr versprochen, ein gutes, ruhiges Damenpferd zu kaufen. Da fällt mir ein, Herr von Gerlach, daß Sie vielleicht etwas Passendes in Ihrem Stall haben. Auch ein paar Wagenpferde muß ich kaufen, denn wir haben ja seit langen Jahren nur Arbeitsgäule im Stall. Vielleicht finde ich das alles in Gerlachsheim! Ich weiß ja, daß Sie Damenpferde züchten, weil Komtesse Melanie im Sommer oft mit Ihnen ausreitet, wenn sie mit der Frau Gräfin Mutter in Gerlachsheim ist.«

Rudolf von Gerlach nickte.

»Jawohl! Können Sie bei mir haben! Ich kann Ihnen ein sehr gutes Reitpferd für ihre junge Herrin zur Verfügung stellen. Meiner Kusine, die ja, wie Sie wissen, eine kühne Reiterin ist, ist dieses Pferd zu sanftmütig. Aber für eine Anfängerin ist es wie geschaffen. Lassen Sie es abholen. Probieren sie es aus!«

»Das will ich tun, heute nachmittag oder morgen früh. Über den Preis werden wir einig.«

»Selbstverständlich. Sie sehen sich dann auch die Wagenpferde an. Und erst soll Fräulein von Glossow versuchen, ob ihr der Gaul gefällt und für sie passend ist. Bitte, sagen Sie ihr, daß ich viel Vergnügen zur Reitstunde wünsche. An Ihnen wird sie einen vortrefflichen Lehrer haben. Nächstens sehe ich mir dann einmal an, was sie für Fortschritte gemacht hat.«

»Das wird sie freuen. Sie ist Ihnen sehr dankbar, daß Sie gut und freundlich zu ihr sind.«

Der junge Mann lächelte gerührt.

»Kann man denn anders? Man möchte sich immer Mühe geben, ihre traurigen Augen zum Lächeln zu bringen.«

Der Verwalter nickte.

»Wahrhaftig, man kann nicht anders. Meine Frau möchte sie auch den ganzen Tag hätscheln und verwöhnen, und wenn sie dann ein bißchen froh aus den Augen blickt, dann freut sich meine Frau. Unsere Herrin hat so etwas Verzagtes, Hilfloses in ihrem Wesen.«

Bald darauf trennten sich die beiden Herren an einem Kreuzweg. –

Für Sanna hatte in Glossow ein völlig neues Leben begonnen. Ganz seltsam war es ihr, daß sie jetzt der Mittelpunkt war, um den sich ihre ganze Umgebung drehte, und daß hier alles nach ihrem Willen geschah.

Heute fuhr sie mit Heerfurt im offenen Wagen durch den Wald, über die Dünen nach dem Strand. Das erstemal hatte sie bei ihrer Rundfahrt die See nur von weitem gesehen. Diesmal fuhren sie bis dicht an das Wasser heran. Der leichte Wagen bewegte sich im Sand nur langsam vorwärts. Für ein Auto war das kein geeigneter Weg.

Sanna sah mit leuchtenden Augen über das Meer nach dem Horizont. Sie erinnerte sich, daß sie als Kind mit ihren Eltern einmal im Pferdewagen bis in das flache Wasser hineingefahren war. Und das Rauschen der Wellen erschien ihr wie eine altvertraute Melodie.

Heerfurt zeigte am Strand entlang nach dem Seebad Gosserow hinüber. Man konnte die ins Meer gebauten Badeanlagen ganz deutlich sehen. Sie hoben sich wie Silhouetten von der klaren Luft ab.

»Dort ist im Sommer reges Leben am Strand, gnädiges Fräulein. Da werden Sie wohl öfters hinüberfahren. Es gibt da Musik und allerlei Kurzweil. Auch jede Woche einen Ball. Da fahren die Gutsbesitzer aus der Umgebung auch mit ihren Damen hinüber, um einmal zu tanzen. Und manchmal verirren sich einzelne Badegäste bis nach Glossow und trinken frische Milch in der Meierei. Ende Mai kommen die ersten Badegäste, und Ende September reisen die letzten wieder ab. Sie werden da manche Unterhaltung finden.«

Sanna seufzte.

»Ach, ich werde wohl immer die Scheu behalten, unter Menschen zu gehen. Ich sehne mich auch nicht danach. In Glossow ist es so schön, da brauche ich nichts anderes. Ich will nichts als hier in Frieden leben.«

»Nun, nun, gnädiges Fräulein. Sie sind ja noch so jung und werden jetzt erst anfangen zu leben. Das wird sich schon alles einrichten. Ihre Scheu wird sich verlieren. Lassen Sie nur erst eine Hausdame da sein, die Sie überall hinbegleiten kann. Im Sommer wird es auch auf Gerlachsheim mobil. Da sind immer Gäste anwesend. Auch Gräfin Landa, die Tante des Herrn von Gerlach, kommt mit ihrer Tochter, Komteß Melanie, zu Besuch. Die Komteß ist eine sehr lebhafte, fröhliche junge Dame. Da werden Sie in lustiger Gesellschaft sein, ehe Sie es sich versehen.«

Sanna sah verträumt vor sich hin. »Wer weiß, ob sich jemand mit mir befassen wird«, sagte sie leise.

»O, dafür lassen Sie nur Herrn von Gerlach sorgen«, sagte Heerfurt zuversichtlich.

Sanna fühlte, daß ihr Herz rebellisch klopfte, als Heerfurt diesen Namen nannte. Sie versank in Schweigen.

Sie fuhren nun wieder heimwärts, durch den Wald und an der Trollschlucht vorbei. Sannas Herz weitete sich. Ihr war, als müsse die ganze Heimat mit ihrem Herzen umfassen. Als sie heimkamen, waren Sannas Sachen angekommen. Sie war froh darüber.

Den Brief, den Frau von Rehling zu den Sachen gelegt hatte, las Sanna mit Widerwillen und verbrannte ihn sofort. Sie antwortete nicht darauf.

Am nächsten Morgen sandte Rudolf von Gerlach ein Briefchen an Sanna.

»Mein sehr verehrtes, gnädiges Fräulein! Gestern abend ist Frau von Seltiz in Gerlachsheim eingetroffen. Ich werde mir erlauben, sie Ihnen heute zur Besuchsstunde in Glossow vorzustellen. Sie ist gern bereit, den Posten einer Hausdame bei Ihnen anzunehmen, wenn Sie sich gegenseitig gefallen. Auf Wiedersehen also heute gegen Mittag. Ihr ergebener Rolf Gerlach.«

Sanna war voller Erwartung. Sie machte mit Sorgfalt Toilette und war sehr froh, sich im Besitz ihrer Garderobe zu befinden.

Pünktlich traf Herr von Gerlach mit Frau von Seltiz ein. Und schon der erste Blick in das gütige Frauenantlitz, das mancherlei Kummer veredelt hatte, erweckte in Sannas Herzen Zuneigung. Auch Frau von Seltiz fand sogleich großes Wohlgefallen an der jungen Dame, und schnell waren sie sich darüber einig, daß ein harmonisches Zusammenleben zwischen ihnen möglich sein würde.

Es wurde vereinbart, daß sich die alte Dame so schnell wie möglich zur Übersiedlung nach Glossow bereit machen sollte. Sie mußte allerdings noch für einige Tage zurückreisen, um ihre Möbel zum Spediteur zu geben und ihre Zelte abzubrechen. Dann wollte sie unverzüglich ihre Stellung antreten. Sanna bat sie sogleich, ihr Gesellschaft zu leisten, bis sie wieder nach der Station fahren mußte. Dazu war Frau von Seltiz gern bereit. Und nun faßte sich Sanna ein Herz und bat auch Herrn von Gerlach, ihr und Frau von Seltiz beim Mittagessen Gesellschaft zu leisten.

Er nahm die Einladung lächelnd an, und Frau Heerfurt lief eilig in die Küche, um der neu angetretenen Köchin für die Tafel Anweisungen zu erteilen. Sie freute sich, daß wieder einmal Gäste in Glossow bewirtet werden konnten.

Sanna gab dann mit reizender, schüchterner Würde ihr Debüt als Hausfrau von Glossow. Rolf von Gerlach neckte sie ein wenig damit und sah mit Entzücken, wie das feine Rot in ihrem Antlitz kam und ging, und wie die Augen strahlten. Er wurde so übermütig und lustig, daß er die beiden Damen ansteckte.

Als er Sanna das erstemal froh und herzlich lachen hörte, lauschte er mit großem Wohlgefallen. Dieses warme, klare Lachen hatte einen Klang, der zu Herzen ging. Es rührte ihn nicht weniger als das traurige Lächeln, das er zuerst auf ihrem jungen Gesicht gesehen hatte.

Als er nach Tisch nach Gerlachsheim zurückfahren mußte, weil er wichtige Geschäfte zu erledigen hatte, verabschiedete er sich nur ungern. Er wäre lieber noch geblieben.

Am Nachmittag begleitete Sanna Frau von Seltiz im Auto nach der Station. Herzlich verabschiedete sie sich von der alten Dame.

»Bitte, kommen Sie recht, recht bald nach Glossow, liebe gnädige Frau«, bat sie dringend.

Die alte Dame drückte sanft die kleine, feine Mädchenhand.

»Ich werde mich beeilen, so gut ich kann. Es gefällt mir in Glossow so gut, daß ich es schon aus Selbstsucht tun werde. Also, auf baldiges Wiedersehen.«

Sanna kehrte, in tiefes Sinnen verloren, nach Hause zurück. Ihr war jetzt oft zumute, als sei sie ein anderer Mensch geworden. Jedenfalls zeigte ihr das Leben hier ein heiteres Gesicht, und sie war dankbar, daß sie ein wenig froh sein konnte.

Am nächsten Tag begann das Osterfest.

Sanna dachte daran, daß nun Gregor bei Onkel Michael sein würde. Und sie ahnte, daß es nicht ohne Aufregungen für den alten Herrn abgehen würde.

Am Ostermorgen hatte Sanna die zweite Reitstunde bei Heerfurt. Im Anfang waren diese Reitstunden sehr wenig vergnüglich, doch Sanna biß die Zähne tapfer zusammen und war eine gelehrige Schülerin.

Täglich nahm sie nun Reitunterricht und machte gute Fortschritte.

Als sie am Morgen des dritten Ostertages gerade eine kleine Runde an der Seite des Verwalters auf der Wiese vor dem Haus geritten hatte und nun auf das Haus zuritt, um abzusteigen, kam ein Bote an, der ein Telegramm für Sanna brachte. Er reichte es ihr zum Pferd hinauf. Sie öffnete es mit zagenden Händen und las: »Liebe Sanna! Onkel Michael ist diese Nacht am Herzschlag verschieden. Bitte Mitteilung, ob Du zur Beerdigung kommst. In Liebe – Tante Anna.«

Sanna wurde blaß und reichte dem Verwalter das Blatt.

»Onkel Michael ist tot – mein Gott, so plötzlich!« sagte sie leise und bekam wieder ihre verzagten Augen.

Heerfurt las.

»Es wundert mich kaum, gnädiges Fräulein. Der Herr Professor schien mir schon sehr elend und hinfällig, als ich das letztemal bei ihm war.«

»Muß ich zur Beerdigung nach H . . .reisen?« fragte sie beklommen. »Ich fürchte mich vor einer Begegnung mit Tante und Gregor.«

»Nein, Sie müssen nicht und Sie sollten auch nicht, gnädiges Fräulein. Der Herr Professor würde es selbst nicht wollen, und er hat mir aufgetragen, Sie mit allen mir zu Gebot stehenden Mitteln von diesen Menschen fernzuhalten. Wenn Sie auf meinen Rat hören, so reisen Sie nicht. Den Herrn Professor können Sie dadurch nicht lebendig machen.«

Sanna atmete tief auf.

»Sie haben recht, Herr Heerfurt. Ich werde nicht reisen.«

»Also werde ich demnächst als Ihr Vertreter hinfahren müssen, wegen der Testamentsangelegenheit.«

Fragend sah ihn Sanna an. »Habe ich damit etwas zu tun?«

Heerfurt nickte. »Allerdings. Der Herr Professor hat Sie zu seiner Universalerbin eingesetzt, und hat Frau von Rehling und Sohn enterbt.«

Erschrocken sah die junge Dame in sein Gesicht.

»Um Gottes willen! Das hätte er nicht tun sollen.«

»Oh, er hatte seine Gründe. Die beiden Menschen haben ihn schamlos betrogen. Deshalb hat er sein erstes Testament vernichtet und ein zweites gemacht.«

»Dann wird Tante Anna außer sich sein – und Gregor – ach –

Onkel Michael hätte ihnen ruhig das Geld lassen sollen. Was liegt mir daran? Ich hätte gern zu ihren Gunsten verzichtet.«

Heerfurt lachte. »Sie sind das reine Kind in Geldangelegenheiten, gnädiges Fräulein. Geld ist Macht! Sie werden schon noch lernen, den Wert des Geldes zu schätzen.«

Sie sah ihn unsicher an.

»Ich bin sehr reich, nicht wahr?«

Heerfurt nickte vergnügt. »Das will ich meinen. Seit sechzehn Jahren haben Sie nicht den zehnten Teil Ihrer Einkünfte verbraucht.«

»Nun also! Was soll ich da noch mit Onkel Michaels Geld machen?«

»Das wird die Zeit schon zeigen, gnädiges Fräulein. Ein großer Besitz verschlingt manchmal auch große Summen!«

Sie sah eine Weile sinnend in die Ferne. Dann atmete sie hastig auf.

»Eins weiß ich, was ich tue. Der Gedanke kam mir neulich flüchtig, als wir am Strand waren. Ein großes Haus lasse ich bauen, oben am Strand, auf der Düne. Und darin sollen jedes Jahr im Sommer viele erholungsbedürftige Kinder Aufnahme finden. Ich werde die Kinder verpflegen lassen und ihnen so viel gute und frohe Stunden schaffen, wie ich kann. Das soll ein Denkmal werden für meine toten Eltern. Damit will ich ihre Schuld sühnen, wenn man von einer Schuld sprechen darf. Reicht mein Geld wohl dazu, lieber Herr Heerfurt?«

Sie war im Eifer lebhaft geworden.

Heerfurt sah sie mit warmen Blicken an.

»Am nötigen Geld würde es nicht fehlen, auch dann nicht, wenn Sie nicht noch die Erbin Ihres Onkels würden.«

»Und finden Sie den Gedanken ausführbar?«

»Gewiß. Sie würden damit auch ein gutes Werk tun.«

Sannas Augen strahlten. »Ach, das ist ein guter Gedanke. Es ist mein sehnlichster Wunsch, mich zu betätigen in werktätiger Nächstenliebe. Und jedes frohe Kinderlächeln wird dann ein Gebet für meine armen Eltern sein. Nicht wahr, wir zögern nicht lange mit der Verwirklichung dieses Plans. Ich will meine ganze Kraft daran setzen.«

»Liebes, gnädiges Fräulein. Sie sind wirklich ein Engel.«

Sie lachte ein wenig.

»Ach nein, ich habe recht wenig engelhafte Eigenschaften. Nun helfen Sie mir, bitte, vom Pferd herunter. Der arme Onkel Michael – fast hätte ich ihn über meinem geplanten Kinderheim vergessen. Wissen Sie, was ich glaube?«

»Nun?«

»Ich glaube, er hat sich zu sehr aufgeregt bei der Auseinandersetzung mit Tante Anna und Gregor. Wer weiß, wie hart ihm die angekommen ist. Es ist schlimm, wenn Menschen, denen man sein ganzes Vertrauen geschenkt hat, sich dieses Vertrauens unwert zeigen. Wie froh bin ich doch, daß mir Onkel Michael geschrieben hat, daß er meine Flucht billigte und verzieh. Sonst hätte ich mir vielleicht jetzt Gedanken gemacht, daß ich ihn zu sehr aufgeregt habe. Ich weiß, daß ihm große Aufregungen schädlich waren.«

Heerfurt hatte sie aus dem Sattel gehoben. Ein Reitknecht führte die Pferde in den Stall.

»Darüber können Sie gottlob außer Sorge sein! Aber sicher hat er sich bei seiner Abrechnung mit Frau von Rehling und deren Sohn mehr aufgeregt, als ihm gut war.«

Sie schritten ins Haus. Frau Heerfurt stand auf der Schwelle und sah ihnen unruhig entgegen.

»Bitte, telegrafieren Sie dann gleich nach H . . ., Herr Heerfurt, daß ich nicht kommen werde.«

XIV

Professor Michael Sachau war wirklich nach einer erregten Aussprache mit Mutter und Sohn von Rehling kraftlos zusammengebrochen und war wenige Stunden danach an Herzversagen verschieden.

Mutter und Sohn waren peinlichst überrascht gewesen, als der alte Herr ihnen ihr Sündenregister vorgehalten hatte. Als er ihnen dann ins Gesicht gesagt hatte, daß er sie beide enterbt und Sanna zu seiner Universalerbin eingesetzt hatte, da war der wahre Charakter der beiden »edlen« Menschen zum Durchbruch gekommen.

Michael Sachau hatte mit Ekel und Abscheu in die wutverzerrten Gesichter geblickt. Als Gregor ihn zornbebend gefragt hatte, wofür denn seine Mutter ihm alle Jahre den Haushalt geführt und seine Launen ertragen hatte, wenn er sie jetzt im Elend sitzen lassen wollte, hatte der Professor ihn groß und verächtlich angesehen und geantwortet:

»Du kannst jetzt für deine Mutter sorgen und ihr das ersetzen, was ich in all den Jahren für dich ausgegeben habe. Hier hast du eine Aufstellung der Summen, die ich für dein Studium ausgegeben und die ich dir bis zum heutigen Tag in monatlichen Raten bewilligt habe, damit du vergnügt und sorglos leben konntest. Du siehst, es ist ein ansehnliches Sümmchen dabei herausgekommen, und ich denke, ich habe damit deiner Mutter ein sehr anständiges Entgelt für ihre Dienste als Haushälterin geboten. Nun sorge du in Zukunft für deine Mutter, ich bin fertig mit euch für alle Zeit. Ich habe durch meinen Bankier noch einmal eine Summe von fünftausend Mark für euch beide angewiesen, damit ihr euch einrichten könnt. Deine Mutter verläßt mit dir zusammen mein Haus für immer! Und zwar sofort!«

Nach diesen Worten des Professors hatte Gregor in seiner Wut die Hände geballt und geschimpft und gedroht.

»Hinaus – hinaus mit dir, Kerl!« hatte der alte Herr noch gerufen, dann war er bewußtlos zusammengebrochen. Der alte Friedrich, der im Nebenzimmer Zeuge dieses Auftritts gewesen war, kam herbeigeeilt und brachte seinen Herrn zu Bett. Der Arzt wurde geholt, aber der Professor hatte das Bewußtsein nicht wiedererlangt und war wenige Stunden später in den Armen seines treuen Dieners verschieden.

Durch Friedrich hatte dann später Heerfurt auch den Hergang erfahren und berichtete Sanna nach seiner Heimkehr davon.

Sanna hatte einige Tage in großer Unruhe verbracht. Sie fühlte Schmerz über Onkel Michaels plötzlichen Tod. So gern hätte sie ihm jetzt noch ein gutes Wort gesagt, das alles auslöschte, was je zwischen ihnen gestanden hatte.

Nun war es zu spät, und es blieb ihr nichts als ein tiefes Mitleid mit dem Verstorbenen und ein ehrendes Angedenken.

Dann kam eine Nachricht von dem Rechtsanwalt ihres Onkels, die ihr bestätigte, was Heerfurt ihr schon gesagt hatte, daß sie die Universalerbin von Michael Sachau sei. Es war nötig, daß Heerfurt, mit ihrer Vollmacht versehen, nach H . . . reiste, und das geschah dann auch anschließend.

Während seiner Abwesenheit mußte Sanna ihren Reitunterricht unterbrechen. Sie schweifte dafür nach Herzenslust im Wald umher und freute sich über jedes Blattspitzchen wie über ein frohes Wunder.

Eines Tages streifte sie auch bis zur Trollschlucht hinüber. Dort stieg sie den schmalen Pfad hinauf, den damals Rolf von Gerlach mit seinem Freund Seltiz geritten war. An der höchsten Stelle, da, wo der Steilpfad jäh in die Tiefe führte, blieb sie stehen. In Sinnen verloren lehnte sie sich an den Stamm einer Buche und schaute auf das Meer hinaus.

Dabei merkte sie nicht, daß ein Reiter langsam den schmalen Pfad heraufkam. Es war Rolf von Gerlach. Er sah sie schon eine ganze Weile, ehe sie ihn bemerkte, und weidete seine Augen an der schlanken, ebenmäßigen Gestalt, in dem elegant sitzenden, dunkelblauen Kostüm im Herrenschnitt und an dem feinen, klaren Profil.

Sanna hatte den Hut abgenommen und hielt ihn lässig in der herabhängenden Hand. Das Sonnenlicht warf rötliche Lichter über das kastanienbraune Haar, und in den Augen lag ein sehnsüchtiger Ausdruck. Er konnte sie so recht mit Muße betrachten, und das tat er auch mit innigem Wohlgefallen.

So war er dicht an sie herangekommen und hielt nun sein Pferd an.

»Guten Morgen, mein gnädiges Fräulein!«

Erschrocken fuhr sie zusammen und wandte ihm ihr Gesicht zu, über das jäh eine tiefe Röte dahinflog. Ihre Gedanken hatten sich, wie oft in letzter Zeit, mit Rudolf von Gerlach beschäftigt, und als er nun plötzlich neben ihr hielt und sie mit seinen stahlblauen Augen anlachte, da klopfte das Herz in starken, unruhigen Schlägen und trieb ihr die verräterische Glut ins Gesicht.

»Guten Morgen, Herr von Gerlach. Ich habe Sie nicht kommen hören«, sagte sie mit einem reizenden Lächeln.

»Sie waren so versunken in den Anblick des Meeres. Oder hatten Sie über wichtige Probleme nachzudenken?« neckte er.

Sie wurde noch röter. »O nein, ich hatte nichts Wichtiges zu denken. Nur vorhin – da suchte ich mir darüber klar zu werden, wo ich mein Kinderheim bauen lassen soll.«

Sanna hatte vor einigen Tagen in Heerfurts Gegenwart mit Herrn von Gerlach über ihren Plan gesprochen, ein Erholungsheim für Kinder zu errichten, als sie unterwegs mit ihm zusammengetroffen waren.

»Dieser Plan nimmt also feste Gestalt an?«

Sie nickte ernsthaft. »Es ist beschlossene Sache. Ich habe jetzt die Gewißheit, daß mein Oheim mich zu seiner Universalerbin gemacht hat, Herr Heerfurt ist in dieser Sache bereits nach H . . . unterwegs. Was soll ich Besseres mit meinem Geld anfangen, als wenigstens einen Teil davon in den Dienst einer guten sozialen Sache zu stellen. Und ich denke an arme, verschlossene Kinder, die ihr Leben vielleicht hinter hohen, engen Mauern verbringen müssen. Denen will ich, für kurze Zeit wenigstens, ein wenig Sonnenschein und Freiheit bringen und sie, wenn es irgend geht, gesund pflegen lassen. Ich denke, zwischen Gosserow und Glossow soll das Haus stehen, damit die Kinder Wald und See zugleich genießen können. Was meinen Sie dazu, Herr von Gerlach?«

Er sah nach der bezeichneten Gegend hinüber. »Ja, das ist ein guter Platz. Die Kinder müssen Raum haben und dürfen den Badegästen von Gosserow nicht zu viel in den Weg kommen. Aber ich bitte – auch nicht zu nahe an die Trollschlucht heran, damit uns hier die romantische Einsamkeit nicht gestört wird. Ist sie nicht schön, die Trollschlucht mit ihrer geheimnisvollen Tiefe?«

»Wunderschön, ich freue mich schon darauf, wenn hier erst alles grünt und blüht. Sehen Sie nur, da treiben schon überall grüne Blattspitzen hervor.«

Er sah aber mehr in ihr Gesicht als auf die Blattspitzen.

»Ja, es wird dies Jahr zeitig Frühling bei uns. Wir haben schon viele warme Tage gehabt. Sie sollen sehen, nun wird es mit jedem Monat schöner hier draußen.«

Sie atmete tief auf. »Oh, ich freue mich diesmal wie noch nie in meinem Leben auf den Frühling. Hier oben ist es herrlich. Aber nie hätte ich gedacht, daß man diesen schmalen Weg hinaufreiten kann. Das würde ich niemals wagen.«

Er lächelte. »Wenn Sie erst Ihres Pferdes sicher sind, können Sie das vielleicht auch. Nur verbietet sich dieser Reitweg für eine Dame unbedingt wegen des steilen Abstiegs. Denn wenden kann man mit dem Pferd hier nicht.«

Sie sah ihn erschrocken an und maß dann den Weg mit ihren Blicken. »Mein Gott – daran denke ich erst jetzt. Natürlich können Sie hier nicht wenden. Wie kommen Sie nun hinab?«

Er zeigte auf den Steilweg.

»Da hinunter.«

»Mit dem Pferd?« rief sie entsetzt.

»Gewiß. Das ist nicht so schwer, wie es aussieht. Sie müssen nicht vergessen, daß ich hier oft schon geritten bin.«

»Trotzdem – ich halte es für ein Wagnis, da hinabzureiten.«

»Sie sollen sich gleich überzeugen, daß es kein Wagnis ist. Es ist nicht das erstemal, daß ich hier hinabreite. Gehen Sie nach Glossow zurück, gnädiges Fräulein?«

»Ja. Ich muß den Heimweg antreten.«

»Gestatten Sie, daß ich Sie begleite?«

Ihre Augen leuchteten freudig auf. »Gern! Aber ich werde Sie aufhalten, da ich zu Fuß nicht so schnell vorwärtskomme, wie Sie zu Pferd.«

»Da gibt es einen Ausgleich. Ich steige ab und wir wandern zusammen. Ich will nur erst noch hier hinunterreiten.«

Sie streichelte seinem Pferd die Mähne.

»Ein schönes Tier.«

»Mein Sultan wird eitel werden, wenn er das hört.«

Sie lachte. »Er versteht mich wohl nicht.«

»Lieben Sie Pferde?«

»Wenn sie so schön sind, sehr.«

»Und wie weit sind Sie mit dem Reitunterricht gekommen? Können wir nicht bald einmal zusammen einen längeren Ritt unternehmen? Sie in der Mitte, Ihr Verwalter und ich zu beiden Seiten als Kavaliere?«

»Oh, das wäre schön, ich glaube, bald habe ich so viel Mut. Weit reicht der nämlich noch nicht. Und wenn ich mir denke, daß Sie hier hinabreiten wollen, wird mir ganz bange. Ist es auch sicher nicht gefährlich?«

»Sie sollen sich gleich überzeugen, wie gut es geht. Ich werde mir erlauben, vorauszureiten und Sie dann unten zu erwarten.«

Mit bangen Augen sah sie ihn an. »Wenn es nur gutgeht. Wollen Sie nicht lieber absteigen? Wenn Sie stürzten, ich . . .«

Sie sprach es nicht aus, sondern drückte nur die Hand aufs Herz und wurde blaß.

Es war ein seltsames Gefühl in ihm, als müsse er sich herzlich über dies mädchenhafte Bangen freuen.

»Seien Sie außer Sorge, mein gnädiges Fräulein. Wenn ich absteige, bringe ich das Pferd schlechter hinunter, weil ich ihm dann keine Hilfe geben kann. In zwei Minuten bin ich unten! Ihnen wird der Abstieg kaum leichter als mir.«

Damit ließ er seinen Gaul den beschwerlichen Weg gehen.

Sultan hob stolz den Kopf und schnaufte, als freue er sich auf das wohlbekannte Wagnis. Gerlach bog sich weit im Sattel zurück und nahm die Zügel fest in die Hände.

Sanna folgte mit den Blicken ängstlich dem Abstieg, und wenn sich ein Steinchen lockerte und hinabrollte, zuckte sie zusammen. Die kurzen Minuten wurden ihr endlos lang. Aber endlich waren Roß und Reiter glücklich unten angelangt. Sie atmete tief auf und begann nun ebenfalls hinabzusteigen. Rolf von Gerlach war schnell aus dem Sattel gesprungen und kam ihr lachend entgegen, um sie den steilen Weg hinabzugeleiten.

»Reichen Sie mir Ihre Hand und stützen Sie sich fest auf mich«, sagte er.

Sie tat es und sagte aufseufzend: »Gott sei Dank, daß Sie heil und gesund unten angelangt sind mit Sultan.«

Seine Augen trafen mit einem wunderlich fragenden Blick in die ihren, und unwillkürlich umschloß er ihre kleine Hand wärmer und fester.

»Sie haben ja gesehen, daß es ganz gut ging.«

»Ein Wagnis war es aber doch, und ich kann nicht begreifen, warum Sie nicht lieber hier unten entlanggeritten sind. Der Weg ist nicht viel weiter.«

»Aber ich habe hier unten nicht die schöne Aussicht nach der See und außerdem – verstehen Sie nicht, daß ein Mann immer nach Wagnissen verlangt, um seine Kräfte zu erproben?«

Sie schüttelte den Kopf. »Da kann ich mich nicht hineindenken. Reiten Sie diesen Weg oft?«

»Nein – nur zuweilen«, sagte er lächelnd. »Und heute bin ich sehr froh, daß ich ihn eingeschlagen habe, sonst wäre ich Ihnen nicht begegnet.«

Ein leises Schelmenlächeln flog über ihr Gesicht. »Welch ein Verlust wäre das für Sie gewesen.«

Über ihrem Lächeln vergaß er zu antworten.

Sie gingen nun Seite an Seite weiter. Er führte sein Pferd am Zügel, und sie plauderten von allerlei alltäglichen Dingen. Sanna sah mit strahlenden Augen in sein gebräuntes, rassiges

Gesicht, und seine Augen ruhten mit einer ihm sonst fremden Weichheit auf dem schlanken, lieblichen Geschöpf.

Viel zu schnell kamen sie nach Glossow. Als sie das Herrenhaus vor sich liegen sahen, verabschiedete sich Herr von Gerlach von seiner Begleiterin.

»Haben Sie Nachricht, wann Frau von Seltiz kommt?« fragte er.

»Sie schrieb mir, daß sie heute oder morgen kommen würde, aber den Zug nicht genau bestimmen könne. Auf alle Fälle habe ich Auftrag gegeben, daß zu jedem Zug der Wagen an der Station ist.«

Er lachte. »Weil Sie aus Erfahrung wissen, wie unangenehm es ist, wenn man auf der Station Gosserow ankommt und keinen Wagen zur Heimfahrt vorfindet.«

Sanna mußte ebenfalls lachen. »Zumal nicht immer ein so freundlicher und bereitwilliger Helfer zur Stelle ist wie Sie, Herr von Gerlach.«

»Also, bitte, empfehlen Sie mich Frau von Seltiz, wenn sie ankommt und, bitte, lassen Sie es mich wissen, wenn sie eingetroffen ist, damit ich ihr ein paar Blumen zum Willkommen bringen kann.«

»Das will ich gern tun und bestimmt nicht vergessen.«

»Auf Wiedersehen also, Fräulein von Glossow!«

»Auf Wiedersehen.«

Sie reichten sich mit warmem Druck die Hände, und Sanna eilte heim, während er sich wieder in den Sattel schwang und im flotten Trab davonritt. Es war bald Essenszeit.

Sannas Gesicht hatte einen frohen, heiteren Ausdruck, und sie atmete in tiefen Zügen die laue Frühlingsluft ein.

XV

Als sie in die Halle trat, kam ihr Frau Heerfurt aufgeregt und bestürzt entgegen.

»Ach, du lieber Gott, gnädiges Fräulein, das war eine schöne Bescherung, als der Wagen vom Bahnhof zurückkam«, berichtete sie leise und hastig.

»Was ist denn geschehen? Ist Frau von Seltiz etwas passiert?«

»Nein, nein – Frau von Seltiz ist noch gar nicht angekommen. Aber dafür ein anderer Besuch, von dem Sie nicht sehr erbaut sein werden. Der Wagen hat Frau von Rehling mitgebracht, mit zwei Riesenkoffern! Da stehen sie noch.«

Sanna sah erschrocken auf die Koffer.

»Tante Anna!« rief sie erblassend.

Frau Heerfurt nickte.

»Leider ist nun ausgerechnet mein Mann nicht hier. Ich glaube, der hätte sie gleich wieder fortgefahren, ehe sie Ihnen zu Gesicht gekommen wäre. Aber ich kannte sie nicht und ehe ich wußte, wer sie war, stand sie schon mit ihren Koffern hier und schob mich einfach beiseite, als ich ihr den Weg versperren wollte. Ich sagte ihr, daß Sie nicht zu Hause seien. Da winkte sie mir sehr von oben herab zu: Schon gut! – Zeigen Sie mir ein Zimmer, wo ich mich erfrischen kann, und servieren Sie mir rasch einen Imbiß. Der Zug hatte keinen Speisewagen. Bis meine Nichte heimkommt, werde ich mich bescheiden. Sie können schon immer einige Zimmer für mich instand setzen lassen, ich bleibe längere Zeit hier! So sagte sie mit einer sanften, aber sehr dringlichen Liebenswürdigkeit, die keinen Widerspruch duldete. Ich mußte auch erst hören, was Sie für Bestimmungen treffen, gnädiges Fräulein. Einen Imbiß habe ich der Dame servieren lassen, aber die Koffer habe ich noch nicht weiter transportieren lassen.«

Sanna hatte die Zähne wie im Krampf zusammengebissen. Am liebsten wäre sie davongelaufen oder hätte sich verleugnen lassen. Aber das ging freilich nicht an. Zum mindesten mußte sie Tante Anna begrüßen und nach ihrem Begehr fragen.

»Wenn sie nicht wieder fortgeht – ich weiß nicht, was ich dann tun soll, liebe Frau Heerfurt. Ich habe solche Angst vor ihr«, sagte sie zaghaft.

Da richtete sich Frau Heerfurt kampfbereit auf.

»Oh, wenn ich weiß, daß ich in Ihrem Sinne handle, werde ich die Dame energisch hinauskomplimentieren. Sie dürfen keine Angst haben. Ich will ihr nicht raten, Ihnen auch nur ein Härchen zu krümmen.«

Sanna strich sich über die Augen. Die schöne und frohe Stimmung von vorhin war verflogen. Ihr war plötzlich, als rückten die Mauern von Glossow so eng und drohend um sie zusammen wie die des düsteren Professorenhauses.

»Nun, ich muß sie wohl begrüßen und hören, was sie hierherführt, da hilft nichts. Sie bleiben im Nebenzimmer, damit ich Sie rufen kann, wenn ich Sie brauche.«

Frau Heerfurt nickte energisch. »Das soll geschehen, gnädiges Fräulein. Mein Gott, wie blaß Sie geworden sind. Nur Mut – Frau von Rehling soll es nicht wagen, Ihnen etwas zuleide zu tun.«

Sanna drückte ihr mit einem verzagten Lächeln die Hand. Dann strich sie sich aufatmend über die Stirn und trat in das Zimmer, das ihr die Verwalterin bezeichnete.

Dort saß Anna von Rehling bequem in einem Sessel und schien sich mit dem servierten Imbiß gründlich gestärkt zu haben. Als Sanna eintrat, schob sie den Teller zurück und erhob sich sogleich. Mit ihren lautlosen Schritten glitt sie, die Arme ausbreitend, auf Sanna zu.

»Mein teures, geliebtes Kind! – Ach endlich, endlich habe ich dich wieder! Du ahnst nicht, wie ich mich nach dir gesehnt habe. Komm in meine Arme, meine liebe, liebe Sanna!«

Die junge Dame wich zurück und sah mit fremdem, kühlem Blick die schwarzgekleidete Frau an.

»Guten Tag, Tante Anna. Du siehst mich sehr erstaunt, dich hier zu finden. Was führt dich zu mir? Bitte, behalte Platz«, sagte sie, ihrer Stimme Festigkeit gebend.

Frau von Rehling ließ die erhobenen Arme sinken und sagte weinerlich:

»Ach, mein liebes Kind, wie begrüßt du mich so kalt. Und

mich hat die Sehnsucht und bange Sorge um dich hierher getrieben. Schon längst wäre ich gekommen, wenn ich fortgekonnt hätte. Aber ich konnte ja nicht, deine Flucht hatte Onkel Michael niedergeworfen und sein Befinden sehr verschlechtert. Kind, was hast du uns angetan mit dieser unüberlegten Flucht! Auch mein Herz wäre fast gebrochen darüber, wie das deines armen Onkels. Dein Undank, an dem er freilich durch seine Strenge selbst schuld war, hat ihn niedergeworfen. Es hat ihm das Herz gebrochen, daß du geflohen bist.«

Sanna richtete sich plötzlich stolz und abweisend auf. Die Worte Tante Annas verjagten alle Unsicherheit und alle Bedenken aus ihrem Herzen, ob sie, ihrem Wunsch folgend, energisch gegen den ungebetenen Gast vorgehen sollte. Da waren wieder Falschheit und Lüge, womit diese Frau ihre Jugend geknebelt und freudlos gemacht hatte. Nun wollte sie ihr auch noch die Schuld aufbürden an Onkel Michaels Tod, um sie wieder unter ihre Gewalt zu bringen. Aber jetzt stand ihr Sanna nicht mehr wehrlos und hilflos gegenüber, und die Entrüstung gab ihr Mut und Energie.

»Du irrst, Tante Anna, oder du sprichst absichtlich die Unwahrheit. Nicht meine Flucht hat Onkel Michaels Herz gebrochen. Gottlob brauche ich das nicht zu glauben, ich weiß es besser. Du weißt wahrscheinlich nicht, daß ich mit Onkel Michael in Briefwechsel stand. Er hat meine Flucht gebilligt und darein gewilligt, daß ich in Glossow blieb. Zwischen Onkel Michael und mir ist alles klar gewesen. Ich weiß genau, was ihn so maßlos erregt und niedergedrückt hat. Mit dieser Unwahrheit kannst du mich nicht erschrecken.«

Anna von Rehling verfärbte sich. Das kam ihr unerwartet. Sie hatte bestimmt geglaubt, daß der Professor in keinerlei Verbindung mit Sanna gestanden hatte seit ihrer Flucht aus seinem Haus. Das, was Sanna ihr so ruhig sagte, warf ihren Plan, sie einzuschüchtern und sich zur Herrin der Situation zu machen, vollständig um.

Aber so leicht ließ sich die aalglatte Frau nicht besiegen.

Ohne auf Sannas Gegenrede einzugehen, zog sie andere Register und drückte schluchzend ihr Taschentuch an die Augen.

»Oh, mein Kind, wie lieblos sprichst du mit mir! Ist das der Dank dafür, daß ich dich unter tausend Mühen und Sorgen aufgezogen habe wie ein eigenes, geliebtes Kind? Ach – ich hätte es wissen müssen. Undank ist der Welt Lohn. Auch Onkel Michael hat mir meine beispiellose Aufopferung mit Undank gelohnt. Du weißt es ja wohl bereits, er hat meinen Sohn und mich völlig enterbt. Er hat wohl am Ende seiner Tage eingesehen, wie er sich an dir versündigt hatte und wollte das nun gutmachen, indem er dir sein ganzes Vermögen vermachte. An mich und meinen Sohn dachte er dabei nicht. Und nun, was wird nun aus uns? Du bist immer ein liebes, gutes Kind gewesen, Sanna, und du wirst diese schreiende Ungerechtigkeit gutmachen. Ich weiß, Onkel Michael hatte früher anders verfügt – zu unseren Gunsten! Du wirst dich nicht auf unsere Kosten bereichern wollen; außerdem bist du ohnedies reich genug. Du wirst nicht wollen, daß deine arme Tante Anna auf ihre alten Tage wie eine Bettlerin auf die Straße gestoßen wird, nein, du kannst nicht so grausam sein. O, was habe ich gelitten in diesen Tagen! Alles, alles will man mir nehmen, nicht einmal eine Zuflucht gönnt man mir noch in Onkel Michaels Haus. Alles ist verschlossen und versiegelt, alles ist dein Eigentum. Ich müßte betteln gehen, wenn du nicht großmütig wärest, denn mein armer Sohn kann kaum für sich Brot schaffen, zumal er durch seine unglückliche Liebe zu dir ganz niedergedrückt ist. Ach, meine Sanna, wüßtest du, wie unglücklich er ist um deinetwillen. Und was wird aus mir? Nein, du kannst nicht so hart und erbarmungslos sein wie Onkel Michael, du wirst mir Aufnahme in Glossow gewähren und mir gestatten, dich auch ferner zu beschützen und zu behüten. Du kannst unmöglich allein hier hausen, du mußt doch auch eine Hausdame haben.«

Widerwillig hatte Sanna diesen weinerlichen Wortschwall über sich ergehen lassen. Sie schämte sich für diese Frau, in deren Wesen alles, aber auch alles Lüge war.

»Ich habe bereits eine Dame gefunden, unter deren Schutz ich hier leben werde«, sagte sie so ruhig wie möglich.

Die Tante blickte erschrocken und falsch in ihre Augen.

»Ach nein, nein, das darfst du mir nicht antun! Jetzt, wo mich Onkel Michael nicht mehr braucht, ist mein Platz an deiner Seite. Ich stehe dir doch am nächsten. Das darf nicht anders sein. Solcher Undank brächte dir keinen Segen.«

Angewidert von dieser Komödie, wandte sich Sanna zur Seite und strich sich über die Stirn. Sie fühlte deutlicher als je, daß sie mit dieser Frau nie mehr zusammen leben konnte – um keinen Preis. Entschlossen wandte sie sich ihr wieder zu:

»Höre mich an, Tante Anna! Ich will dir offen sagen, daß du mir unerträglich bist und daß ich deine Gegenwart nur erduldet habe, weil ich mußte. Jetzt muß ich nicht mehr und werde es bestimmt nicht freiwillig tun. Ich kann und will dir keine Aufnahme in Glossow gewähren. – Nicht eine Nacht vermöchte ich noch mit dir unter einem Dach zu weilen. Aber daß du wie eine Bettlerin auf die Straße gestoßen wirst, das will ich nicht. Bitte, kehre nach H . . . zurück. Du kannst dort bis an dein Lebensende in Onkels Haus deine alten Zimmer bewohnen und das Haus beaufsichtigen. Ich werde dir durch meinen Verwalter eine jährliche Rente anweisen lassen, sobald ich mit ihm Rücksprache genommen habe. Du sollst deinen Lebensabend sorglos beschließen. Mehr aber kann und will ich nicht für dich tun. Ich bitte dich dringend, sofort wieder abzureisen, um drei Uhr geht ein Zug zurück. Es ist für uns beide besser, wenn wir uns sofort trennen. So unhöflich es scheinen mag, ich muß dir mein Haus verschließen. Ich kann dir nicht Aufnahme gewähren, ohne mir eine Last aufzubürden, die mich zu Boden drücken würde. Jetzt endlich fange ich an, mich als freier Mensch zu fühlen. Nun will ich mich nicht selbst wieder in Ketten legen.«

Frau von Rehling erwog in aller Eile, welche Vorteile sie noch aus der durchaus nicht beneidenswerten Situation herausschlagen konnte. Eines wußte sie nun wenigstens, daß Sanna für sie sorgen wollte. Auf alle Fälle wollte sie sich wenigstens einen leidlich guten Abgang schaffen. Sie seufzte tief.

»Oh, mein liebes Kind, wie tief schmerzt es mich, daß du mir solche harten Worte sagst. Aber ich muß es ertragen. Ich weiß, daß ich, von Onkel Michael gezwungen, oft hart und streng mit dir verfahren mußte. Wüßtest du nur, wie schwer mir das stets geworden ist und wie lieb ich dich trotzdem hatte. Jetzt würde das doch alles anders sein. Sanna, jetzt könnte ich dir unverhüllt meine große Liebe zeigen. Du brauchst wahrlich keine fremden Menschen an deine Seite zu stellen. Ich sehne mich danach, wie eine treue Mutter neben dir zu stehen. Und Gregor – laß ihn dir wenigstens wie einen Bruder nahestehen. Er wird seine Liebe bekämpfen und in die ruhigen Bahnen brüderlicher Ergebenheit lenken. Gregor hatte mir verzweifelt gebeichtet, zu welchem unbesonnenen Schritt ihn seine Leidenschaft getrieben hat. Er läßt dich kniefällig um Verzeihung bitten und hat es mir fest versprochen, daß er dir nie mehr mit seinen heißen Wünschen lästig fallen wird. Sei gut, meine liebe Sanna, und verzeihe ihm, verzeihe auch mir, daß ich auf Onkel Michaels Wunsch oft hart und streng zu dir war.«

Die junge Dame ließ sich jedoch durch solche Worte nicht betören. Zu tief wurzelte die Abneigung gegen Mutter und Sohn in ihrem Herzen.

Aufatmend entgegnete Sanna:

»Es nutzt nichts, Tante Anna, daß du Onkel Michael alle Schuld aufbürden willst, ich weiß nur zu gut, wem ich hauptsächlich meine freudlose Jugend zu verdanken habe. Nichts auf der Welt kann mich überzeugen, daß du mich liebst, ebensowenig glaube ich, daß Gregor mich je geliebt hat. Und nie würde ich dulden, daß Gregor die Schwelle meines Hauses betritt. Ich weiß, daß Ihr beide in kühler Berechnung den Plan ausgeklügelt habt, mich in eure Gewalt zu bringen, und ich wäre keine Stunde sicher, daß ihr nicht wieder einen neuen Anschlag gegen mich richtet. Das alles muß ich dir sagen, damit es klar zwischen uns wird.«

Frau von Rehling war erblaßt. Aber noch gab sie ihr Spiel nicht verloren.

»Ach, mein Gott, was tut eine Mutter nicht, wenn sie das Leid ihres Sohnes sieht. Glaube, daß dich Gregor liebt. Ich wußte das und hoffte, er würde dich überzeugen, wenn er dich selbst sprechen könnte. Und da ihn Onkel Michael hinauswies, ließ ich ihn heimlich wieder ein. Daß sich Gregor von seiner Leidenschaft fortreißen lassen würde, ahnte ich nicht. Ich glaubte ja, auch du seiest ihm gut und es bedürfe nur einer Aussprache zwischen euch. Seine Liebe sollte dich wenigstens zum Mitleid stimmen.«

»Nein, Tante, selbst wenn mich Gregor liebte, was ich nicht glaube, dann würde ich nur verächtlich denken über einen Menschen, der sich solcher Mittel bedient, um sein Ziel zu erreichen. Laß uns diese Unterredung beenden, sie führt zu nichts. Ich kenne euch zu gut. Alles, was ich tun kann, ist, daß ich versuchen will, eurer ohne Groll zu gedenken. Quäle mich nicht mehr. Wenn du willst, daß ich etwas für dich tun soll, so gehe jetzt. Ich lasse dich gleich wieder nach der Station fahren. Ich werde dir Geld geben, soviel ich momentan zur Verfügung habe. Du kehrst nach H . . . zurück. Ich habe die Absicht, Onkel Michaels wissenschaftliche Sammlungen in den Parterreräumen seines Hauses auszustellen, zur freien Benutzung und Besichtigung für die Studenten. Der alte Friedrich, der genau Bescheid weiß, soll Aufseher darüber werden. Und in den Garten soll jedermann freien Eintritt haben. Unter Onkels Namen soll gewissermaßen ein kleines, wissenschaftliches Museum in seinem Haus entstehen. Ich weiß, wie sehr Onkel an seiner Sammlung hing und nehme an, daß ich so in seinem Sinn handle. Herr Heerfurt befindet sich bereits mit meiner Vollmacht ausgerüstet in H . . . Über die oberen Räume des Hauses habe ich noch nicht verfügt. Dort kannst du also wohnen, solange du lebst. Alles andere will ich mit meinem Verwalter besprechen. Er wird dir dann mitteilen, wie hoch die Rente bemessen sein soll, die ich dir aussetzen lasse. Not sollst du nicht leiden, das würde auch Onkel Michael nicht wollen, wenn er auch im ersten Zorn so hart mit dir verfahren konnte. Und nun erspare uns beiden alles Weitere. Es ist mein fester, unabänderlicher Entschluß. Darein mußt du dich fügen, oder du setzt alles auf das Spiel!«

Frau von Rehling sah mit flimmernden Augen in das blasse junge Gesicht. Und der Ausdruck fester Entschlossenheit, der darauf lag, zeigte ihr wohl, daß es besser war, alle weiteren Manöver zu unterlassen.

Nach einigen kläglichen Versuchen, sich zu rechtfertigen, verzichtete sie auf weitere Worte. Sanna händigte ihr eine Summe Geldes ein und befahl den Wagen. Frau Heerfurt ließ schleunigst die beiden großen Koffer wieder aufladen und schärfte dem Fahrer ein, flott zu fahren, damit er zur Zeit zur Station käme.

Dann fuhr Frau von Rehling nach kurzem Abschied davon.

Sanna sah ihr eine Weile mit starren Augen nach. Dann warf sie sich impulsiv in die Arme von Frau Heerfurt und schluchzte krampfhaft.

»Dem Himmel sei Dank, daß ich festbleiben konnte! Ich hatte so große Angst, daß sie mich wieder in ihren Bann ziehen würde.«

Die Verwalterin strich zart und leise über ihr Haar.

»Tapfer sind Sie gewesen, gnädiges Fräulein, ich habe meine Freude daran gehabt, im Nebenzimmer. Nun wird die Frau Tante wohl das Wiederkommen vergessen.«

XVI

Am nächsten Tag traf Frau von Seltiz ein. Sanna empfing sie mit großer Herzlichkeit. Daß Rudolf von Gerlach ihr die Dame empfohlen hatte, galt ihr schon allein als ein Freibrief für diese. Außerdem fühlte sie sofort große Zuneigung für die gütige Frau, die etwas so unbedingt Mütterliches in ihrem Wesen hatte.

Schnell kamen sich die beiden Damen innerlich nahe. Frau von Seltiz übernahm ihr Amt mit großem Takt und feinem Empfinden. Sie wußte Sannas bedrücktes Gemüt aufzuheitern und versuchte in feiner Weise ihr Selbstgefühl zu steigern und ihr die quälenden Gedanken an das tragische Ende ihrer Eltern zu verscheuchen. Sanna hatte sich im Herzen noch nie so unbedingt an einen Menschen angeschlossen, wie sie es jetzt an Frau von Seltiz tat.

Ein heiterer Friede herrschte nun in Glossow, und Sanna blühte auf wie eine Blume, die man aus dem Schatten in den hellen, warmen Sonnenschein geholt hatte. Sogar ein leichter Zug von Schelmerei erschien zuweilen auf ihrem reizenden Gesicht, hauptsächlich, wenn Rolf von Gerlach sich mit ihr neckte, in feiner gutmütig onkelhafter Weise, die ihm so viel Spaß machte.

Der Verwalter Heerfurt war einige Tage nach Frau von Rehlings verunglücktem Besuch nach Glossow zurückgekehrt. Er hatte diese in H . . . noch gesprochen und mit Schrecken gehört, daß sie in seiner Abwesenheit in Glossow gewesen war. Sehr froh war er, daß seine junge Herrin so nachdrücklich darauf gedrungen hatte, daß sie sich sofort wieder entfernte.

Frau von Rehling hatte Heerfurt gewaltig schöngetan, um ihn zu bestimmen, bei Sanna zu ihren Gunsten zu sprechen, damit diese die versprochene Rente recht hoch ansetzen sollte.

Bei seiner Rückkehr besprach er diese Angelegenheit mit Sanna. Er berichtete ihr auch, was ihm Friedrich erzählt hatte, und sein ehrliches Gesicht rötete sich vor Zorn und Empörung, als er hörte, daß die ränkevolle Frau versucht hatte, Sanna die Schuld an dem schnellen Tod des Onkels aufzubürden.

Trotzdem stimmte er zu, daß Sanna ihr eine Rente anweisen ließ, die so bemessen war, daß sie bequem in der bis jetzt gewohnten Weise leben konnte, denn er wußte, daß Sanna sonst nicht ruhig sein würde.

Die Angelegenheit wurde sofort geordnet. Der alte Friedrich

hatte sich hochgeehrt gefühlt, daß er als Aufseher über die Sammlungen seines Herrn angestellt wurde. Er verwaltete dies Amt auch in Zukunft mit Würde und großem Verständnis und sah streng drauf, daß Frau von Rehling die unteren Räume des Hauses respektierte. Sie hatte nur im Obergeschoß etwas zu sagen.

Gregor hatte sich zähneknirschend darein fügen müssen, daß sowohl Sanna als auch das Erbe des Oheims für ihn verloren war. Er hatte seiner Mutter noch eine schlimme Szene gemacht, weil diese seinen Brief so unvorsichtig aufbewahrt hatte. Dadurch, daß der Professor diesen Brief gefunden hatte, war ihm ja alles entgangen.

Das half nun aber alles nichts. Er mußte es noch als ein Glück betrachten, daß die Mutter versorgt war, und daß diese ihn sogar mit kleinen Summen unterstützen konnte. Denn natürlich mußte er sich jetzt sehr einschränken und sich nun auch ernstlich bemühen, vorwärtszukommen.

Seine Mutter tröstete ihn damit, daß er ein hübscher, stattlicher Mensch sei, der gewiß bald eine gute Partie machen würde. Darauf rechnete Gregor auch. Aber er sollte erfahren, daß die reichen Erbinnen recht dünn gesät waren und keinesfalls auf ihn warteten.

Der Frühling ging zu Ende und der Sommer hielt seinen Einzug. Drüben in Gosserow waren schon Badegäste eingetroffen, und auf dem bestimmten Gelände zwischen Gosserow und Glossow wurde das Fundament zu dem neuen Kinderheim gelegt.

Eines Tages ritt Sanna mit Heerfurt nach Gosserow hinüber. Am Strand herrschte reges Leben. Sanna freute sich kindlich über das bunte, bewegte Bild. Herzlich lachte sie, als sie sah, wie eine fröhliche Kinderschar sich im Sand kollerte, weil sie vor Vergnügen und Lust nicht aus und ein wußte.

Sie atmete tief auf. »Was meinen Sie, Herr Heerfurt, ob unser Kinderheim nächsten Sommer schon bezogen werden kann?«

»Gewiß, gnädiges Fräulein. Diesen Sommer kommt es noch unter Dach. Im Winter kann es innen ausgebaut werden und die Ausstattung ist in wenigen Monaten fertigzustellen. Sobald der Sommer kommt, kann der erste Trupp Ihrer kleinen Schützlinge einziehen.«

Sie nickte froh. »Wie ich mich darauf freue!«

»Guten Morgen, gnädiges Fräulein! Guten Morgen, Herr Heerfurt!« ertönte in diesem Augenblick hinter ihnen eine fröhliche Stimme. Sie sahen sich um und erblickten Rolf von Gerlach, der schnell herantrat.

Sie begrüßten ihn fröhlich. »Was tun Sie hier, Herr von Gerlach?« fragte Sanna mit gerötetem Antlitz.

»Ich bilde mich zum Strandbummler aus. Eben habe ich ein bißchen geschwommen und nun wollte ich im Strandhotel frühstücken. Sie sollten mir Gesellschaft leisten, vorausgesetzt, daß Sie nichts Besseres vorhaben.«

»Wir haben den Bau des Kinderheims inspiziert und nur einen kurzen Abstecher gemacht, um Fräulein von Glossow das Strandleben zu zeigen«, erwiderte Heerfurt.

»Und wie gefällt es Ihnen?« fragte Gerlach die junge Dame.

»Sehr gut. Ich freue mich über den Jubel der Kinder und kann es nicht erwarten, bis sich meine Schützlinge auch am Strand vergnügen können.«

»Man möchte beinahe Ihre Schützlinge beneiden, gnädiges Fräulein.«

Sie lachte. »Ach, die sollen es auch gut haben. Ich werde selbst darüber wachen. Hauptsächlich die kleinen Mädchen nehme ich unter meinen Schutz.«

»So – und die kleinen Jungen? Wer wird deren Schutzgeist sein?«

Schelmisch lachte sie ihn an. »Sie vielleicht, Herr von Gerlach?«

»Schön, das soll gelten! Sie müssen mir dann gestatten, daß ich zuweilen einen besonderen Festtag für die Kinder veranstalte mit Kuchen und Schokolade.«

»O ja, das will ich gern gestatten. Aber nicht zu viel Süßigkeiten, damit sie sich nicht den Magen und die Zähne verderben. Kräftige vitaminreiche Kost ist die Hauptsache. Die Kinder müssen mit roten Wangen und strahlenden Augen heimkehren. Und wenn eines unter ihnen recht elend ist und recht traurig, will ich mich seiner besonders annehmen.«

Gerlach konnte seine Augen nicht von Sanna lassen. Welch ein gütiges, liebenswertes Geschöpf sie war. Und wie schön sie geworden war, wie sie aufblühte, seit sie in den Heimatboden verpflanzt worden war.

Heerfurt und Sanna nahmen dann mit Herrn von Gerlach in der Veranda des Strandhotels ein kleines Frühstück ein. Das ganze Badeleben konnten sie dabei durch die Glaswände beobachten, und Sanna tat das mit großem Interesse.

Lange hielten sie sich nicht im Strandhotel auf. Rolf von Gerlach ließ sich sein Pferd bringen, das er eingestellt hatte, ehe er zum Schwimmen ging. Er begleitete Heerfurt und Sanna bis nach Glossow und sagte Frau von Seltiz im Vorübergehen guten Tag.

Als er dann allein nach Gerlachsheim weiterritt, mußte er immerfort an Sanna denken. Daß sie ihm teuer zu werden begann, fühlte er nur zu deutlich. Noch nie hatte er Ähnliches für eine Frau empfunden. Aus seinem Mitleid mit ihr wuchs langsam und stetig ein tiefes, stärkeres Gefühl empor.

Durfte er dem nachgeben?

Und Sanna? Wie dachte sie über ihn? Wenn er ihr nun auch lieb und teuer wurde? Durfte er das dulden? Mußte er nicht alles tun, was in seiner Macht stand, daß ihr beiderseitiges Gefühl nicht über eine herzliche Freundschaft hinauswuchs? Mehr konnte und durfte er Sanna doch nicht sein, als ein treuer, ergebener Freund!

Oder doch? Würde er vergessen können, daß ihr Name mit einem Makel behaftet war? Sie selbst war rein wie die klare Sonne und ohne Schuld. Aber ihr Name war belastet, das durfte er nicht vergessen. Jedoch war es nicht feige, sich vor einem zweifelhaften Makel zu fürchten? Im Herzen war er überzeugt, daß Sannas Eltern nur unglückliche Opfer eines Verhängnisses geworden waren. Heerfurt hatte ihm erst kürzlich auf seinen ausdrücklichen Wunsch noch einmal alle Einzelheiten jener Begebenheit erzählt. Daraus ging klar hervor, daß Sannas Mutter nicht die geringsten unerlaubten Beziehungen zu diesem Brockhoff gehabt hatte.

Er war überzeugt, daß Sannas Eltern zu beklagen, aber nicht zu verdammen waren. Durfte er also, gleich den anderen Menschen, den Namen Glossow als geschändet betrachten? War es nicht gegen seine Überzeugung, wenn er sich dadurch in seinen Gefühlen für Sanna beeinflussen ließ?

Aber – alle Welt sah den Namen Glossow als berüchtigt an und würde es jedem zur Unehre anrechnen, der sich mit diesem Namen verband.

Würde er darüber hinwegsehen können, wenn ihm Sanna eines Tages so teuer geworden war, daß er sie zu seiner Frau begehrte?

Er konnte sich heute noch keine Antwort auf diese Frage geben, und deshalb verscheuchte er die quälenden Gedanken. Was kommen mußte, kam, auch ohne sein Dazutun. Und das wußte er heute ganz gewiß, er vermochte es nicht, sich von Sanna zurückzuziehen, weil er das für sich selbst als ein Opfer ansah. Und außerdem, so dachte er, weil er ganz gewiß Sanna nicht kränken wollte.

XVII

An einem wundervollen Junimorgen saß Rolf von Gerlach in Erwartung seiner Gäste im Frühstückszimmer und las in einer Zeitung. Gestern abend war seine Tante, die Gräfin Landa, mit ihrer Tochter zu einem mehrwöchigen Besuch eingetroffen. Gräfin Landa war die einzige Schwester von Rolfs Mutter. Sie war Witwe. Ihr Mann war Minister eines Bundeslandes gewesen, und sie lebte mit ihrer Tochter noch in der Hauptstadt jenes Landes. Durch ihren Charme und ihre Klugheit spielte sie dort noch immer eine glänzende Rolle.

Ihre Tochter Melanie war eine ausgesprochene Schönheit und wurde viel umworben. Außerdem war sie sehr übermütig und liebte es, ihre Verehrer sehr scharf unter die Lupe zu nehmen. Sie glaubte nicht an eine Liebe ohne »egoistische pekuniäre« Nebenerscheinungen, wie sie zu sagen pflegte, und hatte, trotzdem sie fast zweiundzwanzig Jahre alt war, ihr Herz noch nicht verschenkt.

Jeden Sommer hielten sich die Damen einige Wochen in Gerlachsheim auf, und dafür mußte sie Rolf stets im Winter auf einige Zeit in der Hauptstadt besuchen.

»Du sorgst dafür, daß wir in Gerlachsheim eine Erholungsstätte für unsere strapazierten Nerven finden, und zur Revanche schützen wir dich vor dem geistigen Tod, dem du als Landwirt sonst rettungslos verfallen wärest«, hatte die Komteß ihm lachend gesagt.

Jedenfalls freute sich Rolf stets auf den Besuch von Tante und Kusine, mit denen er in seinen Anschauungen harmonierte. Sie brachten immer frohes Leben in sein stilles Haus.

Heute morgen hatte er schon, nach flüchtig eingenommenem ersten Frühstück, einen weiten Ritt unternommen und wartete nun mit dem zweiten Frühstück auf die beiden Damen.

Frau Sieveking, des Hauses redliche Hüterin, brachte eigenhändig noch eine Schüssel geschlagener Sahne herein und stellte sie auf den Tisch.

»Für Komteß Lanie, gnädiger Herr«, sagte sie lächelnd.

Er sah von seiner Zeitung auf und nickte ihr schmunzelnd zu, um sich dann wieder in die Lektüre eines politischen Leitartikels zu vertiefen.

Damit sollte er jedoch vorläufig nicht zu Ende kommen. Die Tür wurde geöffnet, und auf der Schwelle stand ein zierliches, kapriziöses Persönchen im weißen, duftigen Morgenkleid, blond, blauäugig und schön wie ein Frühlingsmorgen.

»Guten Morgen, Rolf! Wartest du schon lange? Danke, ich habe gut geschlafen, gar nicht geträumt, und Mama kommt sogleich. Du siehst, ich lese dir alle Fragen von den Augen ab und beantworte sie dir der Reihe nach«, plauderte die junge Dame fröhlich.

Er schüttelte ihr brüderlich die Hand. »Ich bewundere deinen Scharfsinn und glaube, dir würde als Gedankenleserin eine große Karriere bevorstehen, liebste Lanie.«

Sie lachte übermütig. »Davon bin ich überzeugt. Ich habe eben meinen Beruf verfehlt.«

»Zum Wohle der Menschheit«, neckte er.

Sie nahm ihm mit einer energischen Handbewegung die Zeitung fort. »Lies keine Zeitungen, das verdirbt den Charakter und macht stumpfsinnig.«

»Erlaube mal – ich denke das Gegenteil.«

»Gleichviel, wenn du die Zeitung liest, bist du langweilig, weil du mich dann mit der Weisheit, die du daraus schöpfst, unterhalten möchtest.«

Er lachte. »Du, Lanie, wirst du etwa steckbrieflich verfolgt, daß du mir die Zeitung so vergraulen willst?«

»Ich wüßte nicht, weshalb.«

»Nun – vielleicht hast du in der Wintersaison wieder diverse Männerherzen gestohlen.«

Sie drehte sich graziös auf dem zierlichen Absatz um. »Lieber Gott, das lohnte sich wohl! Nein, das sind mir zu wenig kostbare Gegenstände. Nicht eins wüßte ich, das solch eines Verbrechens wert wäre.«

»Die Anwesenden natürlich ausgeschlossen.«

Sie warf sich in einen Sessel. Mit den Fingern schnippend, fuhr sie fort:

»Nicht eins, Rolf, ich versichere es dir! Deins vielleicht ausgenommen, aber dein gutes Herz gehört mir schon in brüderlicher Liebe, das brauche ich nicht erst zu stehlen. Weißt du, daß mir dies ein herrliches Bewußtsein ist, Rolf? Wir kennen uns gegenseitig, als ob wir aus Glas wären. Ich freue mich jedesmal auf unser Zusammensein. Da kann man doch wenigstens einmal mit einem Mann ein vernünftiges Wort reden und braucht nicht zu fürchten, daß er gleich mit einem schiefen Seitenblick auf den wohlgefüllten Geldbeutel eine Liebeserklärung losläßt.«

»Ei, ei – soviel Liebeserklärungen macht man dir?«

Sie wippte mit den Füßen.

»Bitte! Unterscheiden wir genau: Die Liebeserklärungen gelten meinem Tresor, nicht mir selbst, denn die Männer sind im allgemeinen derselben Ansicht wie ich – daß ich nämlich eine unausstehliche Person bin.«

»Soll ich widersprechen?«

Sie zog ihm eine Grimasse. »Überanstrenge dich nicht!«

»Ich tue es gern«, versicherte er sarkastisch.

»Wirklich?«

»Und aus Überzeugung, Lanie«, fuhr er ernst und warm fort. »Du bist trotz deiner losen Zunge ein Prachtmädel. Es ist beinahe schade, daß wir uns wie Geschwister nahestehen, du müßtest sonst meine Frau werden.«

Sie seufzte tragikomisch. »Hm! Just der einzige wahrhafte Mann, den ich kenne, muß mein Vetter sein, der mir als Freund und Bruder so unentbehrlich ist, daß ich ihn unmöglich heiraten kann.«

»Herzliches Beileid, arme Lanie.«

Sie lachten beide herzhaft. Dann fuhr Komteß Lanie in etwas zu stark betonter Beiläufigkeit fort: »Sag mal, Rolf, werden in diesen Wochen außer uns noch mehr Gäste in Gerlachsheim sein?«

Bei dieser Frage sah sie angelegentlich auf ihre Fingerspitzen herab.

»Außer meinem Freund Hans von Seltiz hat sich noch niemand angemeldet.«

Es zuckte ein wenig im Gesicht der Komteß.

»Ah – dein Jugendfreund?« fragte sie abermals sehr gleichgültig.

»Ja.«

»Er ist doch Arzt, nicht wahr?«

»Gewiß.«

Sie lachte ein wenig. »Ich habe ihn nämlich diesen Winter kennengelernt. Er war zu einem offiziellen Ball als Assistent Koltzows anwesend, den er begleitete.«

Rolf sah überrascht auf. »Und davon höre ich erst jetzt? Koltzow ist doch ein berühmter Chirurg. Er zieht meinen Freund Hans allen anderen Assistenzärzten vor. Wußtest du das?« Sie sah beharrlich auf ihre Hände.

»So wichtig ist das nicht. Hat dir Doktor von Seltiz davon erzählt? Wir haben sehr viel von dir gesprochen.«

Rolf lachte. »Nein. Vielleicht war es ihm auch nicht wichtig.«

Sie drohte ihm mit dem Finger. »Treibe deine vetterliche Galanterie nicht auf die Spitze.«

»Soll ich einen Kniefall tun und um Verzeihung bitten?«

Die Komteß lachte hell auf. »Das müßte ein komischer Anblick sein. Und dann – male dir aus, was daraus entstehen könnte, wenn Mama unvermutet dazukäme, die segnete uns auf der Stelle als Brautpaar! Du ahnst nicht, wie sehr sie sich danach sehnt, mich unter die Haube zu bringen. Weil sie mit achtzehn Jahren geheiratet hat, sieht sie mich mit meinen zweiundzwanzig Jahren schon als alte Jungfer an. Dazu komme ich zeitig genug, ich werde nämlich nie heiraten.«

Rolf schüttelte den Kopf. »Merkwürdig! Unter den jungen Damen scheint eine hochgradige Heiratsscheu ausgebrochen zu sein!«

»Wieso?«

»Meine Nachbarin, die junge Herrin von Glossow, versichert ebenfalls ganz ernsthaft, daß sie nicht heiraten wird.«

Komteß Lanie sah interessiert auf. »Höchst vernünftiger Standpunkt bei der zunehmenden Wertlosigkeit des männlichen Geschlechts.«

»Höre mal, Lanie, du bist doch nicht etwa eine verkappte Männerfeindin?«

»Verkappt? O nein, ich kämpfe immer mit offenem Visier für meine Überzeugung. Aber um nochmals auf deine Nachbarin zu kommen. Sagtest du nicht, die Herrin von Glossow? Ich denke, Glossow ist unbewohnt?«

»Bis vor kurzem war es so, aber jetzt lebt Susanna von Glossow im Glossower Herrenhaus.«

Komteß Lanie machte ein nachdenkliches Gesicht und sah ihren Vetter fragend an.

»Sag' mal, Rolf, spielte da nicht vor eisgrauen Zeiten irgendein schreckliches Drama?«

Rolf wurde sehr ernst und sagte langsam, jedes Wort wägend: »Dies Drama ist vor nahezu siebzehn Jahren passiert, Lanie. Justus von Glossow, der Vater Susannas, schoß auf einen zudringlichen, einen falschen Freund, der seine Gattin belästigte. Dabei traf er wohl unglücklicherweise seine Gattin selbst, während er den Freund nur verwundete. Aus Verzweiflung darüber erschoß er sich selbst.«

Die Komteß war blaß geworden.

»Oh, mein Gott, wie schrecklich! Und Susanna von Glossow ist nun eine Waise?«

Rolf hatte seine Worte mit Bedacht gewählt und fuhr nun fort: »Ja, Lanie, ein armes, bedauernswertes Geschöpf, das eine trostlose, trübe Jugend im Hause strenger und engherziger Verwandter verlebte. Du wirst die junge Dame kennenlernen. Sie freut sich schon sehr auf deine Bekanntschaft. Denke dir, sie hat nie im Leben eine Freundin gehabt, hat nie mit jungen Menschen verkehren dürfen, nie einen Ball oder sonstiges Vergnügen besucht. Und dabei hat sie immer heimlich gelitten unter dem Bewußtsein, daß ihr unglückseliger Vater die Mutter erschoß und sich selbst. Man hat ihr das wie einen Vorwurf täglich vorgehalten. Nicht wahr, Lanie, du wirst lieb und gut zu der Ärmsten sein?«

Reglos hatte die Komtesse zugehört. Nun sah sie Rolf mit großen, forschenden Augen an. Er sprach so seltsam bewegt. War das nur reine Menschenliebe? Aber gleichviel, selbst sie war gutherzig und hilfsbereit, und was Rolf ihr von dem jungen Fräulein von Glossow erzählte, ging ihr nahe.

Energisch nickte sie. »Natürlich, Rolf, ich bin kein Unmensch. So ein trauriges Schicksal kann doch einen Stein erbarmen. Wann werde ich die junge Dame kennenlernen?«

Rolf atmete froh auf. Er wußte nun, Lanie würde Sanna zart und mit großer Freundlichkeit entgegenkommen.

»Sobald du willst, fahren wir hinüber.«

»Dann laß es bald sein. Lebt sie allein in Glossow?«

»Frau von Seltiz, die Mutter meines Freundes, lebt als Hausdame in Glossow.«

»Frau von Seltiz? Wie kommt es, daß diese eine so abhängige Stellung bekleidet?«

»Weil sie arm ist und dadurch ihrem Sohn eine etwas höhere Zulage geben kann.«

»O – ich wußte nicht, daß dort kein Vermögen ist. Koltzow hat meist vermögende Assistenten!«

»Solange sein Vater lebte, hatte Hans ein hohes Einkommen. Das ist aber so ziemlich aufgebraucht worden. Nun möchte er gern im Beruf vorankommen und schränkt sich nach Möglichkeit ein.«

Sinnend sah die junge Dame vor sich hin. Dann warf sie den Kopf zurück und setzte von neuem ihre spöttische Miene auf.

»Nun – er ist ein hübscher Mensch und wird bald eine reiche Partie zu machen suchen, um aus seinen Schwierigkeiten herauszukommen.«

Rolf schüttelte den Kopf. »Wenn du ihn kennen würdest wie ich, würdest du das nicht annehmen. Um sich zu verkaufen, ist Hans von Seltiz zu ehrenhaft. Gelegenheit zu einer solchen Partie hat er schon gehabt, aber er wird nur um eine junge Dame anhalten, die er wirklich liebt.«

»Bist du dessen so sicher?«

»Unbedingt. Ich kenne ihn wie mich selbst.«

Wieder sah die Komteß vor sich hin. »Das klingt wie ein Märchen«, sagte sie leise.

»Was meinst du damit, Lanie?«

»Ich meine, daß es Männer geben soll, die zu ehrenhaft sind, um nach Geld zu heiraten. Erstaunlich!«

»Aber, Lanie, was hast du für eine schlechte Meinung von uns Männern?«

Sie zuckte mit den Schultern. »Nur eine, die ich selbst oft genug erprobt habe. Sag mal, Rolf, weiß Hans von Seltiz, daß ich reich bin?«

»Von mir nicht. Wir haben nur wenig von dir gesprochen.«

»Dann sage es ihm auch, bitte, nicht, wenn er kommt.«

Rolfs Blick war ein großes Fragezeichen.

Sie lachte ein wenig und sah ihn unsicher an.

»Nenne es eine Laune, Rolf! Ich möchte gern einmal wissen, wie sich ein Mann zu mir stellt, der nicht weiß, daß ich ein Vermögen habe.«

»Bei Hans von Seltiz macht das keinen Unterschied.«

»Gleichviel – wenn ich dich doch darum bitte . . .«

»Ja doch, Lanie, ich tue natürlich, was du willst.«

Sie sprang auf und trat dicht vor ihn hin, ihn an der Schulter fassend.

»Kannst du flunkern, Rolf?«

Er lachte hell auf. »Warum nicht, wenn es einem guten Zweck dient.«

»Hm! Also, dann flunkere mal mir zuliebe ein bißchen, ja?«

Verwundert sah er sie an. »Also – ich bitte um Richtlinien.«

Sie zog die Stirn ein wenig zusammen.

»Du mußt Hans von Seltiz unbedingt den Glauben beibringen, daß ich arm bin. Kannst ja sagen, daß ich mit Mama von ihrer Pension lebe.«

Er sah bezeichnend auf ihr kostbares, gesticktes Kleid. »Und dann trägst du solche Kleider?«

»Ach, Unsinn, auf dem Land trägt man nur Kleider, denen ein unverheirateter Mann nicht ansieht, was sie kosten. Überhaupt – wenn du so umständlich bist, weiß ich schon, daß du mir den Gefallen nicht tun willst. Also, laß es bleiben.«

»Ho! Halt ein, edler Renner! Nur nicht gleich über Stock und Stein, und Zaun und Zügel abgeworfen. Also, sei beruhigt, ich flunkere, daß sich die Balken biegen und werde deine Armut in den rührendsten Tönen besingen. Aber – wird deine Mutter nichts verraten?«

Die Komteß schüttelte den Kopf. »Das laß meine Sorge sein. Und hier hast du einen Kuß.«

Sie faßte ihn bei den Ohren und küßte ihn auf den Mund. »Der Judaslohn«, neckte er.

»Ich tue dir gelegentlich einen anderen Gefallen, lieber Vetter.«

»Werde ich mir notieren. Aber sag mal, Lanie, wie hat dir denn mein Freund Seltiz eigentlich gefallen?«

Sie errötete ein wenig, zuckte aber gleichmütig die Schultern. »Ganz gut. Als dein Freund hatte er gleich einige Chancen. Ich werde ihn sehr huldvoll behandeln.«

»Na, darauf bin ich gespannt! Du und huldvoll – das wird ein Lustspiel.«

Mutwillig blitzten ihn ihre Augen an. »Meinst du, ich könnte es nicht sein? Abwarten! Wenn ich nur will. Und diesmal will ich – vielleicht.«

Forschend sah er in ihre Augen mit einem ernsten Blick. »Lanie – Lanie!«

In diesem Ausruf lagen tausend Fragen und Vermutungen. Sie wurde verlegen. Dann sagte sie leise und sehr ernsthaft: »Ich will dir ein Geständnis machen, Rolf. Aber erst gib mir dein Ehrenwort – was ich dir jetzt sage, darfst du keinem Menschen verraten.«

»Du hast mein Ehrenwort«, erwiderte er, immer noch ernsthaft.

Da atmete sie tief auf.

»Also – dein Freund Hans ist der erste Mann, der einen tieferen Eindruck auf mich gemacht hat, trotzdem ich nur wenige Male mit ihm zusammengetroffen bin. Vielleicht haben wir uns beide in der kurzen Zeit unserer Bekanntschaft offener und rückhaltloser gegeben, als es sonst bei neuen Bekanntschaften üblich ist, und ich habe ihn, entgegen meiner sonstigen Art, sofort ernst genommen. Das macht wohl, weil du gewissermaßen als Bindeglied zwischen uns standest. Und – da habe ich gewünscht, ihn näher kennenzulernen, und hatte die Absicht, dich zu bitten, ihn einzuladen. Das ist ja nun nicht mehr nötig. Ich freue mich ehrlich, daß er kommt. Er hat gute, offene Augen, und – ich glaube – ich mißfiel ihm nicht. Aber ich möchte nicht, daß meine finanziellen Verhältnisse da irgendwie mitsprechen. Ich bin es so müde, als Persönlichkeit immer hinter meinem Geld zurückstehen zu müssen. Schließlich bin ich auch jemand, trotz meiner vielen Fehler und Torheiten. Und gerade von Hans von Seltiz würde es mich freuen, wenn er es der Mühe für wert hielte, mir näher zu kommen um meiner selbst willen. Ach, Rolf – mädchenhaft ist es nun freilich nicht, daß ich dir dies Geständnis mache, nicht wahr? Aber du bist für mich von Kind auf so eine Art guter großer Bruder gewesen, und dir kann ich solch eine Beichte ablegen. Aber das merke dir: wenn Seltiz bei näherer Bekanntschaft findet, daß ich ein Greuel bin oder mir in respektvoller Hochachtung aus dem Weg geht, dann hast du mein Geständnis vergessen und hast es nie gehört. Ich verlange dann deinen Takt als Kavalier ohne Furcht und Tadel. Du weißt nichts mehr davon, daß deine törichte Kusine sich auch einmal in Träumereien verloren hat.«

Er nahm ihre Hand, ganz behutsam und zart, als sei sie zerbrechlich, in die seine.

»Ich brauche dir keine Versicherungen zu geben, Lanie. Du hast mich ganz stolz gemacht durch dein Vertrauen – ich weiß es zu schätzen in seiner ganzen Größe. Bist ein famoser Mensch, kleine Lanie – und ich gönne es Hans, daß er die Augen aufmacht und in dir den Edelstein entdeckt.«

Sie wehrte der weichen Stimmung, die in ihr aufsteigen wollte.

»Rolf, die Welt geht unter, du machst mir Komplimente«, scherzte sie.

Auch er war gleich wieder lustig, um ihr über diese Stimmung hinwegzuhelfen.

»Warte nur, laß mich erst ausreden. Ich wollte noch hinzufügen: Wenn dieser Edelstein auch noch ungeschliffen ist.«

Mutwillig funkelten ihn ihre Augen an. »Soll ich das ›ungeschliffen‹ zurückgeben?«

Er lachte. »Nein, sei auch zu mir einmal ein bißchen huldvoll – auf Probe.«

Sie errötete jäh. »Du – alles Necken über diesen Gegenstand ist strengstens verboten. Wir vergessen vollständig diese Unterhaltung. Nur daß du flunkern sollst, darfst du nicht vergessen. Ich wollte dir nur zeigen, wie wichtig es mir ist, daß Hans von Seltiz nichts über meine Vermögenslage erfährt.«

»Mein Wort drauf, Lanie, ich spreche nicht eher wieder davon, als bis du es selbst willst. Und nur, daß ich flunkern soll, will ich nicht vergessen. Sobald ich Seltiz vom Bahnhof abhole, werde ich ihm von deiner Armut erzählen.«

»Gut – ich danke dir.«

Sie reichten sich die Hände.

Dann plauderten sie über andere Dinge. Bald darauf trat Gräfin Landa ein. Sie hatte eine erstaunlich mädchenhaft schlanke Gestalt und anmutige Bewegungen. Aus ihrem frischen, noch sehr hübschen Gesicht sahen die dunklen Augen lebensfroh und jung in die Welt. Um so mehr fiel es auf, daß sie schon weißes Haar hatte, trotzdem sie erst Mitte Vierzig alt war. Dieses weiße Haar war aber sehr schön und zu einer geschmackvollen Frisur geordnet.

Rolf sprang auf und küßte seiner Tante die Hand.

»Guten Morgen, chère tante, gut geschlafen?«

»Ausgezeichnet, lieber Rolf, wie immer in deinem friedlichen Gerlachsheim.«

Sie nahmen am Frühstückstisch Platz. Ein Mädchen brachte die Getränke und einige Platten. Die Komteß freute sich über die geschlagene Sahne.

»Die hat Frau Sieveking nicht vergessen. So gute Sahne wie

in Gerlachsheim gibt es nirgends. Liebe Mama – wir müssen besorgt sein um unsere schlanke Linie.«

Die Gräfin lächelte und Rolf sagte neckend:

»Höchstens du, Lanie. Deine Mama hat die berühmte mädchenhafte Schlankheit der Freiinnen von Schlontheim geerbt, die ja auch meine Mutter besaß und die sich niemals verliert.«

Die Augen der jungen Dame funkelten kriegsbereit. »Willst du mir etwa die Veranlagung zu dieser schätzenswerten Familieneigenschaft verweigern?« fragte sie, mit den Händen an ihren schlanken Hüften herabgleitend.

»Abwarten! Du bist zu sehr Landascher Schlag, und die Gräfinnen Landa sind alle blond, blauäugig – und mollig! Das kommt natürlich erst mit den Jahren. Vorläufig bist du ja noch tannenschlank. Aber wir wollen mal in zwanzig Jahren auf diesen Punkt zurückkommen, dann wird es sich zeigen, ob du nach den Landas oder den Schlontheims kommst!«

»Na, hoffentlich hast du bis dahin eine Glatze und ein Doppelkinn«, erwiderte die Komteß lachend.

»Nun also, das Kriegsbeil ist schon wieder ausgegraben zwischen euch beiden. Dann fehlt ja in Gerlachsheim nichts zur Gemütlichkeit«, warf die Gräfin lächelnd ein.

Lanie nickte vergnügt. »Ja, Mama, wir haben uns auf den nüchternen Magen schon wieder allerhand kleine Bosheiten an den Kopf geworfen unter dem Motto: Hier bin ich Mensch, hier darf ich's sein! Das ist eine Wohltat, wenn man so den ganzen Winter überzuckertes Honigbrot hat futtern müssen. Darum also hoch unser Kriegsbeil, gelt, Rolf?«

Er verneigte sich und hielt ihr seine Tasse entgegen. Sie stieß lachend mit der ihren daran.

Schon am Nachmittag desselben Tages fuhr Rolf mit den beiden Damen nach Glossow. Die Komteß hatte nicht eher Ruhe gegeben. Sie war zu gespannt auf die Bekanntschaft mit Sanna von Glossow. Rolf hatte auch mit seiner Tante von Sanna gesprochen. Diese wußte von Rolfs Eltern schon allerlei Einzelheiten über das Drama von Glossow und sah es mit Rolfs

Augen an. So war es ihm nicht schwergefallen, die Gräfin für einen Verkehr mit Sanna zu gewinnen. Hier, in der ländlichen Abgeschiedenheit, würde ja auch niemand diesen Verkehr kritisieren. Auch war die Gräfin eine gütige und gerechte Frau und hegte, nach Rolf Schilderung von Sannas trauriger Jugend, ein warmes Mitgefühl für die junge Dame.

In heiterster Stimmung legten Rolf und die beiden Damen die Fahrt nach Glossow zurück. Komteß Lanie sah sehr reizend aus in ihrem nur scheinbar schlichten Stickereikleid, das in Wahrheit sehr kostbar war, und dem feschen kleinen Strohhut. Die Gräfin trug ein vornehmes schwarzes Schneiderkostüm. Sie bevorzugte seit dem Tod ihres Gatten, mit dem sie in selten glücklicher Ehe gelebt hatte, schwarze Stoffe.

In Glossow angekommen, wurden sie von Sanna und Frau von Seltiz freudig empfangen. Sanna kam den Damen mit leuchtenden Augen und gerötetem Antlitz entgegen. Niemand merkte ihr die Unruhe an, die sie vor dieser Begegnung gequält hatten.

»Wie ich mich freue, Sie in Glossow willkommen heißen zu dürfen«, sagte sie mit warmen Herzenston, als sie der Gräfin die Hand küßte.

Diese lächelte ihr, von Sannas Liebreiz entzückt, gütig zu und machte Sanna damit froh und glücklich. Man ging ihr also nicht aus dem Weg?

Wie schön war das!

»Sie sehen, wir haben uns nicht viel Zeit gelassen. Gleich am ersten Tag unseres Hierseins kommen wir zu Ihnen. Meine Tochter wollte durchaus nicht länger warten, Sie kennenzulernen«, sagte sie herzlich.

Sanna wandte sich zur Komteß.

»Von Ihnen habe ich schon so viel Liebes und Gutes gehört durch Ihren Herrn Vetter«, sagte sie, ihr die Hand zaghaft bittend entgegenstreckend.

Mit warmem, festem Griff faßte die Komteß diese Hand und sah Sanna dabei bewundernd an.

»O weh!« rief sie lachend. »Dann werden Sie gewiß bitter von mir enttäuscht sein. Rolf hat mich sicher in zu rosigen Farben geschildert!«

»Nein, das glaube ich nicht. Ich habe mich sehr auf Ihren Besuch in Gerlachsheim gefreut. Herr von Gerlach versprach mir, mich mit Ihnen bekannt zu machen.«

»Nun, das ist geschehen. Und nun liegt es an uns, daß wir gut Freund werden. Ich bin dazu mit den besten Vorsätzen bereit«, versicherte Komteß Melanie in ihrer frischen, ungekünstelten Art.

Sanna blickte sie mit leuchtenden Augen an und dann bot sie impulsiv Rolf ihre Hand.

»Wie dankbar bin ich Ihnen, daß Sie mir die beiden Damen brachten.«

Er fühlte es warm und wohlig in seinem Herzen aufsteigen. »Wir haben nun allerlei mit Ihnen vor, Fräulein von Glossow. Sie sollen sehen, wie meine Kusine Leben und Bewegung in die Stille unseres Landlebens bringt. Da gibt es jeden Tag Betrieb. Und Sie müssen überall dabei sein.«

Sanna war glückselig.

»Welch ein angenehmes Müssen. Ich werde mich ganz gewiß nicht sträuben«, sagte sie herzlich.

Die Komteß und die Gräfin hatten inzwischen mit Frau von Seltiz geplaudert. Nun trat auch Rolf mit Sanna zu ihnen heran.

»Verehrte gnädige Frau, ich habe heute von Hans Nachricht, daß ich ihn in den nächsten Tagen in Gerlachsheim erwarten darf«, sagte er zu Frau von Seltiz.

Diese blickte ihn freudig erregt an.

»Ja – ich habe auch einen Brief von ihm bekommen mit dieser Mitteilung.«

»Und Sie freuen sich, daß Sie Ihren Einzigen nun eine Weile in nächster Nähe haben, nicht wahr?«

Die Augen der alten Dame bekamen einen feuchten Schimmer. »Das muß ich wohl nicht erst bekräftigen, Herr von Gerlach. Aber danken möchte ich Ihnen aus tiefstem Herzen, daß Sie ihn eingeladen haben. Es ist mir leider so selten vergönnt, meinen Sohn in meiner Nähe zu haben. Und er ist doch alles, was mir geblieben ist.«

Rolf küßte ihr die Hand. »Ich werde ihn nun recht oft einladen, und wir beide brauchen uns seine Gesellschaft nicht mehr streitig zu machen. Früher bekam ich auf meine Einladungen meist einen Korb, weil er seinen Urlaub lieber bei seiner Mutter verbringen wollte.«

Die alte Dame sah ihn erstaunt an. »O – das hat er mir nie gesagt, daß er meinetwegen Einladungen abgelehnt hat.«

Rolf nickte lächelnd. »Davon bin ich überzeugt. Sie hätten ja sonst an ein Opfer seinerseits glauben können.«

Komteß Lanie hatte diesen Worten mit Interesse gelauscht, alles was sie über Seltiz hören konnte, nahm sie mit verstohlener Teilnahme auf.

Die Unterhaltung wurde nun allgemein. Im Laufe derselben bat Rolf dann Frau von Seltiz und Sanna für den nächsten Tag zum Essen nach Gerlachsheim.

»Da ich jetzt in meiner Tante eine Dame besitze, die in meinem Haus liebenswürdigerweise die Rolle der Gastgeberin spielen wird, darf ich Sie nun endlich um Ihren Besuch bitten. Es wird höchste Zeit, daß ich mich für die in Glossow genossene Gastfreundschaft erkenntlich zeige«, sagte Rolf lächelnd.

Seine Einladung wurde erfreut von den beiden Damen angenommen. Hauptsächlich Sanna freute sich sehr, Gerlachsheim kennenzulernen. Sie hatte es bisher bei gelegentlichen Ausflügen nur von weitem liegen sehen.

Länger als bei einem offiziellen Besuch üblich ist, blieb Rolf mit der Gräfin und der Komteß in Glossow, und man plauderte sehr herzlich miteinander.

Sanna und Frau von Seltiz begleiteten die Herrschaften bis zum Wagen, und als derselbe davongefahren war, sagte Sanna versonnen: »Welch ein entzückendes Geschöpf ist Komteß Lanie.«

Die alte Dame legte ihre Hand um Sannas Schulern und nickte.

»Ja, sie ist wie ein frischer Maientag, reizend und natürlich. Ich habe Sie beide miteinander vergleichen müssen. Die Komteß ist viel lebhafter wie Sie und vielleicht ein wenig herb. Das verstehe ich eigentlich nicht. Sie hat doch sicher noch keine schlimmen Erfahrungen gemacht, wie sie Ihnen leider nicht erspart blieben, mein liebes Kind. Aber ich freue mich für Sie, daß Sie nun junge, heitere Gesellschaft haben werden. Das brauchen Sie nötig. Die Komteß wird hoffentlich recht lange in Gerlachsheim bleiben.«

Sannas Augen glänzten. Sie sah sonnige, heitere Tage vor sich liegen, um so sonniger, als Rolf von Gerlach immer der Mittelpunkt derselben für sie sein würde. Oh, sie wollte jeden frohen Tag, jede Stunde dieser glücklichen Zeit genießen, damit sie später von der Erinnerung zehren konnte. Denn eines Tages würde das alles für sie ein Ende haben – wenn Rolf von Gerlach eine junge Frau heimführte. Die würde wohl nicht leiden, daß er ihr Freund blieb, und dann würde alles, alles anders werden . . .

Es war plötzlich ein tiefer, heißer Schmerz in ihr bei dem Gedanken, daß Rolf von Gerlach heiraten würde. Und zum erstenmal bäumte sich etwas in ihr auf gegen die Gewißheit, daß sie selbst für alle Zeit von einem Eheglück ausgeschlossen war. Sie fand es traurig und quälend, daß der Fluch, der auf ihr lastete, immer weitere Kreise zog. Warum war gerade ihr von ihren Eltern ein so trauriges Erbe hinterlassen worden?

Am nächsten Tag fuhren Sanna und Frau von Seltiz nach Gerlachsheim. Sanna hatte die Trauer um Onkel Michael abgelegt und trug ein weißes Kleid, das ihrer Erscheinung etwas Frohes und Lichtes gab. Dazu paßte der helle, freudige Schein in ihren Augen, als sie Rolf von Gerlach an der Schwelle seines Hauses begrüßte.

Lanie hing sich gleich in Sannas Arm und plauderte mit ihr in ihrer mutwilligen Weise, die für Sanna einen eigenen Reiz hatte. Sie fühlte sich erfreulich davon angesteckt, und ein schelmisches Lachen blitzte in ihren Augen auf.

Im Grunde war sie eine frohe Natur. Man hatte nur allen Frohsinn in ihr geknebelt, und nun sie sich frei fühlte, kam dieser verschüttete Grundton ihres Wesens zum Vorschein.

Sie ahnte nicht, wie reizend und entzückend sie Rolf von Gerlach erschien mit dem sanft geröteten Antlitz und dem frohen, schelmischen Lächeln. Auch das weiße Kleid gefiel ihm sehr an ihr. Es harmonierte vollkommen zu dem wundervollen Haar. Und in seinem Herzen regte sich stärker als zuvor das warme, tiefe Gefühl, das er für sie empfand.

Noch gab er diesem Gefühl keinen anderen Namen, er gestand sich nur ein freundschaftliches Interesse für seine junge Gutsnachbarin zu. Das tat er aber nur, weil er vermeiden wollte, sich vor eine Entscheidung zu stellen. Denn diese Entscheidung stand ihm bevor, sobald er sich eingestand, daß er Sanna liebte. Auch er war jetzt momentan in einem Zustand froher Wunschlosigkeit, er war mit dem Leben zufrieden, so wie es sich ihm jetzt zeigte. Wenn erst seine Wünsche erwachten, Wünsche, die mit Sannas Person innig verknüpft waren, dann würde es auch Kämpfe geben . . .

Bei Tisch herrschte fröhlichste Stimmung. Die Komteß vertiefte sich mit ihrem Vetter in ein übermütiges Wortgefecht, das allgemeine Heiterkeit auslöste und, von Lanie aufgefordert, beteiligte sich schließlich auch Sanna ein wenig mit an diesem Wortgefecht und wehrte sich geschickt und mit treffenden Worten. Nach Tisch zogen sich die Gräfin und Frau von Seltiz, die sich schnell befreundet hatten, zu einem ruhigen Plauderstündchen bei einer Schale Mokka zurück. Inzwischen begleitete Rolf die beiden jungen Damen in den schönen alten Park.

Gerlachsheim lag weiter vom Meer entfernt als Glossow. Der Park bestand aus den herrlichsten alten Buchen, vermischt mit Nadelhölzern und Gebüsch. Sanna fand ihn einzig schön und sprach das aus, und Rolf freute sich darüber. Er war stolz auf seinen schönen Besitz, der schon seit Jahrhunderten seiner Familie gehörte.

Mitten im Park, auf einer großen Wiese, war ein Tennisplatz angelegt. Buchen spendeten hier ihren Schatten auf allen Seiten. Es war ein idealer Spielplatz. Ein kleiner Pavillon stand daneben, in dem Geräte und leichte Korbmöbel aufbewahrt wurden.

»Hier wollen wir uns fleißig tummeln. Wenn Hans von Seltiz erst noch hier ist, sind wir zu vieren. Sie spielen doch Tennis?« fragte die Komteß Sanna.

Diese schüttelte den Kopf.

»Leider nicht.«

»Dann müssen Sie es lernen.«

»Oh, ich werde mich dabei sehr ungeschickt anstellen.«

»Das glaube ich nicht«, mischte sich Rolf in das Gespräch. »Wollen wir gleich einmal eine Probe abhalten?«

Er öffnete den Pavillon und holte zwei Raketts heraus. Das eine übergab er Sanna, nachdem er es prüfend in der Hand gewogen hatte. Dann gab er einige Bälle auf und zeigte ihr, wie sie spielen mußte.

Inzwischen hatte auch die Komteß ein Rakett ergriffen.

»Los, Rolf, wir wollen Fräulein von Glossow gleich eine Lektion geben. Morgen früh, wenn Rolf auf die Felder reiten muß, kommen Sie vielleicht wieder herübergefahren nach Gerlachsheim, Fräulein von Glossow – dann übe ich ein wenig mit ihnen.«

»Wollen Sie sich wirklich soviel Mühe mit mir machen, Komteß?«

»Mit Vergnügen. Aber wissen Sie was – unsere gegenseitige Anrede ist mir zu umständlich und zu steif. Auf dem Lande liebe ich die Ungezwungenheit, und da ich die ältere bin und einige Monate Ihnen voraus habe, ergreife ich die Initiative und bitte Sie, lassen Sie es sich gefallen, daß ich Sie Sanna nenne, und rufen Sie mich mit Lanie. Wollen Sie?«

»Ach, wie gern«, erwiderte Sanna und griff rasch nach der dargebotenen Hand.

»Famos, liebe Sanna. Nun sind wir uns menschlich nähergerückt und können uns alle Phrasen und steifen Anreden sparen.«

»Liebe Lanie, ich bin Ihnen sehr dankbar, daß Sie mich zu den Menschen rechnen wollen, mit denen Sie wenig Umstände machen.«

Die Komteß lachte. »Fordern Sie Ihr Schicksal nicht heraus. Aber ich weiß schon im voraus, wir werden noch sehr gute Freunde. Ich weiß immer sofort, ob ich jemand leiden mag oder nicht. Und Sie mag ich sehr leiden. Also jetzt geben Sie acht, Sanna, wir spielen ihnen etwas vor.«

Rolf und Lanie begannen nun ein kurzes Spiel und erklärten Sanna, was sie wissen mußte. Dann trat Rolf zurück.

»So, nun probieren Sie es einmal, gnädiges Fräulein.«

Sanna versuchte ihr Heil. Rolf blieb neben ihr stehen und gab ihr Winke. Sie zeigte sich sehr geschickt und begriff schnell. Die Lust an diesem Spiel lachte ihr aus den Augen; sie freute sich wie ein Kind, wenn sie einen Ball richtig placierte. Voll frohen Eifers beendete sie ein Spiel. Entschlossen nahm ihr Rolf das Rakett ab.

»Für heute genug! Sie müssen erst zweckmäßige Kleidung für dieses Spiel tragen. Lanie wird Ihnen genaue Auskunft geben und bei der Ausstattung helfen. Morgen vormittag können Sie dann mit Lanie üben. Eine blasse Ahnung haben Sie nun schon vom Tennisspiel.«

»Oh, es ging ganz leicht. Ich habe es mir viel, viel schwerer gedacht.«

Rolf und Lanie lachten. »Das denkt jeder Anfänger. Sie werden noch auf genug Schwierigkeiten stoßen«, versicherte die Komteß.

Dann gingen sie noch tiefer in den Park hinein, bis es Zeit war, wieder ins Haus zurückzukehren. Die Gräfin und Frau von Seltiz hatten sich angeregt unterhalten. Es hatte sich herausgestellt, daß sie gemeinsame Freunde hatten. Auch erzählte die Gräfin, daß sie den Sohn der Frau von Seltiz kennengelernt und daß er ihr sehr gefallen habe mit seinem männlichen, vornehm schlichten Wesen.

Frau von Seltiz sprach nur flüchtig von dem Verlust ihres zweiten Sohnes, der sie so hart getroffen hatte, und beide Damen vertrauten sich mancherlei an, was Frauen und Mütter schnell einander näherbringt, zumal wenn sie auf einen Ton gestimmt sind. Sie fanden viel Gleichartiges in ihren Ansichten vom Leben.

So waren die beiden Damen im schönsten Einverständnis, als die Jugend wieder zu ihnen zurückkehrte.

Frau von Seltiz und Sanna wollten nun die Heimfahrt antreten, aber Rolf protestierte eifrig.

»Erst nehmen wir noch den Tee zusammen, dann lasse ich Sie vielleicht fort. Vorher aber ganz sicher nicht, meine Damen«, sagte er entschieden.

So blieben sie nur zu gern bis nach einer behaglich verplauderten Teestunde in Gerlachsheim.

XVIII

Susanna von Glossow stand auf dem alten, kleinen Friedhof, der zwischen Gosserow und Glossow lag. Sie war allein hierhergegangen, wie sie es oft tat, um Blumen auf die letzte Ruhestätte ihrer Eltern zu legen.

Für die Freiherrn von Glossow war auf diesem Friedhof ein Erbbegräbnis angelegt in Form einer kleinen Kapelle, dessen Rückwand die alte Kirchhofsmauer bildete.

Vor diesem Gebäude hielt ein knieender Engel aus Sandstein Wache, der schon ziemlich verwittert war.

Mit liebender Hand hatte Sanna auch heute die Gruft geschmückt und ein stilles Gebet verrichtet. Nun stand sie, an den knienden Engel gelehnt, und schaute über die Reihen der

Gräber hin. Meist wölbten sich nur schlichte Hügel, mit Rasen oder Schlingpflanzen bewachsen, über den stillen Ruhestätten der Toten, und auf einem kleinen, schmucklosen Stein war der Name eingemeißelt. Nur selten erhob sich auf dem Grab eines reichen Bauern ein anspruchsvollerer Denkstein.

Sinnend ließ Sanna ihre Augen auf den Gräbern ruhen. Da lagen nun all die Toten in stiller Ruhe, nachdem wohl jeder von ihnen seinen Kampf geführt hatte mit dem Leben.

Wieviel Hoffen und Wünschen, wieviel Glück und Not – und wieviel Schuld und Sünde war mit ihnen eingegraben worden?

So jung und unerfahren Sanna auch noch war, wußte sie doch, daß selten ein Mensch den Lebensweg gehen kann, ohne zu irren und zu straucheln, ohne Schuld auf seine Seele zu laden. Und ihr trauriges Schicksal hatte sie gelehrt, milder und abgeklärter darüber zu denken, als es sonst junge Menschen tun. Das Beispiel ihrer Eltern hatte ihr gezeigt, daß es nicht immer schlechte Menschen sein mußten, die in Schuld verstrickt wurden.

Es war still und friedlich auf dem kleinen Friedhof. Außer ihr war kein Mensch zu sehen, denn die Bauern haben nur sonntags Zeit, ihre Toten zu besuchen. Die Sonne schien warm, und über den Kindergräbern spielten einige Schmetterlinge. Wie huschende Kinderseelchen gaukelten sie darüber hinweg und wiegten sich auf den blühenden Blumen.

Mit einem tiefen Atemzug richtete sich Sanna hoch und wandte sich zum Gehen. Ein Rosendorn hatte sich in ihrem weißen Kleid verfangen. Sie löste ihn sorglich, um den Strauch nicht zu beschädigen.

Als sie aus dem Friedhof trat, sah sie auf der Straße einen Wagen daherkommen. Sie blieb stehen, dicht neben einem großen wilden Rosenstrauch, der mit Blüten bedeckt war, und blickte dem Wagen forschend entgegen. Sie erkannte Rolf von Gerlachs Jagdwagen, der vom Bahnhof kam. Rolf hatte seinen Freund Hans abgeholt.

Sanna legte, die Augen beschattend, die Hand an die Stirn, um die beiden Herren sehen zu können.

Und so erblickte Hans von Seltiz Susanna von Glossow zum erstenmal.

Rolf hatte sie noch nicht bemerkt. Da legte Seltiz seine Hand auf des Freundes Arm.

»Wer ist die junge Dame, Rolf?«

Nun erblickte dieser ebenfalls die schlanke, weißgekleidete Frauengestalt neben dem blühenden Rosenbusch.

Sofort hielt er den Wagen an.

»Das ist Susanna von Glossow«, antwortete er leise.

»Ich dachte es mir – so hatte ich sie mir vorgestellt«, sagte Hans und grüßte, gleich dem Freund, zu der jungen Dame hinüber.

Rolf war ausgestiegen und trat mit freudigem Gesicht auf Sanna zu.

»Mein gnädiges Fräulein, bei Ihrem Anblick können wir nicht vorüberfahren, so eilig wir auch sind! Gestatten Sie mir, daß ich Ihnen meinen Freund Hans von Seltiz vorstelle.«

Dieser war gleichfalls ausgestiegen und herangetreten. Er verneigte sich vor der jungen Dame. Sanna streckte ihm mit lieblichem Lächeln die Hand entgegen.

»Wir dürfen uns nicht wie fremde Menschen begrüßen, Herr von Seltiz. Ich weiß so viel von Ihnen, durch Ihre Frau Mutter und durch Herrn von Gerlach. Und ich bin Ihnen wohl auch nicht mehr fremd.«

Seltiz zog ihre Hand an seine Lippen. Sein gebräuntes Antlitz mit den festen, ausdrucksvollen Zügen hellte sich wie in ehrlicher Freude auf.

»Herzlichen Dank für diese freundliche Begrüßung, gnädiges Fräulein. Meiner Mutter Briefe hatten in den letzten Monaten immer nur einen Hauptinhalt: Glossow und seine junge, liebenswürdige Herrin. Da kann von einem Fremdsein auch meinerseits keine Rede sein. Ich betrachte es als gutes Omen, daß mir Ihre persönliche Bekanntschaft schon unterwegs zuteil wird. Ich hatte meinen Freund Gerlach gebeten, in Glossow eine kurze Pause zu machen, damit ich Sie und meine Mutter begrüßen konnte.«

»Diesen Vorsatz müssen Sie, was Ihre Mutter betrifft, auch noch ausführen. Sie ist heute wie im Fieber vor Erwartung.«

Hans von Seltiz lächelte. »Das kann ich mir denken. Ich kenne doch meine Mama.«

»Und ich will die Herren deshalb keine Minute länger aufhalten. Fahren Sie schnell weiter, Ihre Frau Mutter zählt die Sekunden.«

»Wollen Sie nicht mit uns fahren?« fragte Rolf mit einem Blick, der diese Frage in eine Bitte verwandelte.

Sie schüttelte den Kopf. »Nein, ich danke Ihnen sehr, aber ich möchte zu Fuß durch den Wald zurückgehen.«

Sanna war jetzt nicht in der Stimmung zu plaudern. Wenn sie vom Grab ihrer Eltern kam, war ihr das Herz immer voll und schwer.

Rolf ahnte, daß Sanna in besonders ernster Stimmung war. Da sie anscheinend vom Friedhof kam, war ihm das erklärlich. Nie war bisher, seit jenem ersten Abend, zwischen ihnen ihrer Eltern Erwähnung getan worden. Wie auf Verabredung hatten sie es beide vermieden. Auch heute berührten sie dies Thema mit keinem Wort. Rolf drang nicht weiter in Sanna, sich ihnen anzuschließen. Er verabschiedete sich warm und herzlich, und Seltiz tat das gleiche.

»Auf Wiedersehen heute nachmittag in Glossow! Herr von Seltiz, Sie nehmen hoffentlich heute mit den Gerlachsheimer Herrschaften den Tee in Glossow«, lud Sanna freundlich ein.

Seltiz verneigte sich. »Mit großem Vergnügen, gnädiges Fräulein. Ich danke herzlichst für diese liebenswürdige Aufforderung.«

Gleich darauf fuhren die Herren rasch davon.

Sanna sah ihnen nach, ohne sich von ihrem Platz zu rühren, und ein zitternder Atemzug entstieg ihrer Brust. Hier, so nahe dem Grab ihrer Eltern, erschien ihr die Kluft, die sie für alle Zeit von Rolf von Gerlach trennte, doppelt breit und tief.

Seltiz sagte inzwischen zu seinem Freund in warmer, ehrlicher Bewunderung: »So reizend und liebenswürdig hatte ich mir, trotz der begeisterten Schilderung meiner Mutter, Sanna von Glossow nicht vorgestellt. Es war ein liebes Bild, wie sie neben dem wilden Rosenstrauch stand.«

Rolf hatte bei diesen Worten ein eigentümlich unruhiges Empfinden. Er sah Seltiz mit forschenden Augen an. »Du wirst ja ganz poetisch, Hans.«

Dieser seufzte und sah in Gedanken verloren vor sich hin. »Manchmal ist man besonders empfänglich für solche Stimmungen. Ich hätte ein Gedicht machen können auf das blühende Leben an der Ruhestelle der Toten.«

Ein tiefes Schweigen folgte diesen Worten. Die beiden Herren hingen eigenen Gedanken nach. Erst als sie vor dem Glossower Herrenhaus hielten, brach Rolf das Schweigen.

»Nun schnell, Hans, sag deiner Mutter guten Tag. Mehr als zehn Minuten kann ich dir jetzt nicht bewilligen, sonst kommen wir zu spät zum Essen nach Gerlachsheim. Du siehst deine Mutter heute nachmittag wieder. Ich steige nicht erst aus, um euer Wiedersehen nicht zu stören.«

Hans von Seltiz kletterte schnell aus dem Wagen. In demselben Augenblick eilte auch schon seine Mutter mit vor Freude gerötetem Antlitz aus dem Haus. Mutter und Sohn lagen sich glücklich lachend in den Armen.

»Mutterle – meine liebe alte Mama!«

»Junge, du mein lieber, einziger!«

Lächelnd sah Rolf dieser Begrüßung zu und fand es ganz in der Ordnung, daß Frau von Seltiz ihren Sohn ins Haus zog, ohne von ihm Notiz zu nehmen.

Ruhig wartend saß er im Wagen und blickte zuweilen den Weg zurück, als müsse Sanna dort auftauchen. Trotzdem er wußte, daß sie den längeren Weg durch den Wald gegangen war und noch nicht kommen konnte, war ihm, als müsse er sie noch sehen.

Es war nichts von Sanna zu sehen, nur Heerfurt kam nach Hause zurück, müde und bestaubt. Seit dem frühen Morgen war er bei der Heuernte unterwegs gewesen.

»Mahlzeit, Herr von Gerlach! Das ist ein Erntewetter, nicht wahr?«

Rolf nickte und reichte ihm die Hand.

»Es soll noch acht Tage so anhalten, dann haben wir keine Not um das Futter, Herr Verwalter.«

»Warum halten Sie hier? Gehen Sie nicht hinein?«

»Ich warte nur, bis Herr von Seltiz seine Mutter begrüßt hat. Da das gnädige Fräulein nicht zu Hause ist – ich traf sie am Friedhof – bin ich nicht erst hineingegangen. Ich glaube, Mutter und Sohn sind sich selbst genug.«

»Das glaube ich auch. Frau von Seltiz war schon gestern in fieberhafter Unruhe. So ein Mutterherz ist rührend. Und Frau von Seltiz überhaupt. Das ist eine Seele von Frau. Ich freue mich sehr, Herr von Gerlach, daß Sie diese vortreffliche Dame empfohlen haben.«

Indem kam Hans von Seltiz mit seiner Mutter wieder aus dem Haus.

Die alte Dame wurde rot wie ein junges Mädchen, als sie jetzt Rolf von Gerlach die Hand gab.

»Was müssen Sie von mir denken, daß ich vorhin so kopflos mit meinem Jungen davongelaufen bin, ohne Sie zu begrüßen!«

Rolf küßte ihr die Hand und lachte. »Das habe ich ganz in Ordnung gefunden, Frau von Seltiz. Wenn Hans auf der Bildfläche erscheint, muß mein Stern neben ihm erblassen. Aber nun entführe ich ihn sofort wieder. Wir werden zu Hause erwartet.«

»Ja, ja, darein muß ich mich fügen. Aber Sie kommen am Nachmittag wieder.«

»Und wir haben die Gewißheit, daß wir uns nahe sind, gelt, Mama?« sagte Hans.

Sie drückte ihm die Hand und sah ihn strahlend vor Mutterstolz an. »Ja, mein Junge. Auf Wiedersehen heute nachmittag.«

»Auf Wiedersehen. Und eine Empfehlung an Fräulein von Glossow.«

»Die richten Sie, bitte, auch von mir aus, gnädige Frau.«

»Gewiß, Herr von Gerlach. Und einen Gruß an die Frau Gräfin und die Komteß.«

Der Wagen fuhr davon.

Schweigend saßen die beiden jungen Herren wieder eine Weile nebeneinander. Gerlach sah den Freund einige Male forschend von der Seite an. Endlich fragte er:

»Was ist das mit dir, Hans? Du bist ernst und nachdenklich. Ganz verändert erscheinst du mir. Irre ich mich, oder hast du wirklich Sorgenfalten auf der Stirn und einen grübelnden Ausdruck in den Augen?«

Seltiz gab sich einen Ruck, als reiße er sich gewaltsam von seinen Gedanken los. Dann sagte er etwas unsicher:

»Wir zwei können uns so leicht nichts vormachen, Rolf. Aber du siehst wohl ein bißchen mehr, als wirklich vorhanden ist. Ein wenig verstimmt bin ich freilich, das gebe ich zu, und das hast du mir, ohne meinen Willen, angemerkt.«

»Und warum bist du verstimmt?«

Hans wich dem Blick des Freundes aus.

»Eigentlich dürfte ich es dir nicht sagen, aber da du nun leider etwas gemerkt hast, muß ich Farbe bekennen. Ich habe mich gefreut auf einige Wochen ungestörtes Beisammensein mit dir in Gerlachsheim, und als ich nun von dir hörte, daß deine Tante mit ihrer Tochter zu Besuch da ist, sah ich mich in dieser Hoffnung getäuscht. Das ist alles.«

Rolf machte ein sonderbares Gesicht. Er hatte allerdings die Rede auf Lanie bringen wollen, um vorschriftsmäßig zu »flunkern«. Nun sprach Hans selbst von den Damen – aber was er sagte, erschien Rolf recht ungünstig für Lanies verschwiegene Hoffnungen.

Oh, meine kleine Lanie, das sieht nicht so aus, als ob Hans das Interesse erwiderte, das du ihm entgegenbringst, da kann ich mir »das Flunkern« sparen. Es wird ihm mehr als gleichgültig sein, ob du reich oder arm bist. So dachte er. Und laut fuhr er fort:

»Ist dir die Gesellschaft meiner Tante und meiner Kusine unangenehm? Ich habe gehört, daß ihr euch kennengelernt habt.«

»Allerdings – diesen Winter. Du mußt mich auch nicht falsch verstehen, Rolf. Unangenehm ist mir die Gesellschaft der Damen selbstverständlich nicht. Nur hatte ich mich gefreut, daß ich dich allein haben würde, während du nun wohl deine meiste freie Zeit den Damen widmen mußt.«

Rolf dachte noch immer an Lanie. Wenn sie ahnte, daß ihre Anwesenheit für Hans nichts war als eine unangenehme Enttäuschung. Arme Lanie!

»Es tut mir leid, Hans, daß das für dich eine Enttäuschung ist. Ich glaubte im Gegenteil, es sollten recht frohe und vergnügte Wochen für uns alle werden. Meine Tante ist eine charmante Frau und meine Kusine ein frisches, lustiges Geschöpf.«

»Wahrscheinlich wird es den Damen auch nicht sehr angenehm sein, daß sie dich mit mir teilen müssen.«

»Im Gegenteil – Lanie freut sich sehr auf deine Ankunft.«

Seltiz sah dem Freund forschend ins Gesicht. »Glaubst du das wirklich?«

»Gewiß, sie hat es mir selbst gesagt. Und siehst du, es gibt eine so hübsche Runde, Tante und Lanie, deine Mutter und Sanna von Glossow und wir beide. Wir haben schon allerlei geplant und freuen uns auf gemeinsame Ausritte und Tennisspiel.«

Das Gesicht des Hans von Seltiz hellte sich auf. In seinen Augen lag sogar ein froher Schein.

»Natürlich wird es hübsch, lieber Rolf. Es ist ja Unsinn von mir, daß ich meiner augenblicklichen Enttäuschung Worte gab. Du weißt, manchmal ärgert einen ohne besonderen Grund die Fliege an der Wand. Jetzt ist das schon vorüber, und ich freue mich, daß ich bei dir bin. Auch daß ich meiner Mutter so nahe bin, ist herrlich. Und Fräulein von Glossow ist eine reizende junge Dame, auf deren nähere Bekanntschaft ich mich sehr freue.«

Arme Lanie, dachte Rolf zum drittenmal, du bist ihm nicht mehr als die besagte Fliege an der Wand. Und Fräulein von Glossow interessiert ihn anscheinend bedeutend mehr.

Und dabei war ihm selbst recht unbehaglich zumute. Seit Hans von Seltiz in so bewundernden Worten von Sanna gesprochen hatte und fast poetisch geworden war, als er sie neben dem wilden Rosenstrauch erblickt hatte, war etwas wie leises Unbehagen in seiner Brust. Er wollte dies Gefühl freilich ignorieren und suchte sich wieder in die frohe Stimmung zu steigern, mit der er den Freund am Bahnhof begrüßt hatte, aber ein leichter Mißklang war zwischen den beiden Freunden zum erstenmal, seit sie sich kannten. Und gerade, weil sie beide etwas voreinander zu verbergen hatten und sich bemühten, unbefangen zu scheinen, fühlten sie sich im Innern um so mehr beengt.

Das hielt aber nicht lange an. Als sie sich erst einmal wieder offen und ehrlich in die Augen schauten, verschwand der wesenlose Schatten zwischen ihnen, aber Rolf hatte die Gelegenheit, von Lanies Angelegenheit zu sprechen, verpaßt.

In Gerlachsheim wurden die Freunde von Gräfin Landa und ihrer Tochter erwartet. Die Damen saßen auf der Veranda, als der Wagen vorfuhr.

Seltiz begrüßte die Gräfin mit einem ehrerbietigen Handkuß. Als er die Komteß begrüßte, lag eine leichte Unsicherheit in seinen Augen. Er vermied es, sie anzusehen. Das fiel ihr gleich auf.

Als er sich dann bei Tisch fast nur mit ihrer Mutter beschäftigte und wenige förmliche Worte mit ihr selbst wechselte, blickte sie wie fragend zu Rolf hinüber. Dieser wich jedoch sichtlich ihrem fragenden Blick aus. Da spielte ein bitteres Lächeln um den Mund der Komteß.

Sie deutete die Haltung der Freunde auf ihre Weise.

Rolf hat Seltiz gesagt, daß ich arm bin – und der kluge Mann markiert deutlich Zurückhaltung. Er ist also auch nur einer von den vielen, die jedes Mädchen auf ihren Geldwert prüfen. Nun also – legen wir ihn zu den übrigen.

So dachte sie bei sich, und ihr Stolz half ihr, Haltung zu bewahren und sich nichts anmerken zu lassen. Aber diese neue Erfahrung tat viel weher als alle anderen vorher.

Sie steigerte sich in einen gewissen Trotz und behandelte Seltiz von jetzt ab in derselben leicht spöttischen Art, die sie für alle jungen Herren bereit hatte.

Sie zeigte sich ihm durchaus nicht mehr in der liebenswerten, offenen Art, die sie im Winter während ihres Beisammenseins für ihn hatte. Und in übermütiger Art scherzte und lachte sie mit Rolf. Daß sie diesen einen Blick in ihr Herz hatte tun lassen, bereute sie sehr, und sie schämte sich dessen. Rolf wußte es ihr jedoch leicht zu machen. Mit großer Zartheit suchte er sich den Anschein zu geben, als habe er das alles vergessen, und er half ihr über die erste schmerzliche Enttäuschung nach Kräften fort. Beide gingen damit einen Irrweg, der ihnen nur Schmerzen bringen konnte.

XIX

Über eine Woche war nun schon vergangen, seit Hans von Seltiz in Gerlachsheim weilte. Zwischen Glossow und Gerlachsheim bestand ein reger Verkehr. Man traf täglich zusammen, abwechselnd hüben und drüben. Auch viele Ausflüge wurden gemacht, zu Pferd, mit Autos und zu Fuß. Auch nach Gosserow wurden Ausflüge unternommen. Die jungen Herrschaften besuchten fleißig die Bäder, machten Ruder- und Segelfahrten oder saßen am Strand, der jetzt sehr belebt war.

Dann besuchte man auch einen Sommernachtsball, nachdem man im Gartensaal von Gerlachsheim eine Tanzprobe abgehalten hatte, weil Sanna fürchtete, nicht tanzen zu können.

Es ging jedoch ganz vorzüglich. Die Komteß behauptete lachend, jedes weibliche Wesen käme schon als komplette Tänzerin auf die Welt.

Sanna war diese Veranstaltung etwas Neues und Entzükkendes. Sie tanzte mit so kindlicher Freude an den rhythmischen Bewegungen, daß die beiden Herren sie abwechselnd zu jedem Tanz führten. Sie wurde nicht müde.

»Mir ist, als hätte ich Flügel bekommen, Tanzen ist eine herrliche Sache«, rief sie übermütig.

So oft die jungen Menschen zusammenkamen, hielt sich Hans von Seltiz hauptsächlich an Sannas Seite. Er machte ihr zwar in keiner Weise den Hof, aber er suchte entschieden ihre Gesellschaft, und das war, als bewerbe er sich um ihre Gunst.

Sicher brachten sich Sanna und Hans von Seltiz herzliche Sympathie entgegen, sie hatten sich schnell befreundet und fanden Gefallen an der gegenseitigen Unterhaltung. Das entging weder Rolf noch Lanie. In beider Herzen wuchsen die schmerzlichen Gefühle. Die Komteß suchte vor sich selbst darüber zu spotten und dachte:

Seltiz weiß sehr wohl, daß Sanna von Glossow eine reiche Erbin ist, und dies Bewußtsein zieht ihn an ihre Seite. Es ist nichts als der ewige Tanz um das goldene Kalb und Sanna tut mir leid, wenn sie sich dadurch beeinflussen läßt und glaubt, geliebt zu werden.

Und Rolf von Gerlach lernte zum erstenmal in seinem Leben die Qualen der Eifersucht kennen. So sehr er sich auch dagegen zur Wehr setzte – es half ihm nichts, er fühlte die brennendste, schmerzlichste Eifersucht.

So rechten Genuß hatte von dem häufigen Beisammensein der vier Menschen nur Sanna von Glossow. Sie kostete jede Minute dieses neuen frohen Lebens mit Inbrunst aus und gab sich dem seltenen Genuß mit Freude hin.

Aber auch ihre Glückseligkeit sollte bald ein Schatten trüben, der sie quälte. Sie merkte, daß Rolf nicht mehr so herzlich zu ihr sprach wie sonst.

Als sie von einem Ausflug nach Glossow zurückkehrten, fanden sie die Gräfin bei Frau von Seltiz. Die beiden Damen erwarteten die jungen Leute zum Tee.

Komteß Lanie zeigte sich ausgelassen lustig und trieb allerlei Torheiten, während man um den Teetisch saß. Schließlich sagte sie mit einem mokanten Lächeln:

»Wissen Sie, Herr von Seltiz, daß Sie sich seit dem Winter sehr verändert haben?«

Er wandte ihr sein Gesicht zu, das leicht erblaßte, und heftete seine Augen mit ernstem Ausdruck in die ihren, die spöttisch funkelten.

Dann erwiderte er:

»Es tut mir leid, daß Sie Ihre Meinung über mich korrigieren mußten. Ich glaube jedoch kaum, daß ich mich verändert habe. Vielleicht sehen Sie mich jetzt bei näherer Bekanntschaft mit kritischen Augen an. Bitte, begründen Sie Ihre Ansicht.«

Sie zuckte mit den Schultern. »Muß man denn alles begründen? Wenn ich nun behauptete, daß Sie sich zu Ihrem Nachteil verändert haben?«

Seine Augen ließen nicht von ihr. Sein ruhiger Blick wandte sich nicht zur Seite. »Dann werde ich Ihnen sagen, daß Sie sich früher eben eine zu gute Meinung von mir gebildet haben, oder jetzt eine zu schlechte. Wie ich schon sagte, bin ich seither weder besser noch schlechter geworden. Wahrscheinlich haben Sie mich damals nur flüchtig beachtet. Bei kurzer Bekanntschaft irrt man sich zuweilen in der Beurteilung eines Menschen. Auch ich finde Sie verändert, Komteß!«

»Zu meinem Nachteil natürlich, mir fehlt jetzt sozusagen der Heiligenschein«, spottete sie.

»Aber Lanie, einen Heiligenschein habe ich glücklicherweise noch niemals bei dir entdeckt«, scherzte Rolf ablenkend.

»Natürlich nicht, Rolf, du hast mich immer zu genau gekannt. Aber du hast Herrn von Seltiz das Wort abgeschnitten. Ich möchte doch gern hören, ob ich recht habe, ob ich mich sehr zu meinem Nachteil verändert habe.«

Hans sah sie mit einem Blick an, der ihr das Blut ins Gesicht trieb.

»Wie könnte ich mir erlauben, eine solche Ansicht auszusprechen, Komteß. Echte Damen verändern sich niemals zu ihrem Nachteil.«

»Ach, sagen Sie lieber, Herren sind nicht ehrlich genug, den Damen so etwas zu sagen.«

Er fühlte, daß eine verhaltene Gereiztheit in ihren Worten lag und zwang sich, ruhig zu bleiben.

»Eine Dame darf einem Herrn ungestraft mancherlei sagen, was umgekehrt eine Ungezogenheit wäre. Aber, um Ihre Frage von vorhin ehrlich zu beantworten, braucht es bei mir keiner höflichen Winkelzüge. Sie haben sich nicht zu Ihrem Nachteil verändert. Wenn ich Ihnen zu meinem Nachteil verändert erscheine, so sagen Sie mir, bitte, was ich tun kann, um das zu ändern.«

Die Komteß wich seinem ernsten Blick aus und lehnte sich in ihren Sessel zurück. »Ach – seien Sie nicht so gründlich, Herr von Seltiz. Ich bin zuweilen ein greuliches Geschöpf und schwatze allerlei Unsinn. Unterhalten Sie sich lieber mit Sanna, da haben Sie mehr Vergnügen davon. Sie ist immer sanft und gut!«

»Verketzern Sie sich nicht selbst, Lanie«, erwiderte Sanna lachend, ahnungslos, wie es in dem Herzen der Komteß aussah. »Oder wollen Sie sich über meine gesellschaftliche Unbeholfenheit lustig machen?«

Melanie von Landa sah sie eine Weile mit seltsamem Blick an. Dann atmete sie tief auf, küßte Sanna auf die Wange und sagte leise, mit fast traurigem Ernst:

»Ach, Sanna, wie viel besser sind Sie als ich, wie ruhig und ausgeglichen. Sie verdienen es, von allen Menschen geliebt zu werden – um Ihrer selbst willen.«

Rolf von Gerlach sprang auf und strich sich über die Stirn, als sei ihm zu heiß.

»Ich denke, wir müssen aufbrechen.«

»Jetzt schon?« fragte Sanna betrübt.

Aber auch Lanie war für den Aufbruch, nur Hans von Seltiz zögerte, weil er dem bittenden Blick seiner Mutter begegnete.

»Wenn Sie gestatten, Herrschaften, dann bleibe ich noch bei meiner Mutter. Ich komme dann nach und bin zum Abendessen bestimmt in Gerlachsheim.«

Rolf und Lanie gestatteten das selbstverständlich, aber sie dachten beide: Er bleibt nur wegen Sanna.

Hastig verabschiedeten sie sich und traten allein den Heimweg an, den sie schweigend und in Gedanken versunken zurücklegten.

Hans von Seltiz plauderte ungestört mit seiner Mutter. Sanna hatte sich zurückgezogen, um nicht zu stören.

Frau von Seltiz sah ihrem Sohn prüfend und sorgend in die Augen. Darin sah sie jetzt zuweilen einen Ausdruck, den sie früher nicht wahrgenommen hatte. Sie machte sich ihre Gedanken darüber, aber sie sagte nichts, denn sie wußte, daß er mit seinen Sorgen zu ihr kommen würde, wenn er das, was ihn beschäftigte und so veränderte, in Worte fassen konnte.

XX

Wieder war reichlich eine Woche vergangen, ohne daß sich scheinbar etwas verändert hatte im Verkehr der jungen Menschen. Sie hatten sich alle gut in der Gewalt. Nur Komteß Lanie zeigte sich zuweilen etwas gereizt, lenkte aber stets schnell wieder ein und scherzte über sich selbst.

Rolf von Gerlach glaubte nun bestimmt, daß Hans von Seltiz Sanna liebte. Zu auffällig suchte er stets ihre Gesellschaft, während er Lanie auszuweichen suchte. Da auch Sanna sehr lieb und freundlich zu Hans war, während sie sich in Rolfs Gesellschaft sichtlich zurückhaltend zeigte, nahm Rolf mit schmerzlichen Gefühlen an, daß auch Sanna ihr Herz dem Freund zugewandt habe.

Und wenn Rolf sich bisher nicht hatte klarmachen wollen, daß er Sanna liebte, jetzt wußte er es, und er sagte sich bekümmert, daß er Sanna nie ruhig an der Seite eines anderen Mannes würde sehen können. Er konnte sich jetzt, besser denn je, in Justus von Glossows Lage versetzen und verstehen, daß dieser in seiner Eifersucht auf den Nebenbuhler geschossen hatte. War ihm doch oft zumute, als müsse er Hans hassen, als müsse er zwischen ihn und Sanna treten mit einer törichten, unerhörten Tat. Und Hans war sein liebster, bester Freund, dem er neidlos alles Gute gegönnt hätte – nur Sanna nicht. Darüber war Rolf sich jetzt klar.

In seinem schmerzlichen Empfinden fand er auch Verständnis für Lanies Wesen. Er fühlte, daß auch sie schwere Kämpfe mit sich ausfocht und daß sie deshalb sprunghaft und gereizt war. Wie ein treuer, guter Bruder umsorgte er sie mit zarter Aufmerksamkeit und half ihr, wo er konnte.

Eines Morgens ritten die beiden Freunde allein auf die Felder hinaus. Die Damen schliefen noch. Am nächsten Abend sollte ein Fest in Gerlachsheim stattfinden, zu dem die Familien in der Nachbarschaft, auch der Landrat mit seiner Gemahlin und einige Bekannte mit ihren Damen, die sich als Badegäste in Gosserow aufhielten, gebeten waren. Natürlich waren auch Frau von Seltiz und Sanna von Glossow eingeladen. Hauptsächlich, um Sanna eine Freude zu machen und um sie in unverfänglicher Weise gewissermaßen in die heimatliche Gesellschaft einzuführen, dann aber auch, um Lanie eine Zerstreuung zu bieten, hatte Rolf dies Fest seit Wochen schon geplant.

Schweigend ritten die Freunde nebeneinander durch den taufrischen Wald. In der Nacht hatte es ein leichtes Gewitter gegeben, und Busch und Baum glänzten in der Morgensonne im frischesten Grün.

Endlich sagte Seltiz, ernst in das Gesicht des Freundes blikkend: »Lieber Rolf, zwischen uns ist irgend etwas emporgewachsen, das für mich nicht zu fassen und zu greifen ist und das doch wie eine unsichtbare Mauer zwischen uns steht. Wir sind selten allein und ungestört, daß ich das bisher nicht zur Sprache bringen konnte. Aber heute will ich mir die Gelegenheit nicht entgehen lassen, Klarheit zwischen uns zu schaffen. Sag mir, lieber Freund, was ist es, das unser altes offenes Vertrauen untergräbt und uns nicht mehr mit der alten Ehrlichkeit und Selbstverständlichkeit darüber sprechen läßt, wenn wir etwas gegeneinander haben.«

Rolf schob die Reitmütze aus der Stirn, als sei ihm zu heiß. »Laß, Hans! Bitte, achte nicht auf mich, wenn ich dir seltsam erscheine.«

»Und damit willst du mich abfinden? Sag ehrlich, Rolf, habe ich dir etwas zuleide getan?«

Es stieg warm in Rolfs Herzen auf, als er jetzt in die ehrlichen Augen des Freundes sah. Schnell und impulsiv reichte er ihm die Hand.

»Du sollst nicht umsonst an meine Ehrlichkeit appellieren, Hans. Hast recht, es ist unserer Freundschaft unwürdig, Versteck miteinander zu spielen. Sei nicht böse, daß ich mich hinter nichtigen Ausflüchten verschanzte. Also ja – du hast mir etwas zuleide getan, aber ganz ohne dein Verschulden. Du konntest ja nicht wissen, was ich mir nicht einmal selbst eingestand, daß ich Sanna von Glossow liebe. Ehe du hierherkamst, schien auch sie mir geneigt. Aber damals erwog ich noch kleinlich und bedenklich, ob mich wohl das Schicksal ihrer Eltern hindern würde, meinen Namen mit dem ihren zu verbinden. Ich war mir auch selbst noch nicht ganz klar über meine Gefühle. Das ist erst jetzt gekommen, in meiner Angst, sie zu verlieren. Wie kleinlich und töricht erscheinen mir jetzt alle Bedenken! Aber nun ist es zu spät. Das Schicksal hat gegen mich entschieden. Ich weiß, du liebst Sanna von Glossow, habe es geahnt von der Stunde an, da du sie neben dem blühenden Rosenbusch zuerst gesehen hast. Und seit du hier bist, ist auch sie anders zu mir geworden, während sie dir sehr freundlich begegnet. Ich warte nun jeden Tag mit schmerzlich nervöser Spannung, daß du mir sagen wirst: ›Ich habe mich mit Sanna von Glossow verlobt‹, und das macht mich dir gegenüber unfrei. So, lieber Hans – nun weißt du, was ohne unser Verschulden zwischen uns steht. Und wenn du mir eine Wohltat erweisen willst – mache es kurz. Ende diese Pein und frage Sanna, ob sie dir ihr Jawort gibt. Denn in allem Schmerz habe ich zuweilen noch ein Hoffnungsfünkchen – nimm mir das nicht übel. Für wen sie sich auch entscheidet – es soll nichts zwischen uns treten. Nur dieser schrecklichen Ungewißheit mach ein Ende. Die ist unerträglicher als die schlimmste Gewißheit.«

Aufatmend schwieg Rolf nach diesen Worten.

Hans von Seltiz faßte nach dem Zügel von Rolfs Pferd und hielt auch das seine an. In seinem Gesicht zuckte es wunderlich.

Befreit rief er aus:

»Rolf – mein lieber, alter Rolf! Das also war es! Nun, gottlob das hat das Schicksal nicht gewollt, daß ich dir solchen Schmerz antun muß. Du befindest dich in einem großen Irrtum, ich liebe Sanna von Glossow nicht, und sie hegt ganz bestimmt auch keine wärmeren Gefühle für mich als eine herzliche Freundschaft.«

Mit einem Ruck richtete sich Rolf im Sattel aufrecht empor und umfaßte mit jähem Druck die Freundeshand.

»Ist das die Wahrheit, Hans? Oder willst du mir nur großmütig einen Schmerz ersparen?«

Hans schüttelte den Kopf.

»Nein, mein lieber Rolf, wenn ich Sanna von Glossow liebte – soviel Großmut könnte ich kaum aufbringen, so lieb du mir auch bist. Aber, um dich ganz zu beruhigen und um dir Vertrauen mit Vertrauen zu vergelten, will ich dir sagen, warum ich Fräulein von Glossows Gesellschaft suchte. Aber erst gib mir dein Ehrenwort, daß kein Wort von dem über deine Lippen kommen wird, was ich dir anvertrauen werde.«

Rolf sah ihn mit brennenden Blicken an. Seine Augen bekamen vor Erregung einen feuchten Schein.

»Sprich, Hans, du hast mein Ehrenwort!«

Seltiz strich sich über die Stirn. Dann sagte er mit vor Erregung heiserer Stimme:

»Ich liebe deine Kusine, Komteß Lanie, Rolf. Seit ich sie diesen Winter kennengelernt habe, hat sich ihr Bild in mein Herz eingegraben. So schnell und gewaltig kam dies Gefühl über mich, daß ich mich nicht wehren konnte. Zu spät hörte ich durch Zufall, daß die Komteß sehr reich ist. Man sagte mir, sie sähe in jedem Bewerber einen Mitgiftjäger, was mir allerdings bei ihrer so liebenswerten Persönlichkeit unverständlich ist. Ich hörte ja aber auch in diesen Tagen, wie verächtlich ihr Männer erscheinen, die sich um eine reiche Frau bewerben. Wie sollte ich da den Mut finden, ihr meine Liebe zu zeigen? Was habe ich ihr denn zu bieten? Und wenn sie eine Werbung von mir spöttisch abtun würde – das ertrüge ich nicht. Ich hatte mir vorgenommen, ihr nie wieder zu begegnen. Deshalb war ich so erschrocken und niedergedrückt, als ich von dir hörte, daß sie in Gerlachsheim sei. Ich sah eine Zeit heimlicher schwerer Kämpfe vor mir. Was kann ich der reichen, verwöhnten Komteß bieten? Am liebsten wäre ich gleich wieder abgereist. Der Stolz der Armut ist ein widerborstiger Geselle. Aber ich mußte bleiben, um kein Aufsehen zu erregen und meine Mutter nicht zu beunruhigen. Und so habe ich mich, wo es nur irgend anging, an Fräulein von Glossows Seite gehalten, nicht nur, um meine Ruhe zu bewahren, sondern auch, weil mich Komteß Lanies übermütig spöttische Ausfälle oft bis an die Grenze des Erträglichen reizten. Sie mag den Männern gegenüber diesen Ton für gut halten und vielleicht verdienen ihn viele nicht besser, aber wenn man von ganzem Herzen liebt, tut das doppelt weh. Mein einziger Trost ist, daß sie nicht weiß, wie es in mir aussieht. So, Rolf, nun ist wenigstens zwischen uns alles klar. Und das ist die Hauptsache, ich möchte nicht auch noch dich verlieren.«

Rolf von Gerlach atmete tief auf und auf seinem Gesicht lag ein frohes Lächeln.

»Lieber Hans – wir können uns ausstellen und für Geld sehen lassen – alle beide! Als die größten Trottel der Welt. Jawohl – du auch, du brauchst nicht zu widersprechen. Weiter kann ich dir jetzt leider nichts sagen, weil mir durch mein Ehrenwort die Zunge gebunden ist. Aber ich werde dir in Bälde den Beweis liefern, daß du sehr töricht bist. Jetzt komm heim, mein alter, lieber Hans. Wenn du wüßtest, wie leicht mir nun ums Herz ist.«

In alter Eintracht ritten sie weiter. Rolf hätte gar zu gern Verrat an Lanie geübt und berichtet, warum diese ihm als armes Mädchen erscheinen wollte, wie er vor seiner Ankunft mit Lanie abgesprochen hatte. Aber das durfte er nicht, weil er Lanie versprochen hatte, zu schweigen. Er mußte sich sein Wort zurückgeben lassen, entweder von Hans oder von Lanie, und ihnen dann helfen, sich zu finden.

So klar lag für ihn nun zutage, wie sich Lanie und Hans im Herzen gegenüberstanden. Er wünschte sehnlichst, daß auch zwischen ihm und Sanna ein offenes Wort genügte, um alle Hindernisse zwischen ihm und der Geliebten zu beseitigen. So einfach lag seine Angelegenheit nun freilich nicht, aber von seinem Herzen war doch der dumpfe, quälende Druck der Eifersucht genommen.

Als die beiden Freunde nach Hause kamen, hörten sie von der Gräfin, daß die Komteß gleich nach dem Frühstück ausgeritten war.

»Allein?« fragte Rolf.

»Ja, ganz allein.«

»Weißt du, welchen Weg sie geritten ist, liebste Tante?«

Die Gräfin legte die Hand an die Stirn, wie sich besinnend.

»Ja, sie sprach davon. Erst wollte sie an den Strand reiten und dann über die Trollschlucht nach Glossow, um Fräulein von Glossow zu besuchen.«

»Über die Trollschlucht?« fragte Hans erschrocken, und sein frisches Gesicht verfärbte sich.

»So sagte Melanie. Sie meinte, sie wollte heute einen Weg

reiten, der sie schon lange gereizt hätte.«

»Doch nicht den Steilweg?« rief Seltiz außer sich.

Nun wurde auch die Gräfin unruhig.

»Das weiß ich nicht. Aber weshalb erschrecken Sie so, meine Herren?«

»Weil das ein sehr gefährlicher Weg ist, liebe Tante, den ich Lanie streng verboten habe«, antwortete Rolf beunruhigt.

»Wann ist die Komteß fort?« fragte Seltiz hastig.

»Vor einer Viertelstunde etwa.«

Seltiz pfiff dem Reitknecht, der die Pferde fortführen wollte, und gebot ihm, sein Pferd zurückzubringen.

»Ich eile der Komteße nach, so schnell ich kann. Du hast jetzt zu tun, Rolf, und kannst nicht fort. Ich reite quer durch den Wald direkt nach der Trollschlucht und komme ihr hoffentlich zuvor, ehe sie dieselbe erreicht.«

Die Gräfin war sehr erschrocken.

»Mein Gott, ich habe keine Ahnung gehabt, daß es sich um einen gefährlichen Weg handelt. Und Lanie schien mir ohnedies heute nervös. Ach, lieber Herr von Seltiz – bitte, eilen Sie, ich bin Ihnen so dankbar, daß Sie sich die Mühe machen wollen.«

»Das ist doch selbstverständlich, Frau Gräfin. Seien Sie unbesorgt, wenn Komteß Lanie erst nach dem Strand geritten ist und keinen größeren Vorsprung hat, hole ich sie ein.«

Damit schwang sich Seltiz eiligst auf sein Pferd.

»Leiden Sie nicht, daß sie den gefährlichen Weg reitet!« rief ihm die Gräfin nach.

»Auf keinen Fall!« rief Seltiz und jagte davon.

Rolf hatte keinen Versuch gemacht, ihn zu halten oder an seiner Stelle zu reiten. Er suchte nun die Gräfin zu beruhigen, obwohl er selbst in großer Sorge war. Schon oft hatte Lanie diesen Weg reiten wollen, aber er hatte es ihr stets untersagt und ihr erklärt, daß man im Damensattel unmöglich da hinunterreiten könne.

Nun wollte der Trotzkopf anscheinend doch dies Wagnis

ausführen, ein Wagnis, das ihr keinesfalls gelingen würde, das wußte er nur zu gut. Er wußte aber auch, daß Seltiz jetzt auf Tod und Leben auf die Trollschlucht zujagen und sicher eher dort sein würde als Lanie.

So suchte er die Gräfin zu beruhigen und sich selbst Mut einzuflößen.

Komteß Lanie war langsam durch den Wald bis ans Meer geritten und ließ nun das Pferd im Schritt auf dem glatten Sand dahinschreiten. Es eilte ihr nicht, ihr Ziel zu erreichen. Sie hatte sich von Gerlachsheim entfernt, weil sie in einer trostlosen Stimmung war, die ihr die Tränen in die Augen trieb, sobald jemand mit ihr sprach. Und sie fürchtete sich, Hans von Seltiz in dieser Stimmung zu begegnen. Trotzdem sie sich ihm gegenüber in einen spöttischen Trotz steigerte und ihn abtun wollte, fühlte sie von Tag zu Tag stärker, wie lieb sie ihn hatte. Und sie litt unsagbar unter seiner vermeintlichen Gleichgültigkeit und unter der Gewißheit, daß er sich um Sanna von Glossow bewarb. Es half ihr nichts, daß sie sich hinter ihrem Stolz verschanzte und sich einreden wollte, er sei ihr gleichgültig und verächtlich.

Nachdem sie am Strand bis zu der Stelle gekommen war, wo sie hinter den Dünen die Trollschlucht wußte, lenkte sie quer über den Strand nach den Dünen hinüber. Langsam schritt das Pferd über die Dünen nach der Trollschlucht, und nun wollte Lanie den schmalen Pfad hinaufreiten, der an der berüchtigten Schlucht emporführte und an dem gefährlichen Steilweg endete. Kurz bevor sie diesen Weg erreicht hatte, kam plötzlich zwischen den Bäumen hervor Hans von Seltiz durch den Wald geritten und parierte sein Pferd dicht vor ihr. Sein Gaul war mit Schaumflocken bedeckt, und in seinem Gesicht zuckte es wie Wetterleuchten. Aber er zeigte es nicht, wie glücklich er war, daß er sie noch heil und gesund vor sich sah und ihr anscheinend noch im letzten Augenblick den gefährlichen Weg abgeschnitten hatte.

»Guten Morgen, Komteß Lanie!« stieß er ziemlich atemlos hervor.

Sie war zusammengezuckt bei seinem Anblick, und jähe Glut sieg in ihr Antlitz.

»Guten Morgen, Herr von Seltiz! Wie kommen Sie hierher? Ich denke, Sie sind mit Rolf auf die Felder geritten.«

»Ganz recht. Aber als wir heimkamen, sagte uns Ihre Frau Mama, daß Sie die Absicht ausgesprochen hätten, über die Trollschlucht zu reiten. Rolf hatte nicht Zeit – und da bin ich hierher geeilt, um Sie von diesem Vorhaben abzuhalten. Gottlob komme ich noch zur rechten Zeit. Sie wissen, wie gefährlich der Weg ist. Schon dieser schmale Pfad aufwärts ist ein Wagnis, zumal für eine Dame. Das Pferd darf nur den kleinsten Fehltritt machen, dann stürzen Sie samt dem Pferd in die Schlucht hinab. Ganz sicher kommen Sie aber den Steilweg nicht hinunter im Damensattel. Das hat Ihnen ausdrücklich Rolf schon erklärt.«

Er hatte erregt gesprochen und vermochte sich ihrer spöttischen Miene gegenüber nur schwer zu bezwingen.

Die Komteß preßte im Trotz die Lippen fest aufeinander. Was ging es Seltiz an, wenn sie sich zu Tode stürzte? So wenig lag ihr jetzt in ihrem tiefen Leid noch am Leben. Sie hätte ihm das am liebsten laut ins Gesicht schreien mögen. Und doch fürchtete sie jeden Augenblick, daß ihr die Tränen kommen würden.

»Sie müssen mich für eine sehr schlechte Reiterin halten, Herr von Seltiz. Sie und Rolf sind diesen Weg schon oft geritten. Ich bilde mir ein, eine ganz passable Reiterin zu sein und bin meines Pferdes sicher«, sagte sie so ruhig sie konnte.

»Das bezweifle ich nicht, Komteß. Aber hier nützt Ihnen alle Sicherheit nichts. Selbst wenn Sie, was ich für möglich halte, ohne Unfall hinaufkommen würden, den Steilweg hinab kommen Sie im Damensattel unmöglich, ohne sich mit dem Pferd zu überschlagen.«

Seltiz sah blaß und erregt aus. Die Komteß zuckte indes nur spöttisch mit den Schultern.

»Ich werde dennoch diesen Weg reiten, wie ich es mir fest vorgenommen habe.«

»Und ich werde es nicht dulden – selbst gegen Ihren Willen werde ich Sie hindern«, sagte er mit fester, metallisch klingender Stimme, und sah sie finster an, die Zähne fest zusammenbeißend.

Da lachte sie trotzig auf.

»Das werden wir sehen!« rief sie laut, und ehe er wußte, was sie wollte, war sie an ihm vorbeigejagt und hatte den gefährlichen Weg beschritten.

Als er sich von seiner Überraschung erholt hatte, war sie schon ein gutes Stück emporgeritten.

»Adieu, Herr von Seltiz!« rief sie ihm von oben zu.

Er war außer sich vor Angst und Zorn. Aber folgen konnte er ihr nicht. Auf diesem schmalen Weg, wo knapp ein Pferd schreiten konnte, war es unmöglich, sie einzuholen und festzuhalten. Es hätte das Pferd nur beunruhigt und damit die Katastrophe beschleunigt.

Aber er war nicht der Mann, tatenlos zuzusehen bei diesem Wagnis einer Dame – zumal einer Dame, die er mit der ganzen Inbrunst seines Herzens liebte. Blitzschnell kam ihm der Gedanke, daß er auf jeden Fall und um jeden Preis ihren Abstieg über den Steilweg verhindern müsse. Und ohne sich lange zu besinnen, jagte er, wie der Wind, quer durch das Unterholz unterhalb des Abhanges dahin, ohne auf das dornige Gestrüpp zu achten, bis zu dem von oben herabführenden Steilweg. Dort sprang er mit einem Satz aus dem Sattel, überließ das Pferd sich selbst und kletterte in wilder Eile den Steilweg empor.

Die Komteß hatte langsamer reiten müssen, hatte auch einige Augenblicke angehalten, um den herrlichen Ausblick zu genießen. So kam ihr Seltiz zuvor. Gerade, als sie bis an den Steilweg herangekommen war, stand er plötzlich wie aus dem Boden gewachsen vor ihr. Wie eine Mauer stand er da und faßte mit einem tiefen, erlösten Atemzug ihrem Pferd in die Zügel.

Sie war sehr erschrocken, weil sie nicht vermutet hatte, daß er ihr auf diese Weise den Weg abschneiden würde.

»Was soll das? Bitte, geben Sie den Weg frei!« forderte sie erregt und warf stolz den Kopf zurück.

»Nein!« rief er entschlossen. Und dies Nein durchschnitt die Luft wie ein Messer, so hart und scharf klang es.

»Ich will hier hinunter«, trotzte sie.

»Da müßten Sie mich schon erst zu Boden reiten, Komteß«, erwiderte er, ruhiger geworden.

»Das ist unerhört. Was erlauben Sie sich, Herr von Seltiz?«

Er stand wie eine Mauer und rührte sich nicht.

»Bitte, steigen Sie ab«, sagte er im ruhigen Ton, als sei das die selbstverständlichste Sache von der Welt.

Dunkle Röte stieg in ihr Gesicht. Ihre Augen funkelten zornig. »Nein, ich will hier hinunterreiten, nun erst recht.«

Sein Gesicht war bleich, aber kein Muskel zuckte darin.

»Solange ich es hindern kann, sicher nicht, Komteß.«

In ihren Augen glühte es düster, so daß sie fast schwarz erschienen. »Und wenn auch – was geht es Sie an, ob ich mich hier zu Tode stürze? Das ist ganz allein meine Sache.«

»Nein, in diesem Fall ist das auch meine Sache. Ich werde Sie hindern, ein so unsinniges Vorhaben auszuführen.«

»Mit welchem Recht?«

Er sah sie an – mit einem Blick, der ihr bis in die tiefste Seele drang.

»Mit welchem Recht?« fragte er mit seltsamer Stimme. »Nun – ich könnte Ihnen sagen, daß mich Ihre Frau Mutter beauftragt hat, Sie von diesem Wagnis zurückzuhalten. Aber ich habe auch noch ein anderes Recht – das Recht, das ein Mensch an einem anderen hat, den er mit ganzem Herzen, mit ganzer Seele liebt. Wenn Sie stürzten, würden Sie nicht nur sich und Ihrer Mutter, sondern auch mir größtes Leid zufügen. Und ich habe das Recht, uns mit aller Kraft vor einem solchen Leid zu bewahren. So, Komteß! Sie brauchen diese Erklärung nicht gehört zu haben, ich habe sie Ihnen nicht gegeben, weil ich die Absicht habe, Sie um Ihre Hand zu bitten, sondern nur, um Ihnen begreiflich zu machen, daß ich mich lieber von Ihrem Pferd zerstampfen lassen würde, als Ihnen zu gestatten, sich in diese große Gefahr zu begeben.«

Komteß Lanie saß wie gelähmt im Sattel und sah mit blassem, verstörtem Gesicht zu ihm hinab.

»Sie lieben mich? Lieben mich so ehrlich?« fragte sie mit heiserer, zitternder Stimme.

»Ja«, entgegnete er, rauh vor Erregung.

»Und zeigten Sie sich mir so abweisend, so anders als diesen Winter, nachdem Sie von Rolf gehört hatten, daß ich arm bin?« stieß sie hervor.

Er blickte mit ehrlichem Erstaunen zu ihr auf.

»Daß Sie arm sind? Nein, davon hat mir Rolf nichts gesagt, das wäre kein Grund für mich gewesen, Ihnen meine Liebe zu verbergen. Als ich Sie kennenlernte, wußte ich freilich nicht, daß Sie eine reiche Erbin seien, das erfuhr ich erst kurz vor meiner Abreise. Und man sagte mir, daß Sie zahlreiche Bewerber mit Spott und Hohn zurückgewiesen und sie verächtlich Mitgiftjäger genannt hatten. Das bewog mich, meine Gefühle für Sie zu verbergen. Ich wußte nicht, daß Sie in Gerlachsheim waren, sonst wäre ich nicht gekommen. Als Mitgiftjäger will ich Ihnen nicht erscheinen. Sie haben Ihren Spott und Hohn vergeblich an mir geübt. Und mein Geständnis, das ich Ihnen jetzt gegen meinen Willen in der Erregung machte, sollen Sie völlig überhören! Ich strecke nicht die Hand nach Ihnen aus, sondern will Ihnen nur zeigen, warum ich so um Ihr Leben bange. Und nun bitte ich Sie nochmals, steigen Sie ab und gestatten Sie mir, Sie hinunterzuführen.«

Komteß Lanie hatte ihm reglos zugehört. Nun sank sie plötzlich in sich zusammen und schlug die Hände vor das Antlitz. Sie weinte, wie sie nie in ihrem Leben geweint hatte.

Seltiz sah betreten zu ihr auf. Er schlang den Zügel des Pferdes um einen Baumstamm und faßte ihre Hände.

»Komteß – teuerste Komteß –, ich bitte, ich beschwöre Sie, weinen Sie nicht. Was ist Ihnen? Habe ich Sie gekränkt? Ich flehe Sie an, weinen Sie nicht, das kann ich nicht sehen. Und vor allem gestatten Sie mir, daß ich Sie vom Pferd hebe, sonst geschieht dennoch ein Unglück.«

Er umfaßte sie und hob sie aus dem Sattel. Sie widerstrebte nicht, löste sich auch nicht aus seinen Armen, als er sie vorsichtig niederließ und ihr an einem Baumstamm eine Stütze schaffte. Er fühlte, daß ihr zitternder Körper sich an ihn schmiegte, weich und haltlos. Da überkam ihn ein seltsames Gefühl. Gegen seinen Willen zog er sie fester an sich, berauscht von ihrer Nähe und von ihrem willenlosen Anschmiegen. Und da hob sie das tränenüberströmte Antlitz zu ihm empor und sah ihn an, mit einem Blick, der ihm ihr ganzes Empfinden verriet.

»Lanie! Lanie!«

Wie ein Schrei brach es aus seiner Brust, und in diesem Ton lagen Glück und Jubel, Hoffen und Zweifel.

Sie ließ ihren Blick nicht aus dem seinen, so heiß und bittend er sich auch in den ihren senkte. Halb lachend, halb weinend, stieß sie hervor:

»Wenn du mich nun nicht zu deiner Frau machen willst, dann laß mich lieber mit meinem Pferd hinunterstürzen. Ich habe dich lieb – so lieb! Und ich dachte, du seist wie alle anderen Männer, und ich glaubte doch, Rolf habe dir gesagt, worum ich ihn gebeten hatte.«

Er konnte jetzt nicht gleich auf ihre Worte eingehen. Erst mußte er den süßen, roten Mund küssen, der jetzt nicht mehr von dem spöttischen Trotz umspielt war, sondern in Weichheit aufgelöst schien. Ihn kümmerte plötzlich nichts anderes mehr. Ob sie reich oder arm war, was hatte das jetzt für Bedeutung. Er liebte sie, und sie liebte ihn, und er hielt sie fest an seinem Herzen und küßte sie, wieder und wieder, und konnte sich nicht sattküssen.

So standen sie lange, aneinandergeschmiegt, auf dem winzigen Platz neben dem Pferd. Sie durften sich kaum rühren, und auch der Gaul stand reglos, als wisse er, daß eine unvorsichtige Bewegung verhängnisvoll werden konnte. Er wandte nur ab und zu wie fragend und verwundert den Kopf nach dem glücklichen Paar, als wollte er fragen, ob sie noch immer nicht zu Ende kommen, und ihn von seinem bedenklichen Platz erlösen wollten.

Schließlich schnaufte der Gaul ungeduldig und schreckte die beiden aus ihrer Versunkenheit.

Glücklich lächelnd sahen sie sich an.

»Komm erst hinab, mein Liebling. Stütze dich auf meine Schultern; ich will dich führen«, sagte Seltiz. Willig ließ sich Lanie geleiten. Als sie unten in Sicherheit war, stieg er hinauf, um das Pferd zu holen.

Leicht war das nicht, und die Komteß stand jetzt mit ängstlichen Augen unten und erschauerte, als sie daran dachte, was für ein tollkühnes Wagnis sie im Trotz hatte unternehmen wollen. Als Seltiz glücklich mit dem Pferd unten angelangt war, warf sie sich in seine Arme.

»Hans – lieber Hans, ich will nie mehr trotzig sein! Verzeih mir.«

Er küßte sie zärtlich. »Versprich nicht zuviel, meine liebe Lanie. Nun sage mir erst einmal, um was du Rolf gebeten hattest?«

Sie barg ihr Antlitz an seiner Brust und beichtete. Und als sie zu Ende war, hob sie die Augen empor und sagte mit schelmischem Lächeln: »Ich konnte nicht wissen, daß Rolf nicht ›geflunkert‹ hatte.«

Auch Seltiz mußte lächeln. »Rolf hat eben sehr genau gewußt, daß diese ›Flunkerei‹ keinen Zweck hatte, meine törichte kleine Lanie. Er kannte mich besser als du.«

»Trotzdem ist es nicht nett von ihm, daß er meine Bitte nicht erfüllt hat. Er sollte es dir gleich am ersten Tag sagen, daß ich ein armes Mädchen bin, und ich dachte, er hätte es schon auf dem Weg vom Bahnhof getan.«

Hans lachte.

»Nein, da habe ich Tor ihm gesagt, daß es mir sehr unangenehm sei, daß er in Gerlachsheim Damenbesuch habe. Wahrscheinlich hat er aus meinen Worten entnommen, daß du mir gleichgültig bist und deshalb das Flunkern für unnütz gehalten. Aber nun komm heim, meine Lanie. Deine Mutter wird sich ängstigen um ihren lieben, süßen Trotzkopf.«

Es währte aber doch noch eine Weile, bis er sie aus seinen Armen ließ und in den Sattel hob. Dann fing er sein friedlich grasendes Pferd ein und stieg ebenfalls auf. Seite an Seite ritten sie durch den Wald nach Gerlachsheim zurück. Es wurde freilich wieder und wieder kurze Rast unterwegs gehalten, damit sich die Lippen finden konnten im süßen Einverständnis.

Als sie das Herrenhaus von Gerlachsheim auftauchen sahen, sagte Lanie übermütig vor Glückseligkeit: »Jetzt will ich aber Rolf zur Strafe ein wenig necken. Während du zu Mama gehst, um ihr die Freudenbotschaft zu bringen, daß wir uns verlobt haben, will ich ihm etwas vorflunkern.«

Hans lachte und preßte ihre Hand an seine Lippen.

»Mache es gnädig mit ihm, Liebling. Und was deine Mutter anbetrifft – bist du so überzeugt, daß es für sie eine Freudenbotschaft ist, wenn ich ihr sage, daß du die Frau des armen Hans von Seltiz werden willst?«

Sie nickte überzeugt.

»Mama hat schon längst Angst, daß ich eine alte Jungfer werde. Sie war stets außer sich, wenn ich einen Korb nach dem anderen austeilte. Und in letzter Zeit habe ich ihr so oft versichert, daß ich bestimmt niemals heiraten würde, weil alle Männer nichts taugen. Ach, Hans – was war ich für eine schlimme Männerfeindin geworden, und was habe ich mir für törichte Gedanken gemacht. Und wie habe ich mir mein Leben verbittert!«

Er zog sie schnell noch einmal an sich und küßte sie.

»Sind nun alle Grillen verflogen und die bösen Gedanken?« fragte er zärtlich.

Sie nickte und sah ihn strahlend an.

»Ja, Gott sei Dank. Ich war so unglücklich – und so eifersüchtig auf Sanna von Glossow.«

Seltiz dachte wieder an seine Unterredung mit Rolf von heute morgen. Aber davon sagte er Lanie nichts. Das war nicht sein Geheimnis. Er sagte nur: »Du warst es ohne jeden Grund, Lanie. Fräulein von Glossow und ich sind nur gute Freunde. Weißt du, Liebling, am liebsten hätte ich dich gleich erst zu meiner Mama gebracht. Aber die hätte uns so schnell nicht wieder fortgelassen, und deine Mutter wird vor Sorge ohnehin außer sich sein. So muß meine Mutter warten. Zum Glück kommt sie ja heute mittag mit Fräulein von Glossow nach Gerlachsheim zum Essen. Sie wird staunen und Augen machen, wenn ich ihr meine Braut vorstelle.«

Die Komteß machte ein verzagtes Gesicht.

»Ach, Hans, wer weiß, ob sie mich als Schwiegertochter haben will. Ich habe mich während unseres Besuches hier von einer wenig vorteilhaften Seite gezeigt.«

»Oh, ich brauche ihr nur zu sagen, warum du so böse zu mir warst, dann wird sie alles verstehen. Sie wird es nicht unbegreiflich finden, daß du mich liebst, denn sie ist eine sehr eitle, stolze Mutter, so schlicht und bescheiden sie auch sonst in allen Dingen ist.«

Nun ritten sie zwischen den Bäumen auf das Haus zu. Auf der Veranda stand Gräfin Landa in banger Erwartung und winkte ihnen aufgeregt zu. Schnell kam sie herbeigeeilt, als Hans ihre Tochter vom Pferd hob.

»Gott sei Dank – ach, Gott sei Dank! Was hast du mir für schlimme Sorgen gemacht, Lanie!«

Diese umarmte die Mutter zärtlich.

»Schilt mich nur tüchtig aus, Mama.«

»Wie konntest du nur darauf bestehen, diesen gefährlichen Weg zu reiten, da es dir Rolf doch immer wieder verboten hat? Ich bin zu Tode erschrocken, als Rolf und Herr von Seltiz mir sagten, welch ein unsinniges Vorhaben du ausführen wolltest.«

Die Komteß drückte die Hand der Mutter an ihre Wange. »Ja, Mama, ich war ein recht törichtes, garstiges Geschöpf. Herr von Seltiz hat mir das nachdrücklich klargemacht und wird mich wohl bei dir verklagen wollen. Er war sehr böse.«

Die Gräfin sah ein wenig verwundert auf ihre plötzlich so sanfte und fügsame Tochter. Da trat Seltiz mit einer Verbeugung an sie heran.

»Darf ich Sie in einer halben Stunde um eine kurze Unterredung bitten, gnädigste Frau Gräfin. Ich will mich zuvor nur umkleiden.«

Wieder sah die alte Dame erstaunt aus und blickte forschend von ihm auf ihre Tochter. Diese beschäftigte sich indes sehr angelegentlich mit ihrem Reitkleid.

»Ich will mich auch schnell umkleiden, Mama.«

Damit eilte sie ins Haus und durch die Halle die Treppe empor.

»Ich werde Sie im kleinen Salon erwarten, Herr von Seltiz«, sagte die Gräfin unsicher.

Dieser verbeugte sich dankend und eilte dann gleichfalls ins Haus.

Mit versonnenem Blick folgte die Gräfin und suchte ihre Zimmer auf. Es ist nicht anzunehmen, daß sie von Seltiz' Anliegen sehr überrascht sein wird.

XXI

In aller Eile vertauschte die Komteß ihr Reitkleid mit einem reizenden Sommerkleid aus Voile. Ihre Zofe frisierte sie, dann befestigte Lanie noch eine rote Rose an ihrem Gürtel.

Als sie wieder herunterkam, traf sie in der Halle mit Rolf zusammen.

»Gottlob, daß du heil und gesund wieder hier bist, Lanie! Man müßte dir eigentlich gründlich die Leviten lesen, daß du so trotzig darauf beharrtest, über die Trollschlucht zu reiten.

Aber ich bin heute milde gestimmt und bin froh, daß du deinen Vorsatz nicht ausgeführt hast.«

»Woher weißt du denn, daß ich es nicht getan habe?« fragte sie ihn mit blitzenden Augen, während sie mit ihm in ein Zimmer trat.

»Wenn du es getan hättest, ständest du nicht gesund vor mir, Lanie. Im Ernst, ich halte es für völlig unmöglich, im Damensattel den Steilweg hinabzureiten. Versuche es niemals! Zum Glück hat dich Seltiz wohl noch zur rechten Zeit eingeholt. Wo hat er dich denn getroffen?«

Die Komteß schloß einen Moment, wie in überwallender Empfindung, die Augen.

»Kurz vor dem Aufstieg an der Trollschlucht. Er wollte mich hindern, hinaufzureiten. Aber da bin ich erst recht hinaufgeritten. Meinst du, ich hätte mir von einem Menschen etwas verbieten lassen, der mich in so auffallender Weise links liegen ließ, sobald er erfuhr, daß ich arm bin.«

Rolf sah sie betroffen an.

»Das ist ja Unsinn, Lanie. Seltiz weiß im Gegenteil ganz genau, daß du eine reiche Erbin bist.«

In ihrem Gesicht zuckte es seltsam.

»So? Also so hältst du dein Versprechen, zu flunkern, daß sich die Balken biegen?«

»Liebste Lanie, es ist mir lieb, daß du dies Thema anschneidest. Ich durfte es nicht, ohne daß du selbst darauf zu sprechen kamst. Nun kann ich dir sagen, daß ich es für ganz zwecklos hielt, ihm etwas Derartiges vorzureden. Ich hoffe, dir das recht bald alles erklären zu können. Jetzt will ich das kurze Alleinsein mit dir benützen, um dich zu bitten, mir mein Ehrenwort zurückzugeben, daß ich niemand etwas von dem verraten will, was du mir anvertrautest in bezug auf Seltiz. Ich bitte dich, entbinde mich dieses Ehrenwortes.«

Die Komteße schüttelte mutwillig den Kopf.

»Nein – fällt mir nicht ein.«

»Aber Lanie, wenn ich dich darum bitte, wenn ich dir sage,

daß – Herrgott noch mal – ist das eine verzwickte Geschichte! Du mußt, Lanie, denn sonst passiert nämlich eine kolossale Torheit, ohne daß ich es hindern kann. Ich könnte dich aus einer schlimmen Pein erlösen, wenn du nur gestattetest, mit einem einzigen Menschen darüber zu sprechen. Sei vernünftig, Lanie, du kennst mich genug, um zu wissen, daß ich triftige Gründe habe zu meiner Bitte. Vielleicht hängt auch dein Lebensglück davon ab.«

Die Komteß zuckte nur übermütig die Schultern.

»Ach, laß, Rolf, bemühe dich nicht, es kommt nicht viel dabei heraus. Ich habe kein rechtes Zutrauen zu deiner Geschicklichkeit in solchen Dingen. Du hast mich schon mit dem ›Flunkern‹ so scheußlich im Stich gelassen.«

»Nun, wenn du nicht willst, so muß ich sehen, wie ich dir auf andere Weise helfen kann. Aber erst sage mir, bist du wirklich über die Trollschlucht geritten?«

»Ja. Ehe es Seltiz verhindern konnte, war ich schon auf dem schmalen Pfad, der aufwärts führt. Zurückholen konnte er mich nicht – er hätte gerade mein Pferd am Schwanz zurückziehen müssen.«

»Nun – was geschah dann? Den Steilweg herab bist du unmöglich geritten.«

Ein rosiger Schein flog über ihr Gesicht.

»Hm! Das sollte mir freilich nicht glücken. Als ich an dem Steilweg anlangte, stand plötzlich Seltiz vor mir – wie eine Mauer und ließ mich nicht vorüber. Er hielt mein Pferd fest am Zügel und erklärte mir, wenn ich den Steilweg hinunterreiten wollte, müßte ich ihn zuvor zu Boden reiten.«

Rolf nickte sehr einverstanden. »Famos, das hat Hans gut gemacht. Da bist du einmal mit deinem Trotz an den Unrechten geraten!«

Sie lachte glückselig. »Ja, ganz unglaublich hat er mich tyrannisiert – und ich mußte es mir wehrlos gefallen lassen.«

In diesem Augenblick trat ein Diener ein und meldete, daß die Frau Gräfin die Komteß zu sich bitten lasse.

Diese trat, als der Diener das Zimmer verlassen hatte, an Rolf heran, faßte ihn übermütig um den Hals und küßte ihn herzhaft auf den Mund. »Es war gut, Rolf, daß du nicht geflunkert hast. Das weitere laß dir nachher von meinem – Verlobten erzählen, und dein Ehrenwort gebe ich dir auch zurück.«

Damit huschte sie zur Tür hinaus.

Rolf sah ihr einen Moment verdutzt nach. Dann lachte er hell auf. Schelmin! Da scheint ja ohne mein Dazutun schon alles in bester Ordnung zu sein. Die dramatische Szene am Steilweg der Trollschlucht muß wohl einen sehr friedlichen Abschluß gefunden haben, dachte er.

Dann warf er sich in einen Sessel und dachte an Sanna. Wie war ihm das Herz warm und weit, nun er von den Qualen der Eifersucht befreit war. Wohl wußte er auch jetzt noch nicht, ob Sanna ihn liebte, aber er war doch nun gewiß, keinen Nebenbuhler zu haben. Und mit der Inbrunst eines liebenden Herzens hoffte er, daß er sich Sannas Liebe erringen könnte. Nun er mit sich selbst im klaren war über seine Gefühle, nun wußte er, daß seine Liebe größer war als alle Bedenken.

Gräfin Landa hatte ihre Einwilligung gegeben zur Verlobung ihrer Tochter mit Hans von Seltiz. Sie war glücklich.

Der erste, der dem Brautpaar Glück wünschen durfte, war Rolf von Gerlach. Und er tat es in warmer, herzlicher Weise.

»Es wäre jammerschade gewesen, wenn ihr euch nicht gefunden hättet«, sagte er. »Lanie ist zwar ein Kobold, der eben noch ihrem ehrsamen Vetter scheußlichen Schabernack gespielt hat, aber du, mein lieber Hans, wirst ihr wohl Respekt gegen so verständige Männer, wie ich einer bin, beibringen. Wirst deine liebe Not haben mit dem übermütigen Tollkopf – aber du zwingst sie schon, da hab' ich keine Sorge. Treibe ihr vor allen Dingen die Männerfeindschaft aus, die sitzt ihr so fest im Blut, daß ich sehr erstaunt bin, daß sie sich dir ergeben hat.«

Lanie umarmte ihn lachend.

»Schweig still, Rolf, den Schabernack hattest du verdient.«

»So – und wenn ich nun ›geflunkert‹ hätte? Das wäre eine schöne Geschichte geworden. Ich habe dir eben dadurch, daß ich es nicht getan habe, bewiesen, daß wir Männer viel umsichtiger und weitblickender sind als ihr Frauen. Pardon, liebe Tante – dich nehme ich natürlich aus.«

So neckten sich Rolf und Lanie noch eine Weile. Aber dann gab es viel Wichtiges zu erzählen und zu beraten.

Rolf ließ Frau Sieveking rufen und stellte ihr das Brautpaar vor. »Nun sorgen Sie dafür, Sievekingschen, daß unser Diner heute in aller Eile noch einen festlichen Charakter bekommt und lassen Sie genügend Sekt kalt stellen. Solche Ereignisse müssen gebührend gefeiert werden.«

Die alte treue Seele gratulierte dem Brautpaar und sagte seufzend: »Wenn ich nur erst mal Ihnen einen Verlobungsschmaus richten könnte, junger Herr. Zeit wird es nun. Ich möcht' es so gern noch erleben, daß in Gerlachsheim eine junge Frau einzieht.«

Rolf lachte ein wenig unsicher. »Ich will mir das mal durch den Kopf gehen lassen, Sievekingschen. Sie sind ja schuld, daß ich noch nicht ans Heiraten gedacht habe.«

»Ach, gehen Sie, gnädiger Herr, so eine Ausrede ist wohlfeil wie Brombeeren. Aber nun will ich mich eilen, daß ich noch einen rechten Verlobungsschmaus richten kann für unser Komteßchen.«

Damit ging Frau Sieveking geschäftig daran, um in der Küche zu regieren.

Kurz vor dem Diner trafen die beiden Damen aus Glossow ein. Man ging gleich zu Tisch.

Rolf hatte sich vorbehalten, bei Tisch die Verlobung des jungen Paares zu verkünden. Es sollte vorher kein Wort davon gesprochen werden. Hans hätte seiner Mutter gern selbst die Mitteilung gemacht, aber er sah das unruhige, erwartungsvolle Brennen ins Rolfs Augen und ahnte, was in seiner Seele vorging. So fügte er sich und flüsterte seiner Mutter, als er sie begrüßte, nur heimlich zu:

»Mama, gleich wirst du etwas Wunderschönes erfahren. Ich darf es dir aber nicht selbst sagen, um Rolf die Überraschung nicht zu nehmen.«

Frau von Seltiz war wie im Fieber vor unruhiger Erwartung.

Endlich saßen sie alle in dem schönen alten Speisezimmer an der festlich gedeckten Tafel, die mit roten Rosen geschmückt war und reiches Silbergerät und kostbares Porzellan und Kristall trug. Als die Suppe aufgetragen war und die Diener sich entfernt hatten, erhob sich Rolf. Und seinen Blick fest auf Sanna von Glossows Züge heftend, verkündete er die Verlobung seiner Kusine mit Hans von Seltiz.

Mit staunendem Lächeln hob sie die Augen zu ihm empor, und eine ehrliche Freude strahlte aus ihren Augen. Rolf wußte nun sicher, daß sie durch diese Verlobung durchaus nicht schmerzlich berührt wurde.

Eine allgemeine Aufregung folgte Rolfs Worten. Frau von Seltiz war so erschüttert, daß sie, haltlos weinend vor Freude, am Hals ihres Sohnes hing und dann wortlos Komteß Lanie in ihre Arme zog. Dann umarmten sich die beiden glücklichen Mütter in bester Eintracht, und das Brautpaar hatte eine Weile mit sich selbst zu tun. So standen sich Rolf und Sanna etwas abseits gegenüber.

»Sie sind auch durch diese Verlobung sehr überrascht worden, gnädiges Fräulein?« fragte Rolf.

Sanna atmete schnell. Sie war entschieden freudig erregt. Ihre Augen strahlten wieder einmal voll und offen in die seinen.

»Ja, ich bin sehr überrascht und freue mich. Das habe ich nicht vorausgesehen, denn mir schien immer, als sei Lanie gar nicht gut auf Herrn von Seltiz zu sprechen. Daß er sie liebhat, habe ich freilich längst bemerkt. Und es hat mir immer sehr leid für ihn getan, daß Lanie nicht gut zu ihm war.«

Rolf hätte aufjubeln mögen.

»Wirklich – Sie wußten schon, daß Hans meine Kusine liebte?«

Lächelnd nickte sie.

»Ich merkte es an vielen kleinen Zeichen. Er wurde immer blaß, wenn sie spöttisch wurde, und konnte doch seine Augen nicht von ihr lassen. Und wenn er an meiner Seite ritt, lauschte er immer nur auf Lanies Worte und gab mir oft ganz verkehrte Antworten auf meine Fragen. Ich habe aber stets getan, als merke ich nichts. Er tat mir so leid, denn Lanie habe ich nie angemerkt, daß sie ihm gut war.«

Rolf atmete tief auf und sah sie wieder so warm und herzlich an wie früher.

»Bei mir war es umgekehrt. Ich wußte, daß Lanie ihre Liebe zu Hans nur hinter Spott und Trotz versteckte, glaubte aber, Hans hätte sein Herz an eine andere verloren – an Sie, Fräulein von Glossow!«

Es lag dabei ein dringendes Forschen in seinem Blick, daß sie jäh errötete. Aber ein Lächeln spielte dabei um ihren Mund.

»O nein – dazu sind wir viel zu gute Freunde, Herr von Seltiz und ich.«

Er faßte ihre Hand und preßte sie im aufwallenden Empfinden an seine Brust.

»Ich bin so froh darüber«, stieß er unbeherrscht hervor, und sich zusammennehmend, fuhr er ruhiger fort: »Ich meine, über diese Verlobung.«

Sie erglühte noch dunkler und wandte sich erschrocken und hastig von ihm ab, um nun ihrerseits Hans und Lanie Glück zu wünschen.

Lanie umarmte Sanna herzlich.

»Liebste Sanna – von heute an sagen wir einander du, willst du?«

»Herzlich gern, Lanie.«

»Weißt du, daß ich schrecklich eifersüchtig auf dich war? Ich glaubte, Hans liebe dich. Und ich fürchte, ich bin deshalb manchmal garstig auch zu dir gewesen. Verzeih mir!«

»Du warst nicht garstig zu mir, Lanie. Ich habe nie etwas gemerkt und freue mich herzlich, daß du nun dein Glück gefunden hast.«

»Mögest du bald ein ebenso großes Glück finden, liebste Sanna.«

Diese machte ein trauriges Gesicht. Ihre Augen blickten trübe. »Solch ein Glück ist mir nicht beschieden. Alle Menschen können nicht glücklich sein.«

Beklommen sah die Komteß in Sannas traurige Augen, aber dann schüttelte sie energisch den Kopf.

»So etwas mußt du nicht sagen, liebe Sanna. Vor kurzer Zeit glaubte ich das auch – und nun ist alles anders geworden.«

Rolf hatte inzwischen die Gläser füllen lassen und forderte die Anwesenden auf, mit ihm auf das Wohl des Brautpaares anzustoßen.

In froher Stimmung nahm man wieder die Plätze ein. Auch Sanna zwang die Traurigkeit nieder und zeigte sich heiter.

Nach Tisch zogen sich die beiden Mütter ins Nebenzimmer in eine trauliche Ecke zurück und plauderten über das Glück ihrer Kinder. Das Brautpaar war mit sich selbst beschäftigt und hatte einander mancherlei zu sagen. Da setzte sich Rolf zu Sanna und plauderte mit ihr von dem am nächsten Tag stattfindenden Ballfest.

»Freuen Sie sich darauf?« fragte er.

Sie nickte lächelnd. »O ja, sehr! Ich tanze so gern, vielleicht, weil ich dies Vergnügen bisher nicht kennengelernt habe.«

»Und darf ich so unbescheiden sein, Sie schon heute zu bitten, mir einige Tänze für morgen abend zu reservieren?«

Sie seufzte ein wenig und sah ihn unsicher an. »Es werden viel bessere Tänzerinnen erscheinen, und ich bin noch wenig sicher.«

»Sie tanzen aber trotzdem wie eine Elfe, ich habe es doch schon ausprobiert«, scherzte er. »Also, darf ich?«

»Gewiß, Herr von Gerlach, soviel Sie wollen.«

»Dann würde ich wohl alle Tänze für mich belegen. So leichtsinnig dürfen Sie mir Ihre Erlaubnis nicht geben.«

Sie dachte, daß ihr das sicher das liebste sein würde, aber ihr Blick irrte vor dem seinen scheu zur Seite. Es fiel ihr auf, daß er heute ganz anders wie sonst zu ihr war. Daß er wieder lieb und gut zu ihr sprach, wie in der ersten Zeit, tat ihrem Herzen wohl. Zugleich aber beunruhigte sie sein Blick. Beglückt bemerkte er ihre Verwirrung und plauderte nun im heiteren Ton weiter, um ihr zu Hilfe zu kommen.

Er erzählte ihr, daß Lanie über den Steilweg der Trollschlucht hatte reiten wollen.

»Um Gottes willen!« rief Sanna, erschrocken die Hände zusammenpressend. »Mir ist so furchtbar bange gewesen, als ich Sie da hinabreiten sah. Eine Dame kann dies Wagnis unmöglich unternehmen.«

»Lanie hätte es aber getan in ihrem Trotz, obwohl sie wußte, daß es auf Tod und Leben ging. Sie glaubte, das Leben sei wertlos für sie geworden. Nun wird sie es sicher nie mehr tun wollen – jetzt hat das Leben doppelten Wert für sie.«

Sanna nickte versonnen.

»Ja, wer so glücklich ist, der hat viel zu verlieren«, sagte sie leise.

Mit heißen, brennenden Augen sah er sie an, aber sie blickte an ihm vorüber ins Weite und merkte es nicht.

XXII

Am nächsten Tag hatte Sanna regelrechtes Ballfieber. Sie lief unruhig und nervös durch das Haus, tat zwecklos dies und das, besuchte die Verwalterin in ihrem freundlichen Haus, lief in ihre Zimmer und betrachtete kritisch ihr von einem ausgesuchten Modegeschäft eingetroffenes, erstes Ballkleid, an dem ihre Jungfer noch eine Kleinigkeit zu ändern hatte, und sah hundertmal nach der Uhr.

Frau von Seltiz konnte das endlich nicht länger mit ansehen. »Wenn Sie so weitermachen bis heute abend, liebe Sanna, dann sind Sie todmüde und elend, ehe der Ball anfängt«, schalt sie gutmütig.

Sanna lachte und umfaßte sie mit beiden Armen.

»Liebe Mama Seltiz – ich freue mich auf diesen Ball, obwohl ich schon ein altes Mädchen bin.«

Die alte Dame sah sie mit kritischem Stirnrunzeln an. »Ein altes Mädchen? Mit noch nicht zweiundzwanzig Jahren? Ei, lassen Sie mich die Runzeln und Falten sehen, die das würdige Alter verraten. Ich muß doch die Brille aufsetzen. Das wäre eine schöne Bescherung, wenn man mit zweiundzwanzig Jahren ein altes Mädchen wäre. Damit fängt das Leben erst an.«

»Aber mit den Bällen hört man dann schon auf, wie mir Lanie sagte. Sie hat mit siebzehn Jahren schon ihren ersten Ball besucht.«

»Ja, ja – mit siebzehn Jahren fangen wohl die meisten an mit Spiel und Tanz. Dazu sind Sie freilich zu spät an die Reihe gekommen, liebes Kind. Das hat aber auch sein Gutes. Nun hat der Ballsaal noch den Reiz der Neuheit für Sie. Aber jetzt legen Sie sich ein Stündchen nieder und ruhen sich aus, damit Sie heute abend frisch sind. Ich will Ehre einlegen mit meiner Schutzbefohlenen.«

Sanna atmete tief auf. »Ach – ich weiß nicht – mir ist bange. Ich bin unruhig, wenn ich an all die vielen Menschen denke.«

Mit mütterlicher Zärtlichkeit strich die alte Dame über Sannas Scheitel. »Ach, wer wird so zaghaft sein.«

Sanna zog schmeichelnd ihre Hand an ihre Wange und sah mit ihren schönen Augen in das gütige Gesicht der alten Dame.

»Mama Seltiz, werden Sie mich nun auch noch ein wenig liebbehalten, nun Sie eine Tochter bekommen haben?«

Frau von Seltiz lächelte. »Ach, Kindchen, von Lanie wird mir mein Sohn nicht viel lassen zum Liebhaben. Und Lanie wird nun im Herzen meines Sohnes die erste sein. Da muß ich mich bescheiden. Das ist der Lauf der Welt. Ich freue mich an dem Glück meiner Kinder von ganzem Herzen, aber für Sie ist noch so viel Platz darin – soviel Sie wollen.«

»Und Sie werden mich nicht verlassen, sondern bei mir bleiben, ja?«

»Solange Sie mich brauchen, liebe Sanna, und solange ich Ihnen etwas sein kann, sicherlich.«

Sanna legte ihr Köpfchen an die Schulter der alten Dame. Sie war so liebebedürftig in der Einsamkeit ihres Herzens, daß ihr diese Liebe und Anhänglichkeit wohl taten.

»Liebe Mama Seltiz, wenn ich Sie nicht hätte! So viel sind Sie mir geworden. Und so dankbar bin ich Ihnen für das warme Plätzchen, das Sie mir in Ihrem Herzen gönnen.«

Gehorsam legte sich Sanna in ihrem Zimmer nieder und versuchte zu schlafen.

Und sie verfiel wirklich in einen traumhaften Halbschlummer, in jenen Zustand, da die Träume am lebhaftesten zu sein pflegen.

Ihr war, als bewege sich die Couch unter ihr und schwebe mit ihr durch einen weiten, dämmernden Raum. Und durch das nebelhafte Dämmern schritt lautlos und gleitend eine schlanke, weiße Gestalt auf sie zu.

Das bin ich selbst, dachte Sanna im Traum.

Aber dann sah sie doch, daß sie es nicht selbst war. Die weiße Gestalt trat ganz nahe an sie heran und sah sie mit einem lieben Lächeln aus wundersamen Augen an. Grau waren diese Augen, und licht und klar, von schwarzen Wimpern umsäumt. Sanna wurde es wohl und selig zumute unter dem Blick dieser Augen.

»Mutter! Du bist meine Mutter«, sagte sie lächelnd vor sich hin und streckte sehnsüchtig die Arme aus.

Da neigte sich die schöne, schlanke Frau über sie und küßte sie leise auf die Stirn.

»Komm«! hauchte sie leise.

Und sich aufrichtend, winkte sie Sanna zu, ihr zu folgen. Im Traum schritt Sanna hinter ihr her durch die graue, nebelhafte Dämmerung, in der nichts zu sehen war als die weiße, leuchtende Gestalt.

Dann zerteilte sich die Dämmerung plötzlich, und Sanna sah, daß sie in dem reizenden Boudoir ihrer verstorbenen Mutter standen. Die weiße Gestalt bewegte sich hier, als sei sie zu Hause in diesem Raum, ging auf und nieder und strich lächelnd über die reizenden Möbel mit den schlanken, weißen Händen.

Sanna sah dies alles ganz deutlich vor sich, und sie wußte, daß es ihre Mutter war. Aber sie war nicht fähig, sich zu rühren, so gern sie die Mutter auch zärtlich und sehnsüchtig umfaßt hätte.

Und dann schwebte die Gestalt plötzlich auf den Schreibtisch zu, einem reizenden Boulemöbelstück mit kunstvollen Einlagen von Perlmutter. Sie hob den Finger, als wollte sie Sanna besonders auf ihr Tun aufmerksam machen. Dann strich sie langsam über eine Kante aus Sternchen, die durch Einlagen aus Perlmutter gebildet war, und sich an dem Aufsatz des Schreibtischchens befand. Es war, als wenn sie die Sternchen zählte. Und unter dem Druck ihrer Hand auf eines der Sternchen sprang plötzlich ein schmales Fach auf. Mit einer dringenden Gebärde zu Sanna hinüber zeigte sie auf das Fach und hob beschwörend die Hände.

Sanna wollte hinzutreten und sehen, was in dem schmalen Fach verborgen lag, aber sie vermochte sich nicht zu rühren.

»Mutter!«

Wie ein banger Ruf drang es laut über Sannas Lippen, so laut, daß sie davon erwachte. Das Traumbild verschwand. Vor ihr stand lächelnd Frau von Seltiz.

»Kindchen, Kindchen, sogar bis in den Schlaf verfolgt Sie das Ballfieber. Ich hörte Sie schon vorhin rufen und trat leise ein. Sie haben im Schlaf gesprochen, auch jetzt eben wieder.«

Sanna richtete sich auf und sah noch ganz wirr und unsicher um sich.

»Haben Sie gehört, was ich sagte?« fragte sie.

»Ja – jetzt eben riefen Sie ganz deutlich ›Mutter‹.«

Sinnend strich Sanna über die Stirn.

»Ja, ich träumte von meiner Mutter. Aber ich weiß nicht mehr, was es war. Im Moment, als ich erwachte, wußte ich es noch, aber nun ist alles verflogen.«

»Und wir wollen nun unseren Tee trinken, liebe Sanna, und dann ist es Zeit für Sie, mit dem Ankleiden zu beginnen.«

Schnell sprang die junge Dame empor.

»Ist es schon so spät?«

»Ja, Sie haben volle zwei Stunden geschlafen.«

Arm in Arm gingen sie hinaus auf die Veranda, wo der Teetisch bereits gedeckt war. Eine Weile grübelte Sanna noch über ihren Traum und mühte sich, ihn ins Gedächtnis zurückzurufen. Es gelang ihr aber nicht. Sie hatte nur das Gefühl, als hätte sie ihn nicht vergessen dürfen.

Frau von Seltiz riß sie aber mit ihrem Geplauder aus ihren Gedanken und so vergaß sie schließlich, daran zu denken. Der bevorstehende Ball nahm ihre Aufmerksamkeit voll in Anspruch.

Appetit hatte sie nicht, aber die alte Dame nötigte sie, wenigstens eine Tasse Tee und einige Keks zu nehmen. Dann ging Sanna in ihr Umkleidezimmer.

Ihre Zofe hatte schon alles zurechtgelegt. Sie ordnete flink und geschickt Sannas Haar zu einer kleidsamen Frisur. Über die Schläfen fiel das lockige Scheitelhaar, und den Hinterkopf bedeckten die prachtvollen großen Wellen. Ein schmaler Reifen, mit Perlen verziert, wurde spangenartig über dem Scheitel befestigt. Der matte Glanz der Perlen hob sich sehr apart ab von der kastanienbraunen Lockenfülle.

Eine weiße Toilette hatte Sanna gewählt. Schlicht und schmucklos fiel der weiche, duftige Seidenstoff an ihr nieder und schmiegte sich um die jugendschöne, schlanke Gestalt. Um den Nacken, der den herrlichen Ansatz des Haares freiließ, legte die Jungfer eine Perlenschnur von großer Schönheit, die Sanna, nebst anderem kostbaren Schmuck, von ihrer Mutter geerbt hatte.

Wunderschön und lieblich sah die junge Dame aus, so hold

und reizend, daß Frau von Seltiz, die, gleichfalls zum Ball gerüstet, bei ihr eintrat, einen Ruf des Entzückens ausstieß.

»Kindchen – das ist ja beinahe unerlaubt, wie entzückend Sie aussehen. Ich dachte es mir schon. Dies schlichte Weiß zu Ihrem wundervollen Haar und dem blütenfrischen Teint – das mußte gut harmonieren. Und die Perlen passen herrlich dazu. Die Herren werden sich um Sie reißen«, sagte sie stolz und befriedigt, als sei Sanna ihre Tochter.

Diese lächelte mit leiser Resignation ihrem Spiegelbild zu. »Liebe Mama Seltiz, Sie werden erleben, daß man sich nicht um mich reißt. Es wird so leicht niemand vergessen, daß ich Susanna von Glossow heiße.«

Die alte Dame zog sie vom Spiegel fort.

»Solche dumme Gedanken machen wir uns nicht, heute schon gar nicht, liebe Sanna. Dagegen müssen Sie sich energisch wehren. Auf einen Ball muß eine junge Dame mit der festen Überzeugung gehen, daß sie aller Herzen besiegen wird, wenn sie nur will. Dann ist sie in der richtigen Stimmung.«

Sanna nahm lächelnd den eleganten Mantel um, den ihre Zofe eben hereinbrachte. Es war ein Seidenmantel, mit reichem Besatz aus weißem Schwanenpelz verziert.

»Meinen Sie nicht, liebe Mama Seltiz, daß es besser für mich ist, meine Erwartungen recht niedrig zu schrauben? Ich darf nie vergessen, wer ich bin.«

Frau von Seltiz nickte energisch.

»Ganz recht. Vergessen Sie nicht, daß jeder Mensch nur das gilt, was er selbst ist. Alles andere weisen Sie energisch von sich. Nur daran dürfen Sie noch denken, daß Sie in Gerlachsheim Ihre besten, treuesten Freunde haben. Und nun kommen Sie, sonst kommen wir als letzte auf den Ball.«

Trotzdem die Sonne noch nicht untergegangen war, hatte Rolf schon alle Festräume erleuchten lassen. Die Gäste waren schon fast vollzählig erschienen, aber die Glossower Damen fehlten noch. Rolf sah immer wieder unruhig nach der hohen Flügeltür. Neben ihm stand die Gräfin Landa in einer kostbaren schwarzen Spitzenrobe, um die Begrüßungen auszusprechen. In ihrem schönen, weißen Haar wiegte sich ein kleiner schwarzer Stutzreiher, der von einer Agraffe aus schwarzen Perlen und Brillanten gehalten war. Sie sah sehr vornehm, wenn auch ein bißchen altmodisch aus.

Nicht minder vornehm wirkte neben ihr Rolfs schlanke, aristokratische Erscheinung. Der tadellos sitzende Frack kleidete seine sportlich trainierte Figur vorzüglich. Sein gebräuntes, rassiges Gesicht mit den festgefügten Zügen war wartend nach der Tür gerichtet, durch die Sanna von Glossow eintreten mußte.

In seiner Nähe stand Hans von Seltiz, gleichfalls im Frack, mit seiner schönen Braut, die ein entzückendes Kleid aus lichtblauem Seidenchiffon mit Perlenstickerei trug. Das Brautpaar war von Glückwünschenden umringt.

Komteß Lanic sah schöner aus denn je. Das Glück hatte den trotzigen, eigenwilligen Zug aus ihrem Antlitz gewischt. Es war Hans von Seltiz nicht zu verdenken, daß er seine Augen nicht von ihr lassen wollte.

In den Festräumen herrschte lebhaftes Treiben, und in dem großen Saal, wo getanzt werden sollte, wurden schon die Instrumente gestimmt.

In einem der Nebenräume war das Büfett aufgestellt worden. Dort sollte nach Belieben an kleinen Tischen gespeist werden.

Diener liefen umher und reichten Erfrischungen und eisgekühlte Erdbeerbowle. Es sollte gleich von Anfang an getanzt werden, Sanna zuliebe. Sie und nur sie sollte auf ihre Kosten kommen, das wünschte Rolf, denn sie war heute für ihn der Mittelpunkt des Festes.

»Lieber Rolf, ich denke, du kannst die Musik beginnen lassen«, sagte die Gräfin leise zu ihrem Neffen.

Er sah nach der Uhr.

»Noch zwei Minuten, liebe Tante. Die Glossower Damen

sind noch nicht zur Stelle.«

In demselben Moment öffnete der Diener die Flügeltür und ließ Frau von Seltiz und Sanna eintreten. Aufatmend eilte Rolf auf sie zu. Seine Augen leuchteten in stummem Entzücken beim Anblick der holden, schlanken Erscheinung der jungen Dame.

»Mein verehrtes Fräulein von Glossow, als letzter Gast treffen Sie ein. Ich habe mit schmerzlicher Ungeduld auf Sie gewartet«, sagte Rolf, ihre Hand mit festem Druck an seine heißen Lippen führend.

Sie sah ein wenig beklommen zu ihm auf mit ihrem reizenden, schüchternen Lächeln.

»Ach, erst wollte der Tag kein Ende nehmen, und nun haben wir uns verspätet. Jetzt ist mir so bange, daß ich am liebsten wieder davonliefe«, sagte sie leise.

»Meine Schutzbefohlene hat das schlimmste Ballfieber, das Sie sich denken können, Herr von Gerlach. Sie hat diesen Abend heute schon zehnmal durchlebt und in allen möglichen und unmöglichen Stimmungen«, erklärte Frau von Seltiz lächelnd.

Dann wurde sie von ihrem Sohn und Lanie in Anspruch genommen.

Rolf bot Sanna seinen Arm und führte sie in den Saal, wo soeben die Musik begann. Und auf diesem Weg stellte er sie all seinen Gästen vor, die ihnen begegneten. Sanna fühlte die forschenden Blicke der Anwesenden wie Nadelspitzen auf sich eindringen. Es verursachte ihr fast körperliche Schmerzen.

Aus manchen Augen traf sie ein Blick erbarmungsloser Neugier und seltsamen Befremdens. Das war also die junge Herrin von Glossow, die Tochter eines Mörders und Selbstmörders und einer Ehebrecherin?

Diese Frage meinte Sanna aus all diesen kalten, fragenden Augen zu lesen.

›Was willst du hier? Du bist verfemt und gehörst nicht unter diese fröhlichen Menschen.‹

So sagte sie erschauernd zu sich selbst, und Rolf fühlte das Zittern ihrer Hand auf seinem Arm. Unwillkürlich drückte er diese kleine Hand an sich. Er wollte ihr damit Mut machen.

Ach, sie hätte laut aufweinen mögen, hätte fliehen mögen vor all diesen Menschen, vor all diesen kalten, forschenden Augen. Aber sie biß die Zähne tapfer zusammen und zeigte sich äußerlich so ruhig und gelassen, wie sie nur konnte. Sie brachte es über sich, höfliche Phrasen zu tauschen und zwang ein Lächeln in ihr blasses, trauriges Gesicht, wenn sie sich mit diesen fremden Menschen unterhalten müßte.

Und dann lösten sich aus dem Chaos vor ihr einzelne Gestalten und traten auf sie zu. Das waren junge Herren, die um ihre Tanzkarte baten. Einige ältere Herrschaften, die einst mit ihren Eltern befreundet gewesen waren, sprachen sie auch in freundlicher und gütiger Weise an und halfen ihr über die entsetzliche Beklommenheit hinweg. Das blasse, hilflose Gesicht der jungen Dame rührte die feinfühlenden Herzen, und auch die weniger feinfühlenden enthielten sich jeder feindlichen Kundgebung, weil man sah, wie liebenswürdig Gräfin Landa zu Sanna war und wie artig und zuvorkommend Rolf von Gerlach sich mit ihr beschäftigte. Schließlich konnte ja die junge Dame nichts dafür, daß ihre Eltern ein unrühmliches Ende gefunden hatten. Und da man nicht die Absicht hatte, näher mit ihr in Berührung zu treten, warum sollte man sich da über ihre Anwesenheit auf diesem Fest aufregen? Man war froh, daß man nicht so dicht bei Glossow wohnte wie der Gerlachsheimer und keine nachbarlichen Verpflichtungen gegen die junge Dame hatte.

So war man im großen und ganzen milde gestimmt und gewillt, heute zu vergessen, was doch so peinlich war.

Immerhin war es ganz unterhaltsam, die junge Herrin von Glossow ein wenig zu beobachten. Solche Elemente brachten eine Anregung in die Gesellschaft, und man konnte sich so recht mit Behagen bewußt werden, was für eine gute Sache es sei, von seinen Eltern einen ehrlichen, sauberen Namen geerbt zu haben.

Für die jungen Herren gab schließlich auch Sannas liebreizende Erscheinung den Ausschlag.

So gewann Sanna langsam festen Boden und begann sich etwas freier und ruhiger zu fühlen. Und dann führte sie Rolf im Tanz davon.

»Nun, Fräulein von Glossow, ist das Ballfieber im Abnehmen begriffen?« fragte er.

Sie atmete tief auf. »Ach, seit heute weiß ich, wie einem Schauspieler zumute sein muß, der vor einem großen Publikum steht und seine Rolle nicht gelernt hat«, antwortete sie leise.

»Ei, Sie werden doch Ihre Rolle gut gelernt haben?«

»Ich glaube nicht – ich muß zu sehr auf das Stichwort achten. Jedenfalls hatte ich schon einige Male den brennenden Wunsch, mich in ein Mauseloch verkriechen zu können. Nicht wahr, Herr von Gerlach, Sie führen mich dann zu Frau von Seltiz und lassen mich nicht eher allein, als bis ich sicher bei ihr gelandet bin.«

»Unbesorgt, gnädiges Fräulein, nicht einen Schritt sollen Sie allein über das Parkett gehen, als bis Sie mir gesagt haben: Jetzt kann ich es tun, jetzt bedarf ich Ihrer nicht mehr«, sagte er warm.

Sie sah ihn dankbar lächelnd an.

Als der Tanz zu Ende war, brachte er sie zu Frau von Seltiz. Aber kaum waren sie dort angelangt, da entführte sie Hans zu einem Tanz.

Dann hing sich Lanie an ihren Arm und zog sie zu einer Gruppe junger Damen, die von allerlei Nichtigkeiten plauderten und Sanna mit wenig liebenswürdiger Neugier anstarrten. Sie neideten es Sanna, daß Rolf von Gerlach, der als erstrebenswert glänzende Partie galt, sich so intensiv mit ihr beschäftigte.

Und Lanies Bemühungen, Sanna in diesem Kreis junger Damen heimisch zu machen, blieben erfolglos.

Wohl gewann Sanna mehr und mehr Sicherheit im Verkehr, aber sie fühlte mit schmerzlicher Deutlichkeit, daß sie unter all diesen Menschen eine Ausgestoßene war, die man höchstens duldete, weil sie ein Gast dieses Hauses war, und der man nur gezwungen einige freundliche Worte sagte.

Würden dir diese Menschen offen ins Gesicht sagen, was sie über dich denken, dann müßtest du in qualvoller Scham dein Antlitz bergen, dachte sie.

Aber sie zeigte ihren Freunden nicht, wie sehr sie heimlich litt, um sie nicht zu kränken. Sie hatten es doch gut mit ihr gemeint, als sie dies Fest veranstalteten. Und Rolf von Gerlach gab sich solche Mühe, sie froh zu machen . . .

Ach er – wie gut er war.

Es stieg heiß in ihrem Herzen auf wie eine warme Flut.

Und doch war ihr noch nie so mit aller Not und Schärfe zum Bewußtsein gekommen, daß sie eine Verfemte war, als an diesem Abend, auf den sie sich so gefreut hatte. Am liebsten wäre sie geflohen in das Dunkel des Waldes und hätte im tiefen Jammer laut hinausgeschrien, was ihre Seele bedrückte.

Und am quälendsten traf sie das Bewußtsein, wie tief die Kluft war, die sie von Rolf von Gerlach trennte.

Bei alledem lächelte, plauderte und tanzte sie wie ein Automat.

Rolf ließ sie nicht aus den Augen.

Er ahnte mit dem sicheren Instinkt der Liebe, was in ihr vorging, und mühte sich mit aller Kraft, ihr die Unbefangenheit und Sicherheit zurückzugeben.

Je weiter der Abend vorschritt, desto sehnlicher wünschte Sanna, daß sie sich einmal still zurückziehen könne aus dem lauten Treiben. Und endlich wurde ihr Gelegenheit gegeben. Nur ein paar Minuten wollte sie sich selbst gehören – um fertig werden zu können mit der Wahrheit über ihre Stellung hier –, wo man sie nicht liebte und ungerecht verurteilte der Geschehnisse wegen, die sie nicht hatte ändern können.

Ihre Freunde waren gerade anderweitig beschäftigt, und sie

kam an der offenstehenden Verandatür vorüber. Da schlüpfte sie hinaus über die Veranda und barg sich in einer dunklen Ecke hinter einer Zeltwand. Hier war sie allein, und niemand, der auf die Veranda hinaustrat, vermochte sie zu sehen.

Die warme Nachtluft umfächelte ihre heiße Stirn. Hier war es immerhin bedeutend kühler als im Saal.

Sie atmete tief auf und blickte zum Himmel empor, der dunkel und sternenlos war, von schweren Regenwolken bedeckt. So trostlos war der Anblick dieses düsteren Himmels, daß sie schmerzlich seufzte.

Sie stützte den Kopf in die Hand und überdachte all die Demütigungen, die sie in ihrem Leben schon erlitten hatte.

Vater im Himmel, was habe ich getan, daß ich solche Qualen dulden muß? dachte sie und biß die Zähne zusammen, um nicht weinen zu müssen.

Gleich darauf erschrak sie und sah sich ängstlich um. Sie vernahm hinter sich auf der Veranda plaudernde Männerstimmen.

Gottlob – man konnte sie in ihrem Versteck nicht entdecken. Sie war jetzt nicht imstande, an den Herren vorüberzugehen. Durch einen schmalen Spalt in der Zeltwand sah sie die Silhouette einiger Herren, die sich gegen die erleuchteten Fenster scharf abhoben. Sie konnte jedes Wort verstehen, was sie sprachen.

»Gott sei Dank, hier draußen ist es kühler. Ich schlage vor, wir gehen hier ein Weilchen vor Anker«, sagte der eine der Herren.

»Setzen wir uns«, sagte eine andere Stimme.

Sie ließen sich von einem Diener Bowle servieren und setzten sich an einen Tisch.

Sanna merkte nun, daß sie länger bleiben würden, und sah sich um, ob sie nicht unbemerkt die Veranda verlassen konnte. Da entdeckte sie eine schmale Treppe, die in den Garten hinabführte.

Gerade wollte sie über diese Treppe entweichen, da blieb sie plötzlich wie gebannt stehen. Man hatte drüben eben ihren Namen ausgesprochen.

»Nun, meine Herren, was sagen Sie zu dem Auftauchen der jungen Freiin von Glossow in unserer Gesellschaft?« hatte einer der Herren gefragt.

»Eine entzückende Erscheinung«, bemerkte ein anderer, und Sanna vermochte nicht zu entfliehen. Wie gebannt blieb sie stehen und hörte, was noch über sie gesprochen wurde.

»Jawohl, das gefällt euch jungen Herren. Sie gleicht ihrer Mutter sehr. Das war auch ein bildschönes Weib, das uns die Köpfe heiß machte, als sie Justus von Glossow heimgeführt hatte. Alle Wetter noch mal – ich habe als junger Dachs stürmisches Herzklopfen gehabt, als ich sie das erstemal zu sehen bekam.«

»Ihre Tochter scheint etwas weniger temperamentvoll zu sein, sie wirkt recht still und gelassen. Nun – das ist ein Glück für sie bei dem verdammt schlimmen Erbe, das ihr ihre Eltern hinterlassen haben.«

»Ja, ja. Aber ich weiß nicht, es will mir nicht gefallen, daß unser junger Gastgeber mehr als nötig in die braunen Augen Susanna von Glossows sieht.«

»Meinen Sie, daß er das tut, lieber Schierstädt?«

»Na ja, meine Augen sehen noch recht scharf, trotz meiner sechzig Jahre. Und Rolf ist mein Liebling; ich hab' den Prachtkerl in mein altes Herz geschlossen, sein Vater war mein Freund. War ja auch mit Justus von Glossow befreundet, der war, weiß Gott, auch ein prachtvoller Mensch, bis auf seinen Jähzorn. Schlimme Geschichte das, damals! Na ja – sprechen wir nicht davon. Aber wenn Rölfchen sich in die schönen Augen der jungen Glossow versehen sollte – Donnerwetter noch eins –, das sollte mir leid tun. Das ist keiner von denen, die leicht über so etwas hinwegspringen. Wäre ja sonst eine famose Partie, wenn diese beiden Menschen zusammenkämen. Das gäbe einen feinen, abgerundeten Besitz, woran man seine Freude haben könnte. Aber, aber – das Drama von Glossow hätte eben nicht passieren dürfen. Rolf soll die Hand davon lassen, das ist keiner, der es vertragen kann, Spießruten zu laufen. Und man würde es ihm immer wieder ins Gedächtnis rufen, was die Eltern Susanna von Glossows getan haben. Wäre schade um den Prachtkerl! Wenn da erst die Leidenschaft verraucht wäre, da bliebe nichts als bittere Reue. Nee, nee, Herrschaften, es gefällt mir nicht, daß er so tief in ihre Augen blickt. Wenn er sich da in ein Netz verstricken läßt – erstickt er darin, ich kenne ihn zu gut, der kommt auf die Dauer über so etwas nicht hinweg.«

Alles das hatte Sanna, wie zu Stein erstarrt, gehört. Nun schauerte sie in der warmen Nachtluft zusammen und glitt mit zitternden Füßen über die Verandatreppe hinab. Sie hätte aufschreien mögen in wilder Qual, hätte sie noch ein Wort gehört. Wie eine Verbrecherin schlich sie davon in den dunklen Teil des Gartens. Und in ihrer Seele war ein Schmerz, der ohnegleichen war.

Die Herren hatten nichts gesprochen, was sie sich nicht schon oft genug selbst gesagt hatte. Aber nun es in Worte gefaßt worden war von fremden Menschen, nun nahm es eine viel schlimmere Gestalt an.

Kraftlos, wie zerbrochen, sank sie unten im Garten auf eine Bank und barg das Gesicht in den Händen in heißer, brennender Scham. An das tiefste Geheimnis ihres Herzens hatten die Herren mit rauher Hand gerührt. Sie wußte längst, daß sie Rolf liebte mit der ganzen Kraft und Innigkeit ihres Herzens. Kein Wunsch hatte sich mit diesem Bewußtsein geeint. Sie hatte gewußt, daß ihre Liebe hoffnungslos war und wunschlos bleiben mußte. Aber bisher hatte sie geglaubt, daß nur in ihrem Herzen diese Liebe wohnte. Wie nun, wenn die Herren recht hatten, wenn auch in Rolf von Gerlachs Herzen die Liebe zu ihr erwacht wäre?

Ein heißes Glücksgefühl durchströmte sie plötzlich in aller Not. Ach – wenn er sie liebte – so, wie sie ihn liebte – was würde er dann fragen nach dem Urteil der Welt? Liebe trägt über alles hinweg, das wußte sie selbst. Nichts konnte es geben, was ihre Liebe zu Rolf töten konnte. Und wenn er sie liebte, würde seine Liebe sich siegreich gegen alle Bedenken behaupten.

Aber – all das Glücksgefühl sank zusammen vor diesem Aber. Rolf durfte ihr seinen Namen nicht geben, über die Reinheit seines Namens mußte er wachen.

Er hatte ihn unbefleckt von seinem Vater übernommen und mußte ihn so bewahren.

Und wenn er nun dennoch zu ihr kam und sie fragte: »Willst du meine Frau werden?«

Sie stöhnte auf.

Nein, er würde es nicht tun, auch wenn er sie noch so liebhatte. Und täte er es dennoch, sie mußte dann ein Nein bereit haben. Sie mußte stark sein, für sich und ihn und mußte sich ihm verweigern. Sein geliebtes Leben durfte kein Schatten trüben. Lieber auf alles Glück verzichten, als zusehen müssen, wie ihn eines Tages die Reue packte, wenn es zu spät war. Oh, sie hatte es ausgekostet, was es hieß, einen Makel mit sich herumzuschleppen. Davor mußte Rolf bewahrt bleiben, und das würde sie tun, kraft ihrer Liebe. Aber schwer würde es sein, solch eine Entscheidung treffen zu müssen, schwer und bitter über alle Maßen. Und dennoch – die Gewißheit, von ihm geliebt zu werden, würde sie über alle Schmerzen hinwegtragen, würde ihr alles Leid versüßen.

Drüben auf der Veranda waren die plaudernden Stimmen verstummt. Sanna erhob sich müde und schlich mit zitternden Knien hinauf. Vorsichtig spähte sie erst durch die Zeltwand. Die Veranda war leer. Da strich sie über ihr Gesicht, als müsse sie den Schmerz verwischen, und schritt langsam hinüber nach der offenen Saaltür. Am liebsten wäre sie heimgefahren, ohne sich noch einmal unter die Menschen zu mischen, aber das war unmöglich.

Ehe sie die Tür erreicht hatte, trat plötzlich Rolf von Gerlach mit suchendem Blick heraus. Als er sie erblickte, atmete er wie erlöst auf.

»Gottlob, daß ich Sie finde. Ich suche Sie schon eine ganze Weile vergeblich.«

Sanna war zusammengezuckt, als er so plötzlich vor ihr stand.

»Ich war ein wenig im Freien, es war zu heiß im Saal«, sagte sie tonlos.

Er legte ihre Hand auf seinen Arm und sah besorgt in ihr blasses, starres Gesicht.

»Fühlen Sie sich nicht wohl?«

Sie versuchte zu lächeln. Dies Lächeln tat ihm aber weh.

»Nur ein wenig Kopfweh, Herr von Gerlach. Ich bin das viele Tanzen nicht gewöhnt.«

Forschend, mit einem Blick voll Liebe, sah er sie an.

»Sie sind nicht froh – ich sehe es Ihnen an«, sagte er mit erregter Stimme.

Da sah sie zu ihm auf mit einem Blick, der ihm das ganze Elend ihres Herzens verriet und ihn tief erschütterte.

»Sanna!«

All seine Liebe, seine Angst und Sorge um sie drängten sich in diesem Ruf zusammen. Sie erzitterte und schwankte haltlos an seinem Arm. Da wollte er sie umfassen und stützen. Aber mit aller Kraft nahm sie sich zusammen und eilte an ihm vorbei in den Saal.

Langsam folgte er ihr und sah ihre schlanke weiße Gestalt neben Frau von Seltiz auftauchen.

Er fühlte sich jetzt nicht ruhig genug, in ihrer Nähe zu weilen, und zwang sich, seine Pflichten als Wirt zu erfüllen.

Als er nach einiger Zeit mit einer alten Dame im Gespräch war, zwang ihn etwas Geheimnisvolles, seinen Blick seitwärts zu richten. Und da trafen seine Augen in die Sannas. Weltvergessen ruhten die beiden Augenpaare einige Sekunden ineinander, ganz unbeherrscht, und eine heiße Sehnsucht lag in beider Blicken. Dann wandte sich Sanna ab. Es war, als müsse sie ihren Blick gewaltsam losreißen.

Da wurde Rolf von Gerlach ruhig und froh. Er fühlte mit

Gewißheit, daß Sanna ihn liebte. Und alles andere versank wie wesenlos. Wenn er nur ihrer Liebe sicher war, so sollte ihn nichts von ihr trennen.

Sanna war unter den ersten Gästen, die Gerlachsheim verließen. Seltiz und Lanie hatten mit ihr für den nächsten Tag einen Ausflug an den Badestrand von Gosserow verabredet.

»Wir werden ein Bad nehmen, um uns zu erfrischen, Sanna. Und dann bleiben wir bis Mittag in den Strandkörben im dolce far niente, vorausgesetzt, das Wetter ist schön. Andernfalls kommen wir nach Glossow zum Plaudern.«

So hatte die Komteß zu Sanna gesagt.

Als diese sich von Rolf verabschiedete, hielt er ihre kleine zitternde Hand fest in der seinen.

»Wann sehen wir uns wieder?« fragte er leise und erregt.

Sie wich seinen Blicken aus.

»Lanie wird Ihnen sagen, was wir für morgen verabredet haben«, antwortete sie hastig und die Farbe kam und ging unruhig in ihren Wangen.

Sorglich und zart legte er den pelzbesetzten Mantel über ihre Schultern und sah dabei im Spiegel in ihr Gesicht.

»Ich habe Ihnen so viel zu sagen und ersehne eine Stunde des Alleinseins mit Ihnen«, sagte er leise.

Sie erzitterte und biß die Zähne zusammen, wie im Krampf. Zu antworten vermochte sie nicht, und ihr Blick streifte scheu und bang sein Gesicht.

Jetzt trat auch Frau von Seltiz heran, die sich von ihrem Sohn und seiner Braut verabschiedet hatte. Rolf führte die beiden Damen zu dem Wagen und hob sie hinein. Hans kam heraus, um seiner Mutter schnell noch einen Kuß zu geben.

Sanna reichte Rolf die Hand. Er fühlte, daß sie kalt war und zitterte. Er preßte unbeherrscht seine heißen Lippen darauf, als müsse er sie wärmen.

»Auf Wiedersehen!« sagte er in froher Erregung.

»Auf Wiedersehen!« antwortete sie leise. Und dann fuhr der Wagen davon, in das Dunkel der Sommernacht hinein.

Seltiz war schnell wieder ins Haus geeilt zu seiner Braut. Rolf aber stand noch eine ganze Weile und strich sich über die heiße Stirn.

Ohne dich gibt es kein Glück für mich, Sanna! Ich habe dich viel zu lieb – viel zu lieb, dachte er.

Sanna von Glossow aber saß regungslos im Wagen neben Frau von Seltiz, die müde ein Nickerchen machte. Und über die blassen Wangen der jungen Dame rannen lautlos Tränen. Sie wußte nun auch mit Gewißheit, daß Rolf von Gerlach sie liebte. Aber keine Hoffnung auf ein gemeinsames Glück knüpfte sich an diese Erkenntnis.

Ich darf dir nicht angehören, Rolf, du würdest es einst bitter bereuen, mich an deine Seite geholt zu haben, wenn du erst merken würdest, wie bitter es ist, verachtet zu werden. Du sollst stolz und aufrecht dein Haupt heben dürfen. Ich darf dich nicht hinabziehen an meine Seite, wo dich ein Makel treffen muß. Dazu habe ich dich viel zu lieb.

Und so sehnsüchtig die Herzen der beiden Menschen einander zuflogen – die Kluft zwischen ihnen konnte diese Sehnsucht wohl nicht überbrücken.

XXIII

Am Strand von Gosserow war es in den Morgenstunden schon ziemlich belebt. Abseits von allem Treiben standen einige besonders schöne Strandkörbe, mit einem großen G gezeichnet. Die gehörten Rolf von Gerlach. Ein Diener stand daneben und schaufelte an einem hohen Sandwall, der die Körbe umgab. In denselben lagen verstreut einige Bücher, Decken, zwei Damensonnenschirme und einige Bademäntel.

Der Diener sah nach der Uhr und fand, daß die Herrschaften heute sehr lange im Wasser blieben. Er mußte warten, bis sie zurückkamen. Wieder schaufelte er, ohne sonderlichen Eifer, an dem Wall und sah sich dann abermals nach den Herrschaften um.

Und da sah er auf dem Laufsteg von den Bädern her Fräulein von Glossow kommen, und einige Schritte hinter ihr schritt Herr von Gerlach. Sie hatte diesen noch nicht bemerkt. Der Diener arbeitete nun plötzlich so eifrig, wie er es die ganze Zeit nicht getan hatte, bis Fräulein von Glossow neben ihm stand. Zugleich war auch sein Herr angekommen.

»Sie liefen so schnell, gnädiges Fräulein, daß ich Sie nicht einzuholen vermochte«, sagte Rolf, als sich Sanna ermüdet in den Strandkorb setzte.

»Ich wollte mich nur warmlaufen nach dem Schwimmen«, antwortete sie, ohne ihn anzusehen.

»Wo ist Lanie?« fragte er.

»Oh, sie ist noch lange nicht fertig, ich brachte sie nicht aus dem Wasser. Es war heute auch ein herrlicher Wellenschlag.«

»Dann wird Hans noch lange am Damenbad warten müssen.«

»Das ist möglich.«

Rolf von Gerlach fertigte nun seinen Diener ab, und dieser entfernte sich.

Sanna sah ihm nach, als hätte sie ihn am liebsten zurückgehalten. Da das nicht anging, lehnte sie sich furchtsam in den Strandkorb zurück. Sie ahnte, fürchtete, hoffte, was nun kommen müßte.

Rolf ließ sich zu ihren Füßen in dem warmen Sand nieder und sah mit ernsten Augen zu ihr auf. Seit er heute morgen Sanna mit Hans und Lanie in Glossow abgeholt hatte, waren nur wenige belanglose Worte zwischen ihnen gewechselt worden. Auch jetzt herrschte zunächst eine Weile tiefes Stillschweigen. Dabei ließ Rolf jedoch seinen Blick unverwandt auf Sannas blassem Gesicht ruhen.

Sein Herz klopfte unruhig. So hilflos und lieblich sah sie aus in dem schlichten weißen Frotteekleid, und ihre Augen blickten ängstlich forschend den Laufsteg entlang, als wünschte sie

Hans und die Komteß herbei.

Die waren aber noch nicht zu sehen, und Rolf sehnte sich danach, Sanna zu sagen, was ihn im tiefsten Herzen erregte. Dies Alleinsein mit ihr durfte er nicht ungenützt verstreichen lassen. Vielleicht war ihm sobald kein anderes beschieden. Und doch zögerte er unruhig. In Sannas Wesen lag etwas, das um Schonung flehte, ihn aber zugleich zum Reden trieb.

»Sanna!«

Leise nannte er ihren Namen.

Sie waren ganz allein, ringsum war kein Mensch zu sehen. Das Strandleben flutete abseits und ließ nur verlorene Laute herüberklingen. Sie erschrak, als er ihren Vornamen nannte und sah ihn ängstlich an.

Es lag eine heimliche Abwehr in ihrem Blick. Er richtete aber seine schlanke Gestalt halb empor und neigte sich vor. Sein Gesicht war hell von der Sonne beschienen und in seinen stahlblauen Augen brannte die Unruhe.

Ihr Herz klopfte zum Zerspringen.

»Teure Sanna – ich sagte Ihnen gestern, als Sie Gerlachsheim verließen, daß ich Ihnen viel zu sagen hätte. Der Zufall schenkt mir jetzt eine kurze Zeit des Alleinseins mit Ihnen. Ich muß sie nützen, Sanna. Bitte, zürnen Sie mir nicht, daß ich Ihnen diesen vertrauten Namen gebe. In meinem Herzen nenne ich Sie schon lange so. Und was ich Ihnen zu sagen habe, kann ich nicht in förmlicher Weise tun. Es liegen Wochen voll Qual hinter mir, Sanna. Ich glaubte, Sie hätten Ihr Herz Hans von Seltiz zugewandt und war sehr unglücklich darüber. Als er sich mit Lanie verlobte und Sie so ruhig und heiter dabei waren, fiel es wie ein lähmender Bann von mir ab. Wenn Sie wüßten, was ich gelitten habe. Erst in der Zeit dieser Angst habe ich so recht empfunden, was Sie mir sind, wie sehr ich Sie . . .«

Sanna hatte reglos und wie gelähmt zugehört. Jetzt fuhr sie wie außer sich empor und hielt ihm die Hand auf den Mund.

»Nicht weiter, o bitte, sprechen Sie nicht weiter, Herr von Gerlach«, sagte sie zitternd vor Angst. »Kein Wort dürfen Sie mehr sagen. Vergessen Sie nicht, wer ich bin, welcher Makel dem Namen Glossow anhaftet. Bitte, denken Sie daran, daß ich arm, ganz bettelarm werden muß, wenn ich auch noch Ihre Freundschaft verliere. Und die werden Sie mir entziehen, wenn das zwischen uns zur Sprache kommt, was ich verhindern möchte um Ihretwillen.«

Sie hatte Tränen in der Stimme, und ihre Augen blickten in heißem Flehen in die seinen.

Das konnte ihn aber erst recht nicht zum Schweigen bringen. Er faßte ihre Hände und grub sein heißes Gesicht hinein, und dann sah er sie flehend an.

»Sanna, süße, liebe Sanna, warum soll ich nicht aussprechen, daß ich Sie liebe mit aller Glut und Innigkeit meines Herzens? Sagen Sie mir, daß es kein Irrtum war, wenn ich gestern abend aus Ihren Augen zu lesen meinte, daß auch Sie mich lieben, wie ich von Ihnen geliebt sein möchte.«

Sie sank erblassend zurück, aber er gab ihre Hände nicht frei.

»Ach, daß Sie es ausgesprochen haben«, sagte sie in herzzerreißendem Ton.

»Hat es Sie gekränkt, Sanna? Lieben Sie mich nicht? Wollen Sie nicht meine angebetete Frau werden?«

Sie schluchzte krampfhaft auf und sah ihn an, wie gestern abend, in Qual und Lust vergehend.

»Ob ich will – o mein Gott – ob ich will? Das dürfen Sie mich nicht fragen. Wenn mein Wille maßgebend wäre! Aber ich darf nicht – ich darf nicht.«

»Warum nicht, Sanna, Warum dürfen Sie nicht? Lieben Sie mich denn nicht?«

Wieder schluchzte sie. Dann sagte sie leise und erregt:

»Ich will mich nicht hinter Lügen verschanzen. Ja – ich liebe Sie, liebe Sie mit allen Fasern meines Seins, schon seit dem Tag, da ich Sie zuerst gesehen habe. Diese Liebe habe ich als mein höchstes Gut still im Herzen getragen. Ich wußte aber stets, daß sie erfolglos sein und bleiben müsse. Für mich ist solch ein Glück nicht geschaffen, das wissen Sie doch.«

Er zog sie an den Händen dicht zu sich heran.

»Kein solches Wort mehr, ich bitte Sie. Sehen Sie mich an, lesen Sie in meinen Augen. Du bist mein, Sanna – ich lasse dich nicht. Ich habe dich viel zu lieb, als daß ich dich aufgeben könnte. Nein – erschrecken Sie nicht, ich bin ganz ruhig und will Ihnen das traute Du nicht eher wieder geben, bis Sie es mir gestatten. Und das werden Sie tun. Ich habe keinen heißeren, innigeren Wunsch, als Sie zu bergen in meinem sicheren Schutz. Lassen Sie alle kleinlichen Bedenken fallen, wie ich es auch tue. Ich liebe Sie, Sie lieben mich – darüber hinaus wollen wir nichts bedenken.«

Sie schüttelte den Kopf, aber ihre Augen strahlten ihn in unverhüllter Liebe an.

»Wie danke ich Ihnen für diese Worte, sie werden mein Leben erhellen und mit Licht und Sonne füllen. Aber ich will Ihrer Liebe wert bleiben, Rolf, und will in dieser Stunde stark sein, für uns beide. Ich darf Ihre Frau nicht werden. Gestern abend hörte ich auf der Veranda in Gerlachsheim einige Herren über Sie und mich sprechen, ohne daß jemand von meiner Anwesenheit wußte. Und aus diesen Reden hörte ich, was ich mir auch schon vorher selbst gesagt hatte, daß ich dem Mann, dem ich meine Hand reichen würde, denselben Makel aufbürden müßte, der auf meinem Namen ruht. Einer der Herren, der Sie gut kennt, sagte von Ihnen: ›Das ist keiner, der es vertragen kann, Spießruten zu laufen.‹ Sehen Sie – das ist es. Spießruten müßten Sie laufen an meiner Seite. Ich weiß, wie weh das tut, und ich ertrüge es nicht, Sie Qualen leiden zu sehen, wie ich sie selbst ertragen mußte. Sie würden es nur zu bald bereuen, mich erwählt zu haben – und dann wäre es zu spät.«

Er schüttelte heftig den Kopf und küßte ihre Hände.

»Nein, nein, solche Gedanken dürfen Sie sich nicht machen. Nie werde ich es bereuen. Sie können nichts dafür, daß Ihre Eltern ein Unglück traf. Ich weiß, daß Sie meiner Liebe wert sind, und das allein ist ausschlaggebend für mich. Ich erkenne kein

Hindernis an zwischen uns, und Sie dürfen keines zwischen uns künstlich aufbauen.«

Mit einem schmerzlichen Lächeln sah sie ihn an.

»Nicht ich baue es auf, sondern das Schicksal hat es getan. Dringen Sie nicht weiter in mich, Sie wissen nicht, wieviel Kraft ich nötig habe, um fest zu bleiben. So gern ich alles vergessen möchte, was trennend zwischen uns steht, ich darf es nicht. Und so weh es mir tut, Ihnen einen Schmerz zufügen zu müssen durch meine Weigerung, ich muß es dennoch tun, um Sie vor einem größeren Unglück zu bewahren. Alle Welt wird Sie verdammen, wenn Sie Ihren Namen mit dem meinen verbinden.«

Er wurde sehr bleich.

»Sanna, liebe Sanna, dies alles habe ich schon bedacht und erwogen. Glauben Sie nicht, daß ich unüberlegt handle. Alle diese Bedenken sind nichtig. Ich weiß genau, was ich tue. Und ich sage Ihnen frei heraus, was Ihr Vater auch getan hat, ich würde an seiner Stelle nicht anders gehandelt haben. Und Ihre Mutter war schuldlos. Nichts steht zwischen uns als ein unglückliches Verhängnis, dem Ihre Eltern zum Opfer fielen. Wenn es die Welt mit anderen Augen betrachtet – sollen wir uns um das Urteil der Welt unglücklich machen? Wer darf sich vermessen, Ihre Eltern zu richten? Ich nicht, geliebte Sanna. Aus freiem Herzen, in tiefster Überzeugung wähle ich Sie zu meiner Frau, und wenn Sie mein Glück wollen, so werden Sie mein.«

Sie erzitterte unter seinen flehenden Blicken, aber ihr Entschluß war unabänderlich.

»Nein, ich kann nicht – ich darf nicht. Drängen Sie mich nicht mehr. Ich habe mir selbst in dieser Nacht unter heißen Schmerzen geschworen, daß ich lieber sterben will, als Ihnen einen solchen Makel aufzubürden, unter dem Sie, das weiß ich ganz gewiß, leiden müßten, wie ich selbst darunter leiden muß. Seien Sie barmherzig, und machen Sie mich nicht ganz einsam und elend, indem Sie mir ob meines Entschlusses zürnen und mich in Zukunft meiden. Ganz still will ich in Glossow meine Tage beschließen und mein einziges Glück wird der Gedanke sein, daß Sie mir nicht zürnen. Ich habe Sie ja so lieb – so lieb, viel zu lieb, als daß ich Ihnen ein Leid antun möchte. Seien Sie gut zu mir und glauben Sie mir, es ist für Sie notwendig, daß ich Ihnen meine Hand verweigere. Nichts kann mich in diesem Entschluß wankend machen.«

Es lag ein solch zwingender Wille in ihren Worten, daß er sich, keines Wortes mächtig, über ihre Knie neigte und sein blasses Gesicht in ihrem Schoß barg.

»Woher soll ich noch den Mut nehmen, gegen Ihren Entschluß anzukämpfen«, stöhnte er, »wenn Sie solchen Schwur abgelegt haben.«

»Ich habe ihn mir unter tausend Schmerzen abgerungen«, sagte sie leise. »Verzeiehen Sie mir, daß ich Ihnen weh tun muß, ich leide selbst am meisten darunter.«

Ihr Körper erzitterte von unterdrücktem Schluchzen, es lag eine so tiefe, trostlose Qual in ihren Worten, daß er sein eigenes Leid fast über dem ihren vergaß.

»Gibt es nichts auf der Welt, das Sie anderen Sinnes machen könnte? Glauben Sie mir doch, ich frage nach nichts als nach Ihrer Liebe und traue mir die Kraft zu, für Sie und für mich gegen alle Welt einzutreten! Kann ich nichts tun, um Sie umzustimmen, nichts, das Sie losreißen könnte von Ihren angstvollen Gedanken?«

Trostlos schüttelte sie den Kopf und krampfte die Hände zusammen.

»Ein Wunder – ein Wunder müßte geschehen, ein Wunder, das mich frei machte von dem Makel, der auf meinem Namen ruht. Aber – es geschehen keine Wunder mehr.«

»Und wenn ich Ihnen sage, daß ich ein unglücklicher Mensch werde, daß mein Leben wertlos ist, wenn Sie es nicht mit mir teilen?«

Angstvoll faßte sie nach seinen Händen. »Nein, nein – das dürfen Sie mir nicht sagen. Erbarmen Sie sich, ich kann nicht anders. Zerreißen Sie mir nicht das Herz. Verzeihen Sie mir, daß ich in Ihr Leben trat. Und bleiben Sie mir ein treuer Freund, wie bisher, ich will Ihnen so dankbar sein«, stieß sie hervor, von Schmerz und Angst geschüttelt.

Da sah er, daß er jetzt nichts über sie vermochte, und daß er nicht weiter in sie dringen durfte. Sie war unglücklicher und elender als er selbst, und so schmerzlich ihn ihre Weigerung traf, mußte er sie darum noch höher halten als zuvor. Um sie zu beruhigen, streichelte er ihr in heißer, inniger Sorge die Hände.

»Mein armes, liebes Kind, meine arme teure Sanna – seien Sie ruhig, fassen Sie sich. Wenn ich Sie mir nicht als Frau erringen kann, muß ich glücklich sein, wenn Sie sich wenigstens meine Freundschaft gefallen lassen wollen. Aber eins muß ich Ihnen sagen: Ich gebe die Hoffnung nicht auf, daß Sie noch anderen Sinnes werden. Ich will nicht aufhören, um Sie zu werben und will Sie überzeugen, daß Sie einem törichten Wahn unser Glück opfern wollen. Nein, nein – wehren Sie nicht ab, ohne Hoffnung dürfen Sie mich jetzt nicht lassen. – Ich danke Ihnen aus tiefstem Herzen, daß Sie mir gesagt haben, wie lieb Sie mich haben. So glücklich macht mich dies Geständnis trotz allem. Und weil ich weiß, daß Sie mich lieben, weil ich weiß, wie groß und tief meine Liebe ist, deshalb gebe ich die Hoffnung nicht auf. Liebe kann Berge versetzen, Liebe kann Wunder tun – ich hoffe auf dies Wunder und will daran glauben, daß es geschieht, mit aller Kraft meines Herzens. Und bis dahin will ich Ihr treuester, ergebenster Freund sein. Sind Sie mit diesem Versprechen zufrieden?«

Sie umklammerte seine Hände, als müsse sie sich daran halten, damit sie ihn nicht verlor. Er sah ihr tief in die Augen.

»Ich habe dich viel zu lieb, als daß ich dich lassen könnte«, stieß er heiser hervor und sprang auf, um von ihr fortzutreten, weil er seiner selbst nicht mehr mächtig war.

Mit brennenden Augen starrte er den Laufsteg entlang. In der Ferne sah er Hans und Lanie auftauchen, die langsam näher kamen.

Da wandte er sich wieder nach Sanna um, die erschüttert im Strandkorb zurückgesunken war und die Hände fest auf das klopfende Herz drückte.

»Bitte, fassen Sie sich, gnädiges Fräulein. Das glückliche Brautpaar wird gleich hier sein«, sagte er, sich gewaltsam zur Ruhe zwingend.

Sie sah zu ihm auf mit einem Blick, der ihn erschütterte. Und dann richtete sie sich gerade empor und faltete die Hände wie im Gebet.

Die ganze Hilflosigkeit und Traurigkeit ihres Wesens lag in dem blassen Antlitz. Er biß die Zähne zusammen, um sich beherrschen zu können. Es drängte ihn mit Gewalt, sie in seine Arme zu reißen und allen Widerspruch von den blassen, bebenden Lippen zu küssen. Aber er wußte, daß er damit nichts erreichte, als sie zu erschrecken, ja, vielleicht sogar zu verjagen. Er konnte nichts tun, als ihr durch sein Beharren zu beweisen, daß er nicht nur dem Wunsch einer heißen, drängenden Stunde nachgegeben hatte, als er um sie warb, sondern, daß sein ganzes Wesen im heiligen Ernst von diesem Wunsch durchdrungen war.

Als das Brautpaar eine Weile später herankam, saßen sich Rolf und Sanna in zwei Strandkörben in ruhiger Haltung gegenüber. Sie hatten sich gefaßt.

»Da seid ihr ja endlich!« rief ihnen Rolf in scheinbarem Gleichmut entgegen.

»Lanie hat mich eine halbe Stunde warten lassen«, erwiderte Hans.

»Es war herrlich im Wasser, ich wäre am liebsten noch länger geblieben«, erklärte die Komteß.

»Fräulein von Glossow und ich, wir haben inzwischen Siesta gehalten. Ich glaube, wir sind beide ein wenig müde von gestern«, sagte Rolf, um Sannas bleiches Aussehen zu erklären.

Die Komteß setzte sich lachend neben Sanna in den Strandkorb. »Ach, ich spüre nichts von Müdigkeit. Aber du, liebe Sanna, weißt du, wie du aussiehst?«

»Nun?« fragte diese, und sie wunderte sich, daß sie ein ruhiges Wort herausbrachte, da es in ihrer Seele stürmte.

»Du siehst aus, als hättest du einen richtigen Katzenjammer. Rolf übrigens auch. Schämt euch doch! Was tun wir nun?«

Hans von Seltiz hatte Rolf und Sanna mit einem forschenden Blick gestreift. Er ahnte, daß es hier etwas gegeben hatte. Und er lenkte zartfühlend die Aufmerksamkeit seiner Braut von den beiden ab, indem er ihr einen großen Dampfer zeigte, der am Horizont langsam dahinfuhr.

Lanie versuchte dann ein vergnügtes Gespräch über den gestrigen Ball in Gang zu bringen. Sie karikierte einige besonders komische Typen der Gesellschaft in übermütiger Weise, hatte aber nur bei ihrem Verlobten einen vollen Heiterkeitserfolg. Rolf und Sanna brachten nur ein mattes Lächeln zustande.

»Ach – ihr seid heute wirklich ganz langweilige Schlafmützen«, schalt sie ärgerlich und warf sich in den Strandkorb zurück.

Hans kniete zu ihren Füßen im Sand. »Ich auch, Lanie?«

»Nein, du nicht.«

Und das Brautpaar vergaß in zärtlichen Tändeleien auf die beiden anderen zu achten. Liebespaare sind schlechte Beobachter und pflegen sehr egoistisch zu sein.

Sanna hatte ein Buch genommen und gab sich den Anschein, zu lesen. Rolf lehnte in seinem Strandkorb und ließ sie nicht aus den Augen. Wenn sie zuweilen aufsah, traf sie sein bittender Blick.

Wie soll ich das ertragen, lieber Gott, wie soll ich das ertragen? dachte sie verzagt.

Ihr Herz drängte in heißer Sehnsucht dem seinen entgegen, und die Gewißheit, von ihm geliebt zu werden, durchdrang sie in aller Not und Pein wie ein seliges Erschauern.

Pünktlich um ein Uhr kam der Gerlachsheimer Wagen, um alle heimzufahren.

Sanna fuhr bis Glossow mit, und als sie sich verabschiedet hatte, sagte sie zu Frau von Seltiz:

»Liebe Mama Seltiz, ich bin todmüde und habe Kopfweh. Vielleicht hätte ich heute nicht baden sollen. Bitte, speisen Sie heute allein, ich habe keinen Appetit und will mich niederlegen.«

Die alte Dame sah sie besorgt an. »Kindchen, Sie wollen doch nicht krank werden? Sie haben sich gestern und heute zuviel zugemutet.«

Sanna lächelte mit blassen Lippen.

»Ja, es mag ein wenig zuviel gewesen sein. Aber ich brauche nichts als Ruhe. Einige Stunden Schlaf – dann ist alles wieder gut.«

Sie zog sich in ihr Schlafzimmer zurück. Nachdem ihr die Zofe ein bequemes Kleid übergeworfen hatte, entließ sie dieselbe. Und dann warf sie sich mit einem tiefen, zitternden Atemzug auf ihr breites Ruhebett und barg das Gesicht in beiden Händen.

So lag sie reglos und ließ alles noch einmal an sich vorübergleiten, was gestern und heute geschehen war. Jedes der Worte rief sie sich ins Gedächtnis zurück, die Rolf zu ihr gesprochen hatte. Sie wollte sie bergen in ihrem Herzen, wie ein Heiligtum. Und als sie sich nochmals die Frage vorlegte, ob sie recht getan hatte, daß sie seine Werbung zurückwies, da hörte sie wieder die Worte des Herrn von Schierstädt: »Das ist keiner, der es vertragen kann, Spießruten zu laufen.«

Sie richtete sich auf mit einem vor Schmerz versteinerten Gesicht.

»Nein, du sollst nicht Spießruten laufen, geliebter Rolf! Lieber will ich sterben als zusehen müssen, wie sie dir dein stolzes Haupt beugen. Ich habe recht getan, wenn du es auch nicht einsehen willst.«

XXIV

Anscheinend ging nun alles seinen Gang weiter, und doch war alles so anders geworden.

Noch immer kamen die Glossower Damen täglich mit Rolf und seinen Gästen zusammen. Naturgemäß war das Brautpaar jetzt hauptsächlich mit sich selbst beschäftigt.

Die Komteß ahnte nicht, daß es zwischen Rolf und Sanna etwas gegeben hatte.

Hans hatte indes Rolf teilnehmend gefragt, ob es zu einer Aussprache gekommen sei. Da hatte Rolf erwidert:

»Frag nicht, Hans. Nur so viel will ich dir sagen: Ich habe um Sanna angehalten und sie hat mich zurückgewiesen, weil sie fürchtet, ich komme nicht darüber hinweg, was mit ihren Eltern geschehen ist. Trotzdem liebt sie mich. Ob ich sie jemals anderen Sinnes machen kann, weiß ich nicht. Vorläufig muß ich mich fügen. Wenn du mir eine Wohltat erweisen willst, sorge dafür, daß Lanies Interesse von uns abgelenkt wird.«

Danach hatten sich die Freunde stumm die Hand gedrückt und nicht mehr davon gesprochen.

Das Brautpaar hatte genug zu tun mit Zukunftsplänen aller Art, und die beiden Mütter waren natürlich stark daran beteiligt. So waren Rolf und Sanna viel aufeinander angewiesen. Sie verkehrten scheinbar ruhig und freundschaftlich, wie früher, miteinander. In Rolfs Wesen prägte sich Sanna gegenüber eine zarte, schonungsvolle Aufmerksamkeit aus, und in ihren Augen lag es immer wie eine stumme Bitte, als müsse sie ihn um Verzeihung anflehen, daß sie Schmerzen in sein Leben brachte. Er mußte die Zähne zusammenbeißen und seinen Blick gewaltsam von ihrem blassen, rührenden Gesicht losreißen, um seine Fassung nicht ganz zu verlieren.

Als der Urlaub von Hans zu Ende ging, rüsteten auch Gräfin Landa und Komteß Lanie zur Abreise. Die Hochzeit des jungen Paares sollte im Dezember stattfinden; bis dahin gab es allerlei vorzubereiten.

Rolf versuchte nicht, seine Verwandten länger zu halten.

Im Herzen war er froh, daß sie jetzt abreisten, denn er verlangte selbst fort von Gerlachsheim. Es war ihm unmöglich, auf die Dauer in Sannas Gegenwart seine Ruhe zu bewahren. Er wollte einige Zeit auf Reisen gehen und versuchen, draußen in der Welt das seelische Gleichgewicht wiederzufinden. Wenn er dann wiederkam, war es ihm vielleicht eher möglich, ihr ruhig zu begegnen.

Nach einer Abschiedsfeier im kleinen Kreis reiste die Gräfin mit ihrer Tochter und Hans von Seltiz ab.

Einige Tage darauf machte Rolf den Damen in Glossow einen Besuch und gab dabei seine Absicht kund, einige Wochen auf Reisen zu gehen.

Sannas Gesicht überzog sich mit einer jähen Blässe. Sie wußte, daß sie es war, die ihn hinaustrieb.

»Da wird es mit einemmal sehr still um uns her«, sagte Frau von Seltiz ahnungslos. »Ich fürchte, liebe Sanna, daß Sie die Langeweile dann sehr plagen wird.«

Die junge Dame vermochte nicht zu antworten und nickte nur stumm mit dem Kopf. Und endlich quälte sie sich einige Worte ab:

»Wann werden Sie reisen, Herr von Gerlach?«

Er sah sie an und atmete tief und schwer.

»Übermorgen wahrscheinlich. Ich werde vorher nicht noch einmal nach Glossow kommen können, da ich noch viel zu erledigen habe. Deshalb will ich schon heute Abschied nehmen.«

»Dann reisen Sie mit Gott, Herr von Gerlach«, sagte Sanna tonlos und reichte ihm die kleine, kalte Hand, die in der seinen zitterte.

Ihr Anblick zerriß ihm fast das Herz, und als Frau von Seltiz in diesem Moment in das Nebenzimmer trat, um ein Tuch umzunehmen, fragte er leise, mit heiserer Stimme:

»Muß es sein, Sanna? Ein einziges Wort von Ihnen hält mich fest, das wissen Sie.«

Mit einem trostlos wehen Blick sah sie ihn an.

»Ich kann es nicht aussprechen, dies Wort, obwohl ich weiß, daß ich Sie ganz verlieren werde. Reisen Sie und kommen Sie ruhiger zurück, das wünsche ich uns beiden!«

Er preßte ihre Hand an seine Lippen.

»Sie wissen nicht, was es mich gekostet hat in dieser Zeit, Ihnen mit äußerlicher Ruhe entgegenzutreten. Meine Liebe ist nicht wunschlos und resigniert, wie die Ihre. Sobald ich meiner wieder sicher bin, kehre ich heim – als Ihr treuer Freund, solange Sie mir keinen anderen Namen geben wollen. Leben Sie wohl, Sanna. Gott schütze und behüte Sie.«

Sie drückte seine Hand.

»Leben Sie wohl und kehren Sie bald gesund heim.«

Frau von Seltiz kam zurück. Auch von ihr verabschiedete sich Rolf nun in herzlicher Weise. Von der Tür aus warf er noch einen Blick auf die schlanke, stille Gestalt am Fenster; einen Blick, der sie ihm mit magnetischer Kraft nahe brachte.

Sie umklammerte eine Sessellehne, als müsse sie sich daran halten.

›Rufe ihn zurück, halte ihn – er geht vielleicht für immer‹, schrie es in ihrer Seele.

Aber die blassen Lippen preßten sich aufeinander, und ihr Fuß wurzelte am Boden.

Vom Fenster aus sah sie ihn auf sein Pferd steigen. Noch einmal grüßte er stumm, mit einem flehenden Blick zu ihr herüber, und dann jagte er davon, wie auf der Flucht vor sich selbst.

Sanna war zumute, als versinke die Sonne für alle Zeit und die Welt läge dunkel und kalt vor ihr.

Sie krampfte die Hände zusammen. »Warum muß ich so leiden? Was habe ich verbrochen, daß ich ausgestoßen bin aus den Reihen der Glücklichen?« fragte sie sich, und eine trostlose Bitterkeit füllte ihre Seele. Und mehr als alles andere schmerzte sie der Gedanke, daß sie Rolf hatte weh tun müssen.

Wäre ich doch nie nach Glossow gekommen, wäre ich in dem düsteren, kalten Professorenhaus geblieben und hätte dumpf und stumpf mein Leben weitergeschleppt. Dann wüßte ich nicht, wie schön und herrlich das Leben sein kann, dann hätte mich nicht das Glück lockend mit dem Flügel gestreift und hätte Rolfs Frieden nicht gestört. Wehe mir – die Sünden der Väter werden heimgesucht an den Kindern. Vater im Himmel, kannst du so grausam sein? Ist dieser Spruch eines allgütigen Gottes würdig? Hilf mir doch, hilf mir! Ein Wunder tue an mir, Vater im Himmel, laß ein Wunder geschehen, das mich rettet aus meiner Not. Nimm den Makel von mir, der mich zu Boden drückt und den Frieden und das Glück eines geliebten Menschen zerstört. Tue ein Wunder, barmherziger Gott, hilf mir und ihm, den ich liebe, so namenlos liebe, daß ich lächelnd für sein Glück sterben würde.

So stieg es im heißen Gebet aus ihrer Seele empor zum Himmel, ein Gebet, das ihr die Not ihres jungen Herzens erpreßte.

Wie zerbrochen sank sie in einen Sessel und blieb sekundenlang reglos am Fenster sitzen.

XXV

Wochen vergingen. Von Rudolf von Gerlach drang keine Kunde nach Glossow. Der Herbst war ins Land gezogen, und Heerfurt hatte lachend erklärt, es habe seit langen Jahren nicht eine so gute Ernte gegeben.

»Man merkt, daß das Auge des Herrn die Kühe fett macht«, hatte er zu Sanna gesagt.

Der getreue Verwalter hatte seine junge Herrin wohlweislich mit allerlei Arbeiten und Pflichten für den Gutsbetrieb belastet. Diese Arbeit mußte einen wohltätigen Zauber auf ihr einsames Herz ausüben.

Und Sanna machte diese Arbeit Freude. So erwarb sie sich allmählich ihr herrliches Erbe, das ihr vom Schicksal zugefallen war. Und Heerfurt war mit seinem Einfall zufrieden und fand, daß sie eine mustergültige Gutsherrin zu werden versprach.

Sanna lächelte zu diesen Worten.

»Ich habe wenig genug dazu getan, lieber Herr Verwalter.«

Weder Frau von Seltiz noch der Verwalter und seine Frau waren mit Sannas stillem, ernstem Wesen einverstanden. Aber sie glaubten, es fehle ihr nur an heiterer Gesellschaft. Es war jetzt leider wieder so still in Glossow geworden, und die junge Herrin hatte wenig Unterhaltung und Freude.

Zuweilen kamen Briefe von Lanie an Sanna. Jedes Wort darinnen spiegelte ihr junges, bräutliches Glück wider. Und einmal hieß es dann in einem solchen Brief:

»Du mußt natürlich unser Hochzeitsfest mitfeiern, liebste Sanna. Du sollst eine meiner Brautjungfern sein. Kommst mit Mama Seltiz schon einige Tage früher zu uns als die übrigen Hochzeitsgäste, damit wir noch etwas voneinander haben. Hans nimmt natürlich erst im letzten Moment Urlaub, weil wir dann möglichst lange Zeit für unsere Hochzeitsreise haben wollen. Koltzow hat ihn zum Oberarzt seiner Klinik gemacht. Sein Hochzeitsgeschenk, sagt er. Er hält viel von Hans. Komm – wir haben schrecklich viel zu erzählen!«

Auf diese Einladung antwortete Sanna:

»Liebste Lanie! Du hast mich sehr erfreut durch Deine Einladung zu Eurer Hochzeit. Aber ich kann dieselbe nicht annehmen. Du hast es gut mit mir gemeint, daß weiß ich. Aber bedenke, was meine Anwesenheit für peinliche Situationen ergeben könnte. Es würde Euch vielleicht – nein, ganz gewiß – übel vermerkt werden. Du weißt ja, daß ein Makel auf meinem Namen ruht. Es wäre eine Qual für mich und ein unnötiger Heroismus für Euch. Habe herzlichen Dank für Deinen guten Willen, Deiner lieben, verehrten Mutter küsse ich dankbar die Hände. Mama Seltiz wird mir dann alles erzählen, wie schön es war. Mich aber laßt in meinem stillen Glossow. Ich passe nicht in die große Gesellschaft. Wenn Du später mit Deinem jungen Gatten zu Besuch nach Gerlachsheim kommst und Ihr mir dann noch mit der alten Freundschaft begegnen werdet, will ich mich dankbar darüber freuen. Das werden Feierstunden für mich werden, denn die Erinnerung an die schönen Stunden, die ich mit Euch verleben durfte, erhellen meine einsamen Tage.«

Bei diesem Entschluß blieb Sanna auch, trotzdem Lanie noch einige Male versuchte, sie umzustimmen.

Im Grunde mußte die Komteß Sanna recht geben, aber es tat ihr so furchtbar leid, daß diese ihre Jugend so freudlos vertrauern sollte.

Sie konnte sich nicht denken, daß Sanna an dem stillen, einsamen Leben in Glossow Genüge fand.

In Wahrheit machte ja Sanna auch nur aus der Not eine Tugend. Die Einsamkeit lastete oft schwer auf ihr und dann trieb es sie hinaus in den Wald, meistens bis an die See.

Oft stand sie oben am Steilpfad der Trollschlucht, an der Stelle, wo Komteß Lanie ihr Glück gefunden hatte, und schaute mit sehnsüchtigen Augen über das Meer hinaus.

Ihre einzige Freude war der Bau ihres Kinderheims, der nun unter Dach war und seiner Vollendung entgegenschritt. Sie vertiefte sich in die Pläne und in alle Einzelheiten, wie sie sich den Betrieb dachte. Viele Verhandlungen mit Ärzten und Behörden waren angeknüpft worden, und sie sah schon jetzt ein, daß nicht alle Kinder Aufnahme finden könnten, die sich anmelden würden.

Als nachher regnerische und rauhe Herbsttage kamen, die Sanna mehr als sonst an das Zimmer fesselten, wurde ihr die Zeit oft lang, und sie suchte sich allerlei Beschäftigung.

So war wieder ein grauer, stürmischer Regentag, Sanna stand am Fenster. Es war derselbe Raum, den früher ihre Mutter benutzt hatte. Die Einrichtung dieses Zimmers war im Stil Louis XIV. gehalten. Reizende Boulemöbel mit kunstvollen Einlagen, eine lichte, mit heiteren Kinderszenen bemalte Dekke, ein schöner hoher Marmorkamin, Möbelbezüge sowie die Wandbespannung in seegrünem Seidendamast und ein großer, weicher Teppich, der den Parkettfußboden fast ganz bedeckte, einten sich zu einem Ganzen von entzückender Wirkung. Dies große, helle Zimmer hatte entschieden die köstlichste und reizendste Ausstattung im ganzen Haus. Es war ein Frauengemach von seltener Schönheit und Stilreinheit.

Draußen regnete es unaufhörlich, und der Wind peitschte die schweren Tropfen an die Fenster.

Sie rinnen wie Tränen herab, dachte Sanna melancholisch.

Im Kamin flackerte ein helles Feuer. Das erhöhte die Traulichkeit des Raumes im Gegensatz zu dem trostlosen Wetter draußen.

Seufzend wandte sich Sanna vom Fenster ab und schritt im Zimmer auf und ab. Sinnend blieb sie bald hier, bald dort stehen, betrachtete aufmerksam die kleine kostbare Stutzuhr aus Bronze auf dem Kaminsims und die rechts und links davon stehenden Porzellanfigürchen, einen Schäfer und eine Schäferin darstellend, und ließ sich dann in einem Sessel am Kamin nieder. Mit ihren Pflichten heute war sie fertig.

So einsam und verlassen kam sie sich nun vor. Mama Seltiz hatte Kopfweh und hatte sich zurückgezogen. So fühlte sie sich wie verloren in der Welt und hatte doch schon genug einsame Stunden erlebt.

Ihr graute vor dem Leben, das sich nun weiter so abspinnen würde. Wo mochte Rolf von Gerlach weilen? Sie sah mit großen, sehnsüchtigen Augen in die Glut des Kamins, die rote Lichter über sie dahinstreute und ihr weiches Hauskleid mit rosigem Schein beleuchtete.

In Lanies letztem Brief hatte diese geschrieben, daß sie einen Kartengruß von Rolf aus Nervi bekommen habe, und daß er auf dem Weg nach Nizza sei.

Ob dort die Sonne schien?

Sie fröstelte und seufzte auf. Ihr war zumute, als habe sie die Sonne seit einer Ewigkeit nicht mehr gesehen.

›Wenn ich auf Reisen gehen würde? Ob ich da nicht auch im Sonnenschein leben könnte? dachte sie.

Und sie erwog den Gedanken nach allen Seiten. Sie hatte noch so wenig von der Welt gesehen. Warum sollte sie so ruhig in Glossow bleiben? Rolf war auch in die Welt hinausgezogen, um sich zu zerstreuen und abzulenken. Konnte sie das nicht auch tun?

Mama Seltiz war noch rüstig und kräftig genug, sie zu begleiten. Da draußen kannte sie kein Mensch, da konnte sie untertauchen im Strom der Fremden.

Warum war sie noch nicht auf diesen Gedanken gekommen? Wenn sie wollte, konnte sie gleich heute abreisen, kein Mensch konnte sie hindern.

Sie sprang auf, wie überwältigt von diesem Gedanken. Aber dann blieb sie plötzlich wieder stehen.

Und wenn dann Rolf heimkommt, getrieben von seiner Sehnsucht nach dir, und er findet Glossow leer?

Sie preßte die Hände aufs Herz.

Nein, nein, nicht fort von Glossow! Es war ja nur die Sehnsucht nach ihm, die ihr die Einsamkeit so schwer und lastend erscheinen ließ. Wenn er wieder in Gerlachsheim war, wenn sie ihn zuweilen sehen konnte, dann war alles anders, dann war es in Glossow am schönsten auf der ganzen Welt. Ach, wenn er ahnte, wie schmerzlich sie sich nach seinem Anblick sehnte, er hätte keine Ruhe mehr da draußen. Nein, sie konnte nicht fort, die Hoffnung, ihn bald wiederzusehen, hielt sie fest. Müde ließ sie sich an dem zierlichen Schreibtisch nieder. Was war das für ein unpraktisches, niedliches Dingelchen. Sie benutzte ihn nie. Drüben in ihrem Arbeitszimmer hatte sie einen großen praktischen Diplomatenschreibtisch stehen. Dies hier war ja nur ein kostbares Spielzeug.

Sie betrachtete aufmerksam die kunstvollen Einlagen. Wie wundervoll war zum Beispiel an dem Aufsatz die zierliche Sternenkarte aus feinen Perlmuttblättchen gearbeitet.

Und wie sie diese Sternenkarte betrachtete, stutzte sie plötzlich, und ein grübelnder Ausdruck kam in ihr Gesicht. Diese Sternenkarte hatte ihr doch schon eine besondere Aufmerksamkeit abgenötigt? Wann war das doch gewesen – bei welcher Gelegenheit?

Sie stützte den Kopf in die eine Hand, und mit der andern glitt sie, wie streichelnd über die Kante hinweg. Und wie sie so auf ihre Hand blickte, stand plötzlich ganz klar und deutlich jener Traum in ihrer Erinnerung, in dem ihr die Mutter erschienen war und ihre Hand ebenso, wie sie jetzt selbst, über diese Sternchen hatte gleiten lassen.

Angeregt richtete sie sich empor und starrte auf die Sternenborte. Und wie unter einem Zwang glitt sie mit der Hand von einem Sternchen zum andern, gleichsam zählend, auf jedes einen besonders festen Druck ausübend.

So war sie fast bis zur Mitte der Kante gelangt, als plötzlich ein leises schnappendes Geräusch wie von einer springenden Feder ertönte. Zugleich sprang, ganz wie in Sannas Traum, ein schmales Fach auf, ein kleines Geheimfach, wie man sie in alten Schreibtischen oft findet.

Sanna zuckte erschrocken zusammen. Wie seltsam das war!

Ihr Traum bekam durch diesen Zwischenfall eine ganz neue Bedeutung. Fast furchtsam, aber doch ohne Bedenken faßte sie in das schmale Fach. Es war kaum groß genug, daß ihre Hand noch darin Platz hatte. Und es lag nichts darin als ein kleines Buch.

Sie zog es heraus. Es war in rotes Saffianleder gebunden und auf dem Deckel war in goldenen Buchstaben das Wort »Tagebuch« geprägt.

Langsam, bis ins Herz hinein erregt und fassungslos, schlug sie den Deckel auf. Und da stand in feiner, graziöser und doch sehr deutlicher Schrift: »Bettina von Glossow«!

Eine Weile sah die junge Dame reglos darauf nieder. Das Tagebuch ihrer Mutter. – Und auf dieses Tagebuch hatte sie die Traumgestalt ihrer Mutter damals so eindringlich aufmerksam gemacht. Sollte das einen tieferen Sinn haben? Gab es wirklich Dinge zwischen Himmel und Erde, die eine übersinnliche Bedeutung hatten?

Das Tagebuch ihrer Mutter! Ein Tagebuch schreibt man nur für sich selbst, es ist nicht für fremde Augen bestimmt. Durfte sie darin lesen? Eigentlich nicht – und doch – sie wußte so wenig von ihrer Mutter, von ihren Eltern, und hier lag ein Buch vor ihr, daß ihr vielleicht mancherlei Aufschluß gab über vergangene Dinge. Sollte sie es ungelesen an seinen Platz legen?

Nein, die Traumgestalt der Mutter hatte sie selbst auf dies Buch aufmerksam gemacht, hatte sie gleichsam aufgefordert, von dem Inhalt dieses Geheimfaches Kenntnis zu nehmen. Es war kein Vertrauensbruch, keine Pietätlosigkeit, wenn sie las, was die verstorbene Mutter aufgezeichnet hatte. Jedes Wort würde ihr ein Heiligtum sein.

Sie konnte nicht widerstehen. Noch zögernd schlug sie die erste Seite auf und las:

»Am 24. April.

Heute ist der erste Tag, den ich in Glossow verbringe, im Hause meines geliebten Mannes. Und wie ich heute ein neues Leben beginne, als Hausfrau von Glossow, als treue Gefährtin meines Justus, so will ich auch heute beginnen, in dies Büchlein zu schreiben, was mein Herz bewegt. Mein geliebter Mann hatte es mir auf meinen Schreibtisch gelegt, in diesem entzückenden Boudoir, das seine Liebe für mich so herrlich geschmückt hat. Dabei sagte er zu mir: Du hast nun keine treue Mutter mehr an deiner Seite, meine herzliebe Bettina, der du alles beichten kannst, was dein Herz erfüllt. So soll dies Büchlein dein Vertrauter sein, wenn du eines solchen bedarfst außer mir. – Ach, ich brauche wohl keinen Vertrauten außer ihm, denn meine Seele liegt vor ihm wie ein aufgeschlagenes Buch. Ich müßte denn diesem Büchlein anvertrauen, was ich ihm nie genug sagen kann – wie sehr ich ihn liebe und wie glücklich ich bin, daß er mich an sein Herz genommen hat. Mein geliebter Justus – wie danke ich dir für deine Liebe.«

So ging es weiter, mehrere Seiten lang, der Ausfluß eines liebenden Herzens, das sein Glück nicht genug preisen kann.

Dann folgten Aufzeichnungen von allerlei Erlebnissen,

manche flüchtig abgetan, manche ausführlich beschrieben. Da war der Tod ihrer Eltern, der kurz nacheinander erfolgte, von Bettina von Glossow aufgezeichnet worden, dann ein Besuch ihres Bruders Michael und eine Klage über dessen absonderliches Wesen. Dazwischen immer wieder glückselige Worte über ihr sonniges Leben an der Seite des geliebten Mannes.

Manchmal waren die Aufzeichnungen in ununterbrochener Reihe täglich erfolgt, dann wieder kamen kürzere oder längere Pausen. Und immer klang durch all die Worte das reiche, tiefe Seelenleben eines Frauenherzens.

Und nach einer längeren Pause hieß es dann:

»Am 8. April ist meine süße, kleine Sanna geboren und ist nun schon fast ein Vierteljahr alt. Sie lacht mich mit den Augen meines Justus an, aber sonst soll sie mir gleichen. Ach, mein geliebtes, kleines Mädchen – mein geliebter Mann, jetzt müßt ihr euch teilen in meine Liebe. Aber keins soll zu kurz kommen. Mein Herz ist ja so voll von Liebe, und je mehr ich davon ausgebe, je größer wächst mein Schatz an Liebe.«

In kurzen Pausen folgten nun wieder regelmäßige Aufzeichnungen, in denen sich Sannas frühe Kindheit treulich widerspiegelte. In zärtlichen Mutterworten wurde ihr Gedeihen geschildert. All ihre kleinen Drolligkeiten, ihre kleinen Unarten und ihre Charaktereigenschaften wurden liebevoll beleuchtet. Jede leichte Unpäßlichkeit, jede Kinderkrankheit war treulich gebucht. Zärtlichste Mutterliebe und Muttersorge füllte diese Blätter.

Sanna war dabei ums Herz, als würde sie von linden Mutterhänden sanft gestreichelt. Ach, wie wohl tat ihr das! Sie fühlte all die zärtlichen Liebkosungen noch, die ihr Vater und Mutter hatten zuteil werden lassen.

Und neben kleinen Kümmernissen immer wieder die große Glückseligkeit der jungen Gattin und Mutter. Dann kam eine Notiz:

»Heute habe ich meinen Justus zum erstenmal wild und jähzornig gesehen. Oh, wie bin ich da erschrocken. Sooft hat er mir gesagt, daß er jähzornig ist und dann nicht weiß, was er tut. Ich habe es nicht glauben wollen, denn so lange ich ihn kenne, sah ich ihn nur immer ruhig und beherrscht. Aber heute hat ihn der jähe heiße Zorn übermannt; weil ein Knecht ein armes, wehrloses Tier mißhandelte. Da hat Justus den Knecht geschüttelt und geschlagen wie von Sinnen. Ich glaube, er hätte ihn im Zorn umbringen können. Zum Glück kam ich dazu. Justus! So rief ich, außer mir bei dem Anblick seines zornigen Gesichtes. Meine Stimme muß eine große Gewalt über ihn haben, er ließ sofort ab von dem Knecht und zwang sich zur Ruhe. Sein Gesicht wurde bleich. Er stürmte an mir vorüber und schloß sich in sein Zimmer ein. Erst nach langer Zeit kam er wieder heraus und küßte mir die Hände. Er bat mich, zu vergessen, daß er so maßlos gewesen war. Ach, mein armer Justus, wie zerknirscht war er, daß er sich von seinem Jähzorn hatte hinreißen lassen. Aber er hatte auch Veranlassung dazu, der Knecht hatte Strafe verdient. Und doch ist ein leises Zittern in mir geblieben. Gott beschütze meinen Justus vor Ursachen zu solch maßlosem Grimm.«

So spannen sich Jahre ab vor Sannas Augen, und sie lebte im Geist das Glück ihrer Eltern nach. Es füllte ihr Herz mit Weichheit und Zärtlichkeit, daß die Eltern so liebevoll zu ihr gewesen waren. Ach, wie glücklich war sie, daß sie dieselben lieben und verehren durfte.

Endlich kam wieder eine bemerkenswerte Notiz:

»25. Juni. Heute brachte mein Justus einen alten Freund und Regimentskameraden, Joachim von Brockhoff, mit von Gosserow herüber, wo er ihn getroffen hatte. Dieser blieb zu Tisch und versprach, recht oft herüberzukommen. Sechs Wochen will er in Gosserow bleiben im ganzen, und er ist erst seit kurzer Zeit dort. Justus freute sich sehr darüber. Aber – zum erstenmal kann ich seine Freude nicht teilen. Joachim von Brockhoff hat für mich etwas Unheimliches. Das ist gewiß töricht von mir, ich empfinde etwas wie Furcht. Ich will dies Gefühl zu bekämpfen suchen, es ist ja lächerlich. Und sicher will ich es nicht in Worte fassen, um die Freude meines lieben Mannes nicht zu trüben. Wenn dieser Brockhoff mich nur nicht so seltsam ansehen wollte mit seinen schwarzen Augen, als wollte er mich verbrennen. Mir ist so sonderbar zumute, als habe etwas Unreines meinen Weg gestreift. Ich wollte, er käme nie wieder.«

»2. Juli. Herr von Brockhoff kommt fast täglich nach Glossow, zu jeder Tageszeit. Meine Antipathie gegen ihn hat sich noch verstärkt. Seine Augen verfolgen all mein Tun, und in seinen Blicken brennt ein unheimliches Feuer. Ich kann nicht begreifen, daß Justus diesem Menschen Freund sein kann. Oder tue ich Joachim von Brockhoff unrecht? Ich weiß es selbst nicht. Aber ich wollte, ich brauchte ihn nie mehr zu sehen.«

»8. Juli. Heute kam Brockhoff, als Justus nicht zu Hause war. Ich wollte ihn abweisen lassen, aber da er mich mit Sanna am Fenster gesehen hatte, ging das nicht an. Er sprach nicht viel, sah mich aber unverwandt an und küßte meine Hand mit so heißem Druck, daß die Stelle jetzt noch zu brennen scheint. Ich hatte das Gefühl, als sei meine Hand unrein und rieb sie, als er fort war, mit kölnischen Wasser ein. Den ganzen Tag war ich verstimmt, als laste etwas auf meiner Seele. Es fiel Justus auf. Ach, wie gern hätte ich ihm gesagt, daß mir Brockhoff so unangenehm ist. Ob ihn das sehr kränken würde?«

»10. Juli. O, mein Gott – meine Ahnung! Ich wußte es ja, daß Brockhoff ein Elender ist. Heute kam er schon wieder in Abwesenheit meines Mannes. Als ich ihn abweisen wollte, war er schon hinter dem Diener ins Zimmer getreten. Und kaum wären wir allein, da stürzte er mir zu Füßen, faßte meine Hände mit jähem Druck und preßte sie an seine Augen. Und er stammelte, wie sinnlos vor Leidenschaft, eine glühende Liebeserklärung und versicherte mir, nicht mehr leben zu können, wenn ich ihn nicht erhören würde. Oh, Vater im Himmel, wie bin ich erschrocken! Ich suchte meine Hände zu befreien und wollte aus dem Zimmer stürzen, aber er hielt mich fest, umklammerte meine Knie und küßte mein Kleid wie ein Unsinniger.

Endlich konnte ich mich fassen und wies ihm die Tür. Ich verbat ihm, Glossow wieder zu betreten, sonst müßte ich meinem Mann sagen, welchen Schimpf er mir angetan. Da sprang er auf mit bleichem, entstelltem Gesicht. ›Tun Sie das nicht, Bettina – oder ja – tun Sie es – dann schieße ich Justus nieder und Sie und mich, ich kann es ohnehin nicht ertragen, daß Sie einem anderen angehören. Ihren Anblick meiden – das ist für mich schlimmer als der Tod. Treiben Sie mich nicht zum Äußersten.‹ Nach diesen Worten wollte er mir wieder zu Füßen stürzen. Ich wich zurück, verbot ihm noch einmal zitternd, jemals wieder in meines Mannes Abwesenheit nach Glossow zu kommen und verließ das Zimmer. Weinend warf ich mich in einen Sessel. Was sollte ich tun in meiner Angst und Not? Mamsell Marta kam dann herein zu mir. Sie ist eine treue Seele. Ich faßte mir ein Herz und bat sie, mich nie mehr mit Brockhoff allein zu lassen. Sie fragte mich, warum ich dem gnädigen Herrn nicht sage, daß er mir lästig falle. Ach – wie gern hätte ich all meine Not meinem geliebten Justus gebeichtet! Aber ich fürchte seinen Jähzorn, es gibt ein Unglück, wenn er erfährt, was Brockhoff mir angetan hat. Ein Duell ist mindestens unausbleiblich – und der Elende würde meinem Justus nach dem Leben trachten. Nein – ich darf nichts sagen, kann nur beten, daß das Unheil uns fernbleibt. Mamsell hat mir versprochen, mich nicht mehr allein zu lassen, sobald Brockhoff im Haus ist in Abwesenheit meines Gatten.«

»12. Juli. Ich wage mich nicht aus dem Haus, Brockhoff lauert mir auf. Gestern trat er mir, als ich spazierenging, plötzlich im Wald entgegen. Da bin ich im wilden Lauf nach Hause zurückgerannt. Wenn doch dieser entsetzliche Mensch erst fort wäre aus meiner Umgebung!«

»15. Juli. Heute kam er wieder, kaum daß Justus das Haus verlassen hatte. Er muß ihm aufgelauert haben. Zum Glück kehrte Justus um, weil er etwas vergessen hatte. In der Halle traf er mit Brockhoff zusammen. Er behielt ihn zu Tisch da, und ich mußte es dulden, daß er mich mit seinen glühenden Augen anstarrte, daß er meine Hand an seine Lippen preßte. Hilf, lieber Vater im Himmel, entferne diesen Menschen und schütze meinen Justus. Mir ist, als drohe uns beiden ein schreckliches Unheil. Wenn ich doch meinem Gatten alles sagen dürfte, ohne sein geliebtes Leben zu gefährden.«

»16. Juli. Justus fragte mich heute, was mit mir sei. Ich sähe so blaß aus und sei nervös. Da kam mir ein rettender Gedanke. Ich bat ihn, mit mir zu verreisen, meinen Bruder zu besuchen und vielleicht eine Rheinfahrt zu machen. Auf einer Rheinfahrt habe ich Justus kennengelernt. Er lachte ahnungslos und streichelte mein Haar. So von heute auf morgen gehe das nicht, aber sobald die Ernte herein sei, wolle er mit mir verreisen. Und er herzte und küßte mich. So wohl geborgen lag ich an seinem Herzen und schalt mich töricht wegen meiner Angst. Aber als er nachher fort war, da kam die Angst wieder. Ich bin an das Bettchen meiner kleinen Sanna geflüchtet. Sie lag und schlief, so süß und friedlich. Da fand ich Kraft zum Beten. Der liebe Gott kann ja nicht wollen, daß unser heiliges Glück getrübt wird durch die sinnlose Leidenschaft eines ehrlosen Menschen.«

»18. Juli. Wieder war Brockhoff heute da, als Justus fortgeritten war. Aber meine treue Marta wich nicht von meiner Seite, so drohend er sie auch ansah. Sie spielte mit Sanna zu meinen Füßen und ließ ihn nicht in meine Nähe. Da ging er wieder. Ich drückte der Mamsell dankbar die Hand.«

»21. Juli. Brockhoff kommt jeden Tag, und mir will es scheinen, als würde das selbst meinem Justus zuviel. Brockhoff ist so unruhig und zerfahren, daß es endlich auch Justus auffallen muß. Heute sagte er zu mir: ›Ich finde, daß sich Joachim sehr zu seinem Nachteil verändert hat. Wenn man jung ist, wählt man seine Freunde wenig vorsichtig!‹ Da atmete ich auf und sagte: ›Ach Justus, wie gut, daß du das selbst findest. Ich wollte dich nicht kränken in deinem Freund, aber ich mag ihn gar nicht leiden. Auch scheint er mir reichlich nervös und krankhaft überreizt. Ich möchte ihn am liebsten nicht mehr in Glossow sehen!‹

Da sah mich mein lieber Mann forschend an. Aber er schwieg und strich mir nur liebevoll über die Augen, als wolle er da etwas fortwischen. Und dann sagte er ernst: ›In den nächsten Tagen muß er ja abreisen, sein Urlaub geht zu Ende. Sonst würde ich ihn bitten müssen, nicht mehr zu kommen.‹ Da atmete ich auf und sagte nur leise: ›Gott sei Dank!‹ Justus küßte mich innig und ging mit gedankenvoller Stirn von mir. Am Nachmittag kam eine Botschaft von Brockhoff. Er schrieb Justus, daß er ihn am Abend zu einer Bowle mit einigen bekannten Herren in Gosserow erwarte. Justus lag nicht viel daran, aber er sagte doch zu, weil er hoffte, es sei eine Abschiedsfeier, die Brockhoff veranstalte, und weil er wohl ohne eine Verstimmung von dem ehemaligen Freund scheiden wollte. Herzlich und innig verabschiedete sich Justus nach dem Abendessen von mir und meiner kleinen Sanna. Ich ließ ihn schweren Herzens ziehen, denn ich habe immer Angst, wenn ich ihn mit Brockhoff zusammen weiß. Auch treibt sich eine Zigeunerbande im Wald umher. Es sind unheimliche Gesellen und sie lagern dicht bei Gosserow, wo sie am Strand wahrsagen und Jahrmarktskurzweil treiben. Ich bin froh, daß Justus eine Waffe bei sich hat für alle Fälle. Mein Herz ist so schwer, daß ich immer weinen möchte. Meine kleine Sanna wird jetzt zu Bett gebracht. Wenn ich meine Herzensnot diesem Büchlein anvertraut habe, will ich ihr gute Nacht sagen und an ihrem Bettchen beten, daß meine dumpfe unheimliche Angst von mir genommen wird. Und dann will ich in dem Buch lesen, das mir Justus geschenkt hat. Es soll mir über die Wartezeit forthelfen, bis er heimkommt. Wäre er nur erst wieder bei mir, dann wäre mir leichter ums Herz. Hilf, Vater im Himmel, daß ihm und mir kein Unheil geschieht!«

Hier schloß das Tagebuch. Diese letzte Aufzeichnung hatte Bettina am Tage ihres Todes gemacht, kurze Zeit, bevor die Katastrophe über sie hereinbrach.

Sanna saß lange unbeweglich und ihre Tränen fielen herab. Sie preßte das Buch an ihre Lippen.

Arme, liebe Mutter, das Unheil kam über dich und über uns alle. Dein Gebet ist nicht erhört worden. Während du diese letzten Worte schriebst, kam es schon herangeschlichen in der Gestalt jenes Elenden, der deinen Frieden störte. Vielleicht war dieser Mann auch ein Unglücklicher, den das Verhängnis trieb, dich zu verderben. Ich will ihn nicht richten. Mag seine Seele Ruhe finden, wenn er noch am Leben ist. Und mein armer Vater – auch er ist nur ein Unglücklicher gewesen, er mußte tun, wozu ihn sein rasches Blut trieb. Aber nimmermehr kann ich nach alledem glauben, daß er an der Unschuld meiner Mutter zweifelte, kann nicht glauben, daß er mit Absicht die Waffe auf meine Mutter richtete. Ein unglücklicher Zufall fügte es wohl, daß meine arme Mutter getroffen wurde, als er den Schuldigen richten wollte. Und da er die Mutter sterben sah, erschoß er sich in der Verzweiflung selbst. So denke ich mir das alles. Und daran will ich mich halten. Ich habe euch lieb, meine armen Eltern, und will nicht mehr murren, daß ich unter dem Makel leiden muß, der auf unserm Namen ruht. Mein Leid will ich mit Fassung tragen und will in guten Werken sühnen, wozu euch das Verhängnis trieb.

So dachte Sanna, bis ins tiefste Herz erschüttert. Und sie weinte, als müsse sich alles Leid in Tränen auflösen. Endlich trocknete sie die Tränen und richtete sich auf. Sorglich barg sie das Tagebuch ihrer Mutter wieder an seinem Platz in dem Geheimfach. Leise schnappte die Feder ein und nichts war mehr zu sehen, als die glatte Fläche und die Sternchenborte.

XXVI

Rudolf von Gerlach war auf seiner Reise in Nizza eingetroffen. Die Sehnsucht zog ihn mit Macht nach Gerlachsheim zurück, in Sannas Nähe, aber er fühlte sich noch nicht ruhig genug. Es erschien ihm unmöglich, von ihr zu lassen. Je länger er ihr fern war, desto mehr sehnte er sich nach ihrem Anblick.

In Nizza hatte er in einem Hotel auf der Promenade des Anglais Wohnung genommen.

Noch stand Nizza nicht im Zeichen der Hochsaison, aber es herrschte auch jetzt schon lebhaftes und elegantes Treiben, in dem ein junger Mann untertauchen konnte, um sich zu zerstreuen.

Rolf traf in Nizza einige Bekannte, vermögende junge Männer wie er selbst, und ließ sich von ihnen in den Strudel von Vergnügungen ziehen.

Natürlich wurden auch verschiedene Ausflüge nach Monte Carlo unternommen.

Eines Tages saß Rolf mit seinen Bekannten im Hotel de Paris in Monte Carlo, nach dem Diner bei Kaffee und Zigaretten. Man plauderte von den interessanten Neuigkeiten des Tages. Ein junger, amerikanischer Multimillionär hatte sich eine Villa aus weißem Marmor bauen lassen, um längere Zeit in der paradiesischen Schönheit dieses Erdenfleckchens zu leben, und er sorgte durch seine kostspieligen Extravaganzen für Gesprächsstoff. Während die Herren darüber plauderten, sahen sie einen mit schäbiger Eleganz gekleideten, sehr hageren Herrn vorübergehen. Er hielt sich vornübergeneigt, und sein durchfurchtes, bleiches Gesicht sah elend aus.

Aus diesem Gesicht glühten zwei schwarze Augen mit einem Ausdruck des verzweifelten Elends, so daß Rolf ihm unwillkürlich forschend nachsah.

»Eine seltsame Erscheinung«, sagte er zu seinem Nachbarn.

Dieser blickte auf. » Oh – Sie meinen den Stammgast von Monte Carlo? Der ist immer hier zu finden und verbringt den größten Teil seines Lebens im Spielsaal. Sicher ist er jetzt wieder auf dem Weg dorthin. Ein unheimlicher Mensch. Sie müßten ihn beim Spiel sehen. Soll übrigens ein ehemaliger preußischer Offizier sein. Er hat auch einen deutschen Namen, trotzdem man ihn eher für einen Franzosen oder Spanier halten könnte mit seinen schwarzen Feuerrädern im Kopf, aus denen ungebändigte Leidenschaften glühen.«

»Wie heißt er denn?« fragte Rolf, noch mehr interessiert.

»Joachim von Brockhoff«, antwortete sein Nachbar und wandte sich dann einem andern Herrn zu, der auch eine Auskunft von ihm verlangte.

Rolf sah dem schäbig gekleideten Mann sinnend nach. Joachim von Brockhoff? Diesen Namen hatte er doch schon gehört? Und plötzlich ging es wie ein Ruck durch seine Gestalt. Er wußte mit einemmal, daß das der Name jenes Mannes war, der im innigen Zusammenhang mit der Katastrophe von Glossow stand. Sein Interesse war geweckt. Es zog ihn diesem Mann nach, wie mit einer geheimnisvollen Gewalt.

Und nachdem er sich eine Weile dagegen gewehrt hatte, erhob er sich und verabschiedete sich von den Herren, die nach Nizza zurückkehren wollten.

»Kommen Sie nicht mit uns, Gerlach?« fragte ihn einer der Herren.

»Nein, ich möchte noch einmal ins Kasino.«

»Oho – wollen Sie leichtsinnig sein? Hüten Sie sich vor dem Spielteufel!«

So riefen ihm die Herren halb warnend, halb lachend zu.

Er schüttelte nur den Kopf und ging.

Zu Fuß legte er den kurzen Weg zum Kasino zurück. Langsam, mit sich selbst noch nicht recht im klaren, schritt er auf das imposante Gebäude zu. Was er dort wollte, wußte er selbst nicht, aber es zog ihn nach den Spielsälen, wo er Joachim von Brockhoff zu finden hoffte.

Er betrat den großen Saal, in dem eine fieberhafte erregte Menge das Spiel mit atemlosen Interesse verfolgte. Die Rufe der Croupiers, das Scharren der Rechen, die das Geld zusammenschoben, tönten an sein Ohr, dazwischen die erregten Ausrufe spielender Damen und Herren. Angewidert sah er auf die von der Spielleidenschaft entstellten Gesichter, auf die gierigen Bewegungen der Hände . . .

Am ersten Tisch blieb er eine Weile stehen und sah sich suchend um. Aber hier sah er Brockhoff nicht. Langsam schlenderte er weiter zu dem anderen Tisch. Auch hier dasselbe Bild – und auch hier fand er nicht, den er suchte. So kam er in den zweiten Saal. Und hier erblickte er sofort den Gesuchten. Er saß am Tisch, vor sich ein kleines Buch, das mit seltsamen Zeichen bedeckt war. Zwischen diesem Buch und der ruhelos herumlaufenden Kugel hastete sein glühender Blick hin und her. Seine lange, schmale Hand wühlte nervös in dem gelichteten, graumelierten Haar. Wenn die rollende Kugel in ein Fach fiel, zuckte es jedesmal nervös in seinem Gesicht. Er schien mit Verlust zu spielen, und in seinen Zügen prägte sich eine verbissene, wüste Leidenschaftlichkeit.

Endlich – lange hatte Rolf reglos gestanden und ihn angesehen – schien er das letzte Geldstück verloren zu haben. Er erhob sich mit einem starren, unsicheren Blick und schritt, wankend wie ein Trunkener, davon.

Rolf von Gerlach folgte, wieder wie von einer zwingenden Gewalt getrieben, dem unheimlichen Spieler.

Dessen Haltung wurde etwas ruhiger, als er ins Freie trat. Aber wieder und wieder blieb er stehen, als ziehe es ihn zurück zu den Spieltischen.

Langsam schleppte er sich weiter, mit zögernden Schritten, durch die wundervollen Anlagen, hinüber nach der Meeresküste.

Rolf folgte ihm Schritt für Schritt, ohne daß er sich Rechenschaft über sein Tun ablegen konnte. Und dann sah er im dämmernden Halbdunkel, daß Joachim von Brockhoffs Schritte kraftloser und taumelnder wurden, und daß er endlich zusammenbrach.

Schnell war er an seiner Seite und beugte sich über ihn.

»Kann ich Ihnen helfen, mein Herr? Bitte nennen Sie mir Ihre Wohnung. Ich will Sie nach Hause fahren lassen«, sagte er.

Der Gefallene richtete sich mühsam, von Rolf unterstützt, auf und starrte ihm ins Gesicht.

»Ein Landsmann! O, mein Herr – es ist nichts – eine plötzliche Herzschwäche – ich – ich vergaß, glaube ich, heute zu essen

– und nun – der Körper ist ein Tyrann, mein Herr. Ich danke Ihnen.«

Rolf führte ihn langsam auf die Straße zurück und rief einen Wagen an.

»Wo darf ich Sie hinbringen?« fragte er.

Brockhoff nannte ein kleines Hotel letzter Klasse. »Indes, mein Herr – ich besitze keinen Groschen mehr – alles verspielt«, stammelte er.

Rolf machte eine Bewegung, als habe das keine Bedeutung. Er half dem Kraftlosen in den Wagen, nannte dem Kutscher die Adresse und stieg dann selbst mit ein.

»Ich werde Sie begleiten, Sie könnten von neuem von einem Unwohlsein befallen werden«, sagte er ruhig und wie selbstverständlich.

Der Spieler wehrte ihm nicht, er lag zusammengesunken in der Wagenecke und seufzte.

»Es ist nichts als Hunger, mein Herr.«

Diese Worte berührten Rolf seltsam. Er hatte gesehen, daß Brockhoff vor wenigen Stunden in einem Haufen von Geldstücken gewühlt hatte. Die Spielleidenschaft hatte ihm nicht einmal Zeit gelassen, seinen Hunger zu stillen.

Einem schnellen Impuls folgend, sagte er hastig:

»Gestatten Sie mir, Sie zu einem gemeinsamen Souper einzuladen? Wir sind ja Landsleute.«

Der Spieler strich sich über die Stirn und biß die Zähne wie im Krampf aufeinander. Dann stieß er heißer hervor:

»Überlassen Sie mich meinem Schicksal, Herr Landsmann, ob ich heute verhungere oder in einigen Tagen – einmal muß ein Ende sein. Ich bin vollständig ruiniert und habe hier nicht mehr für einen Pfennig Kredit. Also lassen Sie mich.«

Es lag eine ungeheure Resignation in den Worten.

Rolf schüttelte den Kopf.

»Nein, Herr Landsmann, das werde ich nicht tun. Gestatten Sie, ich will dem Kutscher Weisung geben, daß er uns nach einer stillen Weinstube fährt. Ich denke, ein Glas Wein und eine kräftige Mahlzeit helfen Ihren Lebensgeistern wieder auf.«

Es zuckte krampfhaft in dem verwüsteten, blutleeren Gesicht Brockhoffs, und die Gier des Hungernden leuchtete ihm aus den Augen.

»Der Hunger ist wie ein wildes Tier – wenn es nicht so erbärmlich wäre –, ich könnte schwach werden und Ihre Einladung annehmen, obwohl ich mich nicht revanchieren kann.«

»Das können Sie trotzdem tun, Herr von Brockhoff«, sagte Rolf.

Der Spieler zuckte zusammen.

»Sie kennen mich?« fragte er mißtrauisch und unruhig.

»Ich hörte Ihren Namen, als Sie vorübergingen. Gestatten Sie, daß ich mich vorstelle. Mein Name ist Gerlach.«

Brockhoff sank wieder zurück.

Gleich darauf hielt der Wagen vor einem Weinlokal. Die Aussicht auf eine Mahlzeit schien Brockhoff etwas Kraft zu geben. In leidlicher Haltung trat er ein. Sie nahmen Platz in einer stillen Ecke, und Rolf bestellte Wein und Souper.

Brockhoff aß mit einer mühsam beherrschten Gier die Suppe, ein Stück Fleisch und Gemüse. Für alles andere dankte er. Nur einige Gläser Wein trank er schnell leer. Dann wurde er lebhafter und richtete sich straffer auf.

Nun er gesättigt war, heftete er seine glühenden Augen auf Rolf.

»Das war gut – man ist doch wieder Mensch, Herr Landsmann. Wie war doch Ihr Name?«

Rolf hatte dem Souper auch nur mäßig zugesprochen, nur zur Gesellschaft seines Gastes langte er zu. Nun schob auch er den Teller zurück und sah Brockhoff mit großen, ernsten Augen an.

»Rudolf von Gerlach auf Gerlachsheim«, antwortete er langsam.

Brockhoff kniff die Augen nachdenklich zusammen.

»Gerlachsheim? Gerlachsheim? Hm – den Namen habe ich schon gehört.«

Rolf wandte seinen Blick nicht von ihm.

»Das kann wohl sein. Vielleicht hörten Sie ihn in Glossow.«

Er wußte nicht, was ihn zwang, diesen Namen auszusprechen, und als es geschehen war, erschrak er, denn Brockhoff sprang mit einem Satz hoch und starrte ihn aus weit aufgerissenen Augen entsetzt an. »Was ist das? Was wollen Sie? Was soll das heißen?« stieß er rauh hervor, und aus den Worten klang es wie Furcht und Angst. In seinen Augen lag ein Ausdruck, aus Schrecken und Mißtrauen gemischt. Er machte eine fluchtartige Bewegung nach der Tür, sank aber dann in seinen Stuhl zurück und heuchelte Gleichmut.

Rolf fand sein Gebaren begreiflich und verständlich. Der Name Glossow konnte keine angenehme Erinnerung in Brockhoff wecken. Und dennoch zwang ihn etwas, das Thema festzuhalten.

»Verzeihen Sie, Herr von Brockhoff, daß ich Sie erschrecke. Ich kann mir denken, daß Ihnen dieser Name unangenehm im Gedächtnis haftet. Sie werden aber auch verstehen, daß mir Ihre Person einiges Interesse einflößt. Mein Vater war ein Freund von Justus von Glossow, Gerlachsheim und Glossow grenzen dicht aneinander. Und ich habe Ihren Namen schon als junger Mensch gehört im Zusammenhang mit dem Drama von Glossow. Deshalb fiel mir dieser Name auf, als ich ihn im Vorübergehen hörte. Ich folgte Ihnen mit Interesse – und konnte Ihnen dann einen kleinen Dienst erweisen. Das ist alles.«

Brockhoff hatte sich gefaßt.

»So – das ist alles? Ja, ja – natürlich – was sollte es auch sonst sein. Indes – mein Erschrecken wird Ihnen auch erklärlich sein. Es ist mir nicht angenehm, an diesen Namen erinnert zu werden.«

Rolf verneigte sich. »Das kann ich mir denken«, sagte er.

Wieder fuhr Brockhoff auf. »Wieso? Warum? Weshalb können Sie sich das denken?« fragte er, und wieder lag der mißtrauische Ausdruck in seinen unheimlichen Augen.

Rolf blieb scheinbar ruhig, obwohl auch er sehr erregt war.

Da vor ihm saß der Mann, dem er es im Grunde zu danken hatte, daß Sanna von Glossows Name mit einem Makel bedeckt war, und daß sie nicht seine Frau werden wollte. Er begriff sich selbst nicht, daß er mit diesem Menschen, der außerdem einen heruntergekommenen Eindruck machte, an einem Tisch saß. Er tat es wider Willen, einem inneren Zwang gehorchend.

»Das ist doch erklärlich. Wie ich weiß, wurden auch Sie von Justus von Glossow schwer verwundet und waren lange krank. Das pflegt doch keine angenehme Erinnerung zu hinterlassen.«

Wie besinnend strich sich Brockhoff über die Stirn und zwang sich zu einem Lächeln, das aber mehr einer blöden Grimasse glich. Er trank hastig sein Glas leer.

»Ja, ja – böse Erinnerung – habe sie gemieden – wollte sie vergessen. Und nun kommen Sie, junger Mann – und reißen die alten Wunden auf – mit harmlosen Fragen. Hm? – Lassen Sie das. – Bitte, noch ein Glas Wein. Prosit, Herr von Gerlach. Die Erinnerungen sind dazu da, daß man sie vergißt. Wenn es nur nicht so schwer wäre – so schwer. Am Spieltisch – da sind sie weg – da hab' ich Ruhe – aber nun ist es aus mit dem Spiel – keinen Heller mehr.«

Er trank wieder aus und starrte durch das leere Glas in das Licht. Es schien, als wisse er nicht mehr, daß er nicht allein war. Rolf rührte sich nicht und sah mit einem Gefühl, aus Abscheu und Mitleid gemischt, in das verwüstete Gesicht.

Brockhoff stierte durch das Glas, als sähe er quälende Bilder.

»Bettina – Bettina! Wie schön – wie fein und zart – und rein und hold – und doch so kalt – so grausam. Kein anderer sollte dich besitzen – kein anderer – auch Justus nicht. Nein – nein – ich bereue nicht – ich will nicht. Nichts bereuen – nichts bereuen.«

So flüsterte er heiser. Und doch verstand Rolf jedes Wort. Ein Grauen schüttelte ihn. Und da schreckte Brockhoff plötzlich auf aus seinen Träumen, das Glas war ihm entfallen und zerbrach. Er starrte Rolf an.

»Was habe ich gesagt? Unsinn! Was starren Sie mich an, junger Mann? Sprach ich von Bettina? Haben Sie Bettina von Glossow gekannt?«

»Ja. Herr von Brockhoff, doch kann ich mich ihrer nicht mehr genau entsinnen. Aber ich kenne ihre Tochter, die ihr sehr gleichen soll.«

Das sagte Rolf, als sei er nicht Herr seines Willens.

Die schwarzen, glühenden Augen starrten ihn an.

Nach einer langen Pause fragte Brockhoff:

»Ihre Tochter? Ah – die kleine Sanna – nicht wahr?«

»Ja – Sanna von Glossow.«

»Und sie gleicht ihrer Mutter, sagen Sie?«

»Ja – bis auf die Augen.«

»Wie alt ist Sanna von Glossow?«

»Im zweiundzwanzigsten Jahr.«

»Ah – also eine junge Frau – kein Kind mehr. Ja, ja – die Zeit eilt. Und sie gleicht ihrer Mutter, sagen Sie?«

»Ja, ich hörte es von vielen Seiten. Sie lebt jetzt in Glossow, nach einer traurig verlebten Jugend im Haus ihres Oheims. Ganz still und zurückgezogen lebt sie da. Und sie ist sehr unglücklich, sie leidet namenlos unter dem Makel, der ihrem Namen anhaftet.«

Brockhoff las ihm die Worte förmlich von den Lippen.

»Welcher Makel – welcher Makel?« forschte er heiser.

»Nun – ihr Vater endete als Mörder und Selbstmörder – und der Mutter sagt man nach, daß sie eine Ehebrecherin war. Wie ein Fluch lastet das auf Sanna von Glossow – und zerstört ihr junges Leben.«

Die Augen Joachim von Brockhoffs bohrten sich in die Rolfs.

»Warum sagen Sie mir das, junger Mann – warum mir?«

»Weil Sie nach Sanna von Glossow fragten. Ich meinte, es müßte sie interessieren.«

Brockhoff machte eine abwehrende Bewegung, als schiebe er etwas von sich.

»Nein – es interessiert mich nicht. Was geht mich das alles

an? Nichts – gar nichts! Lassen Sie mich in Ruhe, junger Mann!«

Scheinbar ruhig füllte Rolf die Gläser von neuem. Brockhoff trank und setzte das leere Glas so fest auf den Tisch, daß es ihm in den Fingern zerbrach. Dabei schnitt er sich. Ein großer, roter Blutstropfen fiel auf das weiße Tischtuch. Brockhoff starrte darauf nieder.

»Sieh da! Man hat noch rotes, warmes Blut in den Adern. Aber es ist dünn und wäßrig. Nicht wie dein warmes, rotes Herzblut, Bettina. Was willst du, Justus? – Nein – dir soll sie auch nicht gehören – nein – nein!«

Ein Grauen überfiel Rolf. Was für quälende Bilder mochte der Mann in seiner Erinnerung sehen?

Plötzlich fuhr Brockhoff wieder auf und sah ihn mit einem tiefen Seufzer an.

»Erzählen Sie mir – von Sanna von Glossow. Wissen Sie, daß ich Bettina von Glossow geliebt habe – bis zum Wahnsinn? Sie hat mich von sich gestoßen, kalt und grausam. O – sie war eine tugendhafte Frau. Und ich liebte sie, bis zum Wahnsinn, bis zum Verbrechen. Hüten Sie sich vor Sanna von Glossow, wenn sie ihrer Mutter gleicht. Diese kalten, tugendhaften Frauen treiben uns dem Wahnsinn in die Arme. Ich kann sie nicht vergessen – noch immer nicht. Erzählen Sie mir von Sanna von Glossow, ich bitte darum.«

Seltsam bewegt fühlte sich Rolf von diesen Worten, durch die ein heißer, brennender Schmerz zitterte. Und zugleich dokumentierten sie die Unschuld und Reinheit Bettinas.

»Bettina von Glossow war also keine Ehebrecherin?« fragte er leise, mit verhaltener Stimme.

Mit düsteren Augen sah ihn Brockhoff an.

»Ich sah sie – und liebte sie – und mein Herz verbrannte nach ihr. Ich haßte den Freund, der sie besitzen durfte. Zu ihren Füßen flehte ich um Liebe – sie stieß mich von sich, voller Abscheu – wie einen lästigen Hund. Sie wollte mich bei ihrem Mann verklagen.«

Er lachte heiser auf und fuhr fort: »Sie tat es nicht, meine Drohung schreckte sie. Und da drang ich dann an jenem Abend in ihr Zimmer, ein Wahnsinniger – ein vor Sehnsucht Wahnsinniger. – Nur küssen wollte ich sie – nur ein einziges Mal küssen. Ich glaubte, dann würde ich ruhiger werden. Sie lag auf dem Ruhebett und las. Ich stürzte neben ihr nieder, riß sie in meine Arme. Sie rang mit mir, schrie auf und stieß mich mit der Kraft der Verzweiflung von sich. Elender! So rief sie mir zu. – Und dann – ich taumelte zurück und – ja – da war Justus da – schoß mich nieder – rasend vor Zorn – und dann – was wollen Sie – was starren Sie mich so an?«

Die letzten Worte rief er, wie in wilder Angst, und wieder goß er mit zitternden Händen ein Glas Wein hinab, so hastig, daß der Wein überfloß und seine Hände benetzte.

Rolf war zumute, als presse ihm eine Hand die Kehle zusammen. Brockhoffs Aufregung teilte sich ihm mit.

»Ich höre Ihnen voll Teilnahme zu, Herr von Brockhoff. Bisher habe ich gemeint, Sie hätten im frivolen Übermut, im frevlen Spiel den Frieden einer Familie gestört. Jetzt weiß ich, daß Sie ein Unglücklicher sind – bedauernswert,wie Justus von Glossow und seine Gattin.«

Brockhoffs Stirn fiel auf seinen Arm herab. So blieb er eine Weile. Dann hob er das blasse, verstörte Gesicht.

»Bei Gott – es war ein Verhängnis – ich liebte Bettina von Glossow – wie ein Irrsinniger – ich konnte nicht anders, trotzdem ich mit mir selbst gekämpft habe wie ein Verzweifelter. Aber nun – erzählen Sie mir von Sanna von Glossow – alles, was Sie wissen – ich bitte Sie darum.«

Rolf erzählte – er mußte es tun. Von Sannas freudloser Kindheit sprach er, von ihrer Heimkehr nach Glossow – von seiner Liebe zu ihr und von ihrer schmerzvollen Weigerung, ihm anzugehören.

»So wird auch mein und Sanna von Glossows Lebensglück scheitern an jenem unseligen Verhängnis, wenn uns nicht ein Wunder hilft«, schloß er seinen Bericht.

Reglos hatte Brockhoff zugehört. Nun starrte er vor sich hin, und in seinen Zügen arbeitete es von unterdrückter Erregung.

Eine lange Weile blieb es still. Rolf war unzufrieden mit sich, daß er diesem Menschen von seiner Liebe gesprochen hatte. Es war doch sonst nicht seine Art, sich leicht mitzuteilen, und nun schalt er sich selbst aus, daß er einem unerklärlichen Zwang erlegen war. Unmutig über sich selbst, rief er den Kellner, um zu zahlen. Nachdem dies geschehen war, wollte er gehen. Da hob Brockhoff mit einem seltsamen Lächeln das Haupt und legte die Hand auf seinen Arm.

»Einen Augenblick noch, Herr von Gerlach. Bitte – setzen Sie Ihrer Güte die Krone auf und leihen Sie mir zwanzig Franken. Und dann geben Sie mir Ihre Adresse – Sie wohnen in Nizza, nicht wahr? Ich möchte diese Kleinigkeit gern zurückzahlen.«

Er zeigte auf die geleerten Flaschen.

»Dessen bedarf es nicht, Herr von Brockhoff«, erwiderte Rolf von Gerlach und entnahm seiner Brieftasche eine Hundertfrankennote, die er ihm überreichte.

Es flammte ein jähes Rot in das bleiche Gesicht Brockhoffs.

»Ich bitte um Ihre Adresse«, bat er nochmals dringend.

Da gab sie ihm Rolf mit heimlichem Widerstreben.

Joachim von Brockhoff verneigte sich.

»Ich danke Ihnen – und – nun gehen Sie, junger Mann – und lernen Sie – an Wunder glauben.«

Rolf nahm seinen Hut und Paletot vom Kellner in Empfang.

»Guten Abend, Herr von Brockhoff.«

»Leben Sie wohl, Herr von Gerlach – und wenn Sie Sanna von Glossow wiedersehen – sagen Sie ihr, ich lasse sie bitten, ein Vaterunser zu beten für meine arme Seele. Leben Sie wohl.«

Rolf verließ hastig das Lokal, unzufrieden mit sich selbst.

Joachim von Brockhoff füllte sich mit dem Rest aus der Flasche nochmals sein Glas und leerte es auf einen Zug.

Dann erhob er sich und ging ebenfalls. Und auf seinem Antlitz lag ein seltsam heller Schein – wie eine stille Freude.

Er ging in sein nahegelegenes Hotel. Dort bewohnte er ein kleines Zimmer.

Seit Joachim von Brockhoff damals von seiner schweren Verwundung genesen war, hatte er ein unstetes, zügelloses Leben geführt. Er hatte Deutschland verlassen und war nie mehr dorthin zurückgekehrt. Sein Vermögen hatte er vergeudet im sinnlosen Treiben – zuletzt hatte ihn der wilde Drang nach Zerstreuung und Vergessen an den Spieltisch geführt. Jahrelang gehörte er zu den Stammgästen an den Spieltischen von Monte Carlo, wo er mit wechselndem Erfolg spielte.

Heute hatte er den letzten Rest seines zuletzt noch zusammengeliehenen Geldes verloren. Nun besaß er zwar wieder einen Hundertfrankenschein. Damit hätte er sonst unfehlbar wieder die Spieltische aufgesucht. Aber heute tat er es nicht. Das Leben ekelte ihn längst an, aber er hatte nicht mehr genug Energie gehabt, diesem elenden Leben ein Ende zu machen.

Und nun heute diese Begegnung mit Rudolf von Gerlach! Die Erinnerung an jene Wochen in Glossow war wieder lebendig geworden. Aber heute floh er diese Erinnerung nicht. Er vertiefte sich in dieselbe. Und mit seltsamen Gefühlen dachte er an Sanna von Glossow, die ihrer Mutter gleichen sollte.

Und ihm war zumute, als springe ein längst versiegter Quell in seiner Seele auf.

Und in die starren, glühenden Augen trat ein feuchter, leuchtender Glanz.

Nachdem er lange Zeit in seinem engen Zimmer auf und ab gegangen war, hob er mit einer entschlossenen Gebärde den Kopf und ließ sich an seinem Schreibtisch nieder. Er schrieb, bis der Morgen graute.

Und diese lange Niederschrift versiegelte er und ließ sie auf der Tischplatte liegen. Dann warf er sich müde auf sein Bett und schlief einige Stunden, besser, als er seit langen Jahren geschlafen hatte. Als er erwachte, lag ein Lächeln auf seinen Zügen.

Er erhob sich und kleidete sich, so sorgfältig es ging, an.

Dann nahm er aus seinem Schreibtisch eine Pistole und steckte sie in seine Brusttasche, nachdem er sich überzeugt hatte, daß sie geladen war.

Mit einem seltsamen Lächeln nahm er den versiegelten Umschlag auf und sah darauf nieder.

»Ein guter Abgang, als Schluß eines verfehlten Lebens. Sanna von Glossow wird für mich beten. Und mein Sterben wird nicht nutzlos sein, wie mein Leben. Du wirst an Wunder glauben lernen, Sanna von Glossow.«

So sagte er leise vor sich hin.

Er ging aufrecht, mit sicheren Schritten aus dem Zimmer, ohne sich umzusehen. Ohne Zögern begab er sich zu einem Notar. Zu diesem sagte er ruhig: »Ich möchte ein Schriftstück bei Ihnen deponieren, Herr Doktor. Es ist sehr wichtig. Ich bitte, rufen Sie zwei Ihrer Angestellten herbei, die bezeugen können, daß ich erkläre, daß ich dieses Schriftstück bei klarer Gesundheit verfaßt habe.«

Der Notar war in seiner Praxis in Monte Carlo gewöhnt, seltsame Wünsche zu erfüllen. Er rief zwei Angestellte herbei. Die Formalitäten wurden erfüllt. Dann sagte Joachim von Brockhoff zu dem Notar:

»Ich bitte Sie, dies Schriftstück bei Gericht vorzulegen im Fall meines Todes, falls ich es nicht eher selbst wieder von Ihnen zurückfordere. Das Dokument hat den Wert und die Wichtigkeit einer letztwilligen Verfügung. Ich bitte außerdem darum, daß bei der gerichtlichen Eröffnung und Vorlesung dieses Dokumentes der Herr zugegen ist, dessen Namen und Adresse diese Karte enthält. Wollen Sie das bitte ad notam nehmen?«

Er reichte dem Notar die Visitenkarte Rolf von Gerlachs, auf die derselbe seine Nizzaer Adresse geschrieben hatte. Der Notar quittierte über das Schriftstück. Die Angelegenheit war erledigt.

Joachim von Brockhoff bezahlte den Notar mit der Hundertfrankennote und bat ihn, den Rest den beiden Angestellten für Ihre Bemühung auszuhändigen.

Dann entfernte er sich ruhig. Er schritt nach den herrlichen Anlagen in der Nähe des Kasinos. Diese durchquerte er; in der Richtung nach der Meeresküste. Und angesichts des rauschenden Meeres schoß er sich eine Kugel in die Schläfe.

In seiner Brieftasche fand man neben seinen Papieren einen Zettel. Darauf stand:

»Bitte, meinen Tod sofort dem Notar Severin zu melden.«

Das war der Notar, bei dem Joachim von Brockhoff das Dokument deponiert hatte.

Sein Selbstmord wirbelte nicht viel Staub auf. Er war einer von vielen. Aber auf seinem toten Antlitz lag ein Ausdruck tiefen Friedens, den es im Leben nie gehabt hatte.

Rolf von Gerlach zog es am nächsten Tag wieder nach Monte Carlo. Er wollte sich überzeugen, ob Joachim Brockhoff mit dem von ihm geliehenen Geld den Spieltisch wieder aufgesucht hatte.

In den Anlagen vor dem Kasino traf er den bekannten Herrn, der ihm am Tag vorher Auskunft über Brockhoff gegeben hatte.

Von diesem erfuhr er, daß sich der Unglückliche erschossen habe.

Am nächsten Tag schon erhielt Rolf seine Vorladung vom Gericht.

Ahnungslos folgte er derselben. Der Beamte, der ihn empfing, teilte ihm mit, daß es sich um die Eröffnung einer letztwilligen Verfügung Joachim von Brockhoffs handelte, der die Bestimmung getroffen habe, daß ein Herr Rudolf von Gerlach auf Gerlachsheim in Deutschland dieser Eröffnung beiwohnen solle.

Rolf war sehr erstaunt und betroffen, nahm aber Platz und harrte der Dinge, die da kommen sollten.

Das Dokument wurde eröffnet und vorgelesen. Es lautete:

»Endesunterzeichneter fühlt sich gedrungen, ein Geständnis abzulegen über ein vor Jahren begangenes, noch ungesühntes Verbrechen. Ich schwöre bei Gott dem Allmächtigen, vor dessen Richterstuhl ich bereits stehen werde, wenn dies Dokument verlesen wird, daß ich darin die volle, lautere Wahrheit niederschreibe.

Ich bitte den auf meinen Wunsch anwesenden Rudolf von Gerlach auf Gerlachsheim dafür Sorge zu tragen, daß dies mein Bekenntnis sofort mit gerichtlicher Bestätigung Sanna von Glossow und der deutschen zuständigen Gerichtsbehörde zugängig gemacht wird. Auch bitte ich ihn mein Geständnis öffentlich in den maßgebenden Zeitungen kundzugeben, damit der Name des Justus von Glossow und seiner Gemahlin, Bettina von Glossow, von jedem Makel befreit wird.«

Rolf von Gerlach hatte aufmerksam zugehört. Jetzt schrak er zusammen und sah mit bleichem, erregtem Gesicht auf den vorlesenden Beamten, der eine kleine Pause machte. Er konnte es kaum erwarten, bis dieser fortfuhr:

»Ich bekenne mich schuldig, meinen Freund Justus von Glossow und seine Gemahlin Bettina am Abend des 21. Juli im Glossower Haus erschossen zu haben. Fälschlicherweise habe ich Justus von Glossow dieses Verbrechens beschuldigt. Der Sachverhalt war folgender: Seit ich Bettina von Glossow zuerst gesehen hatte, erfaßte mich eine leidenschaftliche Liebe zu dieser Frau, und ich verfolgte sie mit meinen ungestümen Anträgen, trotzdem ihr Gatte mein Freund war. In jener Zeit gab es für mich nur einen Gedanken, nur ein Bestreben, die geliebte Frau zu besitzen.

Bettina von Glossow wies meine Anträge mit Abscheu und Entrüstung zurück und wollte ihrem Gatten Mitteilung davon machen. Da drohte ich ihr, daß ich dann sie, mich und ihren Gatten umbringen würde.

Das zwang sie zum Schweigen. Aber sie vermied nun ängstlich jedes Zusammentreffen mit mir und umgab sich, wenn es sich nicht vermeiden ließ, mit ihren Untergebenen.

Meine Leidenschaft brachte mich der Verzweiflung nahe. Ich sehnte mich wie ein Verschmachtender nach einem Kuß von ihren reinen Lippen.

Am 21. Juli lockte ich abends ihren Gatten von Glossow fort. Ich lag auf der Lauer, als er Glossow verließ und umschlich das Haus, um eine Gelegenheit zur Annäherung an Bettina zu erspähen. Ich wollte sie um jeden Preis ohne Zeugen sprechen.

Von der Veranda aus, wohin ich mich geschlichen hatte, sah ich sie erst in ihrem Zimmer am Schreibtisch sitzen. Dann ging sie in das Schlafzimmer ihrer Tochter, wo sie sich lange aufhielt. Darauf betrat sie ein anderes Zimmer, dessen Tür nach der Veranda offen stand. Sie ließ sich nieder und begann zu lesen. Schon glaubte ich, meine Zeit sei gekommen, da ging draußen die Mamsell, die ihr sehr ergeben war, vorüber. Diese war mit dem Verwalter verlobt und traf mit diesem vor dem Haus zusammen, um mit ihm zu plaudern.

Ich wartete in namenloser Aufregung, daß sich die beiden entfernen möchten, denn die Zeit, da ich Justus von Glossow bestimmt abwesend wußte, verging nur zu schnell.

Mit heißen Augen starrte ich aus meinem Versteck auf die geliebte Frau. Endlich entfernten sich der Verwalter und die Mamsell. Es wurde ganz ruhig ringsum. Die Dienstboten waren wahrscheinlich schon alle zur Ruhe gegangen.

Da hielt ich mich nicht länger. Ich stürzte in das Zimmer, der geliebten Frau zu Füßen und riß sie, leidenschaftliche Bitten hervorstammelnd, in meine Arme, um sie zu küssen. Sie rang mit mir und stieß mich mit der Kraft der Verzweiflung zurück.

›Elender!‹ rief sie mir voll Abscheu zu. In diesem Augenblick krachte auch schon ein Schuß und ich brach verwundet zusammen.

›Justus – barmherziger Gott – mein Justus!‹ hörte ich Bettina von Glossow rufen.

Und da sah ich Justus von Glossow stehen mit vor Erregung verstörtem Antlitz. Ich sah, daß er den Revolver, mit dem er auf mich geschossen hatte, aus der Hand fallen ließ, und daß er auf seine schluchzende Frau zueilte, die weinend zurückgesunken war. Sie umfaßten sich beide, er suchte sie in zärtlicher Sorge zu beruhigen, und sie küßten einander in innigster Liebe.

Da faßte mich ein wahnsinniger Schmerz. Sinnlos vor Eifersucht bäumte ich mich auf, faßte nach dem herabgefallenen Revolver und schoß auf Bettina. Als sich Justus entsetzt nach mir umwandte, erschoß ich auch ihn. Dann warf ich den Revolver von mir, Justus vor die Füße.

Er brach, seine Frau noch im Sterben umfassend, über ihr zusammen, und ich fiel ohnmächtig zurück, glaubend, der Tod nahe auch mir.

Aber ich war nicht tot, ich kam wieder zu mir. Und der Selbsterhaltungstrieb, die Angst vor dem weltlichen Richter gaben es mir ein, eine falsche Aussage zu machen. Ich hörte im Halbschlaf, daß meine Pflegerin und der Arzt sich über das Drama unterhielten, hörte, daß man annahm, Justus von Glossow habe als Rächer seiner Ehe erst seine Frau und mich niedergeschossen und dann sich selbst.

Da wußte ich, wie ich mich zu verhalten hatte, um mich zu retten. Ich wollte nicht als Mörder abgeurteilt werden.

Und so machte ich eine falsche Aussage, als ich vernehmungsfähig war. Man glaubte mir ohne weiteres. Die Untersuchung hatte nichts ergeben, was meine Aussage widerlegte. Alle drei Schüsse waren aus Justus von Glossows Waffe abgegeben worden. Mich hatte die Kugel von der Seite getroffen, Bettina und Justus waren von vorn ins Herz getroffen worden. Die Waffe lag Justus zu Füßen, wie eben seiner Hand entfallen.

So galt ich zwar als die Ursache zu dem Drama von Glossow, aber nicht als der Täter.

Durch meine Schuld wurde nun auch noch der Name Justus von Glossow und der seiner Frau mit Schmach bedeckt. In feiger Furcht vor Vergeltung ließ ich das zu. Ich verließ nach meiner Gesundung Deutschland für immer. Angehörige besaß ich nicht. Ich war Herr über ein bedeutendes Vermögen und führte im Ausland ein wildes Leben, um mich zu betäuben.

Nun es zu Ende mit mir geht, nun ich im Spielsaal den letzten Rest meines Vermögens verspielt hatte, fand mich Rudolf von Gerlach, vor Hunger ohnmächtig, in den Anlagen. Er labte mich mit Speise und Trank – und weckte die Erinnerung in mir. Ohne es zu wissen, zeigte er mir die ganze Größe meiner Schuld, zugleich aber auch eine Möglichkeit, zu sühnen, soviel noch in meinen Kräften steht.

Nun gehen Sie zu Sanna von Glossow, Herr von Gerlach, und sagen Sie ihr, sie soll an Wunder glauben und ein Vaterunser für meine arme Seele beten. Mit dieser Niederschrift, denke ich, habe ich Sie für die mir geliehenen hundert Franken entschädigt. Ich danke Ihnen, daß Sie mir einen Weg zur Sühne zeigten.

Daß ich das Vorliegende in lauterer Wahrheit bezeuge, beschwöre ich nochmals beim allmächtigen Gott. Er sei mir armem Sünder gnädig.

Monte Carlo, am 6. November . . .

Joachim von Brockhoff.«

Tieferschüttert saß Rolf vor dem mit würdiger, aber unbewegter Amtsmiene dastehenden Beamten. Sein Gesicht war bleich, aber durchleuchtet von einer tiefen Glückseligkeit. Dies Schriftstück besiegelte sein und Sannas Glück und erlöste die Geliebte von jahrelanger Qual. Er segnete den Zufall, der ihm Joachim von Brockhoff in den Weg geführt hatte und sah darin gläubigen Herzens ein Wunder.

Es gab nun noch allerlei mit den Herren vom Gericht zu verhandeln und zu beraten. Man kam ihm in bereitwilliger Weise entgegen, zumal er sich bereit erklärte, für alle entstehenden Kosten aufzukommen.

Er erbat sich dann eine beglaubigte Abschrift des Geständnisses, um es Sanna von Glossow überbringen zu können. Dann kehrte Rolf in aufgewühlter Stimmung nach Nizza zurück, um die Vorbereitungen für seine Heimreise zu treffen.

XXVIII

Sanna von Glossow hatte mit Heerfurt einen Ritt nach dem Kinderheim unternommen und kehrte etwa eine Stunde vor der Mittagszeit zurück. Sie ließ sich umkleiden und trat dann zu Frau von Seltiz ins Zimmer.

Diese sah ihr lächelnd entgegen.

»Welch ein hübscher Anblick, liebe Sanna! Endlich haben Sie wieder einmal frische, rote Wangen. In den letzten Tagen, wo Sie nicht ins Freie hinaus konnten, sahen Sie so blaß aus. Gottlob, daß wieder besseres Wetter ist.«

Sanna nickte und nahm ihr gegenüber Platz. Ein Lächeln lag auf ihrem sonst so ernsten, jungen Gesicht.

»Ja, ich freue mich auch, daß ich wieder ausreiten kann. Das Meer sollten Sie heute sehen, Mama Seltiz, der Sturm peitscht die Wellen mit wilder Wucht an den Strand, bis an die Dünen heran. Ein großartiges Schauspiel. Aber wehe den Schiffen, die heute draußen sind.«

»Und im Kinderheim geht alles gut vorwärts?«

»Ja, jetzt werden schon die Fußböden gelegt. Fenster und Türen sind fertig. Ich freue mich, daß alles so rasch fortschreitet.«

»Und ich freue mich, daß Sie nun wieder einen jungen Gesellschafter bekommen.«

Sanna blickte betroffen auf.

»Wen meinen Sie, Mama Seltiz?«

»Herrn von Gerlach, Kindchen. Ich habe gehört, daß er zurückerwartet wird.«

Die junge Dame zuckte zusammen und wurde sehr bleich. Mit großen Augen sah sie die alte Dame an.

»Woher wissen Sie das, Mama Seltiz?«

»Die Verwalterin sagte es mir vorhin. Der Wagen, der Herrn von Gerlach abholen soll, ist vorübergefahren, und Frau Heerfurt hat mit dem Kutscher gesprochen«, berichtete die alte Dame.

Da erhob sich Sanna, ohne ein Wort zu sagen, und verließ das Zimmer.

Frau von Seltiz sah ihr betreten nach.

Lieber Gott! Mir scheint doch, als spiele dieser Rolf von Gerlach eine besondere Rolle in Sannas Herzen. Armes Kind – da wird es Kämpfe geben, und wer kann wissen, was dabei herauskommt. Und doch verdient sie mehr als jede andere, glücklich zu werden. Gott behüte sie vor schlimmerem Leid, als sie es bisher getragen hat.

Sanna war in ihr Boudoir gegangen. Das war jetzt ihr Lieblingsaufenthalt, seit sie das Tagebuch ihrer Mutter gefunden hatte.

Mit zitternden Knien sank sie vor dem Kamin in einen Sessel und drückte die Hände an das wildklopfende Herz. Sie wollte sich freuen auf Rolfs Heimkehr und fühlte zugleich einen heißen, brennenden Schmerz bei dem Gedanken, ihm nun wieder ruhig und beherrscht gegenüberstehen zu müssen. Ob er sie wieder so flehend und bittend ansehen würde? Oder ob er nun ruhig und zurückhaltend sein würde, wie in jener Zeit, da er glaubte, Hans von Seltiz bewerbe sich um sie? Ach – ob so oder so – das Herz würde ihr bluten bei seinem Anblick. Und doch sehnte sie sich so unbeschreiblich, ihn wiederzusehen und freute sich seiner Ankunft.

Eins nahm sie sich vor: Das Tagebuch ihrer Mutter wollte sie ihm geben zum Durchlesen. Das war keine Entweihung. Er würde die Worte ihrer Mutter wie ein anvertrautes Heiligtum betrachten. Niemand sonst sollte Einblick in dies Buch erhalten, aber er mußte wissen, wie rein und schuldlos ihre Mutter war.

Sie stützte den Kopf in die Hand und lauschte hinaus. Bald mußte der Wagen vom Bahnhof zurückkommen, der ihn heimbrachte. Er würde sicher über Glossow kommen. Ob er vorüberfuhr oder ob er sie und Mama Seltiz erst begrüßen würde?

Und nun hörte sie das Rollen eines Wagens. Sie rührte sich

nicht, saß wie gelähmt und verkrampfte mit den Händen die Armlehnen des Sessels.

Da – der Wagen hielt.

Und gleich darauf kam ein Diener und meldete Herrn von Gerlach an. Sanna neigte nur den Kopf, sprechen konnte sie nicht. Sie konnte sich auch nicht erheben, die Knie versagten ihr den Dienst.

Ihre Augen hingen groß und bang an der Tür. Und da wurde diese wieder geöffnet, und Rolf von Gerlach trat ein, im Reiseanzug.

Einen Moment stand er schweigend und ließ seine Augen groß und leuchtend auf Sannas rührender Erscheinung ruhen, aber ehe sie sich erheben konnte, eilte er an ihre Seite, und, von seinem Gefühl überwältigt, umschlang er sie mit beiden Armen.

»Sanna – meine Sanna! Nun halte ich dich – nun bist du mein, für immer. Das Wunder ist geschehen, mein geliebtes Herz, das Wunder, das wir ersehnten. Ich bringe dir Erlösung von aller Pein!«

Sie hatte sich zitternd aus seinen Armen lösen wollen. Nun sah sie ihn an, fassungslos, angstvoll und doch mit einem Hoffnungsschimmer in den leuchtenden Augen, aus denen ihm all ihre Liebe entgegenschlug.

»Was ist geschehen?« fragte sie wie im Traum und lag zitternd, auf eine selige befreiende Botschaft wartend, an seinem Herzen. Es erschien ihr nicht unmöglich, daß das heiße Gebet ihres liebenden Herzens um ein Wunder erhört sein konnte.

Er küßte außer sich vor Glück und Freude ihre Handflächen und drückte sie an seine Augen.

»Mein Liebling – unserem Glück steht kein Hindernis mehr im Wege. Ich bringe eine wunderbare, erlösende Botschaft. In meinen Armen, an meinem Herzen sollst du sie hören. Der Name Glossow ist rein von allem Makel, dein Vater war kein Mörder, deine Mutter war rein und schuldlos wie die helle Sonne. Hier bringe ich dir das Geständnis des Unseligen, der alles Leid über dich und deine Eltern brachte. Joachim von Brockhoff war der Mörder deiner Eltern. Dein Vater hat weder deine Mutter, noch sich selbst erschossen. Im ersten Zorn hat er freilich auf Joachim von Brockhoff geschossen und ihn verwundet.«

Sanna war totenbleich geworden und erschauerte.

»Mein Gott – mein Gott – Kann wahr sein, was ich höre?« fragte sie heiser vor Erregung und blickte in scheuer Erregung in seine Augen.

»Es ist wahr, meine Sanna! Ich bringe dir die Beweise. Aber ehe du dies alles erfährst – sag mir, daß du mich noch liebst, daß du nun mein sein willst.«

Sie sahen einander in die flammenden Gesichter, in die sehnsüchtigen Augen.

Und da fanden sich ihre Lippen wortlos in heiligem Enzükken. Stumm hielten sei einander umschlungen und konnten die Lippen lange nicht voneinander lösen. Endlich richtete Sanna sich empor und strich das Haar aus der Stirn.

»Nun sage mir alles«, bat sie leise, wie im Traum.

Er erzählte, ohne sie aus seinen Armen zu lassen. Dann gab er ihr die Abschrift des Geständnisses von Joachim von Brockhoff, und während sie es las, streichelte er ihr beruhigend die Hände, küßte sie und nannte sie mit den süßesten, zärtlichsten Namen.

Nur langsam konnte Sanna alles begreifen und fassen. Und dann holte sie das Tagebuch ihrer Mutter herbei und zeigte Rolf die Stellen daraus, die sich mit Brockhoffs Geständnis deckten.

Sie konnten lange kein Ende finden im Fragen und Berichten. Und so viel hatten sie einander zu sagen von allem, was sie bisher einander hatten verschweigen müssen. Dazwischen fanden die Lippen süßere Beschäftigung, und die Zeit verging ihnen im Fluge.

Als Frau von Seltiz nach einer Stunde etwa, mit einem Brief an ihren Sohn fertig, herunterkam, fand sie zu ihrem freudigen Erstaunen ein glückliches Brautpaar.

Sanna ließ dann auch ihre treuen Heerfurts herüberholen, und diese und Frau von Seltiz erfuhren nun alles, was geschehen war.

Rolf schickte seinen Wagen leer nach Gerlachsheim zurück und blieb in Glossow zu Tisch. Heerfurts und Frau von Seltiz mußten dem Brautpaar beim Essen Gesellschaft leisten.

Ehe man zu Tisch ging, ließ Heerfurt alle Untergebenen in der großen Halle zusammenkommen und verkündete ihnen die Verlobung der jungen Herrin mit Rudolf von Gerlach und erklärte, wie sich das Drama von Glossow in Wirklichkeit abgespielt hatte.

Als er den Leuten dann im Namen der jungen Herrin eröffnete, daß der nächste Tag für alle ein großer Festtag sein würde, machte sich die freudige Erregung in begeisterten Hochrufen Luft.

Nach Tisch gingen Rolf und Sanna Arm in Arm nach dem Friedhof, um die Gräber von Sannas Eltern mit Blumen zu schmücken. Und angesichts dieser letzten Ruhestätte nahm Rolf seine Braut an sein Herz und sagte liebevoll und zärtlich:

»Von heute an soll dein Leben voll Sonne sein, meine geliebte, angebetete Sanna. Und nun hole ich dich bald heim nach Gerlachsheim – nicht wahr, du läßt mich nicht lange mehr allein?«

Sie sah ihn mit ihren schönen, goldschimmernden Augen an. »Ich habe nur einen Willen fortan, mein Rolf – zu tun, was dich glücklich macht.«

»Und du selbst?« fragte er zärtlich.

»Dein Glück ist das meine – wenn du glücklich bist, bin ich es auch.«